El Precio del Orgullo

Una Variación de Orgullo y Prejuicio

Abigail Reynolds

Traductora

Teresita García Ruy Sanchez

This is a work of fiction. Similarities to real people, places, or events are entirely coincidental.

EL PRECIO DEL ORGULLO: UNA VARIACIÓN DE ORGULLO Y PREJUICIO

First edition. March 12, 2021.

Tabla de Contenido

Prólogo

DARCY FROTÓ SUS NUDILLOS contra su frente mientras se hundía en la silla detrás de su escritorio. Esta no era la bienvenida a casa con la que había soñado. Él la había imaginado con tanta frecuencia, llegar aquí a Pemberley con Elizabeth a su lado como su novia. Elizabeth, cuyos bellos ojos y chispeante ingenio hacían que a su alma le salieran alas y volara. Elizabeth, quien nunca sería suya.

¡Si ella tan solo hubiera aceptado su oferta de matrimonio! Él había pensado que ese era el primer paso a un futuro más brillante. Los cuatro meses que habían transcurrido desde entonces no habían sido suficientes para empezar a borrar los rastros de ella de su corazón. En lugar de eso, el perderla solo había profundizado sus sentimientos por ella, la mujer que amaba tan apasionadamente pero a quien no podría tener nunca.

Ahora, en lugar de poner a Pemberley a sus pies, mostrándole orgullosamente esas partes de su hogar que él amaba más, él estaba solo en su estudio, habiéndose adelantado a su grupo para poder enfrentar este dolor sin testigos. Elizabeth nunca iluminaría la obscuridad aquí con sus sonrisas ni devolvería la risa a Pemberley, el tipo de risa que él recordaba de su temprana infancia. Esa alegría que había decaído mientras crecía y las constantes discusiones sobre Drew habían envenenado la atmósfera. La muerte de su madre y la larga enfermedad de su padre habían completado el proceso.

Él había creído que la presencia de Elizabeth podría desterrar el vacío, que su ingenio y calidez revivirían el amor y la felicidad aquí. Y entonces ella lo había rechazado. Amarga, airadamente, y no le había dejado lugar para tener esperanzas.

El mayordomo apareció en la puerta del estudio. "El Sr. Andrew Darcy está aquí para verle," dijo Hobbes.

Darcy se enderezó. ¿Drew estaba de hecho aquí, en Pemberley, y buscándolo a él? Las maravillas nunca terminaban. Quizá algo bueno había resultado de esta debacle después de todo, y al menos él habría recuperado a una persona que había perdido. "Hazlo pasar."

Hobbes dudó. En ese leve, casi imperceptible cambio de tono que el viejo mayordomo usaba para asuntos que él consideraba insignificantes, él dijo, "El Sr. Andrew está en la sala de estar."

Darcy miró alrededor del estudio. ¿Por qué quería Hobbes que Darcy viera a Drew en el entorno más formal de la sala de estar en lugar de aquí? ¿Sucedía algo? Pero Hobbes había conocido a Drew a través de los años cuando Darcy había estado en la escuela y la universidad, así que quizá él estuviera consciente de algo.

Darcy se puso de pie. "Muy bien; lo veré allá."

¿Había sido eso un chispazo de alivio en los apagados ojos del mayordomo? "Muy bien, señor."

Mientras Darcy pasaba entre las pesadas puertas labradas de su estudio, la respuesta súbitamente lo golpeó. Este había sido el estudio de su padre, por supuesto, y el lugar en que ese caballero había siempre administrado reprimendas y los ocasionales azotes a los hijos de la casa. Darcy recordaba demasiado bien unas cuantas visitas desagradables ahí, pero Drew, quien siempre había estado en problemas por una u otra cosa, debía tener muchos malos recuerdos del lugar. Sin duda había sido desconocido en esa misma habitación. Sí, era mucho mejor reunirse en otro lado.

Y Hobbes se había dado cuenta, cuando Darcy no lo había hecho. Elizabeth había tenido razón cuando lo acusó de un egoísta desdén por los sentimientos de los demás.

Pero él estaba determinado a cambiar, a convertirse en un mejor hombre, uno que pudiera ser merecedor de una mujer como Elizabeth. La presencia de Drew aquí era prueba de ello. El rechazo de Elizabeth lo había llevado a la decisión de comunicarse una vez más con Drew, para ofrecerle la vicaría en Kympton, y de esperar pacientemente – o al menos con la apariencia externa de paciencia – mientras Drew examinaba su generosa oferta por trampas potenciales. Elizabeth le había enseñado al menos eso; él no podía asumir que nadie confiaría en sus motivos simplemente porque él desearía que lo hicieran. Su paciencia había dado frutos; Drew había, al final, aceptado la vicaría, y ahora estaba de regreso en Pemberley adonde pertenecía.

Y ahí estaba Drew, de pie en el lado lejano de la sala de estar, estudiando una pequeña acuarela en la pared.

"Georgiana pintó eso el año pasado," dijo Darcy. "Creí que ella había captado los colores del otoño particularmente bien."

Drew se sobresaltó y se dio la vuelta para enfrentarlo. "Sí. Ella parece tener buen ojo para lo pintoresco," dijo él rígidamente. Siempre rígidamente. ¿Nunca iba Drew a confiar en él? Pero eso tomaría tiempo, y más paciencia.

"Sí, lo tiene, aunque ella solamente ve las fallas en sus pinturas." No. Necesitaba ser cálido y asequible. "Bienvenido. Me alegra verte. ¿Algo de vino, quizá?"

Los labios de Drew se apretaron. ¿Qué había hecho Darcy mal ahora? "No, te lo agradezco, y no tomaré mucho de tu tiempo. Lamento molestarte cuando acabas de llegar."

"Para nada. Estoy realmente complacido de verte. ¿Cómo encontraste la vicaría en Kympton? ¿Está en condiciones satisfactorias?" Darcy lo estudió, notando un moretón oscureciendo su mejilla. ¿Un accidente, o había estado peleando?

Su hermano jaló sus puños, viéndose incómodo. "Sí, muy satisfactorias, y te agradezco de nuevo por concederme la vicaría ahí."

"Me has hecho un favor al tomarla. Me siento aliviado de tenerla en manos confiables."

Drew continuó hablando, como si estuviera nervioso. "Pero no te hubiera molestado en tu primera noche en casa, si no tuviera algo en particular qué decirte, y quería que escucharas estas noticias por mí en lugar de por alguien más!"

Oh, no. Eso sonaba ominoso. ¿En qué tipo de problema se había metido Drew ahora? Lo que quiera que fuera, Darcy tenía que permanecer calmado. "¿Noticias?"

Drew respiró profundo. "Estoy comprometido para casarme."

"¿Comprometido? ¡Mis felicitaciones! ¡Esas son excelentes noticias!" Al menos él sabía cómo responder apropiadamente a esto aún si la idea de que Drew estuviera casado le llegaba de sorpresa. O quizá solamente resaltaba su propia falla en comprometerse. Elizabeth debería estar sentada junto a él como su esposa, y en lugar de eso, él estaba solo, mientras que Drew estaba comprometido. "¿Puedo preguntar quién es la afortunada dama?" No que él tuviera alguna preocupación en particular en ese aspecto. Cuando él había hecho averiguaciones acerca del comportamiento reciente de Drew antes de ofrecerle la vicaría, no había habido nada sobre líos de faldas.

"De hecho," él alargó la palabra, "creo que tú la conoces. Su nombre es la Señorita Bennet. La Señorita Elizabeth Bennet."

El mundo se congeló mientras las palabras hacían eco dentro de su cabeza. No. No podía ser. Esta era una broma horrible. O quizá él había escuchado mal. "¿La Señorita Elizabeth Bennet de Longbourn?" Sorprendentemente, su voz todavía funcionaba.

"Esa misma." Drew lo observó detenidamente.

No podía ser. ¿Drew, comprometido con Elizabeth? ¿Cómo podía ser eso posible? ¿Cómo había conocido su hermano a Elizabeth? ¿Por qué ella nunca lo había mencionado? Pero todas las preguntas en el mundo no podían hacer nada para calmar el agonizante dolor que lo atravesaba.

Él había sabido que algún día ella se casaría con otro hombre, pero no tan pronto. ¡Pero no Drew! ¡Que Dios lo ayudara, no Drew! Darcy tendría que verlos juntos una y otra vez, saber que ella estaba en brazos de Drew, que ella daba vida a los niños de Drew, no a los de él... Él aspiró bruscamente, luchando contra el impulso de apretar su vientre, de gritarle a Drew que eso era imposible.

Pero si él alzaba su voz con Drew, o si tan siquiera lo criticaba, nunca vería a su hermano de nuevo. Le había tomado todos estos años llegar al punto en el que Drew conversara con él, mucho menos que pasara el umbral de Pemberley. No podía perderlo ahora.

Y ¿cómo podía culpar a Drew por amar a Elizabeth, cuando él mismo la encontraba tan completamente irresistible? Pero Elizabeth no lo quería a él. Ella quería a Drew. La sangre retumbaba en sus oídos.

Finalmente Darcy se las arregló para decir. "No estaba consciente de que ella te conocía."

Drew se encogió de hombros. "Ella nunca te mencionó ante mí, tampoco, hasta después de que le propuse matrimonio."

EL PRECIO DEL ORGULLO: UNA VARIACIÓN DE ORGULLO Y PREJUICIO

"¿La has conocido por mucho tiempo?" Él no sabía si esperar que la respuesta fuera que sí o que no. Que Elizabeth lo rechazara y luego se comprometiera con su hermano. Era intolerable.

Los ojos de Drew se entrecerraron. "Lo suficiente."

Elizabeth había aceptado a Drew. Había estado de acuerdo en casarse con él, después de decirle a Darcy que él era el último hombre en el mundo con el que podían convencerla de casarse. Pero ella había elegido convertirse en esposa de Drew. El pecho se le apretó dolorosamente. ¿Podría él alguna vez volver a respirar profundamente?

Él tenía que decir algo, todas las cosas apropiadas, aún si su mundo se estaba rompiendo en minúsculos pedazos. "Eres un hombre afortunado. Les deseo a ambos felicidad. ¿Cuándo es la boda?"

"Todavía no hemos fijado una fecha. Esto justo acaba de decidirse. Estás entre los primeros en saber." Drew elevó una ceja y dijo deliberadamente, "La Señorita Bennet temía que tu objetaras la conexión, pero le dije que yo no necesito tu permiso para casarme."

Darcy tragó con dificultad. ¡Por supuesto que objetaba! Objetar no empezaba a describir sus sentimientos sobre el asunto. Pero él dijo, "No puedo imaginar por qué. Ella es la hija de un caballero, y por ello perfectamente aceptable." ¿Cómo era posible que la sonriente, bromista, ingeniosa Elizabeth se casara con el severo, airado Drew? Oh, sí, él objetaba, y con cada fibra de su cuerpo, pero él nunca, jamás podría decirlo.

Drew realmente sonrió. "Bien. Me alegro de eso."

Darcy no podía imaginar alguna vez volver a sentir alegría.

Pero había una cosa que él tenía que saber, un poco más de sal que poner en la herida abierta en su corazón. "Creo recordar haber escuchado que su porción era pequeña. ¿Así que, es este es un matrimonio por amor, entonces?"

Las líneas en la frente de Drew se alisaron. "Sí," dijo él calladamente. "Yo la amo."

Capítulo 1

EL PEQUEÑO ESPEJO EN la habitación de Elizabeth en la Posada White Hart reflejaba su fatiga mientras trenzaba su cabello por la noche. Había sido un día largo, agotador. El viaje desde Bakewell había sido bastante placentero, y a su tour de Pemberley no le había faltado ni belleza ni interés. Pero ver la casa de Darcy, aún en su ausencia, y escuchar los elogios del ama de llaves por el Señor de Pemberley le había traído dolorosos recuerdos, sin mencionar remordimientos. Afortunadamente, él no estaba presente, y no lo esperaban por al menos dos semanas. Para entonces ella debería de estar de camino de regreso a Longbourn, así que al menos se había evitado la vergüenza de encontrarlo de nuevo.

Una llamada sonó en la puerta. "¿Lizzy? ¿Todavía estás despierta?" Era la voz de su tía.

"Sí. Pasa." ¿Qué podría querer la Sra. Gardiner ahora? Ellos habían pasado todo el día juntos. Mientras su tía se deslizaba dentro de la habitación, Elizabeth dijo, "¿Sucede algo?"

"Eso es lo que vine a preguntarte," dijo la Sra. Gardiner. "Estuviste muy callada hoy, muy diferente a como normalmente eres, y me preguntaba si quizá nuestro viaje no es de tu agrado, o si te desagrada Derbyshire."

"¡Oh, no! ¡Lo estoy disfrutando enormemente! Tú sabes que yo siempre he deseado viajar a nuevos lugares. El campo aquí excede con mucho todas mis expectativas. Me encantan las escarpadas colinas y la sobriedad del terreno. Creo que podría permanecer felizmente en Derbyshire por un muy largo tiempo." Era todo verdad, y quizá distraería a su tía.

Pero la Sra. Gardiner no era fácil de distraer. "¿Hay alguna otra cosa que te preocupa, entonces? No deseo entremeterme, pero hasta tu tío notó que parecías desanimada durante la cena."

Sería probablemente más fácil decir la verdad, o al menos una parte. Ella no tenía deseos de decirle a su tía que ver la casa del Sr. Darcy la había dejado melancólica. "He estado pensando sobre mi futuro," dijo Elizabeth calladamente. "Jane y yo hablamos antes de que me fuera de Longbourn, y eso me hizo ver qué tan difícil es nuestra posición. Ninguna de nosotras va a encontrar esposo en Meryton. Los pocos hombres casaderos tienen sus miras puestas en otra parte. Aun cuando el pueblo estaba lleno de oficiales de la milicia solteros, ninguno de ellos mostró interés serio en nosotras, y ¿por qué deberían hacerlo? ¿Quién estaría dispuesto a casarse con una de nosotras, cuando eso significaría algún día hacerse cargo de nuestras hermanas y nuestra madre también? Ni la belleza y dulzura de Jane son suficientes para superar esa desventaja."

"¿Temes terminar solterona?" preguntó su tía gentilmente.

Elizabeth negó con la cabeza. "No me importa la idea; la he creído bastante probable por algún tiempo. Pero siempre asumí que Jane se casaría, y que después de la muerte de mi padre yo podría vivir con su familia. Pero Jane no ha tenido ni siquiera un asomo de ofrecimiento, y ella ahora habla de encontrar a un comerciante para casarse simplemente para evitar ser una carga para nuestros parientes. ¡Qué egoísta he sido al confiar en ella para asegurar mi futuro!"

"Yo no creo que la situación sea tan desoladora," dijo su tía. "Después de todo, solamente tienes veinte años. Pero puede que haya algo de cierto en lo que dices sobre estar en desventaja en Meryton donde tu familia es bien conocida. Quizá deberíamos hacer un mayor esfuerzo por presentarte a caballeros elegibles en Londres."

"Jane acaba de pasar cinco meses con ustedes en Londres." Y volvió a casa sin un admirador.

Su tía suspiró. "Cierto, pero ella estaba penando por el Sr. Bingley, y nosotros hicimos poco esfuerzo por presentarla. Conozco hombres que estarían interesados en ti o en Jane. Quizá no los matrimonios que sus padres hubieran deseado para ustedes, pero buenos hombres con trabajo confiable y prospectos para el futuro."

Londres podía ser un lugar encantador para visitar, pero Elizabeth no tenía deseos de vivir ahí. Después de un tiempo en la ciudad, ella siempre ansiaba la libertad del campo. "¡No estoy desesperada todavía, mi queridísima tía!" Ella intentó sonar divertida, aún si no se sentía así. "Si no puedo casarme con un hombre que respete, preferiría encontrar un puesto como acompañante de una dama. Quizá eso me permitiría ver más del mundo." Pero la mayoría de las acompañantes de damas no veían nada del mundo y tenían que tolerar cada capricho de la dama a la que servían.

"Espero que sepas que tu tío y yo siempre haremos lo que podamos para mantenerte."

Por la seguridad con la que habló la Sra. Gardiner, Elizabeth sospechaba que esta discusión ya había tenido lugar entre su tío y su tía. Los Gardiner estaban muy conscientes de su situación. Más conscientes de lo que ella había estado.

Ella abrazó a la Sra. Gardiner. "Ustedes son todos bondad y generosidad." Pero los Gardiner tenían cuatro hijos propios. El tener que mantener a cinco hermanas Bennet sería una enorme carga para ellos.

Su tía sonrió. "Tú eres muy querida para nosotros."

Elizabeth se forzó a reanimar su espíritu. "¡Pero ya es suficiente de esta depresión! ¿Qué planes tienes para mañana?"

"Pensé que podríamos visitar al Sr. Morris en la rectoría. Él fue muy amable conmigo después de que tomó la vicaría cuando murió mi padre, y confieso que me gustaría volver a ver la casa donde crecí una vez más."

"A mí también me gustaría eso," dijo Elizabeth.

"¡MI QUERIDA SRA. GARDINER!" El anciano caballero con una franja de cabello blanco unió sus manos en deleite. " ¡Vamos, se ve usted igual que cuando llevaba la casa de su padre todos esos años atrás!"

"¡Es usted un adulador, Sr. Morris!" exclamó cálidamente la Sra. Gardiner. "¡Vamos, si ahora tengo cuatro hijos! Permítame presentarle a mi esposo y a mi sobrina, la Señorita Bennet."

EL PRECIO DEL ORGULLO: UNA VARIACIÓN DE ORGULLO Y PREJUICIO

El rector estrechó la mano del Sr. Gardiner entusiastamente. "Es un gran placer, señor. Señorita Bennet, ¿está usted disfrutando su visita a Derbyshire?"

Elizabeth hizo una caravana. "Muchísimo." Había algo sobre la cálida sonrisa del anciano que la hacía querer confiar en él instintivamente.

El Sr. Morris hizo un gesto hacia un alto hombre joven de pie en el umbral opuesto. "Drew ¡ven a conocer a mis nuevos huéspedes! ¿Conoces ya a la Sra. Gardiner de cuando ella vivía en Lambton? Ella era la Señorita Carlisle entonces, la hija del anciano Sr. Carlisle, quien tenía la vicaría antes que yo. Ella se fue de Lambton no mucho después de que me convertí en el rector aquí."

"Eso debe haber sido antes de mis tiempos," dijo el hombre joven con una sonrisa amistosa. "Pero me siento honrado de conocerla."

"En ese caso, Sra. Gardiner, ¿me permite presentarle al Sr. Andrew Darcy, mi antiguo estudiante y... si me atrevo a decirlo... ni actual protegido?" preguntó el Sr. Morris. "Él ha recibido recientemente la vicaría en Kympton."

Elizabeth se sorprendió. ¿Darcy? No el Sr. Darcy que ella conocía, ¡gracias al cielo! Aparte de su altura, este caballero no se le parecía en nada. Su cabello lacio, claro, mandíbula angulosa y barba partida no se parecían en nada a los obscuros rizos y rostro cincelado del Sr. Darcy, y le faltaba la habitual expresión altiva del otro hombre. En su lugar, su semblante abierto parecía ser todo afabilidad. Pero dado su nombre, y que vivía a menos de cinco millas de Pemberley, él debía estar relacionado, quizá un primo de algún tipo. Uno distante, probablemente, ya que ella nunca había oído mencionar a primos por el lado Darcy. Su ropa parecía sugerir que era un pariente pobre... arreglada, pero no particularmente a la moda, con las mangas de su saco mostrando el uso en los codos. No, obviamente no era un pariente cercano del Sr. Fitzwilliam Darcy, gracias al cielo.

La Sra. Gardiner exclamó, "Kympton... ¡vaya, esa es una encantadora aldea! Recuerdo ir de visita a la vicaría de allá cuando era niña. Una encantadora casa."

Una sombra pareció cruzar el rostro del joven hombre. "Todavía estoy familiarizándome con Kympton."

"Se lleva tiempo asentarse en una vicaría," dijo el Sr. Morris. "¿Puedo invitarles a sentarse?" Él ordenó una bandeja de té y empezó gentilmente a animar a la Sra. Gardiner a contarle sobre sus viajes y su vida desde que había dejado Lambton. Casi por defecto, se dejó a los dos jóvenes sentarse juntos en un pequeño sillón. Elizabeth sintió una cierta inquietud de que este nuevo Sr. Darcy pudiera probar ser tan altivo como el que ella no podía olvidar, pero, a medida que la conversación entre la Sra. Gardiner y el Sr. Morris se encaminó a gente de la que ella nunca había oído hablar, ella dijo, "Lambton parece ser un pueblo encantador. ¿Lo conoce usted bien?"

Él sonrió, poniendo su té a un lado y dejando el pastel sin probar. "Viví aquí por dos años cuando era niño, estudiando con el Sr. Morris, pero he estado lejos desde entonces. Me alegra estar de nuevo en terreno familiar, pero convertirme en rector es un cambio bastante grande para mí. El Sr. Morris me ha sido de mucha ayuda para aprender lo que se espera de mí."

"Me imagino que sería un buen mentor." Elizabeth tomó un sorbo de su té. Estaba tan amargo que ella tuvo dificultad para no hacer una cara. ¡No era de sorprender que este joven clérigo no lo estuviera bebiendo!

"Terrible, ¿no es así?" dijo él en un tono alegre. "Mi consejo es que no pruebe el pastel, especialmente si está encariñada con sus dientes."

Elizabeth no pudo evitar sonreír. "Le agradezco el consejo, pero no desearía ofender a nuestro anfitrión."

El joven hombre tomó la taza de té de la mano de ella y la colocó junto a la de él. "Él no se ofenderá. Su corazón es demasiado gentil para despedir a su cocinera cuando ella no tiene ningún lugar a dónde ir, pero está muy consciente de que la comida que prepara es casi incomestible."

"Un caballero generoso, entonces," dijo ella.

"El mejor que he conocido," dijo él simplemente. "Pero he aprendido a nunca venir de visita aquí cuando tengo hambre."

No, este Sr. Darcy era generoso en espíritu, muy diferente del que ella había conocido en Meryton y cuyo recuerdo aun la perseguía, especialmente después de visitar su casa el día anterior. ¿Por qué no podía ella simplemente olvidarlo?

El Sr. Morris se inclinó hacia la Sra. Gardiner, diciendo algo suavemente. Cuando ella asintió, él dijo. "Drew, creo que la Sra. Gardiner podría disfrutar ver las habitaciones de arriba, pero mis viejas rodillas están demasiado cansadas para darle un tour. ¿Serías tan amable de hacer los honores?"

"Por supuesto, señor." El joven hombre se puso de pie.

"¡Qué amable de su parte!" exclamó la Sra. Gardiner.

"Él conoce la casa casi tan bien como yo," dijo el Sr. Morris. "La Sra. Gardiner pudiera estar interesada en escuchar sobre tu vicaría, también, Andrew."

"Ciertamente, señor," dijo él amablemente. "Por aquí, Sra. Gardiner."

Después de que los dos hubieran salido de la habitación, el Sr. Morris frotó sus manos juntas con un brillo en el ojo, abarcando tanto al Sr. Gardiner como a Elizabeth en su mirada. "Discúlpenme por no ofrecerles también el tour, pero tengo mis razones. Creo que la Sra. Gardiner pudiera estar en posición de ofrecer al joven Drew algo de consejo muy necesario. Cuando el Señor es lo suficientemente bueno como para enviar a una dama que fue criada para llevar una vicaría justo en el momento en el que Drew me rogaba por consejo sobre ese mismo tema, lo menos que puedo hacer es ofrecerles tiempo para hablar a solas."

"¿Él no está casado, entonces?" preguntó el Sr. Gardiner.

"No," dijo el Sr. Morris. "Él era un cura antes de venir aquí, así que está familiarizado con sus deberes pastorales, pero ese puesto no incluía una vicaría. La que viene con su puesto no fue bien mantenida por el último titular, y los sirvientes son un grupo descuidado. Los sirvientes son siempre un asunto retador para un clérigo, ya que son tanto nuestros empleados como nuestros parroquianos, y el pobre de Drew no tiene experiencia en llevar una casa."

El Sr. Gardiner rio bajo. "Cuando quiera que le doy un elogio a mi esposa sobre su manejo de la casa, ella siempre dice que es mucho más fácil que llevar una vicaría. Yo asumí que era porque ella era todavía una niña cuando se hizo cargo de la casa después de que murió su madre, pero ella dice que sus deberes eran diferentes, con parroquianos viniendo de visita y la responsabilidad hacia ellos."

"Usted tiene una esposa muy capaz. Ella lo hacía parecer simple. Yo no me di cuenta de qué tan difícil era hasta que observé a mi difunta esposa luchar para aprender los deberes de la esposa de un clérigo."

Las cejas de Elizabeth se unieron. Su amiga Charlotte nunca se quejaba de encontrar sus deberes pesados, pero quizá eso era porque sus sirvientes vivían aterrorizados de las frecuentes inspecciones de Lady Catherine de Bourgh de la vicaría. Charlotte nunca hubiera tenido que preocuparse de tener que despedir a un mal sirviente, porque Lady Catherine lo hubiera hecho mucho tiempo antes en su nombre.

La Sra. Gardiner y el Sr. Andrew no reaparecieron por más de un cuarto de hora. Cuando lo hicieron, el rostro de la Sra. Gardiner estaba iluminado con interés mientras le decía al joven hombre, "¡Encontraremos la manera, no tema!"

"Ah, mi querida, ¡reconozco esa expresión!" dijo el Sr. Gardiner. "Tienes un nuevo proyecto."

Un delicado color subió por las mejillas de la Sra. Gardiner. "Solo uno muy pequeño. No restará tiempo de nuestras vacaciones, te lo prometo. Simplemente voy a ir a visitar la vicaría de este joven y quizá le ofreceré consejo sobre cómo manejarla; eso es todo."

El Sr. Gardiner sonrió ampliamente. "Y ayudarle a encontrar una nueva ama de llaves y personal, y sugerir cómo pudiera redecorarla, y media docena de cosas que no me atrevo ni a soñar."

El Sr. Andrew Darcy se incorporó a su total estatura. "Sr. Gardiner, yo no tengo intención de molestar a su esposa de ninguna manera."

Su tío se rio. "Muchacho, ¡mi esposa nunca es tan feliz como cuando tiene un nuevo proyecto! Sin duda será el punto culminante de nuestro viaje para ella. Y ahora yo no necesitaré una excusa para escaparme a encontrar una corriente dónde pescar, ya que el Sr. Morris amablemente ha ofrecido prestarme su equipo."

El hombre joven se relajó visiblemente. "Hay una excelente corriente con truchas que corre no lejos de mi vicaría. Quizá usted quisiera probar suerte ahí."

El Sr. Gardiner sonrió complacido. "Eso suena delicioso."

Elizabeth sonrió diligentemente, aunque ella no tenía interés en la pesca, reacondicionar una vicaría, o ni siquiera en visitar a un pariente lejano del Sr. Fitzwilliam Darcy, sin importar qué tan amable éste pudiera ser. Pero su tía y su tío habían sido lo suficientemente generosos como para invitarla a este viaje, y era su trabajo estar complacida con cualesquier actividades que ellos seleccionaran.

Capítulo 2

IR A VISITAR LA VICARÍA del Sr. Andrew Darcy sonaba aburrido, pero a Elizabeth nada le gustaba más que explorar nuevos lugares, y ella ciertamente no podía quejarse acerca del camino. El campo tenía un vigorizante encanto, con escarpadas colinas subiendo a cada lado del camino y ovejas salpicando las faldas bajo un claro cielo azul. El pueblo de Kympton era deliciosamente pintoresco, con pulcras cabañas de piedra a los lados del camino y una iglesia con una torre cuadrada que se elevaba sobre él.

La vicaría yacía al final del camino de grava, una casa grande cubierta con hiedra, sus líneas más impresionantes que las de la vicaría del Sr. Collins en Hunsford. La hiedra necesitaba ser recortada, y un trabajador estaba reparando una sección de la valla. Las rosas florecían a un lado de la entrada, pero los rosales se veían raquíticos.

Elizabeth, todavía incómoda con la idea de pasar tiempo con uno de los parientes del Sr. Darcy, se quedó atrás mientras su tío llamaba a la puerta. Ella se inclinó a oler una de las rosas, cerrando los ojos mientras la suave fragancia llenaba sus sentidos. Al sonido de la puerta al abrirse, ella se enderezó para ver al mismo joven clérigo en el umbral, mirando más allá de su tío y su tía hacia ella, con una expresión cautiva.

Oh, cielos. Hasta ahí sus intenciones de no llamar su atención. No que ella hubiera estado haciendo nada provocativo, y no había habido razón para pensar que él abriría su propia puerta en lugar de hacer que un sirviente lo hiciera... excepto que la razón para su visita era que él estaba teniendo problemas con sus sirvientes. Por supuesto, ella no había creído haber estado haciendo nada para atraer el interés del Sr. Fitzwilliam Darcy, tampoco.

Ella plantó una practicada sonrisa social en su rostro mientras entraban a la casa e hizo lo mejor que pudo para perderse en el fondo, sin decir nada mientras él daba instrucciones a su tío sobre cómo encontrar la corriente de truchas y luego llevó a las damas a la sala de estar.

"Mis disculpas por los muebles." El Sr. Andrew Darcy hizo un gesto hacia las disparejas sillas y mesitas laterales. "El titular anterior la usó como su cuarto de enfermo cuando no pudo subir las escaleras y todavía estamos restaurándola."

La Sra. Gardiner se puso de pie en mitad del salón y se dio vuelta alrededor lentamente, inspeccionándolo detenidamente. "Aun así, la estructura parece buena, así como el trabajo de madera. La pintura se ve fresca. Creo que quedará muy bien."

"El administrador de Pemberley hizo algunas reparaciones antes de que yo llegara, pero le dije que yo prefería hacerme responsable del resto." Él sonaba algo tenso al respecto, como si no le gustara trabajar con el administrador. "Como le dije antes, el personal es mi mayor preocupación. Hay conflicto entre los que ya estaban aquí y los dos que yo traje de Londres, y no sé qué tanto confiar en el ama de llaves. Ella está ahora sugiriendo que contrate a otra doncella, lo que a mí me parece excesivo, pero no sé nada sobre cómo administrar una casa."

La Sra. Gardiner dijo, "Quizá ahí es donde yo puedo ser útil. Usted vive solo aquí, ¿no es así?"

Él asintió. "Sí."

"¿Qué tantas visitas tiene la intención de recibir?"

"¿Visitas?" Él pareció sorprendido por la pregunta. "Supongo que debo prepararme para recibir visitas de parroquianos y vecinos, pero creo que sería inapropiado para un clérigo soltero tener reuniones de cualquier tipo."

"Y ¿cuántos sirvientes tiene?"

Él contó con los dedos. "El ama de llaves, la cocinera, dos doncellas y un jardinero ya estaban aquí. Yo traje a mi sirviente personal y a su hermana, y dije que debíamos despedir a una de las doncellas. El ama de llaves estaba muy descontenta con eso."

Las cejas de la Sra. Gardiner se elevaron. "¿Todo eso para cuidar de un caballero que no entretiene? Admito que es una casa grande, pero me temo que su ama de llaves se está aprovechando de usted."

Él suspiró. "Me temía eso, pero mi falta de conocimiento doméstico me ha dificultado el alegar con ella. Yo le estaría de lo más agradecido por su opinión de cuántos sirvientes son necesarios."

La Sra. Gardiner apretó los labios. "Usted puede necesitar un poco de ayuda extra mientras establece su casa, pero su ama de llaves y cocinera deben poder tomar otros deberes, así que una doncella y un sirviente deben poder cubrir sus necesidades adecuadamente. Si usted estuviera casado y tuviera una familia sería diferente, aunque si usted tuviera una esposa, no necesitaría un ama de llaves para nada."

El Sr. Andrew Darcy se sonrojó. "Por desgracia, la joven correcta todavía tiene que llegar a mi camino. Su evaluación suena sensible, pero me deja con la cuestión de a quién debo pedirle que se vaya."

"Yo le sugeriría que su ama de llaves ya está tratando de aprovecharse de usted, y usted estaría mejor sin ella. ¿Asumo que le gustaría conservar a los sirvientes que trajo con usted?"

El joven clérigo se enderezó. "Ciertamente me gustaría. Ese es parte del problema, también. La cocinera les ha tomado un fuerte desagrado."

La Sra. Gardiner asintió. "Creo que sería mejor si pudiera conocer a su personal. Quizá pudiéramos empezar un paseo por la casa, y usted pudiera presentarme a los sirvientes por el camino. De esa manera no parecería como que estoy aquí para juzgarlos."

Él joven clérigo asintió. "Un buen plan. ¿Empezamos por la cocina?"

Elizabeth los siguió mientras ellos procedían hacia la parte posterior de la casa, pero antes de que hubieran siquiera llegado a la cocina, la voz alzada de una mujer llegó hasta ellos. "¡Aléjense de mí, les digo!"

Una voz más baja habló tranquilizadoramente, pero Elizabeth no pudo distinguir las palabras.

La primera mujer gritó, "¡Mantenga sus sucias manos alejadas de mí!"

"¡Oh, Dios!" gimió Andrew Darcy. "Parece que van a ver a mi cocinera en su peor momento."

"¿Es ella siempre así de temperamental?" preguntó la Sra. Gardiner.

La boca de él se frunció. "No. Solo cuando se trata de los sirvientes que traje conmigo. Ella odia a los extranjeros."

"Ah. Es bueno saber cuál es el problema, si deseamos arreglarlo," dijo la Sra. Gardiner.

"Cierto." Él se hizo hacia atrás para dejarlas pasar.

La cocina era grande, repleta con el aroma de pollo y cebollas. Una pila de nabos y manzanas picados estaba sobre la mesa, quizá lista para ir a la olla que colgaba sobre el fuego. La vista de media docena de pequeños cachorros siendo amamantados por una perra en la esquina junto a la chimenea captó la atención de Elizabeth y la hizo sonreír.

En el lado opuesto de la habitación, una mujer desgarbada, de mediana edad, con un mandil sucio estaba de pie con la espalda presionada contra una alta alacena, con un trapo sangriento enrollado alrededor de su mano. Una muchacha más pequeña, de piel obscura, con una colorida pañoleta enrollada alrededor de su cabello estaba de pie frente a ella y hablaba en un tono de voz musical, con un acento. "El amo sabe que soy una sanadora, y..." Ella se detuvo cuando notó a los recién llegados.

"Myrtilla, ¿cuál parece ser el problema?" preguntó el joven clérigo.

La mujer de piel obscura se encogió de hombros. "La Cocinera, se cortó la mano, y no me permite ayudarla. No hay nadie más, y debe ser cosida."

"No quiero nada de su sucia brujería," murmuró la cocinera. "¡Ella es un diablo!"

Elizabeth hizo una mueca. No habría una solución simple para este problema. Los africanos eran algo común en Londres, pero probablemente no lo eran en Derbyshire rural.

"No es brujería," dijo Andrew Darcy. "El amo de Myrtilla en Antigua era un cirujano, y él la entrenó para asistirlo y proporcionar tratamiento a otros esclavos. Ella puede ayudarle."

La cocinera hizo una mueca feroz. "¡Ella no va a tocarme!"

El joven hombre suspiró y se volvió hacia la Sra. Gardiner. "Usted puede ver la dificultad."

"Ciertamente." La Sra. Gardiner miró a la cocinera. "Como usted no está dispuesta a aceptar la dirección de su patrón, le sugiero que encuentre a alguien más que trate su lesión."

Con un encogimiento de hombros, la cocinera le dirigió una mirada herida al clérigo y salió pisando fuerte de la cocina.

El labio de Myrtilla se enriscó. "La doncella le pondrá telarañas en la cortada y le dará una infección, pero solo la tocará con manos puras inglesas."

Elizabeth la miró, no estando acostumbrada a que los sirvientes expresaran desdén tan abiertamente en presencia de su patrón, pero Andrew Darcy no pareció sorprendido.

"Lo lamento, Myrtilla," dijo el clérigo. "Está mal de parte de ella hablarte así."

La única respuesta de Myrtilla a esto fue una rápida y silenciosa mirada.

La Sra. Gardiner dijo bruscamente, "Sr. Darcy, ¿pudiera hablar en privado con Myrtilla? Me gustaría entender mejor la situación aquí."

Él asintió. "Myrtilla, le he pedido a la Sra. Gardiner consejo sobre el personal de la vicaría. Por favor háblale con la verdad sobre tu experiencia. No le digas lo que tú crees que ella quiere escuchar, solo la verdad."

La antigua esclava resopló. "Como usted lo desee."

"Las dejaremos para que lo discutan, entonces. Señorita Bennet, ¿sería tan amable de venir conmigo a la sala de estar?" preguntó el joven clérigo.

Elizabeth miró hacia su tía, quien le hizo señas de que se fuera. Este era justo el tipo de situación que la Sra. Gardiner era excelente para resolver, y ya que se veía perfectamente en su elemento, Elizabeth volvió a la sala de estar con el clérigo. Era tan raro escuchar que lo llamaran Sr. Darcy, especialmente dado qué tan diferente era del que ella conocía. Ella se imaginaba que los sirvientes se apresurarían a obedecer a ese Sr. Darcy, en lugar de alegar con él. Quizá ella debería pensar en este Sr. Darcy por su nombre de pila, aunque fuera inapropiado, porque de otra manera estaría por siempre comparando a los dos muy diferentes hombres en su cabeza.

Su actual compañero dijo, "Realmente espero que su tía pueda ayudar con esto. Myrtilla no responde mis preguntas sobre qué sucede escaleras abajo. Es tan raro en ella estar tan resentida y enojada, y sospecho que hay razón para ello."

"¿Es ella una esclava liberada?" preguntó Elizabeth.

"Sí, como lo es su hermano."

"La gente que ha vivido aquí toda su vida puede estar predispuesta a no recibir bien a recién llegados," dijo Elizabeth diplomáticamente.

Él le dirigió una mirada entristecida. "Quizá, pero me temo que es más que eso, y yo no estoy equipado para tratar con eso. En la vivienda donde estuve en Londres, había varios esclavos liberados entre los sirvientes, y nadie parecía preocupado por ello."

EL PRECIO DEL ORGULLO: UNA VARIACIÓN DE ORGULLO Y PREJUICIO

"En Londres, eso difícilmente es inusual..." Ella se detuvo a media oración cuando un gran gato atigrado saltó sobre su regazo. Una de sus orejas estaba torcida y cicatrizada de una antigua lesión, pero él ronroneó. Ella rascó sus mejillas hasta que él se dio vuelta y se enroscó.

"Oliver, no se supone que estés aquí," dijo suavemente el Sr. Andrew Darcy.

"¿Te llamas Oliver?" le preguntó Elizabeth al gato. "Te queda bien."

"Discúlpeme. Se supone que no entre a la sala de estar, pero es un tipo tan amistoso que siempre quiere estar donde hay gente."

"Él es perfectamente bienvenido a mi regazo." Ella se inclinó y examinó su cicatrizada oreja. "Aparentemente él no es tan amistoso con otros gatos, o ¿sería tal vez la perra que vi en la cocina la que hizo esto? Usted debe amar a los animales."

Él se sonrojó un poco. "Me gustan los animales, es verdad. Yo nunca tengo intención de adoptarlos, de alguna manera sucede. Oliver llegó a mí cuando lo rescaté de un grupo de muchachos que lo estaban maltratando. La perra no es actualmente mía, solo los cachorros. Un granjero iba a ahogarlos y yo lo persuadí de que me dejara quedarme con ellos en lugar de eso. Tuve que traer aquí a la madre para cuidar de ellos, pero una vez que sean destetados, el granjero la quiere de regreso."

"¡Qué amable de su parte! ¿Qué va a hacer con todos esos cachorros?"

Él volteó sus manos con una sonrisa irónica. "No tengo la menor idea, solo que no podía ver cómo los ahogaban. Su madre es una buena perra ovejera, así que quizá salgan a ella y otros granjeros los querrán."

Muy probablemente él iba a tener dificultades para colocarlos, ya que siempre había más perros que hogares, pero tener el corazón blando era difícilmente un crimen. Mostraba qué tan diferente era de su primo, el Sr. Darcy que ella conocía, a quien no podía imaginarse recogiendo una camada de cachorros de raza mixta, sin importar qué tan generoso el ama de llaves de Pemberley pensara que era. Hasta la idea de ese orgulloso hombre en tales circunstancias la hizo sonreír. Ella acarició el lomo del gato, el vibrante ronroneo calmándola. "Es muy difícil resistirse a un cachorro."

Ellos platicaron por algún tiempo antes de que la Sra. Gardiner se reuniera con ellos. "Eso fue interesante. Myrtilla me dice que usted le dijo que sería la asistente de la cocinera. ¿Es eso correcto?"

"Sí. Ella encuentra Inglaterra helada, y prefiere trabajar en la cocina porque está siempre tibia."

"Parece que ella está actualmente trabajando en el fregadero porque la cocinera no le permite tocar ninguna comida que esté destinada a servirse, mientras que la anterior empleada del fregadero es ahora la mucama. Ella pasó la punta el dedo por la repisa de la chimenea. "Suficientemente bien, supongo. Su cocinera desobedeció sus instrucciones directas en su cara. Otro problema."

Andrew Darcy frunció el ceño. "Myrtilla no me ha mencionado nada sobre eso."

La Sra. Gardiner le dirigió una mirada comprensiva. "Ella creció en una tierra donde una esclava que se quejaba acerca de un sirviente blanco era azotada. Aunque ella cree que usted es un buen patrón, y una persona de buenas intenciones, es poco probable que confíe en un hombre blanco."

Se marcaron líneas entre las cejas de él. "Sin duda su vida le ha dado razón para creer eso. ¿Qué sugeriría usted que hiciera yo?"

"Eso depende de qué tanto desea mantener a Myrtilla aquí. La solución más simple sería encontrarle otro puesto, pero eso lo deja a usted con una cocinera insubordinada."

"Myrtilla se queda. Ella trabaja duro y tiene valiosas habilidades."

Inclinando su cabeza a un lado, la Sra. Gardiner dijo, "Eso es importante, aunque no puedo dejar de hacerle notar que Myrtilla también tiende a la insubordinación, y que no le muestra el debido respeto."

Él sonrió irónicamente. "Es verdad que ella puede ser difícil, pero prefiero pasarlo por alto porque Myrtilla también tiene deberes no domésticos, en los que aprecio esas características."

La Sra. Gardiner se hizo hacia atrás. "Ya veo," dijo fríamente.

Andrew Darcy se vio confundido. "Lamento si la he ofendido. Tomo sus preocupaciones muy seriamente." Él hizo una pausa, mirando internamente, como si revisara lo que había dicho, y entonces exclamó, "¡Buen Dios! Usted pensó que yo quise decir... ¡le aseguro, señora, que no es nada así! Yo nunca, nunca..." Él se mordió los labios, obviamente luchando por contenerse. "Myrtilla me ayuda en mi trabajo abolicionista, proporcionando información de primera mano sobre la experiencia de la esclavitud. Estar dispuesta a alegar poderosamente cuando otros niegan su historia requiere cierta disposición a ser irrespetuosa y difícil."

La tensa postura de la Sra. Gardiner se relajó. "En ese caso, me disculpo de la manera más sincera por haber entendido mal. Me temo que he visto demasiado mal uso de sirvientes en mi día, y me alegra escuchar que sus razones son muy diferentes. Y entiendo ahora por qué usted no desea reprimir el espíritu de Myrtilla, aun cuando llega a la impertinencia."

Él se vio divertido. "Dudo que esté en mi poder. Hombres más fuertes lo han intentado, y ellos usaron armas que yo jamás emplearía. El carácter de Myrtilla está definido. Le ha dificultado mantener un empleo, por lo que estuvo dispuesta a tomar un puesto tan alejada de su familia y amigos en Londres."

La Sra. Gardiner asintió, como si esta respuesta la satisficiera. "Mi consejo, entonces, es que le diga a su cocinera que ya no requiere de sus servicios. De su puesto a Myrtilla. Dígale a su mucama que se espera que asista a Myrtilla según sea necesario, incluyendo en el fregadero."

"El ama de llaves no se sentirá contenta. La cocinera es su amiga y aliada."

"Como su ama de llaves no parece estar trabajando en su mejor interés, usted haría bien en buscar a una nueva."

Él extendió sus manos. "¿Cómo recomendaría que encontrara a una que fuera más confiable?"

La Sra. Gardiner apretó los labios. "Yo le aconsejaría que preguntara al ama de llaves en Pemberley que le recomendara a alguien. Es probable que ella esté consciente de quién puede estar disponible y a quién deba evitar."

"No Pemberley." Había un filo en la voz de él. "Preferiría dejar a Pemberley afuera de mis asuntos domésticos."

Elizabeth lo estudió, habiéndose despertado su interés. La reacción de él era rara; después de todo, le acababan de conceder una valiosa vicaría de Pemberley, así que presumiblemente él tendría el favor del Señor de Pemberley. ¿Cuál podría ser la fuente de la tensión? Entonces ella se detuvo a sí misma. El tema del Sr. Darcy de Pemberley era uno que era más inteligente no remover.

"Cómo lo desee," dijo la Sra. Gardiner con ecuanimidad, pero Elizabeth pensó que ella se veía algo sorprendida. "Puedo hacer algunas averiguaciones entre mis amistades en Lambton. Ellas pudieran tener algunas ideas."

LA SRA. GARDINER INSISTIÓ en volver a la vicaría de Kympton tres días después para reunirse con el Sr. Andrew Darcy y su nueva ama de llaves. Elizabeth, a quien se le dio a elegir entre acompañarla u observar al Sr. Gardiner pescar, anunció que iría a Kympton, pero que pasaría su tiempo caminando por la vereda atrás de la vicaría que había notado en su última visita. Andrew Darcy intentó convencerla de que se quedara con ellos en lugar de eso y ofreció acompañarla después de que terminaran sus asuntos, pero ella estuvo resuelta en su deseo de una larga caminata de inmediato.

Aunque sus pies estaban cansados para cuando ella volvió de su excursión, sus espíritus se habían elevado por su deleite en explorar esta parte desconocida del mundo y descubrir nuevas vistas en cada vuelta del camino. Los músculos de sus pantorrillas, no estando acostumbradas a las empinadas colinas de Derbyshire, le dolían, pero las vistas habían valido la pena el esfuerzo.

Mientras ella hacía una pausa afuera de la verja del jardín para quitarse lo peor del lodo de sus medias botas, ella escuchó una voz masculina decir, "¿Está disfrutando vivir en la rectoría? Se suponía que fura mía, tú sabes." La voz le era familiar, una que una vez había ansiado escuchar. Pero no podía ser la de él; él estaba en Brighton con la milicia.

Ella se asomó alrededor del seto. ¡Cielos! ¡En verdad era George Wickham, hablando con Andrew Darcy! Ella se presionó contra el seto, no teniendo deseos de encontrarse con él.

"Me dijeron que la rechazaste," dijo fríamente Andrew Darcy.

"Yo siempre supe que Darcy deseaba que tú la recibieras." Wickham era todo genialidad, igual que había sido en Meryton cuando la había convencido de creer en sus mentiras.

"De algún modo dudo que tú hayas tenido mis mejores intereses en mente."

"Yo siempre te he compadecido por tu posición, Drew. Estaba tan cercana a la mía. Viviendo en Pemberley, pero siempre diciéndote que no pertenecías, que no eras lo suficientemente bueno. Tú siempre pareciste capaz de ignorar los rumores sobre tu padre, mucho más de lo que yo podía sobre el mío. Ambos hemos sido tratados injustamente a causa de los pecados de nuestros padres."

"Los pecados de mis padres están en el pasado. Todo lo que puedo hacer es vivir mi vida tan libre de pecado como Dios lo permita. ¿Qué quieres de mí, Wickham?" Claramente el joven clérigo no confiaba en Wickham más de lo que lo hacía ella.

"Solo un pequeño préstamo para salir del paso hasta tomar mi nuevo puesto." ¿Había él dejado la milicia, entonces?

"¿Dinero para que lo gastes en mujeres y bebida? Wickham, tú hablas de los pecados de tu padre, pero sigues sus pasos. ¿Por qué no elegir un camino diferente?"

"¡Evítame tus sermones! Yo sé cuánto paga esta vicaría; ¿de seguro puedes prescindir de unas cuantas libras? Tú no querrías que yo repitiera lo que el viejo Sr. Darcy dijo sobre ti a tus nuevos parroquianos, ¿o sí?"

La risa de Andrew Darcy fue como el disparo de una pistola. "Adelante. Sin duda son viejas noticias para ellos."

Ellos se dirigían hacia Elizabeth, y pronto la descubrirían. Ella dio un paso hacia atrás, pero su pie pisó una rama que se quebró con un ruidoso crujido.

"¿Quién está ahí?" demandó Andrew Darcy.

No había otra cosa que hacer que ser impertinente. Elizabeth levantó el pestillo y empujó la puerta de la verja. "Perdonen por sorprenderlos," dijo ella alegremente. "¡Vamos, si no es el Sr. Wickham! Yo hubiera creído que usted estaría en Brighton, señor."

El joven clérigo retrocedió. "¿Ustedes se conocen?"

"El Sr. Wickham fue un oficial de la milicia en mi pueblo en Hertfordshire," explicó Elizabeth. Ella ciertamente no deseaba declararlo amigo.

Wickham hizo una reverencia. "En verdad, tuve el privilegio de conocer a la Señorita Elizabeth ahí. Pero ¿qué la trae a las tierras salvajes de Derbyshire?" Entonces una mirada conocedora cruzó su rostro. "O quizá pueda adivinar."

Ella no tenía idea de qué era lo que él intentaba insinuar. "Estoy viajando con mi tía y mi tío."

"¡Muy interesante!" Una mirada calculadora se asentó en su rostro. "Así que, Drew, ¿estás seguro de no poder ayudarme?"

"Oraré por ti, Wickham."

Los ojos de Wickham se entrecerraron y él gruñó, "Tú y tu superior y poderoso hermano pueden pudrirse en el infierno." Entonces, con un abrupto cambio de actitud, él se inclinó hacia Elizabeth con una sonrisa insinuante. "Mis disculpas, Señorita Elizabeth, y mis felicitaciones por un brillante partido. Espero que siempre me cuente entre sus amigos. Le deseo un buen día." Él se volvió y se paseó de regreso al camino.

Elizabeth presionó sus dedos en su garganta. "¡Cielos! ¿De qué se trató eso?" A pesar de conocer el pasado de Wickham, ella nunca lo había visto que fuera nada más que encantador antes. Y ¿qué había querido decir con un brillante partido?

El joven clérigo se enderezó los puños, usando la acción como una excusa para no mirarla a los ojos. "Mis disculpas por su lenguaje. Wickham puede ser temperamental en ocasiones, aunque usualmente no frente a las damas, pero es un hombre en el que no se debe confiar."

"Estoy consciente de eso," dijo ella con sequedad. "Lamento si mi presencia hizo las cosas más difíciles para usted."

Él levantó la mirada, con un leve gesto en los labios. "Las cosas siempre son difíciles si Wickham está cerca. No se preocupe. Espero que él no le haya causado angustia en el pasado."

"No. Él fue siempre perfectamente encantador conmigo. Yo solamente he escuchado rumores de su mal comportamiento, pero no he sufrido directamente por él." Ella ciertamente no quería explicarle al primo del Sr. Darcy precisamente en dónde había ella averiguado sobre las ofensas de Wickham. Era mucho mejor cambiar de tema. "¿Está mi tía adentro?"

"Sí, está repasando las cuentas con la nueva ama de llaves. Le dije que no era necesario, pero ella insistió en que el ojo de un ama de casa vería errores que a un hombre se le pasarían. Me atrevo a decir que tiene razón, pero no sé cómo voy a pagarle alguna vez por su ayuda. La vicaría es un lugar mucho más feliz ahora."

"Ella lo ha disfrutado inmensamente," le aseguró Elizabeth. "Hay pocas cosas que le den tanto placer como usar sus habilidades para resolver problemas. Ella recordará esto con placer."

"Espero que no haya sido una decepción para usted," dijo él. "Después de todo, usted puede haber deseado pasar sus vacaciones de manera bastante diferente."

"Para nada," dijo ella, sin ser completamente sincera. "Nunca hubiera descubierto este encantador poblado si mi tía no le hubiera ofrecido su ayuda, y debo decir que me he encariñado bastante con él."

Una tímida sonrisa se mostró en el rostro de él. "Fue un día afortunado cuando ustedes aparecieron en la rectoría del Sr. Morris. Yo me he beneficiado grandemente de la asistencia de su tía, pero más allá de eso, ha sido una delicia conocerla a usted."

¿Estaba él tratando, de manera tímida y torpe, de coquetear con ella? Él parecía tener poca experiencia en ello. Pobre tipo; si su nombre no hubiera sido Darcy, a ella le hubiera encantado disfrutar un agradable coqueteo con él. "Es un gran placer hacer nuevos amigos en mis viajes. Ahora, ¿dónde puedo encontrar a mi tía?"

Capítulo 3

CUANDO EL CARRUAJE entró al patio del establo en el White Hart Inn, la Sra. Gardiner dijo, "¿Estás segura de que no te importa quedarte sola aquí?"

"Para nada," dijo Elizabeth resueltamente. "No quiero que mi pequeño accidente trastorne su día. Me sentiría extremadamente culpable si ustedes se perdieran de ver el Castillo Peveril simplemente porque yo fui lo suficientemente tonta como para resbalar en el lodo." ¡Especialmente cuando su tía le había advertido contra intentar trepar esas mismas rocas en las que se había resbalado!

"Pero odio dejarte sola," dijo su tía con preocupación.

"No hay necesidad. Una de las recamareras estará feliz de ayudarme a cambiarme a un vestido limpio, y puedo usar el tiempo para ponerme al día con mi correspondencia."

El Sr. Gardiner dijo, "Quizá debiéramos encaminarte a tu cuarto, solo para estar seguros."

Elizabeth reprimió un deseo de responder de manera cortante, sabiendo que si dejaba que su tía y su tío se bajaran del carruaje, sería tres veces más difícil hacer que volvieran a subirse. "Tonterías. Esta es una posada perfectamente respetable donde nos conocen bien. ¡Yo quiero que ustedes vayan a Peveril para que puedan contarme todo sobre el lugar después!"

"Muy bien, si estás segura," dijo la Sra. Gardiner.

Con una sonrisa cálida, tranquilizadora, Elizabeth bajó del carruaje. "Son solo veinte metros a la puerta de la posada. ¿Qué podría sucederme rodeada de todos estos finos ciudadanos? Ahora, ¡váyanse!" Ella dio un paso atrás hacia la puerta del establo para dejar espacio para que el carruaje diera vuelta, y agitó la mano mientras su tío y su tía pasaban por el arco de regreso a la calle.

Con un suspiro de alivio, ella se alisó la falda para ocultar las partes enlodadas tanto como pudo antes de cruzar el patio. Entonces ella vio la familiar figura del Sr. Wickham surgir a través de la puerta de la posada acompañada de una camarera pelirroja. Ella ciertamente no quería cruzarse con él, especialmente estando sola, así que, al escuchar sus engatusadores tonos, ella se ocultó en las sombras del establo.

MEDIA HORA Y MUCHOS dolorosos rubores después, Elizabeth decidió que Wickham estaba lo suficientemente distraído como para poder escapar sin ser vista y aprovechó su oportunidad de atravesar apresurada por el patio del establo y entrar por la puerta trasera de la posada. Todo lo que ella quería era llegar a la privacidad de su cuarto y deshacerse del recuerdo de lo que había escuchado, pero ¿debía advertir al dueño de la posada antes de eso? No, primero debía cambiar su vestido. Ella no quería hablar con nadie en su actual estado de desarreglo enlodado. ¡Si tan solo pudiera estar segura de que el asunto podía esperar hasta el regreso de su tío! Sería mucho más fácil si él lo manejaba en su lugar.

El obstáculo del salón público estaba entre ella y la escalera. Ella respiró profundo e intentó deslizarse calladamente a lo largo de la pared, esperando que nadie la viera.

Ella falló.

"¡Señorita Bennet!" El Sr. Andrew Darcy dio un paso adelante e hizo una reverencia sobre la mano de Elizabeth.

Ella hubiera creído que no le quedaban más sonrojos. "Le ruego disculpe mi apariencia, señor. Un pequeño accidente mientras subía Mam Tor."

"Lamento escucharlo. Espero que no se haya lesionado."

"Estoy perfectamente bien, se lo agradezco." Aparte de unos cuantos moretones y una severamente lastimada dignidad, y ahora un nuevo y preocupante problema qué resolver.

"¿Está la Sra. Gardiner con usted? Vine a visitar con la esperanza de verla."

"No, ella y mi tío me dejaron aquí y continuaron hacia el Castillo Peveril. No los espero de regreso por algunas horas."

Él la estudió. "¿Está segura de que está bien? Se le ve alterada."

"Yo..." Ella parpadeó con fuerza, deseando poder correr alejándose. "Nada está verdaderamente mal; simplemente tuve una experiencia hace unos momentos que me ha descompuesto un poco." El eco de la seducción de Wickham sonó en sus oídos.

"¿Hay alguna manera en que pueda ayudarla? Un vaso de vino; ¿le consigo uno?" Su preocupación era evidente.

"No, se lo agradezco," replicó ella, intentando recuperarse. "No me sucede nada. Estoy bastante bien. Solo estoy alterada por algo que escuché, y no sé qué hacer al respecto." Pero esta reunión era tal vez una bendición disfrazada; Andrew Darcy podía ser la única persona en Derbyshire con la que ella podía contar para que entendiera las costumbres de Wickham. "Ahora que pienso en ello, si no fuera una imposición, señor, es un asunto en el que yo apreciaría su consejo."

Él se vio genuinamente complacido por sus palabras. "Estaría encantado de serle de ayuda, si pudiera. ¿Quizá pudiéramos hablar en el salón privado? Está vacío, y si dejamos la puerta abierta y permanecemos a la vista del salón público, no creo que nadie objetaría."

Por una vez ella se sintió agradecida de que alguien más organizara las cosas por ella, así que aceptó su dirección. "Muy bien, pero debo permanecer de pie, no vaya yo a manchar de lodo toda una agradable y limpia silla."

"Por supuesto." Él la acompañó hacia el salón, y luego añadió, "Naturalmente, cualquier cosa que me diga será mantenida en confianza."

"Gracias." ¿Cómo podía ella empezar? Ella no tenía deseo de explicar que había sido una involuntaria testigo de una escena de seducción. "Todo este asunto quizá no es de mi incumbencia, pero no estoy segura de qué hacer sobre ello. Concierne al Sr. Wickham, la cual es la razón por la que pensé que su consejo pudiera ser útil."

Su mirada de preocupación se profundizó. "Lamento escuchar que él la ha estado molestando."

"No directamente. Ayer vino de visita cuando habíamos salido y dejó un mensaje para mí diciendo que deseaba disculparse por su temperamento. No estoy segura de cómo averiguó dónde me estaba quedando, pero decidí que sería más fácil evitarlo. Justo ahora, después de que mi tío y mi tía me dejaron en el patio del establo, lo escuché hablando con una muchacha que trabaja en la posada. Como no deseaba encontrarme con él, me oculté detrás de una puerta a esperar a que pasara." Las mejillas se le enrojecieron al recordar lo que había escuchado.

"¿Él la descubrió?"

"No, pero entró en el establo, y yo no pude evitar escuchar lo que tuvo lugar." ¡Y no había necesidad de entrar en detalles sobre eso! "Él le estaba prometiendo a la muchacha que la llevaría a Gretna Green y se casaría con ella, pero que necesitaba dinero para que fueran allá. Él le dijo que vaciara la caja del posadero y que le diera el dinero, y parece como si la hubiera persuadido." Ella se pasó la parte posterior de la mano por el rostro, como si quisiera limpiar las palabras. "Yo no sé qué hacer, si debo decirle al posadero o no. Quizá la chica no lo hará, y si digo algo, ella pudiera perder su empleo."

Andrew Darcy inhaló a través de los dientes. "Usted no necesita hacer nada. Yo me encargaré de esto, y sin involucrar al posadero. ¿Está Wickham todavía allá afuera?"

"Así lo creo." Ella esperaba qué él se estuviera tomando su tiempo en asegurar que la pobre chica estuviera totalmente bajo su hechizo. ¡Y pensar que ella lo había admirado alguna vez! "No deseo causarle a usted ningún problema."

"Usted no ha causado ningún problema. Wickham está a punto de destruir la vida de una chica, y usted tiene toda la razón en buscar ayudarla. Déjeme el asunto a mí. Quizá usted desee ir arriba y atender su vestido."

Elizabeth ya casi había olvidado la razón por la que había regresado a la posada. "Así lo haré, y gracias por ayudar a esa pobre chica."

UNA VEZ ARRIBA, ELLA no pudo quitarse la situación de la cabeza. Ella debió hacer lo que él le dijo y dejar que él lo manejara, pero no podía olvidar con cuanta rapidez el humor de Wickham había cambiado en la vicaría. ¿Qué sucedería si se enojaba aquí? Quizá ella debería mantenerse vigilante a distancia, por si acaso. Su ventana daba hacia el patio del establo, así que ella luchó con la difícil cerradura. Ella la había mantenido cerrada hasta ahora a causa del ruido de los carruajes que llegaban a todas horas. Pero ahora, por causa de ella, Andrew Darcy estaba allá abajo confrontando a Wickham.

Ella no podía verlo, así que o Andrew ya estaba en el bloque del establo o todavía no había salido al patio. Con un suspiro, ella se alejó de la ventana y empezó a desabotonar su vestido, agradecida de que fuera uno que no necesitaba que le ayudaran a quitarse. Afortunadamente, el lodo no había llegado a su fondo, así que pudo ponerse su vestido de muselina azul sobre él. Mientras batallaba para alcanzar los últimos botones de la espalda, ella escuchó una conmoción desde afuera.

Ella se apresuró a la ventana a tiempo para ver a Andrew Darcy levantarse del suelo mientras George Wickham estaba de pie sobre él. Unos cuantos mozos del establo merodeaban a su alrededor, urgiéndolos a pelear, pero Andrew sacudió la cabeza y dijo algo que ella no pudo escuchar. El puño de Wickham salió disparado y conectó con la nariz del joven clérigo. Él trastabilló, con sangre corriéndole por el rostro, pero no hizo esfuerzo para defenderse mientras Wickham lo golpeaba de nuevo, esta vez en el estómago. Andrew se dobló.

Elizabeth no pudo soportarlo. Poniéndose un chal sobre los hombros, ella corrió fuera del cuarto y bajó las escaleras, empujando a varios hombres en la taberna, y finalmente salió al patio del establo.

"¡Cobarde!" Wickham se burló de Andrew, quien sostenía un pañuelo contra su nariz. "Tú puedes llamarte pacifista, pero yo lo llamo cobardía."

"*No resistas al mal, pero quien quiera que te golpee en la mejilla derecha, vuélvele también la otra,*" citó Andrew nasalmente, y lentamente volvió su cabeza a un lado, exponiendo su mejilla a Wickham.

"Tonto," escupió Wickham, y lo golpeó en la barbilla con el puño.

Esta vez el joven clérigo cayó al suelo de nuevo. Wickham lo pateó en las costillas, y él se hizo un ovillo, agarrándose un costado. Mientras Wickham se preparaba para patearlo de nuevo, Elizabeth corrió y se puso de pie entre ellos.

"Detenga esto," exclamó ella.

Los labios de Wickham se torcieron. "Solamente por usted, Señorita Elizabeth." Él se pasó la mano por la boca y sopló sobre sus enrojecidos nudillos.

Ella no pudo soportar mirarlo, así que se arrodilló junto a Andrew Darcy, aún hecho un ovillo, con sangre manchando su corbata y salpicada a través de su saco. "¿Cómo puedo ayudarle, señor? ¿Puedo ayudarle a entrar?"

Él se incorporó hasta sentarse, haciendo una mueca mientras alcanzaba su pañuelo y se limpiaba la sangre del rostro. "Lamento que haya tenido que ver esto. Debe volver adentro. Esto no es serio."

Ella lo había enviado allá afuera, y él había sufrido por ello. Eso lo hacía serio en su mente. "Cuando alguien esté atendiendo sus lesiones, lo haré."

Él se levantó sobre sus pies con tesitura. "Son solo unos cuantos moretones." Pero trastabilló un poco.

Por supuesto que él no admitiría estar lesionado, no cuando Wickham acababa de acusarlo de cobardía. Ella pensó con rapidez. "Usted no puede caminar por la calle cubierto en sangre. Debe limpiarse primero. Entre y haré que alguien le traiga un cuenco de agua."

Wickham se movió junto a ella. "No hay nada de qué preocuparse. No lo golpeé fuerte."

Ella volvió una mirada de reproche hacia él. "De verdad," dijo ella heladamente.

Él se inclinó más cerca y susurró, "Hay más sobre esto de lo que usted sabe. Espero que nunca descubra qué tan entrometido y metiche el joven Drew puede ser."

"Señorita Bennet, ¿entrará conmigo? No la dejaría sola aquí." Las dignificadas palabras de Andrew sonaron apagadas por el pañuelo presionado contra su rostro.

Wickham dijo suavemente, "La Señorita Bennet sabe que ella está perfectamente segura conmigo."

Ella le dirigió a Wickham una mirada fulminante y tomó el brazo que Andrew Darcy le ofreció. "No tengo nada que decirle a usted, Sr. Wickham," dijo ella fríamente, con la voz temblándole por la ira, y le dio la espalda.

LA CAMARERA PELIRROJA vino a la puerta de la habitación de Elizabeth en la posada. Elizabeth levantó la vista de la carta que estaba escribiendo, con un fuerte rubor elevándose en sus mejillas. ¿Sabía la muchacha que ella la había visto con Wickham? "¿Sí?"

La chica sonrió burlonamente mientras le hacía una caravana. "El joven en la sala privada pregunta por usted, señorita. Dice que es urgente, si fuera tan amable."

"¿Quiere usted decir el Sr. Andrew Darcy?" ¿Qué podía ser tan urgente? Quizá alguien había encontrado ropa adecuada para él, y deseaba decirle que ya se iba.

"Sí, señorita."

"Muy bien, me reuniré con él en un momento."

Elizabeth cerró el tintero y limpió su pluma. Intentaría mantener esta despedida breve, sin discutir la embarazosa situación que había sucedido, y ella aún podría terminar su carta antes de la cena.

La camarera la esperó en lugar de irse. ¿Pensaba ella que Elizabeth se perdería en el camino escaleras abajo? Más probablemente ella esperaba una propina, una que no iba a serle dada.

Aun así, Elizabeth se sintió agradecida de no estar sola cuando distinguió al Sr. Wickham merodeando en el umbral cuando pasó al comedor público. Su pulida sonrisa destelló cuando él notó su presencia. Ella lo reconoció con un frío asentimiento, que era más de lo que él merecía, pero ella no deseaba crear una escena.

En el otro lado del salón, la camarera abrió la puerta del salón privado. Elizabeth le dirigió una sonrisa de disculpa mientras pasaba y miró hacia adelante en el salón donde Andrew Darcy yacía en un sofá con la espalda hacia ella, y solo su cabeza visible en el brazo del sillón "Señor ¿usted pidió verme?"

La puerta hizo clic al cerrarse detrás de ella.

Andrew Darcy se sentó rápidamente en el sofá donde había estado yaciendo, agarrando las solapas del saco prestado que usaba. Aun así, era aparente que no estaba usando nada más por encima de sus pantalones. "Yo no mandé por usted," dijo él agudamente.

"Perdóneme." Mortificada a la vista de la piel expuesta de su pecho y cuello, Elizabeth le dio la espalda y estiró ciegamente la mano hacia el pestillo de la puerta, ansiosa de escapar. Pero nada sucedió cuando empujó la puerta. Aún un fuerte empujón no hizo ninguna diferencia.

¡Qué humillante! Ella tendría que pedirle ayuda. "La puerta está atorada." Ella mantuvo los ojos en el suelo.

"Si se vuelve de espaldas, estaré encantado de ayudar." Él sonaba tan avergonzado como ella se sentía.

Ella siguió sus instrucciones y caminó a medio camino a través del salón como buena medida. De esa manera, si alguien los descubría juntos, no se vería tan mal.

Él jaló la puerta, murmuró algo airadamente en voz baja, luego dijo con voz renuente, "Señorita Bennet, lamento decir que parece que hemos sido encerrados."

"¿Cómo pudo suceder eso? No importa; si usted se hace a un lado, tocaré a la puerta hasta que alguien venga a dejarnos salir."

"Yo no le aconsejaría hacer eso." La voz de él sonaba alterada.

"¿Qué quiere decir? Todos entenderán que fue un accidente el que fuéramos encerrados juntos, ¡especialmente ya que yo acabo de entrar!"

"Yo no creo que haya sido un accidente. Este es uno de los trucos favoritos de Wickham, crear una situación comprometedora. Todo lo que necesita es que alguien declare que usted ha estado aquí algún tiempo."

"¿El Sr. Wickham?" Aún después de todo lo que había visto de él, ella escasamente podía creerlo. Él debía saber qué tan dañino un episodio como este sería para la reputación de una dama. No haría más que avergonzar a Andrew, pero sería devastador para ella. Pero tenía mucho sentido, especialmente ya que había sido la camarera pelirroja la que la había traído aquí, presumiblemente a solicitud de Wickham. ¿Cómo podía él hacerle esto a ella? "Pero ¿por qué?" Sus palabras salieron por sus dientes apretados. "¿Qué puede posiblemente esperar lograr con esto?"

Él hizo una mueca. "Presumiblemente avergonzarme, como pago por mis anteriores acciones. Usted solamente tuvo la mala fortuna de quedar atrapada en su mezquina venganza contra mí. O quizá no... usted también lo conoció en el pasado. ¿Tiene él algún resentimiento contra usted?"

Elizabeth sacudió la cabeza. "Ninguno que pueda explicar esto." La voz de ella tembló. Wickham, a quien ella había admirado por meses, estaba deliberadamente intentando dañar su reputación. Y bien podía tener éxito, pero no iba a pensar en eso ahora.

Andrew Darcy debió haber visto su angustia, porque dijo. "Debemos ser más inteligentes que él. Si pedimos ayuda, cualquier número de personas lo escuchará y estará consciente de nuestra situación. Si simplemente esperamos a que alguien descubra la puerta cerrada por sí misma, solo esa persona lo sabrá, y bien puede ser una persona que esté inclinada a creer nuestra historia, o que esté dispuesta a olvidar lo que ha visto a cambio de una pequeña suma."

"Pero eso podría llevar horas, y se vería mucho peor si estamos solos aquí por tanto tiempo."

"¿Usted cree? Sospecho que no hará ninguna diferencia si es un asunto de minutos o de horas," dijo él pesadamente. "Pero su reputación está en mayor riesgo que la mía, así que me atendré a su decisión."

Él tenía razón. Pero esperar ahí impotentemente mientras su reputación descansaba en un asunto de suerte, dependiendo de la persona que intentara primero abrir la puerta... ¡vamos, era intolerable! Debía haber otra opción.

Quizá hubiera otra forma de salir del salón. Ella se apresuró hacia la ventana de paneles en diamante, pero daba hacia la calle. Aun si Andrew Darcy pudiera escurrirse por la estrecha apertura, él de seguro sería visto por alguien que pasara, y eso se vería aún peor. No había lugar en el salón para esconderse, ningún aparador ni alacena en el que él pudiera treparse. Ella sintió un rayo de disgusto hacia el posadero por su falta de preparación para emergencias de este tipo, una reacción que casi la hizo sonreír. ¡Qué tontería culpar al posadero por esta circunstancia!

"Sospecho que usted está en lo correcto de que lo más inteligente es esperar," dijo ella con renuencia. "Me sentaré aquí en la ventana y vigilaré en caso de que mi tío y mi tía regresen temprano. Si puedo llamarlos, ellos nos dejarán salir sin que nadie se dé cuenta." También le permitiría mantenerse dándole la espalda.

"Una excelente idea." Había una clara ira por debajo de sus calmadas palabras.

EL PRECIO DEL ORGULLO: UNA VARIACIÓN DE ORGULLO Y PREJUICIO

Ellos se quedaron en silencio. Los pensamientos de Elizabeth eran infelices. En verdad, esto no debía importar mucho a la larga, aún si hubiera un escándalo por este evento; después de todo, aparte de su tía y su tío, nadie de Meryton conocía a nadie de aquí, y ella podía confiar en que los Gardiner no esparcieran rumores. Ninguna vergüenza la seguiría a casa. Pero su tía aún tenía amistades aquí, conexiones que había estado feliz de reanudar en esta visita, y cualquier daño a la reputación de Elizabeth, especialmente cuando se suponía que estuviera al cuidado de su tía, afectaría a la Sra. Gardiner. Sus amistades podían cortar el contacto con ella, y eso lastimaría a su tía.

Con súbita furia contra el Sr. Wickham, ella deseó que Andrew Darcy lo hubiera golpeado también. Fuerte. O que Fitzwilliam Darcy hubiera expuesto el verdadero comportamiento de Wickham hacía algunos años, para que él no hubiera estado en posición de crear esta maldad.

Si tan solo ella no se hubiera resbalado en el lodo y hubiera tenido que regresar a la posada. Si tan solo hubiera permitido que su tío la acompañara a su habitación. Si tan solo no hubiera intentado ocultarse de Wickham. Si tan solo ella no le hubiera creído a la camarera pelirroja, pero todos los si tan solos del mundo no podían cambiar la posición en que se encontraba, donde su única esperanza real era que los Gardiner volvieran temprano.

Capítulo 4

POR SUPUESTO, LOS GARDINER llegaron demasiado tarde. Para entonces, Elizabeth estaba de regreso en su habitación y físicamente a salvo, pero ella no podía decir lo mismo de su reputación o sus espíritus. La ira luchaba con la humillación mientras relataba los eventos a la Sra. Gardiner, quien solamente había escuchado el más elemental resumen de un quietamente furioso Andrew Darcy antes de apresurarse al lado de su sobrina.

"¿Una hora? ¿Ustedes estuvieron encerrados por más de una hora? ¿Qué sucedió entonces?" preguntó la Sra. Gardiner, con los labios apretados.

"Fue horrible." Elizabeth se estremeció al recordarlo. "Un hombre golpeó la puerta y demandó que abriéramos, pero por supuesto nosotros no podíamos hacerlo. Él fue a buscar al posadero, quien no pudo encontrar la llave, así que mandó por el cerrajero. Para cuando éste llegó y abrió la puerta, había una muchedumbre que incluía al magistrado y al alcalde. La esposa del posadero empezó a gritar sobre la inmoralidad bajo su techo. Wickham debe haber trabajado duro para conseguir semejante audiencia," dijo ella con amargura.

"Él parecía un tipo tan encantador cuando lo conocí en Navidad," dijo la Sra. Gardiner. "Debí haberlo pensado más en lugar de confiar en mi primera impresión."

"A mí también me engañó." Elizabeth se enjugó los ojos. "Nunca me he sentido tan humillada en mi vida." Ella intentó no pensar en los horribles nombres que algunos de los borrachos le habían susurrado.

La Sra. Gardiner se mordió el labio. "Odio preguntarte esto, querida, pero ¿sucedió algo tras esa puerta cerrada?"

"Nada en lo absoluto. El Sr. Andrew Darcy estaba aún más mortificado por las circunstancias de lo que yo estaba, y ni siquiera se atrevía a mirarme."

Su tía dejó salir su aliento. "Bien. Me alegra que él, al menos, no nos haya decepcionado."

"Fue mi culpa que él saliera y confrontara a Wickham." Las palabras salieron apresuradas de sus labios. "Si yo no le hubiera pedido ayuda, él no hubiera sido lesionado, y no hubiera tenido que esperar mientras su ropa era limpiada, y nada de esto hubiera sucedido. Y él tendrá que vivir con los rumores, mucho después de que yo me haya ido a casa y los haya dejado atrás."

"Él no parece culparte. Él dijo que si Wickham quería vengarse de él, lo conseguiría de una u otra manera."

"Yo no puedo ser tan filosófica."

Su tía elevó las cejas. "Vamos, Lizzy, ¿el joven Sr. Darcy ha involucrado tus sentimientos más tiernos?"

Las mejillas de Elizabeth se enrojecieron. "Para nada. Solo me disgusta la injusticia de todo esto."

"¿Estás segura? Porque cuando él habló con tu tío, él dijo que casarse contigo no sería nada difícil. Creo que le gustas. De hecho, sé que es así."

"Tía, ¡no puedes saber tal cosa!" Lo último que ella necesitaba era que la Sra. Gardiner fuera una casamentera.

"¿No puedo? ¿Cómo, entonces, explicas el que me preguntara en privado la última vez que visitamos la vicaría, si tenías admiradores en casa?" La Sra. Gardiner tenía una expresión de placer juguetón.

Elizabeth se forzó a exhalar entre los dientes. ¡No de nuevo! Primero Fitzwilliam Darcy, ahora Andrew Darcy. ¿Por qué era que los únicos caballeros que mostraban interés en ella eran los que ella deseaba evitar? ¿Había ella permitido de nuevo que sus modales juguetones confundieran a un hombre? Ella había intentado mantener su distancia a causa de su conexión con su Sr. Darcy, o más bien con el Sr. Darcy que no era suyo. "Te ruego que no hagas un romance de esto. Él solo está intentando hacer lo apropiado. Yo no tengo ese tipo de interés en él."

Alguien llamó a la puerta. "Soy yo," dijo su tío.

"Pasa," dijo Elizabeth cansadamente.

El ceño del Sr. Gardiner estaba fruncido. "Espero que no te encuentres demasiado alterada por todas estas tonterías, Lizzy. Darcy ha solicitado que te unas brevemente a nosotros."

Por un horripilante momento, Elizabeth pensó que él se refería al Sr. Darcy de Pemberley, ya que ella había, de manera señalada, pensado en el joven clérigo como Andrew Darcy, pero luego su buen sentido prevaleció. "Muy bien." Ella preferiría por mucho acostarse a dormir.

La Sra. Gardiner insistió en arreglar un poco el cabello de Elizabeth, como si el más fino estilo de peinado pudiera hacer que ella se viera como otra cosa que no fuera cansada y enojada, pero era más fácil permitirle hacerlo que luchar contra ello. "Ahora pellizca tus mejillas para que se te vea un poco de color en ellas."

Elizabeth suspiró, pero obedeció. "Te ruego que acabemos con esto," dijo ella. Intentando aligerar el momento, añadió, "Tío, ¡te prometo que nunca volveré a negarme a que me acompañes a mi habitación."

Ella se sintió aliviada de descubrir que Andrew Darcy los esperaba en la pequeña sala de estar en la habitación de los Gardiner. Al menos eso significaba que ella no tenía que bajar a las áreas públicas de la posada de nuevo. El moretón en la mejilla de él se veía más prominente ahora, pero él estaba totalmente vestido.

Él se levantó con una pequeña mueca e hizo una reverencia hacia ella. "Gracias por recibirme, Señorita Bennet. Deseo expresarle mi remordimiento por la escena a la que usted estuvo expuesta antes."

"Le agradezco su preocupación, aunque la culpa no fue de usted. Y debo disculparme de nuevo por arrastrarlo a todo este desastre. Si yo simplemente no le hubiera dicho nada sobre lo que había escuchado, nada de esto hubiera sucedido."

"Usted estuvo en lo correcto en decírmelo. Yo no hubiera deseado que el comportamiento de Wickham no fuera controlado, aún si pagué un precio por ello."

Elizabeth se mordió el labio. "Lamento mucho que su mezquina venganza provoque que alguien piense mal de usted. Espero que la gente le crea cuando les diga la verdad."

Las comisuras de su boca se volvieron hacia abajo. "Puede no ser tan sencillo. Yo asumo que él todavía le cae bien a la gente de aquí. La mayoría de la gente solo ve su encanto hasta que ya es demasiado tarde. Pero ese es mi problema, no el de usted, y yo estoy más preocupado sobre una mancha en la reputación de usted. Aun si este episodio no fuera mi culpa, nunca hubiera sucedido si yo no hubiera aceptado la generosa ayuda de su tía. Pero antes de decir más, debo hacerle una pregunta que puede parecerle rara y no relacionada con este asunto."

Desconcertada por su seria expresión, Elizabeth apretó el chal a su alrededor. "¿Qué pregunta es esa?"

Él respiró hondo y exhaló lentamente. "¿Cuál es su opinión sobre el comercio de esclavos?"

Elizabeth se le quedó mirando. "¿El comercio de esclavos? ¿Usted desea discutir política ahora?" preguntó ella con incredulidad.

"Le dije que podría parecer no estar relacionada, pero le ruego que tenga paciencia conmigo," dijo él equilibradamente.

"Oh, está bien," dijo ella molesta. "Creo que está mal comprar y vender seres humanos, y que el comercio de esclavos ha sido una mancha sobre el buen nombre de Inglaterra."

"Se lo agradezco." Él se frotó la frente. "En ese caso, le propongo que enmendemos esta ofensa a su honor con el matrimonio."

¿No había tenido ella ya suficientes conmociones por un día? "¡Buen Dios, no hay razón para considerar el matrimonio como remedio! Yo me iré de aquí la próxima semana, y mientras mi tío y mi tía no digan nada, nadie en mi vida sabrá nunca que algo sucedió. ¡Y no veo qué tenga que ver la esclavitud con todo esto!" ¡Oh, ella debía controlar su temperamento! El hombre estaba intentando ser decente al ofrecerle matrimonio, aun si no era necesario, y él no tenía la culpa de nada de esto. "Perdóneme; estoy muy alterada. Su oferta es de lo más generosa, pero innecesaria."

Él exhaló lentamente. "La esclavitud es importante porque me he dedicado a la causa del abolicionismo, tanto que he pasado varios años de mi juventud trabajando para el gran abolicionista el Sr. Wilberforce. Yo me sentiría comprometido a ofrecerle matrimonio aun si usted estuviera a favor de la esclavitud, pero en ese caso, mi oferta hubiera sido de un matrimonio solo de nombre, ya que cualquier otra cosa nos hubiera hecho muy infelices a ambos." Él mantuvo la barbilla levantada, como si esperara un desacuerdo. "Espero que usted esté en lo correcto de que no se sabrá nada en su casa, pero Wickham es conocido por causar problemas solo por el gusto de hacerlo, y asumo que conoce a gente allá."

La Sra. Gardiner protestó, "Pero ¿por qué haría él eso? Él era un visitante frecuente en la casa de la familia de Lizzy."

El joven clérigo suspiró. "No confío en Wickham, pero quizá me estoy preocupando por nada."

La Sra. Gardiner dijo bruscamente, "Sospecho que ese es el caso, y que no volveremos a saber de él. Sr. Darcy, me aseguraré de decirle a todo el mundo que conozco que mi sobrina lo absuelve de cualquier comportamiento inapropiado."

"Gracias." Él hizo una reverencia, viéndose aliviado. "Los dejaré ahora. Señorita Bennet, le ruego que acepte mis más sinceras disculpas por esta desafortunada ocurrencia, y si surgiera cualquier dificultad de ella, sigo preparado para hacer enmiendas."

Elizabeth intentó sonar digna, como si aún le quedara algo de dignidad. "Se lo agradezco, señor."

Después de que él salió de la habitación, su tía suspiró. "¡Mi pobre Lizzy! Lamento tanto que esto sucediera. Debo decir que el joven Sr. Darcy se comportó muy bien, sin embargo. Él parece un joven recto, y no lo digo solamente porque yo misma sea una abolicionista."

La respiración de Elizabeth disminuyó mientras el mundo parecía volver a la normalidad. "Él es claramente un hombre de fuertes creencias, y una definitiva mejoría sobre el último clérigo que me propuso matrimonio." Ella se las arregló para poner un tono bromista. "Es un poco demasiado serio para mi gusto, sin embargo. ¡Qué lástima que no sea mi hermana Mary la que esté en mi lugar! Ellos hubieran congeniado admirablemente."

"¿Mary? ¡Para nada! Él es un idealista, no un sermoneador. Él no moraliza, ni usa su piedad en la manga como lo hace ella. Tú no tienes razón para sentirte obligada a casarte con él, pero si llegara a ser necesario, creo que harían una buena pareja. Pero esperemos que no llegue a eso."

"No lo hará," dijo Elizabeth con absoluta certeza. El Sr. Andrew Darcy pudiera ser una buena pareja, pero ella no tenía intención de tener ninguna conexión con la familia Darcy. ¡Nada más imaginar que su Sr. Darcy regresara a casa a Pemberley y la encontrara casada con su primo! Ella casi preferiría tener una reputación arruinada.

EL PRECIO DEL ORGULLO: UNA VARIACIÓN DE ORGULLO Y PREJUICIO

Casi.

Capítulo 5

EL SR. ANDREW DARCY fue de visita a la Posada White Hart a la mañana siguiente para preguntar sobre la salud de Elizabeth y para una vez más expresar su aprecio a la Sra. Gardiner por su ayuda con la vicaría. Dado su amoratado rostro y su caminar algo tieso, Elizabeth sintió que ella debía estar preguntando por su bienestar en lugar de eso, pero ella sabía que él no lo apreciaría, así que determinó evitar cualquier jovialidad que pudiera darle la idea incorrecta sobre el interés de ella. Él pareció algo tenso al principio, pero después de los primeros minutos incómodos, él se relajó a su anterior modo afable. La Sra. Gardiner prometió que pasaría por Kympton una vez más antes de que se fueran de Derbyshire, y se separaron en términos amistosos.

Al día siguiente los Gardiner y Elizabeth estuvieron fuera de la posada todo el día, visitando las Heights of Abraham y no volviendo hasta que estaba casi obscuro. Hasta Elizabeth estaba cansada de la larga caminata por el parque, y ansiaba una cena tranquila y acostarse temprano.

En lugar de eso encontraron a un sombrío Andrew Darcy esperando su regreso. Después de presentar sus respetos a las damas, él pidió hablar en privado con el Sr. Gardiner. El corazón de Elizabeth se hundió cuando ellos desaparecieron en el salón privado. Los dos caballeros no habían pasado tiempo en particular uno en compañía del otro, así que claramente algo estaba mal.

Su tía la observaba con preocupación. "Pudiera no tener nada que ver contigo, Lizzy."

Elizabeth intentó reír, pero no lo consiguió. "¿Qué probabilidades hay de eso? ¿Puedes pensar en alguna otra cosa que lo trajera a hablar con mi tío en lugar de contigo?"

EL PRECIO DEL ORGULLO: UNA VARIACIÓN DE ORGULLO Y PREJUICIO

La Sra. Gardiner dudó. "No de inmediato, pero tampoco veo qué hubiera podido salir mal para traerle aquí. Si se hubiera extendido la información, ¿cómo lo sabría él?"

"Supongo que no podría hacerlo." Aún si alguien hubiera cabalgado directo a Meryton con las novedades, ellos aún no regresarían. Quizá ella se estaba preocupando innecesariamente.

"Si llegara a eso, cuando menos él sería una buena pareja para ti," dijo la Sra. Gardiner con alegría forzada. "Él es un buen hombre, su rectoría es valiosa. Esa rectoría será un buen hogar una vez que tenga la presencia de una mujer, y tú has dicho con frecuencia cuánto te gusta el paisaje de aquí."

Pero el apellido de él aún sería Darcy, y él le debía la valiosa rectoría a la generosidad del Señor de Pemberley, un hombre al que ella nunca quería volver a ver. Ella difícilmente podía decirle a su tía nada de eso, sin embargo. "No deseo verme forzada a casarme con un hombre que escasamente conozco, y odiaría estar tan lejos de mi familia."

Su tía le dio un rápido abrazo. "Por supuesto, y espero que eso no suceda. Pero si tienes que vivir en esa encantadora rectoría, ¡te aseguro que vendré a visitarte!"

Un cuarto de hora más tarde, el Sr. Gardiner se unió a ellas, cerrando la puerta tras de sí. Su expresión era grave.

"¿Qué sucede, mi amor?" preguntó la Sra. Gardiner.

Él se sentó con un pesado suspiro. "Él ha recibido una carta del Sr. Wickham, quien dice que va de camino a Meryton con la intención de compartir las novedades, pero que pudiera ser convencido de cambiar de opinión a cambio de la suma de cinco mil libras. Lo lamento, Lizzy."

"¡Cinco mil libras!" exclamó la Sra. Gardiner. "Vamos, eso es completamente absurdo. ¿Cómo podría ser posible que ese pobre joven obtenga tal suma?"

"El joven Sr. Darcy me dice que no puede reunir tal suma, y que no la pagaría si pudiera, porque Wickham solo seguiría pidiendo más. Yo no puedo alegar el punto; los chantajistas rara vez se conforman con un pago."

Con la boca seca, Elizabeth dijo, "Y si la tuviera, ¿por qué la pagaría para proteger la reputación de una muchacha que escasamente conoce? No tendría sentido."

"Esa es una muy buena pregunta," dijo su tío. "Él cree que el motivo de Wickham es dañar la reputación de él más que la tuya, recordando algún antiguo conflicto, y que ya ha tenido algún efecto. Él fue muy franco conmigo, diciendo que él fue un niño difícil, al que expulsaron de dos escuelas antes de ser educado en casa por el Sr. Morris, a quien él acredita haberle enseñado la diferencia entre el bien y el mal. Él dice que desde entonces ha llevado una vida sin culpa en Londres, pero que la gente de aquí lo recuerda como problemático. Sus parroquianos en Kympton parecen inclinados a creerle a Wickham antes que a él."

La Sra. Gardiner tomó la mano de Elizabeth. "¿Escuchará la gente de Meryton a Wickham? De seguro confiarán en ti si tú dices que no sucedió nada."

Elizabeth miró hacia el suelo. "No lo sé. Sus modales son agradables y él parece ser muy confiable... Yo creí sus mentiras sin pensarlo dos veces, aun cuando la gente sugería que yo debía reconsiderar. Y cuando averigüé lo que él era realmente, no dije nada. Él iba a irse a Brighton, y Jane me convenció de que era mejor no remover las cosas. ¡Qué error! Si lo hubiera expuesto entonces, esto no hubiera podido suceder ahora."

"No tiene sentido reabrir el pasado," dijo el Sr. Gardiner. "La cuestión es qué hacer ahora. El Sr. Andrew Darcy está dispuesto a casarse contigo y parece creer que es la mejor solución para él. Si es o no lo mejor para ti, es tu decisión. Obviamente, el impacto de un escándalo en los prospectos de tus hermanas es motivo de preocupación."

¿Un motivo de preocupación? Era un desastre. Ella ya tenía buena causa para estar preocupada por el futuro de su familia. Con este escándalo, su familia sería rechazada. Ni siquiera un comerciante querría casarse con Jane, y su madre y hermanas estarían desamparadas y solas después de la muerte de su padre. "Ya veo."

"Por lo que valga, él repasó sus finanzas conmigo, y podría irte mucho peor, Lizzy. Su rectoría paga seiscientas libras al año."

Sin importar qué tan elegible pudiera ser, su apellido seguía siendo Darcy. Un peso se asentó en el estómago de ella. Ella necesitaba saber más sobre su conexión con Pemberley y con el Sr. Fitzwilliam Darcy. No que representara una diferencia real, ya que ella no podía poner su orgullo por delante del bienestar de su familia, pero no podía soportar estar en la ignorancia. "Supongo que debo hablar con él," dijo ella.

"Creo que debes hacerlo," dijo el Sr. Gardiner suavemente. "Él te está esperando."

Elizabeth bajó penosamente las escaleras, consciente de un rubor mientras bajaba al saloncito privado y cerraba la puerta tras ella. Hacía solo dos días, ella había sido encerrada en este mismo salón, traicionada por un hombre que alguna vez le había gustado, y con humillación como resultado. Ahora ella tenía que enfrentar una propuesta de matrimonio no deseada, igual que lo había hecho con el Sr. Collins, pero eso había sido bastante diferente. Entonces ella se había sentido avergonzada a causa de él, y bastante segura de su respuesta, con poco que perder. Andrew Darcy era un caballero al que ella respetaba, aun si no deseaba casarse con él, y ella tenía mucho que perder.

Él hizo una reverencia. "Señorita Bennet, le agradezco que haya venido. Usted está sin duda consciente de por qué estoy aquí, pero como no deseo que ninguno nos avergoncemos, no le haré la pregunta que vine a hacer, a menos de que usted indique que desea escucharla."

"Eso es muy considerado. No sé qué tanta elección tenga, pero hay algunas preguntas que me gustaría que me contestara antes de llegar a una conclusión."

"Por supuesto." Él señaló con un gesto una silla junto al fuego. "Estaré encantado de decirle todo lo que pueda."

"Discúlpeme. Mis nervios están demasiado alterados como para sentarme quieta." Ella se paró junto a la chimenea, pasando sus dedos por la repisa. "Usted una vez me dijo que preferiría no tener nada que ver con Pemberley, pero me han dicho que Kympton es una rectoría de Pemberley, así que asumo que la recibió del actual Señor de Pemberley."

Él elevó las cejas. "Es usted observadora, y supongo que lo correcto será que le explique algo de mi situación. Yo dependía del anterior Señor de Pemberley, el viejo Sr. Darcy, como lo llaman ahora, a quien yo disgustaba intensamente. Cuando tenía dieciséis años, él me desconoció por completo y me ordenó nunca volver a pisar tierras de Pemberley de nuevo."

"¡Qué horrible!" Ella nunca había escuchado otra cosa que no fueran elogios del viejo Sr. Darcy, primero de parte del Sr. Wickham, y después de parte del ama de llaves de Pemberley. Pero Wickham había probado que no podía confiarse en su palabra, y era natural que un sirviente elogiara al dueño. "Sin embargo el actual Sr. Darcy de Pemberley le dio una valiosa rectoría."

El joven clérigo extendió sus manos. "Él parece sentir algún tipo de responsabilidad hacia mí. Yo escasamente lo he visto desde que éramos niños, pero él no parece guardarme rencor. Hasta donde sé, él no tuvo que ver en la decisión de su padre."

"¿Usted no está cerca de él, entonces?" arriesgó ella. Eso lo haría más fácil.

"No. Después de que murió su padre, él hizo un esfuerzo para acercarse a mí, pero mis infelices recuerdos de Pemberley me hicieron dudar en tener más conexión que la necesaria." Sus hombros se veían tensos.

"Puedo entender eso, y no deseo recordarle antiguas incomodidades." Aun así, no sonaba como si se esperara que ella socializara frecuentemente con el Sr. Darcy si se casara con él. Pero tarde o temprano, el Sr. Andrew Darcy descubriría que Elizabeth conocía al Señor de Pemberley, así más valía que lo admitiera ahora. "Tengo algo que confesar. Yo conozco al Sr. Fitzwilliam Darcy."

"¿Lo conoce?" Ella lo había sorprendido; ella podía verlo en sus ojos muy abiertos, y él no parecía complacido. "¿Cómo lo conoce?"

"Lo conocí cuando él visitaba a un amigo que había tomado una casa cerca de la mía. Nos vimos en algunas ocasiones sociales, y luego estuvimos en compañía de nuevo cuando fui a visitar a mi primo." Era verdad, así que ¿por qué sentía como si fuera mentira? "Pero debo ser honesta con usted. Creo que es posible que él no se sienta complacido por un matrimonio entre nosotros."

"¿Hay alguna razón para que él se oponga?" preguntó él desconfiadamente.

Ella no podía decirle la verdad, pero quizá una parte lo explicara. "El desaprueba a mi familia. Su amigo deseaba casarse con mi hermana, y el Sr. Darcy le aconsejó enérgicamente no hacerlo."

Ahora él se veía preocupado. "¿Cuál era su objeción hacia su familia?"

Ella se enterró las uñas en las palmas de la mano. Bajo las circunstancias, él tenía el derecho de preguntar. "Mi padre es un caballero, pero la familia de mi madre viene del comercio. El Sr. Darcy también objetaba lo que él veía como falta de propiedad en el comportamiento de mi madre y el de mis hermanas menores, quienes pueden ser unas descaradas coquetas. Él al menos aceptó que mi conducta no merecía tal censura." Ella no pudo evitar la amargura en el tono de su voz.

Él parpadeó sorprendido. "¿Él le dijo eso? No hubiera creído que sus modales fueran tan malos."

"No, para nada." Pero ¿cómo podía ella explicar la extraordinaria situación de la carta del Sr. Darcy para ella sin contarle sobre la propuesta de matrimonio? "Yo lo escuché decírselo a alguien más. Pero eso me hizo desconfiar de estar en su compañía, por eso mis preguntas acerca de su conexión con él. Pero quizá usted es un pariente lo suficientemente lejano como para que él no tenga objeción a que se case con alguien con mis desventajas."

Él se vio desconcertado. "Estamos distanciados, quizá, pero ni yo puedo llamar a mi hermano un pariente lejano."

"¿Su hermano?" preguntó ella confundida. "¿Quién es su hermano?"

"Fitzwilliam, por supuesto. El Sr. Darcy de Pemberley. ¿Usted no lo sabía?"

Un enorme hueco se abrió en el estómago de ella. "¿Su hermano? ¿Cómo puede ser su hermano? Él nunca me mencionó a un hermano, solo a una hermana."

Andrew Darcy palideció. "Supongo que no debería sorprenderme. Como le dije, hemos tenido poco contacto. Me disculpo; asumí que usted sabía quién era yo. No es un secreto. Todos por aquí saben quién soy."

La incredulidad la inundó. "Yo no lo sabía. Pensé que usted sería algún tipo de primo. Usted no se parece a él."

"No," dijo él sombríamente. "No me parezco."

Esto era una pesadilla. "Cuando visité Pemberley, vi retratos de él y de su hermana, hasta uno del Sr. Wickham, pero ninguno de usted."

"Me imagino que mi miniatura fue destruida hace mucho tiempo," dijo él de forma equilibrada.

"Y cuando habló del viejo Sr. Darcy, usted no lo llamó su padre." Ella estaba balbuceando, pero no podía detenerse. ¿Cómo podía haber sucedido esto? Ella estaba casi comprometida con el hermano del Sr. Darcy. ¡Buen

Dios! ¿Qué iba a pensar él? Ella se hundió en una silla, conteniendo la urgencia de hundir su rostro en sus manos.

"De acuerdo con la ley, el difunto Sr. Darcy era mi padre," dijo él heladamente. "Ese día cuando cumplí dieciséis, él me informó que me había comprado una comisión. Él estaba muy consciente de mis creencias pacifistas. Cuando la rechacé, me dijo que podía tomar la comisión o irme de Pemberley ese mismo día sin otra cosa que la ropa que traía puesta. Como iba a irme, me desconoció como su hijo. Yo le pagué con la misma cortesía, y no lo he llamado mi padre desde ese día."

Aun a través de la bruma de su propia conmoción y desmayo, a ella difícilmente podía pasarle desapercibido que él también estaba alterado, su palidez era ahora bastante notable. "Lamento que usted fuera colocado en tal posición," dijo ella.

"No me sentí desolado; el Sr. Morris fue, en todas las formas que importan, un verdadero padre para mí. Pero no puedo evitar sorprenderme ante la fuerza de su reacción si mi hermano no es más que un conocido casual suyo."

Ahora ella puso su rostro en sus manos. Esto no tenía esperanza. El futuro de sus hermanas dependía de que Elizabeth se casara con este hombre, pero ella no quería mentirle a su futuro esposo, ni exponer los secretos íntimos de su hermano. Ya había bastantes cosas entre ellos sin que Andrew supiera que ella había humillado a su hermano al rechazar su propuesta de matrimonio.

Quizá ella aún pudiera encontrar la forma de ser sincera. "Hubo más, pero no se reflejaría bien ni en mí ni en su hermano. La última vez que hablé con él, discutimos amargamente. Yo acababa de descubrir que él había evitado que su amigo le propusiera matrimonio a mi hermana, quien sufría gravemente por su abandono. Lo confronté con eso. Él lo admitió y criticó a mi familia. Después le pedí explicaciones sobre su supuesta mala conducta hacia el Sr. Wickham... puedo explicar después cómo fue que el Sr. Wickham me contó mentiras sobre su hermano... y él contestó con bastante fuerza. Estábamos ambos muy enojados y fuimos decididamente groseros. No es una ocasión que recuerde con orgullo, y debo decir que él probablemente se siente igual. Yo lo vi brevemente al pasar al día siguiente, y eso fue el final de mi relación con él. Yo había esperado nunca tener que verle de nuevo después de quedar como una tonta ante él."

Hasta era verdad. Simplemente no era toda la verdad.

"Ya veo," dijo Andrew Darcy lentamente. "Casarse conmigo probablemente signifique encontrarlo en ocasiones, aunque no puedo imaginar que sea con frecuencia. ¿Podría usted hacer eso?"

Ella se las arregló para reír, aunque sonó hueca. "Yo ciertamente me las podría arreglar. Es tan solo un momento embarazoso en el pasado, y me gustaría pensar que he crecido en entendimiento desde entonces. No creo que su hermano y yo seamos nunca amigos, pero puedo ser educada con él. Le aseguro que mi comportamiento de ese día no es algo típico de mí. Me siento bastante avergonzada por eso, y me gustaría olvidarlo. Ninguna obligación que no fuera la presente me animaría a contárselo a ningún ser humano." Ella estaba dolorosamente consciente de que estaba haciendo eco de las mismas palabras del Sr. Darcy en su carta para ella.

El joven clérigo tenía el ceño fruncido, como bien podía hacerlo, sin duda cuestionando su decisión de ofrecer matrimonio a una mujer que se había comportado de tal manera. "¿Sabe Wickham que usted discutió con mi hermano?"

"No. Él sabe que nos conocemos, pero no que discutimos."

Él asintió. "Eso explica un misterio, al menos. Yo no podía entender por qué Wickham pensaba que yo podría pagarle una suma que está más allá de mis medios. Él debe haber asumido que usted estaba aquí como invitada de mi hermano, y que yo le pediría a él el dinero. Él dijo algo acerca de Fitzwilliam, pero no le puse particular atención."

¿La había convertido en objetivo de Wickham su supuesta conexión con el Sr. Darcy? Esa sería la ironía final. "Le aseguro que su hermano no pagaría un centavo para proteger mi reputación," dijo ella con completa sinceridad. ¿Por qué la ayudaría él después de la forma en la que ella lo había tratado?

"Espero que eso no sea verdad, pero en cualquier caso, yo no estoy en posición de pedirle una sustancial cantidad de dinero en su nombre."

"¡Ni yo desearía que lo hiciera!" exclamó ella. "Si el Sr. Wickham pensó que podía beneficiarse de que yo conociera a su hermano mientras se vengaba de usted, eso es mi mala suerte, no su problema."

ABIGAIL REYNOLDS

"Y por recibir la vicaría a la que él todavía parece creer que tiene algún derecho," dijo el oscuramente. "Como si fuera mi culpa que mi hermano me la diera a mí en lugar de a él."

¿Conocía él la historia de por qué el Sr. Darcy no le había dado la vicaría a Wickham? Elizabeth ya había revelado demasiado de los asuntos privados de su hermano, así que eligió no decir más sobre el asunto.

La puerta se abrió, revelando a su tía y a su tío. El Sr. Gardiner dijo, "Han estado aquí algún tiempo. ¿Han tomado una decisión?"

Elizabeth intercambió una mirada con Andrew Darcy. ¿Lo habían hecho? "Hemos encontrado un obstáculo cuando yo averigüé que él es el hermano del Sr. Fitzwilliam Darcy de Pemberley, quien no deseaba que el Sr. Bingley se casara con mi hermana Jane, y sospecho que la idea de que su hermano se case conmigo le gustará aún menos." Por más de una razón.

El Sr. Gardiner frunció el ceño. "¿Afecta esto su voluntad de casarse con mi sobrina?" preguntó él.

Para crédito suyo, Andrew Darcy no dudó. "No. No tiene impacto en mi responsabilidad de proteger el buen nombre de la Señorita Bennet, y no necesito la aprobación de mi hermano para casarme."

El alivio por el bien de su familia luchaba contra su propia ansiedad, pero ella se forzó a sonreír cuando dijo. "Está decidido, entonces." Elizabeth Bennet de Longbourn se convertiría en la Sra. Andrew Darcy de Kympton, cuñada del Sr. Fitzwilliam Darcy de Pemberley. Su corazón se retorció ante la idea de verle de nuevo, pero no había nada que hacer al respecto.

Capítulo 6

POR SUPUESTO, ESO NO fue el final de todo. No existía tal misericordia en el mundo. Ella tuvo que mantener un rostro alegre a través de las felicitaciones de los Gardiner, sonreírle a Andrew Darcy quien estaba, después de todo, haciéndole un gran favor al estar de acuerdo en salvar a su familia de la desgracia, e intentó pretender que no sentía que las paredes de la habitación se le venían encima. Ella entumecidamente permitió que su tío manejara el debate sobre cómo sería mejor buscar el consentimiento para el compromiso del Sr. Bennet, dada la urgencia para proceder con eso antes de que el Wickham pudiera desparramar su veneno.

Finalmente se resolvió que Andrew le escribiría al Sr. Bennet esa misma noche. Elizabeth casi podía escuchar la llave dando vuelta en la cerradura de su futuro, pero mantuvo una obligatoria sonrisa en su rostro mientras Andrew hacía una reverencia sobre su mano antes de irse.

De alguna forma ella se las arregló para decir, "Haré mi mejor esfuerzo para asegurarme de que usted nunca se arrepienta de su decisión de hoy."

"Así lo haré yo también," dijo él cálidamente. "Sin importar como empezó nuestro compromiso, creo que tendremos una buena vida juntos."

Mientras él se iba, ella sintió como si sus labios estuvieran exhaustos por el esfuerzo de mantener esa sonrisa. "Debo escribir a mis padres, también," dijo ella. "De otra manera será una completa conmoción cuando mi padre reciba una carta de un completo extraño pidiendo su permiso para casarse conmigo."

"Yo también le escribiré a Bennet para explicar la situación," dijo su tío. "Debo decir que, a pesar de las circunstancias, es un alivio saber que te casarás bien. Esto mejorará las oportunidades de tus hermanas de atrapar esposos, también. Ningún hombre está ansioso de casarse con una mujer con tantas hermanas solteras que puedan posiblemente depender de él.

Te puedo asegurar que evité mencionarle a tus hermanas a tu joven pretendiente, aunque le dije que nosotros teníamos la intención de hacernos cargo de tu madre, si ella quedara viuda."

"Eres muy bueno en estar tan preocupado por el futuro de mi familia," dijo Elizabeth. ¡Y cuan injusta la carga de preocupación que había caído sobre los Gardiner cuando debió haber sido tarea de su padre destinar dinero para el cuidado de sus hijas cuando muriera!

"Y tú vivirás en una de las partes más bellas de Inglaterra," dijo la Sra. Gardiner con determinada alegría. "¡Si tan solo no estuviera tan lejos de Londres! Te extrañaré mucho."

"Sobre eso te puedo ofrecer algo de consuelo," dijo Elizabeth. "El Sr. Andrew Darcy dice que él espera que viajemos a Londres cada año o dos por su trabajo en la abolición, y como Longbourn está a solo diez millas del Gran Camino del Norte, podré verlos tanto a ustedes como a mi familia." Era algún consuelo, al menos.

ERA MEDIANOCHE PARA cuando ella había escrito, vuelto a escribir y vuelto a escribir de nuevo su carta a sus padres, y escribió una mucho más larga, aunque menos coherente, carta a su hermana Jane, y los ojos de Elizabeth le dolían por su ardua labor bajo la pálida luz de una vela. Ella hizo un superficial esfuerzo por limpiar la tinta de sus dedos antes de caer exhausta en la cama, habiendo olvidado cerrar las cortinas.

La luz del amanecer la despertó a la mañana siguiente, y con ella, los eventos del día anterior volvieron en torrente. Ahora le llegaba la cruda realidad de que había estado de acuerdo en casarse con un hombre al que apenas conocía. El Sr. Wickham la había engañado con sus agradables modales y sus elogios; ¿qué pasaría si Andrew Darcy había hecho lo mismo? Todas las señales de advertencia estaban ahí: él había sido desconocido por su padre, tenía poco que ver con el resto de su familia, y había sido expulsado de dos escuelas. ¿En qué estaba pensando ella, al ponerse bajo el poder de un hombre cuando no sabía lo que él era capaz de hacer? Ser un pacifista hacia otros hombres no garantizaba que no golpearía a su esposa, ni probaba que no pudiera ser cruel o un borracho.

El pánico cerró su garganta. Respirando superficialmente, ella se vistió con dedos temblorosos. ¿Qué había hecho? ¿Se había salvado de la sartén del escándalo solo para saltar al fuego de una vida miserable?

Ella tenía que averiguar más sobre él. Ella había juzgado a George Wickham por su apariencia de bondad y no había hecho preguntas. Esta vez lo haría mejor. Pero ¿a quién le podía preguntar? A sus sirvientes, quizá, pero ellos pudieran estar renuentes a ser honestos sobre sus fallas. El Sr. Morris, el clérigo que los había presentado, sería una mejor posibilidad.

Tan solo pensar en el amable anciano caballero la hacía sentirse mejor. Él había conocido a Andrew Darcy la mayor parte de su vida y parecía sentir cariño por él. Esa era una buena señal, ¿o no? Si él creyera que el joven era peligroso o inestable, de seguro no sentiría cariño por él. A menos que, por supuesto, estuviera vigilándolo porque temía lo que Andrew pudiera hacer de otra manera.

Él podía decirle más a ella. Hablaría con el Sr. Morris e intentaría comprender mejor a su futuro esposo. Si el viejo rector no podía tranquilizarla, ella podía romper el compromiso antes de que fuera anunciado formalmente.

Era demasiado temprano para salir, pero no podía soportar la espera, especialmente sabiendo que su tío y su tía probablemente tenían otros planes para ella más tarde ese día. No, si ella iba a romper las reglas y a visitar a un anciano caballero sola, igual podía ignorar las expectativas de una hora apropiada para ello.

Ella esperó solamente el tiempo suficiente como para que la gente del pueblo anduviera por las calles. Dejando una nota a su tía, salió sin siquiera detenerse a desayunar.

Para su alivio, ella encontró al anciano caballero escarbando en su jardín, ahorrándole la pena de enfrentar a un sirviente en la puerta. Él la saludó alegremente, manteniendo abierta la verja para que ella pudiera pasar a través del arco de rosas trepadoras.

Elizabeth unió sus manos con tal fuerza que los nudillos le dolieron. "Le ruego me perdone por venir a visitarle a una hora tan temprana."

"Para nada. Usted es siempre bienvenida, y no me imagino que esta sea una visita social meramente por el encanto de mi compañía," dijo el Sr. Morris con una chispa en el ojo. "¿Cómo puedo servirla, Señorita Bennet?"

Ella separó cuidadosamente sus manos. "Puede ser que usted ya esté consciente de que ayer acepté casarme con el Sr. Andrew Darcy." Ella todavía no podía obligarse a llamarlo simplemente Sr. Darcy. Ese nombre le pertenecía a otro hombre.

"Sí, él pasó por aquí anoche después de dejarla, y me complació escuchar las noticias, aún si las circunstancias no son las deseables."

"Bueno, por eso es por lo que estoy aquí. No lo conozco tan bien como debería para tomar una decisión de esta magnitud." Las palabras de ella salieron en torrente. "Mis instintos me dicen que él es un hombre decente y honesto, pero esos mismos instintos me han engañado antes cuando se trata del carácter de un hombre joven, y también he escuchado cosas sobre el Sr. Andrew Darcy que me preocupan. Vine hoy a preguntarle, como alguien que lo ha conocido por años, cómo dar sentido a los dos Andrew Darcy sobre los que he escuchado. Uno es un íntegro abolicionista que se preocupa por la sensibilidad de sus parroquianos y el otro es un demonio que fue expulsado de dos escuelas y desconocido por su padre. Temo encontrarme en poder de ese Andrew Darcy."

El Sr. Morris apretó los labios. "Lamento escuchar que la gente todavía está repitiendo esas viejas historias. Uno desearía que vieran el hombre que es en lugar del muchacho que fue. Pero eso no responde su pregunta, ¿o sí? Esto es lo que puedo decirle: él es un buen hombre, uno que ha tenido problemas y no ha permitido que lo derroten. ¿Ha hablado con Drew sobre sus inquietudes?"

Elizabeth dudó. "Él me dio el bosquejo de los problemas, pero es claramente doloroso para él discutir su pasado. Pensé que la opinión de alguien menos involucrado podía ser más clara."

"Yo no puedo decir que yo esté menos involucrado; fui su tutor desde que era un niño pequeño."

"Y ¿era él un niño con mal carácter?" Ella contuvo la respiración.

"No de mal carácter, no. Él era voluntarioso sobre ciertas cosas, y no podía soportar la injusticia, algo que le causó no pocas dificultades. La mayoría de nosotros aprendemos a temprana edad que si no aprobamos el comportamiento de alguien, lo más inteligente puede ser no decir nada. Andrew insistía en luchar contra todos los molinos de viento, e hizo enemigos por ello."

"¿Incluyendo a su padre?" Elizabeth no podía imaginar qué podía llevar a un padre a desconocer a su hijo.

El anciano clérigo se quitó los lentes y los colocó en su bolsillo. "Esa fue una situación difícil, y la mayoría de lo que sé se me dijo en confianza, pero le puedo decir esto. Aunque Drew ciertamente agravó la situación con su falta de tacto y estallidos de ira, el peso de la culpa debe descansar sobre su padre, quien ya había concebido un implacable disgusto por él para cuando yo lo conocí cuando tenía cinco años. Aun entonces, Drew no podía hacer nada bien a ojos de su padre y cargaba con la culpa de cualquier cosa que saliera mal."

Elizabeth se preguntó en qué tanto de esto podía confiar, y qué pudiera él estar dejando por fuera. "Pero los problemas no estaban solo en ojos de su padre, si fue expulsado de dos escuelas."

El anciano caballero rio. "No, por eso usted debe culparme a mí tanto como a Drew. Él fue expulsado por rehusarse a repudiar las creencias morales que yo le había enseñado. Sus maestros en la escuela no tomaron amablemente el ser sermoneados por un niño santurrón acerca de su falla en confrontar los males de la esclavitud. También estaba el asunto de su seguridad. Usted puede estar consciente de que la intimidación física es la regla, en lugar de la excepción, en las escuelas de internado; se cree que desarrolla el carácter. Pero un niño que se rehúsa a defenderse mientras provoca a los intimidadores citando las Escrituras... bueno, la intimidación puede llegar demasiado lejos, y era más fácil expulsar al joven Andrew que a todos los intimidadores."

"¿Él mantenía esas creencias desde que estaba en la escuela?"

"Ahí es donde yo debo tomar la responsabilidad, o quizá el crédito. Lady Anne Darcy me contrató como su tutor específicamente para fomentar su desarrollo moral, debido a las inquietudes que tenía acerca de ciertas influencias a las que él estaba expuesto, y ella particularmente deseaba que él compartiera sus creencias abolicionistas."

Una luz se iluminó. "Permítame adivinar; su padre no compartía esas opiniones abolicionistas."

"En verdad, no. Él tenía una muy grande, muy próspera plantación en Jamaica."

Aparentemente la familia Darcy tenía complejidades ocultas. Lo único que ella había sabido sobre el Sr. Fitzwilliam Darcy cuando lo conoció era el tamaño de su fortuna. Ella pudiera haberlo entendido mejor si hubiera averiguado antes sobre algo de esto. Ella no pudo resistir preguntar, "¿Enseñó usted también al mayor de los hermanos Darcy?"

"Brevemente. Él se fue a la escuela unos cuantos meses después de que llegué."

A ella le hubiera gustado preguntar más sobre él, pero no podía justificar tal curiosidad. "Pero usted siguió en contacto con el Sr. Andrew Darcy después de que él se fue a la escuela."

"Cuando él fue expulsado, ofrecí tomarlo como estudiante privado que viviría conmigo. Yo sabía que él no debía permanecer en casa de su padre."

"¿Le causó alguna dificultad?"

"No más que cualquier otro chico en los años difíciles y menos que la mayoría. Esa vena moralista, sabe. Drew no es de ninguna manera perfecto. Puede ser terco, y no deja ir sus resentimientos fácilmente. Si es un problema para usted, su teología es de alguna manera No-Conformista, así que si usted espera a un clérigo de la iglesia mayor, puede decepcionarse."

Ella sacudió la cabeza. "Aunque crecí con un rector tradicionalista, tengo una mente abierta. Yo ya había adivinado que él podía ser No-Conformista, dadas sus fuertes opiniones morales sobre los males de la sociedad." Si ella tenía que casarse con un clérigo, era un alivio que él fuera uno que la animara a luchar por la igualdad y la justicia en lugar de forzarla a leer los Sermones de Fordyce.

"Me alegra que no lo juzgue por eso, y no nada más porque él está siguiendo mis inclinaciones. Y debo decir, que a diferencia de la mayoría de los hijos menores que entran a la iglesia porque es una vida más fácil que el Ejército o la Marina, creo que Drew tiene una verdadera vocación."

"Siento que hay un "pero" en algún lugar."

"No con respecto a su carácter, si eso es lo que la preocupa. Meramente el lamento de un viejo maestro de que, aunque tuve éxito en inculcar un sentido de moralidad y deber en Drew, no creo que él haya aprendido a sentir el lado gozoso del amor de Dios. Algún día me gustaría verlo más familiarizado con la felicidad. Quizá su matrimonio le traiga eso."

"Intentaré hacerlo feliz," dijo ella debidamente.

Él la miró y le dijo gentilmente. "Desearía que le trajera felicidad a usted, también, pero puedo ver que su compromiso no lo hace. ¿Es este un mal partido para usted? Sé poco sobre sus antecedentes. ¿O había alguien más con quien usted esperaba casarse?"

Ella sacudió la cabeza. "No. Solo me desagrada verme forzada a hacerlo. Estoy muy consciente de que él está haciéndome un favor al ofrecerme matrimonio. Él parece sentirse obligado a hacerlo, lo cual me hace sentirme preocupada de que algún día me resienta por ello."

Él se rio. "Drew tienen la tendencia de intentar rescatar a la gente, pero en este caso, usted no tiene razón para preocuparse. Él está bastante satisfecho de casarse con usted. De hecho, me aventuraría a adivinar que se siente complacido de que las cosas salieran así."

Las manos de ella se apuñaron. "¿Complacido?" Por alguna razón, eso la ponía furiosa.

"Solo con el resultado, no con el método. El día que nos conocimos, acababa de aconsejar a Drew que sería sabio empezar a buscar una novia, ahora que finalmente podía costearse casarse. Él estuvo de acuerdo, pero no quería cortejar a una chica local que hubiera oído rumores sobre él toda su vida. Él planeaba esperar hasta que volviera a Londres y pudiera buscar una novia allá. Le dije que yo creía que una chica del campo pudiera ser más adecuada para la vida en Kympton, pero él estaba determinado. Terco, como le dije. Entonces llegó usted con su tía y su tío, una hermosa muchacha campirana de buena cuna que no sabía nada sobre el pasado de él, y le puedo asegurar que cruzó tanto la mente de él como la mía que usted pudiera ser la solución perfecta a su problema."

La boca de ella se torció. "Supongo que debería estar contenta de que él esté complacido, y de cubrir tan bien su criterio."

"Usted le gusta, también. ¿Cómo puedo explicar esto? La mayoría de los jóvenes están siempre detrás de las muchachas. Drew nunca ha sido así. Él aborrece la idea de ilusionar a una mujer joven sin esperanza de casarse. Como resultado, él no tiene habilidades para coquetear o cortejar. Cuando dije que él se siente complacido con el resultado, fue porque él estaba batallando sobre cómo decirle a usted que la encontraba encantadora y que le gustaría conocerla mejor, especialmente ya que su tiempo aquí era tan corto. Como cualquiera de nosotros cuando nos vemos enfrentados con una tarea para la que no nos sentimos preparados, él está feliz de que le haya sido arrebatada de las manos."

Ellos hablaron por un poco de tiempo más. Cuando Elizabeth salió de nuevo hacia la posada, ella se sintió raramente descontenta. ¿Qué le pasaba? Ella debía sentirse tranquilizada por las palabras del Sr. Morris, pero en lugar de eso se sentía casi enojada. Él no le había dado razón para sentirse preocupada. ¿O ese era el problema? ¿Había ella esperado que él le diera una excusa para romper el compromiso, alguna razón por la que sería mejor afrontar la desgracia que casarse con Andrew Darcy?

Ella no estaba lista para volver a la posada y enfrentarse a los Gardiner y su entusiasmo por su compromiso forzado, así que se entretuvo frente a la ventana de una tienda, admirando las telas y listones exhibidos. Era una selección diferente de la que usualmente veía en Meryton, y ella sintió una ola de nostalgia por la época en la que su preocupación más grande era elegir el color perfecto de rosas para los zapatos para el baile de Netherfield.

En un impulse entró, las campanas de la puerta repicando tras ella. Quizá la distracción de comprar era justo lo que necesitaba ahora. Su futuro podía estar fuera de sus manos, pero ella aún podía comprar una linda flor de seda para añadir a su gorro.

"¿Puedo ayudarla, señorita?" Una mujer pulcramente vestida, levemente inclinada con la edad, se paró tras el mostrador.

Elizabeth levantó la mirada de la exhibición de listones. "¿Tiene listones más anchos? Me las arreglé para manchar mi vestido favorito cuando me caí en el lodo, y estoy buscando ideas sobre cómo cubrir la mancha."

La mujer la miró de arriba a abajo, juzgando su atuendo y apariencia. "¿Dónde se encuentra la mancha?"

Ella se inclinó y señaló un punto cerca de su tobillo izquierdo. "La peor parte está aquí, aproximadamente de tres dedos de ancho. Y luego hay un área desteñida a lo largo del costado y una pequeña rotura ahí. Supongo que solo debería hacer una nueva falda, pero la tela es de mi gusto particular y ya no tengo más de ella." Ese vestido siempre le había ganado cumplidos. Hasta el Sr. Darcy había dicho una vez que le quedaba bien. El Sr. Darcy, quien todavía ensombrecía su vida.

"¿Qué tipo de vestido es?"

"Es un vestido de día bastante sencillo, azul cielo con un patrón de flores amarillo pálido."

La mujer apretó los labios. "Tengo una idea."

Ella se dirigió a la parte de atrás y volvió con una bien usada copia del Ackermann's Repository. Ella lo hojeó y se detuvo en una página. "Aquí está. ¿Si usted lo rehiciera como esta falda, festoneando la orilla para remover la mancha y agregando una tira de tela debajo, y luego una capa de malla encima para disimular lo desteñido?"

Elizabeth estudió la ilustración. "Las rosetas pudieran ser demasiado para este vestido, pero sí, eso pudiera funcionar." La emoción la recorrió al pensar en qué elegante se vería. ¡La modista en Meryton nunca tenía ideas tan ingeniosas!

"¿Quizá una trenza en lugar de las rosetas?" La mujer sonaba complacida. "Tengo una selección que pudiera ver aquí. O, si lo desea, pudiera traer el vestido y ver qué le queda mejor."

Por primera vez desde que se había caído en el lodo y todo lo que le había seguido, Elizabeth se sentía actualmente esperanzada acerca de algo. "Eso sería encantador. Solo estaré aquí unos cuantos días, pero apreciaría grandemente su consejo. Usted parece tener un excelente ojo."

La mujer rio. "Disfruto rehacer viejos vestidos, aún más que nuevos. No tiene el mejor sentido para el negocio, supongo, pero es más práctico para mis clientes, y me gusta agregar un poco de belleza al mundo."

Elizabeth no pudo evitar sonreír ante su entusiasmo. "Iré a traerlo ahora. Solo me tomará unos minutos, ya que estoy hospedada en la White Hart."

Los ojos de la mujer brillaron. "Sí, entonces, ¿usted es la joven dama que acaba de comprometerse con el joven Sr. Darcy? Oí que ella era del sur."

"Esa soy yo." La sonrisa de Elizabeth vaciló. Al menos era "recién comprometida" en lugar de "en desgracia." Más o menos igual que volver a hacer un vestido roto, manchado.

"Bien, mis mejores deseos para usted. Han pasado años desde que lo vi por última vez, pero siempre creí que era un buen muchacho cuando vivió aquí con el Sr. Morris."

Elizabeth elevó una ceja. "¿Usted no pensaba que era problemático?"

La mujer resopló. "Quizá lo fue alguna vez, pero ¿qué chico no lo es, en algún punto? Siempre fue cortés conmigo, y una vez evitó que otros muchachos se robaran las manzanas de mi árbol. Si él aprendió a corregir su anterior comportamiento, entonces creo que él es mejor por ello."

Justo lo que su hermana Jane hubiera dicho, ver el lado positivo. Ella no tenía razón para estar tan alterada ante la idea de este matrimonio. A ella no le gustaba verse forzada a él, por supuesto, pero Andrew era un hombre decente, educado y capaz de mantenerla. Si él no hubiera estado relacionado con el Sr. Darcy, y hubiera elegido cortejarla, ella probablemente se hubiera sentido complacida de casarse con él.

Si él no hubiera sido pariente del Sr. Darcy.

Y ese era la esencia del problema, ¿no era así? Casarse con Andrew significaba la humillación de estar en compañía del Sr. Darcy después de haber sido tan tonta e injusta con él en el pasado. Ella tendría que enfrentar su disgusto sobre su compromiso con su hermano. Aun así, ¿por qué debía ella permitir que su sombra se cerniera sobre ella, para destruir cualquier esperanza que ella pudiera sentir por la relación? Sí, ella tendría algunas interacciones incómodas con el Sr. Darcy de vez en cuando, no cabía duda de eso. Pero esa no era razón para rechazar a Andrew, no cuando el precio de hacerlo era la desgracia de toda su familia.

Ella enderezó los hombros, determinada a tomar otra actitud hacia Andrew junto con su vestido manchado. Ella no le daría a la inevitable desaprobación del Sr. Darcy el poder de dañarla. Ella lo desterraría de su mente.

Capítulo 7

ELIZABETH VOLVIÓ CON la modista poco después acompañada de la Sra. Gardiner. Su tía estaba claramente tan aliviada de ver a su sobrina sonriendo de nuevo que felizmente le hubiera ordenado una docena de vestidos nuevos. Ella convenció a Elizabeth de permitir que la modista hiciera las alteraciones por ella, y disfrutó una larga plática con ella sobre las modas actuales en Londres.

Cuando volvieron a la posada, Andrew Darcy las estaba esperando. Elizabeth pudo saludarlo con ecuanimidad, pero todavía se sentía sorprendentemente tímida con él. ¿Había él estado realmente interesado en cortejarla por ella misma?

Después de intercambiar saludos, él dijo. "Hice una copia de mi carta a su padre, pensando que usted pudiera desear saber qué le dije."

"Qué considerado de su parte. Esto será bastante sorprendente para él."

"Me imagino que lo será. Solo puedo esperar que no sea una completamente desagradable."

Elizabeth estaba bastante segura de que su padre no estaría complacido por ningún matrimonio que la llevara tan lejos de Longbourn, pero no vio el punto en decirlo. En lugar de ello, dijo con ligereza, "Usted es una decidida mejoría del último clérigo que pidió mi mano. Usted, por ejemplo, parece creer que mi opinión tiene algo que ver en el asunto."

"Por supuesto que lo hace," dijo él seriamente. "Usted es una persona, no una esclava."

Era la respuesta correcta, pero era también un recordatorio de que Andrew no compartía su gusto por las bromas. Quizá el pudiera aprender a bromear con el tiempo. Ella tendría que esperar que así fuera. No, ella *esperaría* que así fuera, porque estaba determinada a ser optimista sobre el futuro, a convertir el vestido manchado y roto de su forzado compromiso en un vestido a la moda del que pudiera sentirse orgullosa.

Ellos hicieron arreglos para encontrarse de nuevo al día siguiente. "Si el clima es bueno, la llevaré en la calesa y le mostraré más del campo," dijo el joven clérigo. "Hasta que su padre dé su permiso para el compromiso, no debemos estar solos en privado, pero creo que conducir en un carruaje abierto solos no sería objetable. Quizá pudiéramos ir al Castillo Peveril, ya que usted perdió la oportunidad de verlo."

"Una excelente idea," dijo Elizabeth, quien no tenía deseos de seguir los planes de su tía de visitar a sus amigos en Lambton, los que se habían disculpado para no ver a Elizabeth después de que fue comprometida, pero que estaban felices de que su tía los visitara ahora que tenía un compromiso. Además, ella necesitaba conocer mejor a Andrew.

CUANDO ANDREW APARECIÓ a la mañana siguiente, él dijo, "Tuve la oportunidad de compartir nuestras novedades con mi hermano anoche. Recibí aviso de que él había vuelto a Pemberley antes de lo esperado, así que me detuve ahí para decírselo."

El corazón de Elizabeth empezó a latir, y la náusea empezó a invadirla. "¿Su hermano está aquí?" ¡Hasta ahí su intención de no pensar acerca de la vergüenza de encontrarse al Sr. Darcy de nuevo!

"Sí, y creí mejor no retrasar el darle nuestras noticias. Aunque no tengo necesidad de su bendición o su aprobación, no quise que pareciera que estaba ocultando nuestro compromiso."

"¿Puedo preguntar cómo respondió él a las noticias?" la boca de Elizabeth estaba seca.

"Él estaba sorprendido, sin duda, pero dijo todas las cosas apropiadas."

Por supuesto que él diría las cosas apropiadas; ¿qué otro remedio le quedaba? "¿Habló de que me conocía con anterioridad?"

La expresión de Andrew se cerró. "Él lo reconoció, pero no dijo nada de sustancia sobre ello." Pero ella estaba segura de que había algo que él no le estaba diciendo, y no ayudaba al nudo en su estómago.

EL PRECIO DEL ORGULLO: UNA VARIACIÓN DE ORGULLO Y PREJUICIO

La Sra. Gardiner, cuando escuchó estas noticias, dijo, "Si su hermano ahora sabe del compromiso, ¿no sería apropiado que usted llevara a Lizzy a visitarlo?"

¡No! Visitar al Sr. Darcy, enfrentar su disgusto y desagrado, era lo último que ella deseaba hacer. Pero su tía estaba en lo cierto. Si ella evitaba un encuentro ahora, simplemente seguiría pendiendo sobre su cabeza hasta que lo hiciera. ¡Cielos! ¿Qué tal si la primera vez que lo veía de nuevo era en la boda? No, era mejor que lo hiciera ahora, aún si no le agradaba.

Andrew se veía tan poco entusiasta ante la idea como ella se sentía. "Supongo que es buen consejo, y que podemos posponer la visita al Castillo Peveril para otra ocasión."

Elizabeth echó una mirada al vestido que estaba usando, un vestido de muselina café de apariencia servicial que había sido elegido para evitar mostrar el polvo del camino. ¿Debía ella cambiarse a su bonito vestido verde de flores con encaje y un escote bajo? Eso podía ser más apropiado para una visita, pero ella no quería dar la apariencia de intentar atraer la admiración del Sr. Darcy. No, era mejor verse sencilla; nadie podría acusarla de usar sus artes y encantos vestida así.

Ella recogió su gorro y sus guantes, y Andrew la ayudó a subir a la calesa antes de subir al asiento del conductor y poner los caballos en movimiento. Él parecía más solemne de lo que había estado antes.

Una vez que salieron del pueblo, ella dijo, "Me disculpo si esta visita es inconveniente para usted."

La boca de él se torció, pero él dijo, "No, es lo apropiado. Usted tendrá que perdonar mi falta de entusiasmo. No es sobre la compañía o la ocasión, solo es mi disgusto de ir a Pemberley. Yo estaría feliz si nunca tuviera que volver a pisar el lugar."

"Me alivia saber que su renuencia no es por presentarme ante su hermano," dijo ella.

"Para nada," respondió el con una sonrisa seca. "Simplemente estoy persiguiendo antiguos fantasmas."

La calidez de él la animó a decir. "Deseo hacer una confesión. Busqué una referencia sobre su carácter de parte del Sr. Morris ayer. Después de una larga noche de preocuparme sobre la prudencia de aceptar casarme con usted, un hombre al que escasamente conozco, especialmente uno que ha sido desconocido y expulsado de la escuela, necesitaba que alguien me tranquilizara, lo que él pudo hacer."

"¿Qué le dijo él acerca de mi padre?" La voz de él se oía tensa.

"Mayormente que él había tomado un irrazonable disgusto contra usted y lo había tratado injustamente, y que sus convicciones políticas, que yo solo puedo suponer, fueron la fuente de sus problemas en la escuela."

"Eso, y una incapacidad infantil de guardarme mis opiniones," dijo él modestamente. Las manos de él se apretaron sobre las riendas, y él agregó tensamente. "Puedo entender su inquietud basada en la versión escueta de mi historia, y si usted tiene otras preguntas, haré mi mejor esfuerzo por responderlas." Claramente le costaba algo de orgullo ofrecer eso.

"Se lo agradezco, pero me sentí totalmente tranquilizada por las respuestas del Sr. Morris. Puedo ver por mí misma el caballero que es usted hoy, y eso es lo importante." Eso era lo que debía decir, aun si todavía sentía algunos reparos.

"Me alegro de eso," dijo él irónicamente. "Supongo que yo también tengo una confesión. Cuando le conté a mi hermano la historia de nuestro compromiso, no mencioné a George Wickham. Él ya ha sido la fuente de suficientes pleitos familiares, y no veo la ventaja en quejarme de su participación cuando no hay nada qué hacer al respecto."

¿Cómo había él explicado entonces, su comprometedora situación? Pero pudo fácilmente ser un accidente el que hubieran quedado encerrados, y el odio del Sr. Darcy contra Wickham era lo suficientemente fuerte como para alimentar aún más las llamas. "Gracias por advertirme. No puedo ver como surgiría el tema, pero yo no lo mencionaré."

"Bien." Ellos llegaron a la cima de la colina donde terminaba el bosque, y el ojo de Elizabeth quedó de nuevo atrapado por la impresionante vista de la gran casa, de la que ella alguna vez pudo haber sido la señora.

DARCY SE SENTÍA MUERTO por dentro mientras cumplía las formalidades de dar la bienvenida a Georgiana, Bingley, y a las hermanas de Bingley a Pemberley. De alguna manera se las arregló para suprimir la urgencia de gritarles que se fueran, que lo dejaran solo en su miseria.

En lugar de eso, amablemente pidió a los sirvientes que los llevaran a sus habitaciones y caminó por la galería durante media hora deseando poder ir a galopar por en campo en lugar de eso. Quizá el viento que pasaba por su rostro podría traerlo de vuelta a la vida por unos minutos.

La Señorita Bingley fue la primera en presentarse, sin duda esperando encontrarlo solo, pero el ama de llaves había seguido sus instrucciones de que hubiera sirvientes en cualquier habitación que ocupara la Señorita Bingley. Ella se había vuelto cada vez más desesperada al perseguirlo últimamente, y Darcy no deseaba verse atrapado por ella. Pero él no podía invitar a Bingley sin sus hermanas, y Georgiana necesitaba tiempo para conocer mejor a Bingley antes de que él sugiriera una pareja potencial entre ellos, así que, por fuerza, tenía que tolerar las pretensiones de la Señorita Bingley.

¡Si tan solo Elizabeth hubiera aceptado casarse con él! Pero el pensar en Elizabeth era como si astillas de vidrio cortaran su piel. Elizabeth y Andrew, un castigo de un Dios vengador por su pecado de orgullo.

Pero él conversó amablemente con la Señorita Bingley, escuchando con esfuerzo su efusivo, obsequioso elogio de Pemberley, hasta que Bingley se unió a ellos, reportando que el Sr. y la Sra. Hurst habían elegido descansar después de su largo viaje. Georgiana no apareció por casi una hora, pero eso era difícilmente de sorprender. Su hermana siempre encontraba que las atenciones de la Señorita Bingley eran irritantes, y habían estado viajando juntas por días. Sin duda ella necesitaba tiempo a solas.

Georgiana se sentó junto a él, con un leve aire de preocupación en su frente. "¿Te ha molestado algo, hermano?" preguntó ella en voz baja.

Algunas veces Georgiana podía ser un poco demasiado perceptiva. Por experiencia, Darcy sabía que ella no creería una rotunda negativa. "No dormí bien, pero eso es todo." Él había yacido despierto por horas, perseguido por el espectro de Elizabeth en brazos de su hermano.

Su hermana asintió, pareciendo aceptar su explicación, y empezó a servir té para sus invitados en las tazas que su madre había elegido cuidadosamente para que hicieran juego con la seda rosa de las paredes. Si a Darcy hubiera podido importarle algo, se hubiera sentido orgulloso de verla tomar sus deberes como anfitriona con tal aplomo.

El mayordomo apareció en la puerta y dijo, "El Sr. Andrew Darcy y la Señorita Bennet."

Elizabeth. El verla inesperadamente lo atrapó por la garganta. El familiar ángulo en el que sostenía su cabeza, la curva de su cuello, su ligera y agradable figura que ahora pertenecía a su hermano. Darcy tragó bilis mientras se levantaba y hacía una reverencia.

Un estrépito entró en su consciencia. Una taza rota goteaba té sobre el suelo a los pies de Georgiana mientras ella miraba a Drew con la boca abierta, con el rostro sin color. Al parecer sin notar el derrame, ella dio unos cuantos pasos temblorosos hacia adelante. "Drew, ¿realmente eres tú?" Ella se lanzó a sus brazos y empezó a llorar.

"Oh, Georgie," dijo Drew en voz baja, y también tenía lágrimas en los ojos mientras la abrazaba.

Darcy se congeló ante el tablado frente a él. Elizabeth, a quien había amado y perdido. Georgiana, desconsolada. Drew, perdido por tantos años. ¿Qué debía hacer él?

La baja, melodiosa voz de Elizabeth hizo eco a través de él. "Señorita Bingley, Sr. Bingley, ¡qué inesperado placer es verlos de nuevo! Noté un encantador jardín de rosas afuera que estoy ansiosa por explorar. Ya que ustedes están más familiarizados con Pemberley que yo, ¿tendrían la amabilidad de mostrármelo?"

Darcy le lanzó una mirada de impotente agradecimiento.

Bingley aceptó el reto. "Ah, el jardín de rosas. Sí. ¡Qué excelente idea, Señorita Bennet! ¡Vamos en este instante, Caroline!" Él se apresuró a sacarlos de la habitación, dejando a Darcy a solas con su hermano y su hermana por primera vez en hacía casi una década.

Georgiana todavía sollozaba audiblemente. Darcy se forzó a caminar hacia adelante, sacando la vuelta a la doncella que estaba levantando las piezas de la taza y plato rotos, y le dijo calladamente que lo dejara para después.

La doncella le hizo una rápida caravana y se apresuró a salir. Darcy hizo un gesto al lacayo para que la siguiera y esperó hasta que se hubieron cerrado las puertas para acercarse a Georgiana y colocar una tranquilizadora mano sobre su hombro. "Todos se han ido," dijo calladamente. "Solo estamos nosotros ahora."

Haciéndose hacia atrás unas cuantas pulgadas, pero todavía asiendo los brazos de Drew, Georgiana hizo un visible esfuerzo por controlarse. "¡Prométeme que no vas a desaparecer de nuevo! ¡Prométemelo, Drew!"

Con un ligero temblor en la voz, Drew dijo, "Te prometo no desaparecer si eso es lo que en verdad deseas. Pero ¡mírate! Te has convertido en una bella damita."

"¡No, no lo he hecho! Soy una niña pequeña que ha estado extrañando a su hermano por años y años!" exclamó Georgiana.

Darcy dijo tranquilizadoramente, "Drew vive en Kympton ahora. Puedes verlo en la vicaría cuando quiera que lo desees."

"¿Kympton?" Georgiana se enjugó los ojos.

"Sí, Fitzwilliam me dio la vicaría ahí en mayo," dijo Drew. "Tú siempre eres bienvenida a visitarme."

Darcy añadió, "Te lo iba a decir hoy, pero no ha habido oportunidad."

"¡Me alegro tanto!" dijo Georgiana. "Odio a nuestro padre por hacer que te fueras. ¿Por qué no volviste cuando él murió?"

Drew se vio impotente. "Él me ordenó que me quedara lejos de ti y que no volviera a poner pie en Pemberley de nuevo."

"Pero él se ha ido, y nosotros te queremos aquí," declaró Georgiana.

Los sentimientos se habían disparado. Darcy rápidamente sirvió tres vasos de vino y le dio uno a Georgiana. "Es verdad, Drew, y quisiera que te sintieras bienvenido aquí, pero también entiendo que el pasado no puede borrarse tan fácilmente." Él pasó un vaso de vino a Drew.

Drew levantó la mano. "No para mí, te lo agradezco," dijo él fríamente.

¿Ahora qué había él hecho mal? Entonces lo entendió. "Drew, liberé a los esclavos en Jamaica tan pronto murió Padre. Nada aquí se compra con dinero del comercio de esclavos."

Las líneas de tensión bajo los ojos de Drew se borraron y él aceptó el vaso de vino. "En ese caso, te agradezco por el vino y, más importante, por la libertad de los esclavos."

"Era lo que se debía hacer," dijo Darcy.

Georgiana añadió con entusiasmo, "Tampoco comemos azúcar de plantaciones con esclavos. Las cocinas solo tienen azúcar de las Indias Orientales, donde no hay esclavos. Cuando salí de la escuela, me uní a una sociedad benéfica de damas donde cosemos ropa para esclavos liberados."

Los ojos de Drew se abrieron enormes por la sorpresa. "Me siento orgulloso de ti, Georgie."

Georgiana sonrió ampliamente. "Si no podía verte, quería ayudar a tu causa. Por favor, ¡dime qué has estado haciendo todos estos años!"

"No hay mucho que contar," dijo Drew cautelosamente. "Trabajé para el Sr. Wilberforce hasta que fui a Oxford, y luego me convertí en cura en Lincolnshire hasta que Fitzwilliam me ofreció esta vicaría."

Tomando la mano de Drew, Georgiana lo haló para que se sentara junto a ella. "Quiero escuchar cada detalle."

Capítulo 8

ATURDIDA, ELIZABETH volvió sobre sus pasos para salir de Pemberley, acompañada del Sr. Bingley y de su hermana. Ella se había preparado para enfrentar la hostilidad del Sr. Darcy, su altanera ira, o hasta un desaire directo. Ella no había esperado la mirada de dolor desnudo cuando encontró sus ojos. Y la conmoción de descubrir la presencia de los Bingley no había ayudado.

El Sr. Bingley los guio hacia afuera de la casa, haciendo una pausa en el pórtico. "Señorita Elizabeth, debo decirle que agradable sorpresa es esta. Yo no tenía ninguna expectativa en el mundo de verla hoy. ¿Está su familia aquí también?"

Ella luchó para recobrarse. "Solo mi tía y mi tío, quienes me invitaron a unirme a ellos en un tour por Derbyshire. Me siento igual de sorprendida de verle a usted. Solo esperaba ver al Sr. Darcy." ¿Había sabido Andrew de su presencia? Ella no podía recordar si ella había mencionado el nombre del Sr. Bingley cuando le había dicho a él que Darcy había interferido en el romance de su hermana. ¡En qué telaraña se había convertido todo esto!

"¿Está su familia bien de salud?" preguntó el Sr. Bingley. ¿Estaba él pensando en Jane? Si hubiera alguna oportunidad de que algo bueno resultara de esta debacle, Elizabeth la tomaría.

"Están bien, gracias." Ella decidió compadecerse de él. "Mi hermana menor, Lydia, está visitando a una amiga en Brighton, pero todos los demás están en casa."

Él se alegró visiblemente. "Le ruego que les dé mis mejores saludos."

La Señorita Bingley, habiendo tenido suficiente de ser ignorada, dijo señaladamente. "No creo haber escuchado nunca del Sr. Andrew Darcy."

Elizabeth dudó. Su primer instinto fue evitar la pregunta, pero la mirada de agonía de Darcy cuando la había visto en la puerta la hizo pausar.

Si responder las impertinentes preguntas de la Señorita Bingley le evitara al Sr. Darcy la carga de una explicación, ella lo haría. "Él es el hermano menor del Sr. Darcy." Ella no cedió a la tentación de añadir qué tan sorprendente era que una tan querida amiga de la familia no supiera de su existencia.

La Señorita Bingley miró a Elizabeth con superioridad y declaró altivamente, "El Sr. Darcy no tiene ningún hermano."

"La animo a que se lo pregunte a él," dijo Elizabeth servicialmente.

"No, él me dijo alguna vez que su hermano había sido desconocido," dijo Bingley, y entonces se vio súbitamente afectado. "Discúlpenme; no debí haber dicho eso."

¡Pobre Sr. Bingley! "Estoy muy consciente de que su padre desconoció al Sr. Andrew Darcy por sus opiniones políticas, y me alegra que él y su hermano se hayan reconciliado." Bueno, eso ahorraría algunas preguntas embarazosas para después.

El rostro de la Señorita Bingley estaba blanco. Ella debía detestar la aparente intimidad de Elizabeth con los secretos de la familia Darcy. "¿Cómo fue que lo conoció?"

Elizabeth le dirigió su sonrisa más dulce. "Nos presentó un amigo mutuo."

"Usted debe conocerlo bien, para venir de visita sola con él." La Señorita Bingley elevó su nariz en el aire. "Una dama soltera nunca puede ser demasiado cuidadosa."

¡Oh, sí, se habían desenfundado los cuchillos!

DARCY PUDO SENTIR COMO la piel le hormigueaba antes de que Elizabeth llegara siquiera a la sala de estar, el sonido de su ligera risa era una atracción que él no podía resistir. Ella entró con Bingley y su hermana, pero él solo la vio a ella. Los demás bien pudieron haber sido fantasmas.

Drew, maldita sea, fue de inmediato a pararse a su lado. "Señorita Bennet, ¿me haría el gran honor de presentarme a sus amigos?"

"Estaré encantada de hacerlo," dijo Elizabeth, con una mínima mirada hacia Darcy. "Señorita Bingley, Sr. Bingley, permítanme presentarles al Sr. Andrew Darcy, el vicario de Kympton y hermano del Sr. Darcy. Andrew, el Sr. Bingley tiene el contrato de arrendamiento de una casa de campo no lejos de la mía donde conocí a tu hermano."

Darcy se ruborizó. Era su obligación hacer las presentaciones, pero, una vez más, la presencia de Elizabeth lo había convertido en piedra. Si ella lo había creído poco caballeroso antes, esto confirmaría su opinión. De alguna manera se las arregló para decir, "Señorita Elizabeth, bienvenida a Pemberley. ¿Puede permitírseme el honor de presentarle a usted a mi hermana, la Señorita Darcy?"

Elizabeth evitó mirarlo pero hizo una caravana hacia Georgiana. "Es un gran placer, Señorita Darcy."

Georgiana se ruborizó. "Le ruego disculpe mi inapropiado despliegue antes," dijo en voz muy baja.

Elizabeth dijo cálidamente, "Mi querida Señorita Darcy, si usted no hubiera derramado ninguna lágrima cuando vio a su hermano por primera vez en años, yo no hubiera pensado mucho de su afecto familiar. Estoy muy agradecida de que el Sr. Andrew Darcy tenga una hermana que lo quiere tanto."

Los ojos de la chica se llenaron de lágrimas de nuevo, pero ella parpadeó para evitarlas. "Es usted muy amable."

Drew le dijo a Georgiana, "Además de recuperar un hermano, tú también tendrás pronto una nueva hermana. La Señorita Bennet me ha hecho el gran honor de aceptar ser mi esposa."

Las cejas de Georgiana se unieron. "¿*Tú* vas a casarte con la Señorita Bennet?" Ella lanzó una confundida mirada hacia Darcy.

¡Demonios! Darcy había olvidado que él le había insinuado a Georgiana sus propias esperanzas, cuando había estado seguro de que Elizabeth aceptaría su propuesta. Ella sabía. Y él tenía que evitar que ella dijera algo. "Drew vino a verme anoche con las buenas noticias de que él había conocido a la futura compañera de su vida, y estoy seguro de que te unirás a mí para desearles toda la felicidad del mundo."

La Señorita Bingley exclamó, "¡Eliza Bennet, qué astuta es usted! ¡No dijo ni media palabra! No puedo decirle qué tan complacida estoy de saber esto. No podría estar más orgullosa y feliz si usted fuera mi propia hermana!"

71

El labio de Darcy se enriscó. Naturalmente, la Señorita Bingley estaba encantada. De golpe, Elizabeth había pasado a convertirse en una potencial aliada, en lugar de un obstáculo en su persecución de él.

Elizabeth pareció desconcertada por esta efusión de placer de parte de la Señorita Bingley, pero ella se recuperó suficiente como para recibir las cordiales felicitaciones de Bingley. "Se lo agradezco, pero debo advertirles que aún no ha sido anunciado. El Sr. Andrew Darcy acaba de escribirle a mi padre para pedirle permiso."

"De cualquier modo, ¡son excelentes noticias!" exclamó Bingley.

Uno casi hubiera pensado que era un anuncio ordinario de un compromiso de matrimonio, si no fuera por las miradas preocupadas que Georgiana continuaba dirigiendo hacia Darcy. Y aparte del adolorido agujero donde su corazón debía estar.

ELLOS YA HABÍAN PERMANECIDO más de la media hora prescrita para visitas cuando Andrew dijo rígidamente. "Te agradezco tu amable hospitalidad. Ha sido un placer conocer a tus huéspedes."

La Señorita Darcy exclamó, "Oh, ¿ya debes irte? ¿No puedes quedarte a cenar con nosotros?"

Aun conociendo a Andrew tan poco como ella lo hacía, Elizabeth no tenía duda de que él estaba llegando a su límite. "Desearía poder hacerlo, pero tenemos otro compromiso esta noche," dijo ella. Solo había sido un plan informal que Andrew cenara con los Gardiner y Elizabeth, pero ofrecía una excusa.

Viéndose desolada, la Señorita Darcy preguntó, "¿Mañana, quizá?" Ella parecía estar al borde de las lágrimas de nuevo.

¿Se había sobresaltado Darcy ante sus palabras? Pero él dijo, "Estaríamos encantados de que se unieran a nosotros, y también la tía y el tío de la Señorita Bennet, si así lo desean." Al menos él estaba intentándolo.

Si una visita breve había sido así de dolorosa, una larga cena sería agonizante. "Me siento honrada por su invitación, pero no puedo hablar por los planes de mi tía y mi tío, y yo estoy a su disposición," dijo Elizabeth.

"¿Dónde se están quedando, Señorita Bennet?" Los ojos obscuros de Darcy estaban tan concentrados que ella tuvo que alejar la mirada.

"En la White Hart en Lambton," dijo ella incómodamente.

Él asintió. "Mi hermana y yo iremos de visita allá mañana para entregar la invitación personalmente. Con tu permiso, Drew, por supuesto."

"Por supuesto," dijo Andrew secamente. ¿Resentía el que le hubieran dejado tan poca elección?

La Señorita Darcy se adelantó y besó la mejilla de Andrew. "Muchas gracias por venir hoy. ¡No puedo decirte lo que significa para mí!"

El joven clérigo asió las manos de ella y le susurró algo al oído. Ella sonrió trémulamente en respuesta.

Elizabeth hizo una caravana y se despidió de los demás. Mientras salía del salón del brazo de Andrew, ella estaba segura de que los ojos de Darcy estaban agujerando su espalda.

En el vestíbulo, ellos encontraron a la Sra. Reynolds, el ama de llaves, quien había guiado el tour de Elizabeth por Pemberley dos semanas antes. Para sorpresa de Elizabeth, ella tomó las manos de Andrew y dijo, "Sr. Drew, no puedo decirle qué tan feliz me hace verle dentro de estas paredes de nuevo. Su querida madre en el cielo debe estar sonriendo de verlo."

"Es usted muy amable." Andrew respiró hondo. "Acabo de enterarme que usted realmente le dio mi mensaje a Georgiana el día que me fui, así que permítame darle mis muy retrasadas gracias por colocar sus necesidades por delante de sus órdenes."

"No fue nada, Sr. Drew. ¿Cómo podía permitir que la pobre niña pensara que usted se había ido sin siquiera decirle adiós? Pero no debo retrasarlo."

Afuera la calesa estaba esperando. Andrew la ayudo a subir sin decir palabra antes de subir por el otro lado y recoger las riendas, con una expresión severa y amenazante, como si estuviera disgustado por la cálida bienvenida que había recibido.

Aun si ella hubiera sentido la inclinación de cuestionarlo, la propia inquietud de Elizabeth la hubiera motivado al silencio. Ella no podía ahora dudar que los tiernos sentimientos del Sr. Darcy hacia ella no habían disminuido, como ella había esperado, ni que, al comprometerse con su hermano, ella le había causado sufrimiento.

Saber que lo había herido ya era suficientemente doloroso. Peor, mucho peor, era descubrir que ella misma ya no sentía indiferencia hacia él. ¿Cómo había sucedido eso? Antes de venir a Derbyshire, ella había vivido con la ferviente esperanza de no volver a verlo nunca. Después de escuchar los elogios que le dedicó el ama de llaves durante el tour por Pemberley, Elizabeth había sentido que su consideración hacia él se había elevado, pero aun así no sintió deseos de continuar la relación. ¿Por qué, entonces, sentía ella súbitamente una conexión hacia él, ahora que toda esperanza debía ser vana?

De alguna manera ella necesitaba alejar estos pensamientos de su mente para siempre. El Sr. Darcy iba a ser su cuñado. Ella iba a casarse con el extraño junto a ella, un hombre al que ella respetaba, pero por quien no tenía tiernos sentimientos. El verlo no incitaba un fuego dentro de ella, no como...

No. Ella no podía ni siquiera pensarlo. No ahora, ni nunca. Ella se enfocaría en aprender a amar a Andrew Darcy. La boca le sabía a ceniza.

Andrew pareció relajarse un poco después de que pasaron la puerta de entrada. "Perdóneme; no le he agradecido su oportuno esfuerzo de llevarse al Sr. Bingley y a su familia cuando mi hermana se angustió. Esa tarea no debió corresponderle a usted, pero como nadie más actuó, estuvo muy bien hecho."

"Me alegra que lo crea así. Mi excusa fue muy torpe, pero fue todo lo que se me ocurrió rápidamente. La presencia del Sr. Bingley fue una conmoción para mí."

Él se volvió a verla brevemente. "Usted me dijo que mi hermano había interferido en un romance entre su hermana y uno de sus amigos. ¿Era él de casualidad el Sr. Bingley?"

Ella suspiró. "Me temo que sí. Él no estaba solo en su oposición. Las hermanas del Sr. Darcy también se oponían al romance, aunque por diferentes razones."

"¿Por qué se oponían ellas a la pareja?" ¿Había un dejo de sospecha en la voz de él? Quizá él estaba empezando a preguntarse con qué tipo de familia se estaba casando.

"Ellas quieren ver que su hermano se case con la Señorita Darcy."

"¡Buen Dios! Georgiana no tiene la edad suficiente para estar considerando el matrimonio." Él frunció el ceño. "¿De qué tipo de familia viene él?" Andrew podía no haber visto a su hermana en años, pero eso claramente no evitaba que sintiera que debía protegerla.

"Son respetables, aunque su fortuna viene del comercio."

"Ya veo." Él no sonaba complacido.

Ella decidió tomar un riesgo. "Con respecto a la invitación a cenar mañana por la noche, si lo deseas, le pediré a mi tía que diga que tenemos otro compromiso."

Él lo consideró. "Aunque admito que es tentador evitar otra visita a Pemberley, creo que sería más sabio aceptar. Después hablaré con Fitzwilliam y le informaré que preferiría limitar mi presencia en Pemberley. Es claro que él no me quiere ahí más de lo que yo deseo estar ahí."

"¿Por qué dices eso? Él fue muy atento contigo."

"Y pareció molesto y malhumorado durante toda la visita," dijo él planamente.

El corazón de Elizabeth se hundió. Era verdad, pero ¿cómo podía ella decirle a Andrew que el malestar de su hermano no tenía nada que ver con él? "Él no parecía de buen humor, pero había otras razones para eso. Era una situación incómoda, dado que él y yo discutimos sobre el Sr. Bingley en nuestra último encuentro, y la reacción de tu hermana a tu llegada nos puso a todos en una posición menos que cómoda."

"Eso puede quizá contar por parte de ello, pero dudo que sea todo."

"Tú dijiste que él pareció complacido de verte ayer, y yo no sé qué tanto más afectuoso puede ser que ofrecerte la vicaría en primer lugar. Si él no deseara verte, ¿por qué habría hecho eso?"

"Supongo que hay algo de verdad en eso," dijo él a regañadientes.

"Si él desaprobó a alguien, fue a mí. ¡Pero tú fuiste recibido como el hijo pródigo! Yo estaba esperando que mataran al becerro cebado."

"No," espetó él. "Yo no soy el hijo pródigo. Yo fui desconocido."

Ella se encogió. ¿Qué tan inimaginablemente doloroso debió haber sido, vivir en un lugar tan bello como Pemberley, y perder tanto el lugar como su familia de un solo golpe? Pero ella también había visto el dolor que su ausencia le había causado a su hermana, y sospechaba que lo mismo era cierto de su hermano. Y por alguna razón, ella no podía soportar la idea de herir más al Sr. Darcy. "Cierto, pero no por tu hermano o tu hermana. Y por lo que vi, ambos están ansiosos de recibirte de regreso. Tu hermana claramente te extrañó terriblemente, y, aunque tu hermano no es mi persona favorita en el mundo, no puedo negar que él te ofreció una gran rama de olivo en la forma de tu vicaría. Espero que les darás una oportunidad."

Él suspiró. "Tienes razón. No debería culparlos por el pasado, en cualquier caso. Quizá veré cómo va la cena de mañana por la noche antes de tomar una decisión."

Ella sonrió, a pesar de sentimientos que eran por lo menos mixtos. ¿Por qué estaba ella animando más participación con la familia de él cuando no le causaba nada más que dolor?

Capítulo 9

LA INESPERADA PRESENCIA de Elizabeth había desequilibrado completamente a Darcy. Una vez que Drew y Elizabeth se hubieron ido, Darcy casi había huido de sus huéspedes en la sala de estar, incapaz de tolerar la conversación ya que Bingley continuaba parloteando elogios de las personas que habían conocido en Hertfordshire y su hermana insertaba cortantes comentarios de esos mismos provincianos. Fabricar una reunión con su administrador había parecido su opción más sabia.

Ahora salía de la oficina de su administrados casi a escondidas, esperando llegar a la privacidad de su habitación sin que Bingley y sus hermanas descubrieran que estaba libre.

En su mente, todo lo que Darcy podía ver era a Elizabeth, con su mano en el brazo de Drew.

Esta vez no había escape, sin embargo, porque Georgiana estaba rondando en el patio afuera de la oficina del administrador, obviamente esperando por él. Precisamente lo que él no necesitaba.

Ella se apresuró a ir a su lado. "Fitzwilliam, ¿puedo hablar contigo unos minutos? ¿En privado?"

Ella miró atrás hacia la casa, preguntándose si sus huéspedes estaban acechando. "¿Caminamos en el jardín de rosas?" Tan pronto como las palabras salieron de su boca, él se arrepintió de haberlas dicho. Elizabeth le había pedido a Bingley que le mostrara el jardín de rosas. No habían pasado dos horas desde que los pies de ella habían caminado las mismas veredas en las que estaba él entrando ahora. ¿Se había sentido complacida por lo que veía? ¿Se habían extendido sus dedos para rozar las hojas de estos arbustos de rosas, como él la había visto hacer con tanta frecuencia cuando salía a caminar, como si tocar las plantas a su alrededor la acercara más a la naturaleza? ¿Se había inclinado para acercarse a oler las flores, cerrando sus ojos con placer ante el delicado aroma?

Elizabeth.

Él ofreció su brazo a Georgiana. Deber. Él tenía un deber hacia su hermana, sin importar qué tanto ansiara estar solo con su miseria.

"Lamento tanto la mal educada escena que representé," dijo Georgiana apresuradamente. "Prometo que nunca sucederá de nuevo. Espero que puedas perdonarme."

Por un momento él no pudo entender a qué se refería ella. "¿Quieres decir cuando llegó Drew? No hay nada que perdonar. Fue una reacción natural. Yo nunca debí haber permitido que fueras tomada por sorpresa de esa manera. Yo no había esperado que él apareciera tan pronto, o hubiera intentado encontrar una manera de advertirte o de hacer arreglos para una reunión en privado. La culpa es mía."

"No sabía que le habías dado la vicaría en Kympton." ¿Había un dejo de acusación en la voz de ella?

"Debí decírtelo, pero temí que te hicieras ilusiones que podían haber sido frustradas. Creí posible que él permaneciera donde estaba y que contratara a un cura para trabajar en Kympton. Yo no estaba seguro de que él viviría ahí hasta que él apareció inesperadamente anoche para contarme sobre su compromiso." Él se había hecho preguntas y se había preocupado sobre eso, pero había sido demasiado orgulloso para pedir a su administrador noticias sobre su hermano. Hubiera significado admitir que él temía preguntarle a Andrew sobre sus planes él mismo.

"Pero ¿por qué se quedaría lejos? Es una buena vicaría, ¿no es así?"

¿Por qué tenía ella que hacer siempre las preguntas que él menos quería responder? "Las cosas han sido difíciles entre nosotros. Mis reuniones con él después de la apoplejía de nuestro padre no salieron bien." Para decir lo menos. Darcy, alterado acerca de sus propias pérdidas y escasamente comprendiendo que Drew había sido realmente desconocido, había aparecido en la puerta de su hermano y había informado a Drew que era momento de volver a casa y hacer las paces con su padre. Retrospectivamente, había sido una obra de arte en falta de tacto. Drew le había dicho que él esperaba que el viejo se pudriera en el infierno. "Darle la vicaría fue mi primer paso para ganar su confianza, pero se llevará tiempo."

"Quizá su compromiso ayudará," dijo Georgiana. "Pero tampoco entiendo eso. Cuando tú me escribiste acerca de la Señorita Bennet y dijiste que esperabas que fuera una hermana para mí, yo pensé que tú pensabas casarte con ella, no que la tenías en mente para Drew. Por la forma en que hablaste de ella, yo creí que la admirabas."

Por supuesto, Georgiana había creído eso, porque había sido verdad. Porque él nunca había soñado que Elizabeth pudiera rechazar su ofrecimiento de matrimonio. Quizá él pudiera aprovechar la salida que Georgiana le estaba ofreciendo y declarar que él había estado pensando en que Drew se casara con Elizabeth, pero solo se necesitaría una palabra de Drew para que Georgiana supiera que no era verdad. "Yo la admiraba," dijo él con renuencia, ardiendo de humillación por dentro. "Me di cuenta de que ella no correspondía mi consideración. Ahora entiendo por qué."

¿Había Elizabeth estado pensando en Drew cuando le había lanzado esas amargas palabras de rechazo en su cara? ¿Había sido su ira hacia él no solo sobre las mentiras de Wickham y la pérdida de su hermana, sino también indignación a nombre de su supuesto trato indebido de Drew? No que él le hubiera hecho nunca nada a Drew, pero su hermano pudo haberlo culpado por la decisión de su padre de desconocerlo.

"Pero..." la voz de Georgiana se apagó, y sus mejillas se ruborizaron. ¿Armaría ella las piezas, su mal humor después de regresar de Kent y su interés en Elizabeth? "Y ahora ella va a casarse con Drew. Espero que no te importe."

¿Cuánto castigo más debía él soportar por sus pecados? "Drew no ha tenido una vida fácil, y deseo verlo feliz. Si la Señorita Bennet puede traerle felicidad, me alegro por ambos." Y como él no podía dejar de poner sal en sus heridas, añadió, "Drew me dijo que está muy enamorado de ella."

Georgiana se mordió el labio. ¿Había ella sentido la amargura en él? "¿Crees que él habría venido aquí hoy, si no fuera por ella?"

"No lo sé. Yo no sabía que ella estaba en el área." Drew había omitido ese detalle cuando le contó sobre el compromiso, dejando que Darcy se sintiera escaldado por el impacto de la inesperada presencia de ella.

"Espero que ella quiera que él permanezca conectado con nosotros," dijo Georgiana con melancolía. "Si el conocerte a ti puede ayudar a que Drew vuelva a nosotros, eso sería bueno."

La nausea causó oleadas en el estómago de Darcy. "Quizá."

"Voy a hacer mi mejor esfuerzo para hacerme su amiga," dijo Georgiana. "Entonces nosotros podremos ver más a Drew."

"Espero que ella será una buena hermana para ti," dijo él sin entonación. Él siempre había creído que Elizabeth sería una buena influencia para Georgiana, una que podía ayudarla a sobreponerse a su timidez y sus temores. Pero no así. No así.

Se suponía que Elizabeth fuera suya. Ahora estaba perdiendo tanto a ella como a Drew, porque ¿cómo podría él alguna vez disfrutar la compañía de su hermano cuando Elizabeth estaba en medio de ellos? ¿Cómo era que se había encontrado a sí mismo en este infierno de dolor y celos?

Georgiana cortó una rosa y enterró el rostro en ella por un largo momento. Luego se la entregó a él. "El aroma es delicioso."

Él era del más pálido color durazno, como la complexión de Elizabeth. Él no pudo resistir acariciar uno de los pétalos. ¿Se sentiría la mejilla de ella tan suave y delicada? Él nunca lo sabría.

SEGÚN LO PROMETIDO, el Sr. Darcy y su hermana aparecieron en la posada White Hart a la mañana siguiente con una invitación formal para los Gardiner para cenar en Pemberley, pero este era un Sr. Darcy diferente del hombre herido que Elizabeth había visto el día anterior.

Este Sr. Darcy parecía pensar que ella era invisible. Él evitó mirar en dirección de ella y cuando se veía forzado por los buenos modales a hablar con ella, lo hacía con un mínimo de palabras. Él dijo todo lo que era apropiado, y ni una palabra más.

Elizabeth se sintió enferma. Fue un alivio cuando los Darcy partieron una vez que la trascendental invitación hubo sido debidamente hecha y graciosamente aceptada.

La Sra. Gardiner dijo, "¡Qué emocionante! Cenar en Pemberley es un sueño hecho realidad para mí. Con cuanta frecuencia solía pasear pasando por Pemberley cuando era niña, deseando poder vivir en ese elegante lugar. ¡Ser recibido por la familia! No puedo decir que encuentro que el Sr. Darcy sea un caballero tan cálido como lo describió su ama de llaves, pero me cayó bastante bien su tímida hermana. Fue muy gentil de parte de ellos extender la invitación."

Por alguna razón, Elizabeth no podía soportar que su tía pensara mal del Sr. Darcy, aun si su actual comportamiento altanero pudiera haber merecido la censura. "Creo que el Sr. Darcy está con frecuencia incómodo cuando conoce a extraños. Él fue perfectamente cordial conmigo ayer." O al menos no había actuado como si ella no existiera.

"Estos grandes hombres son con frecuencia algo caprichosos con sus cortesías," dijo el Sr. Gardiner.

Elizabeth no podía ser reconfortada tan fácilmente. Ayer ella había esperado encontrar implacable resentimiento de parte de Darcy, solo para captar una mirada de su alma en pena. Hoy él parecía completamente desinteresado en ella. ¿Qué había cambiado?

Quizá, reflexionando, él se había enojado por su atrevimiento en alejar a los Bingley cuando la Señorita Darcy estaba alterada, y en hacer las presentaciones después. O él podía estar preocupado acerca de si ella le había dicho algo de su hermana al Sr. Bingley. O, más probablemente, él la había visto como poco elegante, atrevida y difícil y había decidido que ella nunca había merecido su atención.

Eso dolía, mucho más de lo que ella creía que debería doler.

CUANDO LLEGARON DE regreso a Pemberley después de visitar la White Hart, Georgiana le preguntó a Darcy, "¿Puedes venir arriba conmigo? Tengo algo que mostrarte."

"Si lo deseas." Darcy no podía hacer que le importara nada, pero la siguió a su sala de estar privada. ¿Se desvanecería alguna vez este dolor enfermo en la boca de su estómago?

"Espera un momento; lo traeré de mi baúl." Su hermana desapareció en su recámara.

No. Él no quería estar solo con sus pensamientos. Él cruzó a la ventana, mirando hacia las colinas que se elevaban donde los árboles estaban llenos de hojas, a diferencia del árido invierno en su interior. ¿Cómo sobrevivía uno esto? ¿Cómo podía Dios ser tan cruel como para permitir que

Elizabeth amara a Drew? Eso había sido su único consuelo después de perderla, que él de alguna manera se las arreglaría para usar las lecciones que ella le había enseñado para reconstruir una relación con su hermano, y ahora esto.

Georgiana volvió llevando consigo una miniatura enmarcada. "Ahora que Drew ha regresado, ¿podemos colgar esta con las demás de nuevo?" Ella se la pasó a él.

Él tomó el marco dorado en sus manos y la familiar imagen del rostro de Drew lo miró a él, su barbilla partida y su terca mandíbula ya eran prominentes. Este había sido alguna vez parte del grupo que colgaba en la sala de estar rosa. La desaparición de esta miniatura debió haber sido su primera clave de que había más en la ausencia de Drew de Pemberley que una simple visita a un amigo. Cuando él le había preguntado a un sirviente que dónde estaba, se le había dicho que estaba siendo limpiada, pero en retrospectiva, eso obviamente no había sido verdad, ya que los demás retratos habían sido reacomodados para disimular su ausencia. "¿Cómo es que tienes esto? Creí que había sido destruida."

"Padre ordenó que la quemaran, pero la Sra. Reynolds la ocultó en lugar de eso. Ella sabía que nuestro padre nunca buscaría entre mis cosas."

Él volvió sus ojos sorprendidos al rostro de su hermana. El ama de llaves no solo había desobedecido una orden directa, sino que había involucrado a su hermana en ello. "Pero tú solo eras una niña."

"Tenía diez años, y ella sabía cuánto amaba yo a Drew, y que podía guardar un secreto. Cuando Drew vivía con el Sr. Morris en Lambton y venía a visitarme cada semana, él entraba por la entrada de los sirvientes, y nadie nunca dijo nada. Yo vivía para esos momentos."

"No lo entiendo. ¿Por qué escondería él su presencia? Esta era todavía su casa." Esto no sonaba como el Pemberley de su infancia.

"Cuando quiera que nuestro padre lo veía, se ponía de mal humor por días. Drew sabía que eso me asustaba, así que mantenía sus visitas discretas."

"¿Por qué te asustaba? De seguro él nunca te castigó."

"No. Yo siempre tenía mucho cuidado de no meterme en problemas. Si yo hubiera quebrado una de las tazas de rosas de Mamá, él me hubiera gritado y gritado, sin embargo tú no dijiste nada sobre eso ayer. Lo que le sucedió a Drew... me aterraba."

"¿Qué le sucedió a Drew?" preguntó él con pesadez. No estaba seguro de desear saber la respuesta.

Los ojos de Georgiana se abrieron desmesurados. "Él no podía hacer nada bien. Siempre lo estaban castigando, la mitad de las veces por cosas que él nunca había hecho."

Ahora él se encontraba en terreno más sólido. "Él pudo haber preferido decirte que él no hizo esas cosas."

Ella negó con la cabeza. "Él nunca me dijo nada sobre ello. Yo escuchaba lo que decían los sirvientes. Todos ellos lo amaban a causa de la vez que Jenny rompió un jarrón por accidente. Drew la escuchó llorando porque ella sabía que perdería su puesto y su familia necesitaba de su sueldo, y él le dijo que no se preocupara; él diría que él lo había hecho ya que tenía pendiente una paliza de cualquier modo, y él prefería que lo golpearan mientras le ahorraba a ella la pena que por algo imaginario. No sé por qué nuestro padre lo odiaba tanto, pero yo no quería que él empezara a golpearme así."

No. Su padre nunca había sido irrazonable o mezquino. Bueno, casi nunca, pero Drew había sido un niño difícil. Hablaba irrespetuosamente, era resentido, y había sido expulsado de Eton. Él debió haber merecido el castigo. Georgiana solo había sido demasiado pequeña e inocente para entender que el hermano que era amable con ella también podía portarse mal. Pero Darcy nunca había sabido cómo la situación la había asustado, porque él siempre había estado lejos en la escuela y la universidad. Hasta que su padre se enfermó, Georgiana había sido casi una extraña para Darcy.

Pero su padre había desconocido a Drew y había ocultado sus acciones a Darcy hasta que él se había tropezado con la verdad por la ausencia de la miniatura que ahora tenía en sus manos. Había sido la Sra. Reynolds la que había ocultado el retrato, quien había desobedecido la orden de su padre de no hablar sobre la partida de Drew, y quien finalmente le había dicho la verdad, que Drew había sido desconocido. Y luego ella le había suplicado no decirle a su padre que ella lo había hecho.

Él pasó su mano por su cabello. ¿Por qué se había mantenido oculto todo esto?

Georgiana se mordió el labio. "¿Podemos colgarlo de vuelta con los demás?"

"Sí. Haré que los reacomoden para incluirlo." Era lo que debía hacer.

"Quizá podría quedar en el lugar del retrato de George," ofreció ella titubeante.

George. Le tomó a él un momento darse cuenta de que su hermana estaba hablando de Wickham. Por supuesto que su retrato todavía estaba ahí; todos ellos habían sido pintados al mismo tiempo, Georgiana a los seis años, Andrew de trece años, y Wickham y Darcy de dieciocho años. Un estremecimiento recorrió su espalda. Él nunca había considerado que inapropiado había sido que su padre colgara el retrato de Wickham con los de sus propios hijos. ¿Cómo se había sentido su madre cuando los veía todos los días? "Por supuesto. Pondremos el retrato de Drew ahí." Y antes de la cena, la miniatura de George Wickham ya había contaminado Pemberley suficiente tiempo.

Capítulo 10

ELIZABETH DIO UN SUSPIRO de alivio cuando la cena en Pemberley finalmente terminó y la Señorita Darcy dio la señal para que las damas se retiraran, dejando que los caballeros disfrutaran su oporto. Hasta ahora la noche iba tan bien como ella pudo haber esperado, lo que quería decir que había sido tolerable. Igual que Darcy había descrito su apariencia en aquella fatídica asamblea donde ella lo había visto por primera vez.

Sí, tolerable, aparte de la comida, que había estado deliciosa. Ella había estado sentada entre Andrew y el Sr. Bingley, así que la conversación había sido placentera. Y lo más importante, un gran centro de mesa bloqueaba su vista del Sr. Darcy, así que ella podía pretender que él no estaba ahí, o al menos podía intentarlo. Ella siguió repitiéndose disfrutar la compañía, la elegante cena, y la inigualable elegancia de Pemberley, pero hablar con el Sr. Bingley solo le recordaba la aflicción de Jane. ¿Sufría ahora Darcy como Jane lo había hecho? Una punzada se asentó muy dentro de ella. Elizabeth no le desearía eso a nadie.

Después de que las damas se hubieron asentado en la sala de estar, la Señorita Darcy dijo, "Sra. Gardiner, tendremos un día de campo junto al lago el viernes, y si no tuvieran otro compromiso, sería un gran placer para mí si usted y la Señorita Bennet aceptaran ser nuestras invitadas." Ella claramente había estado ensayando la invitación en su cabeza.

"¡Un día de campo!" exclamó la Señorita Bingley. "Qué idea tan encantadora, Georgiana."

"Una idea en verdad encantadora," dijo la Sra. Gardiner con pesar, " pero me temo que debemos rehusar. Mañana es nuestro último día aquí, y dejaremos Derbyshire temprano por la mañana el viernes."

"¿Tan pronto?" La chica se veía asolada. "¿No podrían quedarse un poco más?"

"Desearía que pudiéramos, pero ya nos hemos quedado más de lo planeado debido al compromiso de Lizzy. Necesitan a mi esposo en Londres, y nuestros hijos esperan nuestro regreso." La Sra. Gardiner sonrió. "O eso quiero creer; aunque por todo lo que he sabido, ¡ellos han estado pasándola tan bien con su tía Jane que no les importaría si no regreso hasta Navidad!"

"Estoy segura de que ese no es el caso," dijo Elizabeth con firmeza. "Pero le agradezco su invitación, Señorita Darcy. Quizá el próximo verano." Cuando ella sería la Sra. Andrew Darcy. Repentinamente ella deseó haber comido menos durante la cena.

"Oh, sí, supongo que podríamos hacer eso," dijo la Señorita Darcy, claramente decepcionada. "¿Han discutido usted y Drew cuándo se casarán?"

Ella difícilmente podía decir que eso dependía de qué tan lejos Wickham hubiera propagado sus chismes. "Todavía espero respuesta de mi padre sobre el tema, pero hemos hablado de casarnos después de Navidad. Andrew había estado en favor de una boda tan pronto como pudieran leerse las amonestaciones, pero Elizabeth deseaba más tiempo para despedirse de su vida en Longbourn. La respiración se le atoró en la garganta al pensar en todo lo que dejaría atrás, y ella ocultó una llamarada de furioso resentimiento hacia Wickham. ¿Cómo podía él haberla forzado a esta posición?

"¿Tanto tiempo? Entonces, aparte de su boda, no volveré a verla hasta el próximo verano, porque estaremos en Matlock para Navidad y luego en Londres por la Temporada." La Señorita Darcy se veía alterada.

Elizabeth estaba cansándose un poco de la dependencia de la Señorita Darcy. "Afortunadamente, tendremos muchos años para volvernos mejores amigas. ¿Puedo escribirle mientras estamos apartadas?"

"¡Oh, sí!" exclamó la chica. "Espero que seremos grandes corresponsales."

"Un año no es tanto tiempo," dijo la Señorita Bingley. "Pasará antes de que te des cuenta."

Una sombra cruzó los ojos de la Señorita Darcy. "Le agradezco el consejo." Era una voz diferente a la que usaba con Elizabeth, más frágil y menos vivaz.

La Sra. Gardiner le sonrió a la chica. "Señorita Darcy, estoy segura de que Lizzy se sentiría muy tranquilizada si usted visitara regularmente la rectoría del Sr. Andrew Darcy durante su ausencia y le diera una perspectiva femenina sobre la restauración."

Elizabeth pensó que esto era raro hasta que vio que tan notablemente se iluminaba la expresión de la Señorita Darcy ante la sugerencia de su tía. ¡Por supuesto! La verdadera preocupación de la chica acerca de su partida era perder el conducto a su distanciado hermano. Ella dijo cálidamente, "Le diré a Andrew que dependo de usted para que me escriba con las últimas noticias sobre la vicaría."

"Oh, ¿lo haría?" exclamó la chica, como si Elizabeth le hubiera hecho un gran favor al demandar este servicio por parte de ella. "Estaré muy feliz de hacerlo. Usted debe decirme que desea particularmente ver que se haga ahí."

"Eso sería un gran alivio para mí," dijo Elizabeth, que no tenía ninguna inquietud acerca de la habilidad de Andrew de manejar las renovaciones. "Haré una última visita al lugar mañana y haré una lista." Y pensaría en alguna manera de explicarle a Andrew por qué su hermana estaría metiendo su nariz en sus asuntos.

"Quizá pueda unirme a usted ahí," dijo la Señorita Darcy. "Todavía no he visto su vicaría."

Por supuesto que ella todavía no la había visto, ya que solo se había enterado la tarde anterior que Andrew ahora vivía ahí. "Ambos estaremos encantados de verla. ¿Ha visitado Kympton antes? Yo encuentro que es un pueblo encantador."

"He pasado cabalgando por ahí," dijo la chica. "La iglesia está situada muy pintorescamente, y hay una linda vista distante del pueblo desde las colinas."

La Señorita Bingley, claramente cansada de que el enfoque de la conversación hubiera sido alejado de ella, dijo, "Debes llevarme ahí algún día, Georgiana. ¡No descansaré hasta que lo haya visto! Pero tú sabes cómo adoro tu campiña por aquí." Ella se lanzó a una larga descripción de cabalgatas que había tomado en el pasado, todas centradas en el gran placer que su querida Georgiana le había dado.

Cuando los caballeros volvieron a reunirse con ellas, la Señorita Darcy jaló la manga de su hermano mayor y le susurró algo. Él asintió y ambos salieron del salón por unos cuantos minutos. Cuando volvieron, el pulso de Elizabeth se agitó cuando el Sr. Darcy lo cruzó para hablar directamente con los Gardiner. "Mi hermana y yo lamentamos que el conocernos mejor se verá interrumpido por su inminente partida. Entiendo que esperan al Sr. Gardiner en Londres, pero nos gustaría extender una invitación a la Señorita Bennet y a la Sra. Gardiner para que se queden aquí en Pemberley por tanto tiempo como deseen, y estaremos encantados de proporcionar nuestro carruaje para que regresen a Longbourn y a Londres después." Él habló con calma, pero sin alguna calidez particular, casi ausentemente. Era una continuación de qué tan tenso había estado toda la velada, más como el recorte de papel de un caballero moviéndose en un teatro de juguete que como un hombre vivo.

"Esa es una oferta muy generosa." La Sra. Gardiner, sorprendida pero claramente complacida, miró hacia su esposo.

El corazón de Elizabeth se hundió. Ella ansiaba volver a casa, y lo último que quería era pasar más tiempo en compañía del Sr. Darcy, pero la mirada de brillante emoción de su tía no auguraba nada bueno para el rechazo de la invitación. ¿Con cuanta frecuencia había dicho su tía desde esta mañana que cenar en Pemberley sería un sueño hecho realidad para ella? Ahora ella tenía la oportunidad de ser una invitada en la gran hacienda que ella había admirado toda su vida. "Le agradezco su generosa invitación, pero estoy completamente a disposición de mi tío y mi tía, y sus planes están hechos."

"Tonterías," dijo su tío jovialmente. "Creo que es una buena idea, y sin duda el Sr. Andrew Darcy estará encantado de tener más tiempo contigo, Lizzy."

"Pero los niños me están esperando," dijo titubeante la Sra. Gardiner.

"Sí, y ellos estarán un poco decepcionados, pero tienen a su querida tía Jane, a su nana, y toda la campiña de Longbourn para explorar. Ellos pueden fácilmente prescindir de ti por otra semana o dos."

Elizabeth no se atrevió a mirar a Andrew. Ella sospechaba que era un asunto de perfecta indiferencia para él si ella estaba o no cerca, pero él no se sentiría complacido de ser forzado a pasar más tiempo en Pemberley. Esa era sin duda la precisa razón por la que la Señorita Darcy deseaba que ella se quedara. ¿Era así como se sentía la cuerda en el estira y afloja? "Mis padres están ansiosos de hablar conmigo sobre mi compromiso." Un argumento muy débil, ya que su padre todavía no había contestado.

La Sra. Gardiner palmeó su mano. "Les escribiremos cartas largas, llenas de novedades hasta que se sientan hartos del tema."

La Señorita Darcy se apresuró a adelantarse. "Les ruego que lo consideren. Significaría tanto para mí tener la oportunidad de conocerla mejor."

El Sr. Bingley había finalmente notado la discusión. "Ustedes serían una muy encantadora y bienvenida adición al grupo, y yo tengo muchas más preguntas acerca de nuestros conocidos mutuos en Hertfordshire que hacerles." Él sonrió radiante, mientras que sus hermanas se veían amargadas.

La expresión del Sr. Darcy era impenetrable. "¿Significa esto que tendremos el placer de su compañía?" Su mirada parecía fija en un punto justo sobre el hombro de Elizabeth.

¡Qué Dios la ayudara! "Debo deferir a los deseos de mi tía y mi tío, y a los del Sr. Andrew Darcy." Quizá él podría rescatarla.

La sonrisa de Andrew se veía un poco forzada. "No puedo más que estar contento ante el prospecto de pasar más tiempo en tu compañía, querida, e intentaré no aprovecharme demasiado del útil consejo de la Sra. Gardiner."

"¡Yo estoy siempre feliz de ayudarle de cualquier manera, querido muchacho!" exclamó la Sra. Gardiner. "Estaríamos honrados de aceptar su graciosa invitación, Sr. Darcy."

La Señorita Bingley intercambió una mirada de desprecio con su hermana, pero la Señorita Darcy se veía radiante. "¡Hay tanto que no puedo esperar para mostrarles!"

Elizabeth tragó con dificultad, sintiendo la trampa cerrarse a su alrededor. "Les agradezco a ambos su amable invitación."

Tenía que haber una salida. Ella no podía soportar pasar días sin fin confinada con este atemorizante Sr. Darcy que parecía haber decidido que ella no existía. ¿Por qué había estado de acuerdo con esta invitación, cuando era perfectamente claro que él quería tener tan poco que ver con ella como fuera posible?

Sintiéndose enferma, ella esperó hasta que él se alejó de los demás y se estacionó en la ventana, mirando a la obscuridad. De alguna manera, ella reunió el valor para acercarse a él y decir en voz muy baja, "Sr. Darcy, estoy consciente de que su hermana lo puso en una situación difícil. Si lo desea, hablaré con mi tío y mi tía y los convenceré de que debemos regresar a Longbourn de inmediato."

El volvió una mirada helada hacia ella. "¿Por qué desearía yo algo así? Es importante para mí que mi hermano se sienta bienvenido en Pemberley y retener la conexión de mi hermana y mía con él. Por el momento, eso parece requerir su presencia."

Por supuesto. Él no la quería a ella ahí, solo la habilidad de ella de proporcionar un enlace con Andrew. Ella levantó su barbilla. "Ya veo."

"Usted debe estar consciente del alejamiento entre nosotros desde su pleito con mi padre. Quizá usted sepa más sobre ello de lo que yo sé, ya que Andrew se rehúsa a hablar conmigo de ese tiempo, pero lo que sea que haya sucedido entre él y mi padre es parte del pasado. Yo deseo ver la brecha reparada, y mi hermana se siente desesperada por ello." Los ojos de él ahora la perforaron.

¿Qué quería él de ella? "La brecha parece estar bien encaminada a ser reparada."

"Eso espero. Yo..." El rostro de él se obscureció súbitamente. Era como si él quisiera decir más, pero luego cambió de opinión. "Buenas noches, Señorita Bennet." Él se volvió y se alejó.

Así que ella era la Señorita Bennet de nuevo. Él siempre la llamó Señorita Elizabeth en Kent, aun cuando su hermana mayor no estaba ahí y todos los demás la llamaban Señorita Bennet. Ella había sido Señorita Elizabeth ayer cuando él había sido sorprendido por su presencia, pero ahora ella era firme y fríamente Señorita Bennet. Y eso dolía.

EL TÍO DE ELIZABETH retrasó su partida el viernes por la mañana hasta la llegada del primer correo, esperando que llegara carta del Sr. Bennet, ya que no había llegado ninguna el día anterior. "Sé que tu padre odia molestarse en escribir, pero uno creería que él haría una excepción en un caso de este tipo," gruñó el Sr. Gardiner.

"Sí," suspiró la Sra. Gardiner. "Es escasamente cortés con el pobre Andrew. Él merece una respuesta pronta a su solicitud de la mano de Elizabeth."

"Así es. Le diré eso a Bennet cuando me detenga ahí a ver a los niños, y por lo menos, les escribiré yo mismo y les diré lo que él diga," replicó el Sr. Gardiner.

Luego el mismo Andrew llegó para llevar a Elizabeth y a la Sra. Gardiner a Pemberley, y ya no pudo decirse más sobre el asunto.

Capítulo 11

ELIZABETH SE DESPERTÓ temprano en su primera mañana en Pemberley, firme en su resolución de no permitir que la adusta expresión del Sr. Darcy afectara su placer en esta visita a esta hermosa hacienda. Además, si el comportamiento de él cuando ella llegó el día anterior iba a servir para juzgar, él tenía intención de permanecer tan lejos de ella como pudiera. Ella lo había visto solamente durante la cena, y luego al otro extremo del salón. Las constantes atenciones de la Señorita Bingley hacia él lo facilitaban.

Ella decidió usar su recién renovado vestido, tanto porque era ahora el más moderno de sus vestidos de día y como recordatorio de su resolución de no permitir que la actitud del Sr. Darcy impusiera incomodidad sobre su compromiso. El vestido había quedado aún más favorecedor de lo que se había atrevido a esperar, y ella giró sobre sí misma para admirar la nueva malla sobre la falda. Una buena manera de iniciar su primer día como huésped en Pemberley.

Afuera el sol brillaba. La Sra. Gardiner no despertaría por otra hora o dos, y Elizabeth miró con anhelo hacia el parterre afuera de su ventana. De seguro había tiempo para salir a caminar antes del desayuno.

Ella recogió su gorro y sus guantes antes de salir hacia el jardín de rosas, no por un deseo de verlo sino porque la vereda hacia allá la llevaría más allá del misterioso invernadero. Cuando ella había hecho el tour de Pemberley con los Gardiner, en aquellos lejanos días antes de que conociera a Andrew... ¿en verdad había sido hacía solo dos semanas?... ella no había pensado mucho en ello cuando el ama de llaves había dicho que el invernadero era privado. Pero se había despertado su curiosidad cuando la doncella que le había mostrado su habitación ayer, mientras le informaba del funcionamiento necesario de la casa, insistió en mencionar que las visitas al invernadero solo podían hacerse con el permiso expreso del Sr. Darcy.

¿Qué podía ser tan especial sobre un invernadero? Con certeza nada de valor podía ser almacenado ahí; los grandes ventanales de múltiples paneles lo harían un blanco fácil para los ladrones. A Darcy escasamente podría preocuparle que sus huéspedes se robaran la fruta que crecía dentro, especialmente ya que estaba claro que el ya espacioso edificio había sido expandido recientemente. ¡Era poco probable que hasta una gran hacienda como Pemberley necesitara tanta fruta de invernadero!

Ella disminuyó el paso al pasar por el edificio, viendo las ventanas. La mitad de abajo de los paneles de vidrio estaban empañados, y era difícil ver a través de las porciones transparentes, especialmente con el sol todavía bajo en el cielo. Pero se veía más obscuro de lo que ella hubiera esperado. Los invernaderos que ella había visto en sus viajes contenían mayormente árboles de tamaño pequeño en macetas, con mucho espacio abierto entre los troncos. Lo que quiera que hubiera adentro era mucho más frondoso que esos árboles frutales.

La puerta al invernadero se abrió. Elizabeth volvió rápidamente el rostro hacia otro lado, no deseando que pareciera que había estado espiando, mientras el Sr. Bingley salía apresurado. ¿Tenía él el permiso necesario del Sr. Darcy para entrar al misterioso invernadero?

"¡Señorita Elizabeth!" Bingley sonaba encantado de verla. "Se levantó temprano."

"No pude resistir el soleado día y los hermosos terrenos." Quizá ella pudiera conseguir algunas respuestas a sus preguntas de él. "¡Que impresionante invernadero es este! Vamos, creo que es aún más grande que el de Blenheim."

Él sonrió. "Sí, es el proyecto especial de Darcy. Él lo ha estado expandiendo."

¿El proyecto especial de Darcy era un invernadero? Ella estuvo tentada a reír. "No me había dado cuenta de que él tuviera un interés particular en cultivar fruta."

Bingley rio. "No fruta. Es su investigación científica. Él cultiva plantas de climas tropicales ahí. Es una verdadera jungla mágicamente transportada a Inglaterra."

"¡Una jungla!" Oh, ahora ella deseaba desesperadamente entrar.

Su anhelo debió haberse mostrado en su voz, porque él dijo, "¿Le gustaría verla? Yo puedo darle un tour."

"¡Nada me encantaría más! Siempre he deseado ver una jungla. Pero se me dijo muy claramente que no se permitían visitantes," dijo Elizabeth, esperando ser contradicha.

Bingley agitó su mano como para hacer a un lado su objeción. "Eso es solamente para proteger las plantas, y yo sé que usted no las dañará. Yo le ayudo con el proyecto, así que entro todos los días."

"Si está usted seguro..." La inquietud de Elizabeth luchaba con su curiosidad de ver qué tenía oculto el Sr. Darcy. "No deseo entrometerme."

"Es difícilmente un secreto, solamente las investigaciones de Darcy." Bingley abrió la puerta de paneles de vidrio. "Le ruego que entre pronto para que no escape el calor."

Cuando Elizabeth entró, ella se sintió sorprendida por la ola de aire húmedo, más caliente que el día de verano más cálido que ella había conocido, y un abrumador aroma a tierra fértil, vegetación, y algo exótico que ella no podía ubicar.

Una angosta vereda de baldosas pasaba entre plantas con enormes hojas, algunas tan grandes como platos de comida, muy diferentes de los delgados árboles frutales que uno típicamente encontraba en los invernaderos. En su lugar estaban árboles y enredaderas con formas extrañas. Ella extendió una mano hacia una rizado tentáculo, luego recordó que estas eran plantas especiales y retiró su mano rápidamente antes de tocarlo. Oh, pero todo era asombroso, todo lo que ella había ansiado ver cuando era niña y había deambulado por la campiña pretendiendo ser una exploradora en una tierra extraña.

Un jardinero de piel obscura cruzó la vereda frente a ellos, empujando una carretilla sobrecargada con frondas verdes y cafés.

Bingley dijo, "¿Vee so? Estas plantas crecen tan rápido que siempre necesitan podarse. Si viene por este camino, algunas de las mejores están por aquí."

Él le indicó a Elizabeth que ella debía seguir una vereda lateral, más allá de un calentador con una gran olla de agua hirviendo sobre él. Eso explicaba la humedad, suponía ella. Después de pasar una pantalla tejida, ella llegó a otra habitación donde el techo había sido reemplazado por paneles de vidrio. Las plantas crecían aún más grandes y gruesas ahí.

Otro jardinero inclinado sobre la base de un árbol desenvolvía una tira de cuero del tronco, y luego lo estudiaba. Sus mangas estaban enrolladas hasta sus codos, sin duda debido al calor. Luego se enderezó, y Elizabeth se dio cuenta de que no era un jardinero.

"¡Sr. Darcy!" exclamó ella, con las mejillas ardientes a la vista de sus brazos y cuello desnudos. Un sentimiento raro creció dentro de ella, como si su interior se estuviera derritiendo. ¿Qué le sucedía? Cierto, que un caballero apareciera sin la cobertura apropiada se consideraba indecente, pero ella había visto con bastante frecuencia a trabajadores en mangas de camisa. Ella entendía por qué se creía que era indecente, sin embargo; las líneas de sus anchos hombros tan claramente delineadas bajo el fino lino enviaban estremecimientos a través de ella.

"¡Señorita Elizabeth!" Las mejillas de Darcy se cubrieron del más profundo rubor, y por un momento pareció paralizado por la sorpresa.

"Perdone por interrumpirlo." Profundamente avergonzada, ella miró hacia atrás sobre su hombro. ¿A dónde había ido Bingley? Ella había pensado que estaba justo detrás de ella. No, él estaba varios metros atrás en la vereda, hablando animadamente con el hombre de la carretilla. "El Sr. Bingley me permitió entrar y dijo que a usted no le importaría. No me di cuenta de que usted estaría aquí tan temprano. Puedo irme ahora."

"Usted es bienvenida a echar un vistazo." Él se miró y frunció el ceño. "Discúlpeme." Él se alejó sin otra palabra.

¡Oh, qué mortificante! ¿Qué debía pensar el Sr. Darcy de ella, entrometiéndose en su espacio privado? Elizabeth se abanicó el rostro con la mano, pero la leve brisa que esta creaba no hacía nada para refrescar sus calientes mejillas en este aire húmedo. El sudor ya estaba apareciendo en la parte posterior de su cuello, y sus manos se sentían pegajosas dentro de sus guantes.

Darcy reapareció tan rápido como había desaparecido, habiéndose puesto una bata suelta sobre la camisa. Él debió haberla usado para caminar al invernadero. Él estaba más cubierto ahora, pero sin corbata, ella aún podía ver la hendidura en la base de su cuello y toda la piel sobre ella. El verla hacía hormiguear sus labios.

Ella se mordió el labio e hizo un gesto hacia el árbol. "Lamento haberle interrumpido."

"No es nada, solo estaba tomando algunas medidas." Él miró hacia un registro abierto que estaba sobre una pequeña mesa de hierro forjado, con una pluma y tintero junto a él.

"¿Qué tipo de medidas?" preguntó ella, intrigada a pesar de sí misma.

"Diferentes cosas en diferentes plantas. En este caso, la circunferencia del tallo, el número de nuevos brotes, y el largo de la fruta."

Él señaló a un apéndice de forma extraña que colgaba de la parte superior de la planta.

Ella inclinó la cabeza para mirarla. "¿Eso es una fruta?"

Él medio sonrió. "Muchas de ellas. ¿Ve esas hileras de pequeñas protuberancias que salen del tallo? Cada una de ellas se desarrollará en un plátano."

"¡Un plátano! No tenía idea de que crecían así." Ni tampoco había probado jamás la exótica fruta, pero había visto ilustraciones de ellas, y una vez Lady Lucas había hecho un centro de mesa con una piña y dos plátanos. "Nunca pensé ver un árbol de plátanos."

"Una planta, no un árbol," corrigió él. "Crece rápidamente, produce fruta una vez, y entonces es cortada hasta el suelo para ser reemplazada por los brotes de abajo.

Ella abrió la boca asombrada. "¿Le toma mucho tiempo crecer?

"En los trópicos, un poco más de un año. Esta se ha tomado casi cuatro años, pero nuestras condiciones son menos que ideales."

Bingley apareció junto a ella. "Darcy está subestimando sus logros aquí. Él está teniendo más éxito que los botanistas de Cambridge y Oxford, a pesar de haber empezado hace solo cinco años. Y la información que ha recabado es invaluable."

Darcy frunció el ceño. "Mi éxito solo se debe a que puedo costear mantener el invernadero con calefacción todo el año. Agregar el techo de vidrio ha ayudado. Mi personal hace todas las medidas cuando estoy lejos; a mí solo me gusta echar la mano cuando estoy aquí."

"Tú guías los estudios," replicó Bingley.

Viendo que Darcy se veía incómodo con los elogios de Bingley, Elizabeth dijo rápidamente, "No me había dado cuenta de que usted tenía tal interés en la botánica tropical."

Darcy se encogió de hombros. "Siempre estuve interesado en las plantas. Mi tutor en Cambridge se especializaba en los trópicos, y una cosa llevó a otra."

Y a diferencia de la mayoría de los estudiantes científicos, él había mantenido el interés.

"Tú fuiste su mejor alumno," dijo Bingley. "Cuando recién llegué a Cambridge, Burton ya estaba lamentando tu inminente graduación y el perderte a una vida de frivolidad. ¡Y qué complacido estuvo cuando regresaste y dijiste que la vida en Londres no era de tu agrado!"

"Exageras, Bingley." Pero Darcy no se veía disgustado.

"¡No, no lo hago! Señorita Elizabeth, Darcy fue invitado a ir a una gran expedición a Perú cuando solo tenía veintidós años. Fue un honor nunca visto. Ahora ¡niégalo si te atreves, Darcy! Si hubiera ido, sería ahora un experto mundial en el ámbito."

Cuando la sonrisa de Darcy se tornó amarga, Elizabeth dijo apresuradamente, "Suena como una aventura fascinante, pero supongo que muchas personas no desearían irse de Inglaterra durante tanto tiempo, en lo que debe ser un viaje peligroso." No sonaba convincente, lo que no era de extrañar, ya que ella misma hubiera dado cualquier cosa por una oportunidad así.

"Mi padre estaría de acuerdo con usted," dijo Darcy con un leve torcimiento de su boca. "¿Qué hay de usted, Señorita Elizabeth? ¿La disuadirían a usted los peligros del viaje?" Había un reto en su voz.

"Yo iría en un instante," exclamó ella. "¿La oportunidad de ver un mundo nuevo, inexplorado? No podría imaginar nada mejor. Si las damas pudieran ser exploradoras, yo ciertamente me ofrecería. Como no puedo, estoy muy contenta de tener esta oportunidad de ver un poco de la jungla salvaje aquí."

Ahora la leve sonrisa de Darcy se veía genuina de nuevo. "Como yo encuentro consuelo en plantar mi propia jungla para beneficio de otros botanistas. Tengo algunas plantas nuevas que regresaron con esa expedición, también; ¿le gustaría verlas?"

"Eso me gustaría," dijo ella. "¡Estoy completamente sorprendida por todos estos especímenes! Nunca había visto nada como las hojas de este árbol de plátanos... quiero decir, planta. Tan largas que uno apenas se da cuenta de que también son muy anchas." Su mano se estiró de nuevo, pero ella la retiró rápidamente.

"Puede tocarlas si lo desea," dijo Darcy. "Me dicen que las plantas de plátano pueden sobrevivir huracanes."

"¿De verdad?" Ella debería objetar, pero ¿cuándo tendría tal oportunidad de nuevo? Ella se quitó los guantes y pasó las puntas de sus dedos a lo largo de la fronda más cercana. Era más gruesa y más flexible de lo que ella esperaba. Ella le dirigió una sonrisa al Sr. Darcy, quien la estaba mirando con una cierta hambre. "Se lo agradezco. ¡Esta es una sorpresa maravillosa."

ÉL NO DEBÍA ESTAR HACIENDO esto. Darcy lo sabía. Elizabeth iba a casarse con Drew, y él debía conservar su distancia. Pero él había soñado en mostrarle a su conservatorio, en ver la curiosidad cobrar vida en sus bellos ojos. Era justo como lo había imaginado, mientras ella hacía preguntas inteligentes acerca de las plantas en sus estudios, mostrando un interés que nadie más que Bingley había mostrado nunca.

¡Qué contraste con la única vez en que él le había permitido a Caroline Bingley entrar a su santuario, y ella había estado llena de sugerencias sobre añadir flores y setos para hacerlo más pintoresco! Elizabeth entendía su sed de conocimiento puro, y él ansiaba más de su intoxicante atención.

"Mire esto." Él separó las hojas de una *Heliamphora* para revelar la flor con forma de jarra en su centro. "Esta planta come insectos. El agua de lluvia se acumula dentro de ella, y cuando los insectos la beben, la planta los atrapa. No ha prosperado en el interior, desafortunadamente. Hemos traído abejas para fertilizar las plantas, pero aunque mi jardinero pone agua en la flor para simular la lluvia, las abejas la dejan en paz. Hemos estado intentando alimentarla con moscas, pero no está prosperando."

"¿Una planta que come insectos? ¡Asombroso!"

"Aquí hay otra, una drosera. ¿Ve usted lo que parece como una gota de rocío en la punta de cada tentáculo? Intente tocarla."

"Pero se ve tan delicada." Sin embargo ella extendió la mano y puso la punta de su dedo con suavidad sobre ella. "Está pegajosa... ¡oh!" Ella retiró los dedos rápidamente, la parte posterior de su mano rozando contra la de él. "¡Se movió!"

"Así es como atrapa insectos. Mis disculpas; debí haberle advertido."

"No, es sorprendente." Ella miró los tentáculos que se movían. "Nunca supe que las plantas podían moverse así. Bueno, excepto para seguir al sol, por supuesto, pero no podemos ver eso mientras sucede." Ella volvió su atención hacia el mucílago que estaba pegado a la punta de su dedo. "¿Es venenoso?"

"No, solo pegajoso, lo suficiente como para que los insectos no puedan escapar fácilmente." Él no pudo resistir. Con gran atrevimiento, él tomó la mano de ella en la de él... ¡placer robado!... y limpió la secreción de la planta con su pañuelo. Una oleada de deseo lo recorrió. ¡Si tan solo él pudiera presionar sus labios contra la punta de ese dedo, contra las frágiles venas azules de su muñeca! De seguro ella respondería. Aun así, los labios de ella se separaron levemente y los ojos se le estaban obscureciendo.

Y Drew la amaba.

La boca le supo repentinamente a ceniza. Él dejó caer la mano de ella y dio un paso atrás. La emoción de su presencia lo había atrapado, igual que la drosera atrapaba insectos para devorar, pero ella nunca podría ser suya.

Ella metió las manos en sus guantes sin ninguna de su gracia usual. "Yo... le agradezco el tour," dijo ella temblorosamente. "Sus plantas son de lo más impresionantes."

"Todavía no están totalmente establecidas. Este era un invernadero tradicional hasta que yo me hice cargo de la hacienda, así que las plantas de la jungla más antiguas apenas tienen cinco años."

Ella se vio desconcertada. "Pensé que usted había heredado hace solamente dos años."

"Sí, pero mi padre estuvo muy enfermo durante sus últimos tres años de vida y no podía hablar, así que yo actuaba en su nombre."

"Oh." Ella alejó la mirada, como si no supiera qué decir. "Lo lamento. Ese debió haber sido un tiempo difícil para su familia."

Él debió solo asentir y agradecerle su simpatía, pero no pudo. Él quería que ella supiera la verdad. "Mi plan de ir a la expedición de Perú causó su apoplejía. Él me prohibió ir, temiendo que muriera de fiebre amarilla, como lo había hecho su hermano en Jamaica. Le dije que ya era mayor de edad y que iría de cualquier modo. Él se puso lívido, insistiendo en que él no podía perder a su heredero. Se puso bastante acalorado." La imagen del semblante colérico de su padre apareció frente a él, todavía vívido después de todos esos años.

Pero ese había sido solamente el principio. Luego Darcy había dicho que no importaba si le daba fiebre amarilla porque Drew podría heredar. Entonces fue cuando él había descubierto la verdad sobre la ausencia de Drew. Y su padre, su estupendo, razonable padre, había escupido horribles palabras sobre Drew, vilificando su carácter y todo sobre él, jurando que él vería a Pemberley destruido antes de permitir que Drew pusiera un pie ahí de nuevo. Los ojos se le habían desorbitado, la saliva se había acumulado en la comisura de su boca.

Cuando Darcy, conmocionado al máximo, insistió en que él iría a Perú, su padre lo había llamado hijo de puta y le dijo que se fuera, lanzándole un tintero a la cabeza. Darcy, furioso, había ido a su habitación y había seguido furioso, hasta que un frenético lacayo se había apresurado a llamarlo de regreso al estudio, donde su padre había yacido encogido en el suelo, incapaz de hablar o de mover el lado derecho de su cuerpo.

Ahora él era el que apenas podía respirar, pero gradualmente él recuperó la consciencia del momento presente, y de Elizabeth mirándolo. Él se enderezó. Él no debió decir nada de eso.

Los ojos de ella estaban oscuros de preocupación. "El boticario en Meryton dice que la ira puede causar una apoplejía, pero solamente cuando hubiera sucedido pronto de cualquier manera."

El médico le había dicho lo mismo, pero no había sido consuelo para él, especialmente cuando enfrentaba la silenciosa, acusadora mirada de su padre desde la cama. Hasta ese día, Darcy había esperado años de libertad antes de tener que asentarse en su papel de Señor de Pemberley. En lugar de eso, él había abandonado sus preparativos para su viaje científico por una vida nueva, restringida con su tímida hermana y su silencioso padre. En lugar de descubrir nuevas especies, él había aprendido cómo administrar la hacienda. Él había encontrado a Drew, le había contado sobre la apoplejía de su padre, y le había urgido a hacer las paces con el viejo. Eso no había salido bien. La siguiente vez que había visto a Drew había sido cuando le había ofrecido la vicaría en Kympton, esperando recuperar una parte de su familia.

Y a causa de esa oferta, Drew podía casarse con Elizabeth. Él dijo bruscamente, "Dígame, ¿planea usted ver a Drew hoy?"

"¿Andrew?" Ella sonaba confundida, y no miró hacia él. "No, él dijo que necesitaba trabajar en su sermón."

"¿Irá a escucharlo predicar?" ¿Por qué estaba él castigándose de esta manera? Pero ese momento de cercanía se había ido, sin dejarle nada más que vacío e ira.

Elizabeth aspiró bruscamente. "Como soy su huésped, me imagino que asistiré al mismo servicio al que van usted y su hermana. Pero debo regresar a la casa. Le ruego que me disculpe." Ella hizo una caravana y se alejó rápidamente.

Él no pudo alejar sus ojos de la figura de ella que se alejaba.

Elizabeth.

ELIZABETH SE APRESURÓ entre las filas de densas plantas, habiendo dejado de estar fascinada por su naturaleza exótica, solo buscando poner más distancia entre ella y el Sr. Darcy. ¿Qué había sucedido? Al principio ella se había estado complacida de que él le estuviera hablando con naturalidad de nuevo, y luego hubo ese momento extraño cuando él había tomado su mano para limpiarla. Ella todavía podía sentir su toque, la calidez y presión de éste, y el raro hormigueo que se había disparado por su brazo, asentándose en forma de calor muy dentro de ella, con un anhelo de estar más cerca de él. No, ella no podía mentirse a sí misma. Ella había querido que él la besara.

¿Qué horrible perversidad era esta? ¡Ella iba a casarse con su hermano! Ella no debería tener tales sentimientos. Y Darcy había sido el que se había retirado de ese intenso momento... Darcy, cuando debió haber sido ella. ¡Qué pensaría él de ella! Y luego él le había hecho esa extraña confesión acerca de causar la apoplejía de su padre, y ella se había sentido tan cerca de él, como si él necesitara algo de ella. Ella se había equivocado en eso, sin embargo, porque el rostro de él se había endurecido súbitamente y su voz se había vuelto cruel.

¿Dónde estaba la puerta? De alguna manera ella había perdido el camino, perdida en la jungla de Darcy. Ella dio la vuelta ciegamente en una esquina, pero solo la llevó a más plantas gigantes. Ella necesitaba calmarse. El invernadero no era tan grande. Si ella simplemente caminaba en línea recta, encontraría una pared que podía seguir a la puerta. Pero las veredas seguían torciéndose y dando vuelta sobre sí mismas.

La vista de la figura de un hombre a través de las frondas la hizo detenerse, con el pulso acelerado. ¿Había ella dado vuelta alrededor tanto como para volver al mismo punto a donde estaba el Darcy? No, este hombre no era tan alto como Darcy. Su respiración se hizo más lenta cuando reconoció la postura de Bingley, y se apresuró hacia él.

"Sr. Bingley, me temo que estoy perdida. ¿Pudiera usted señalarme la puerta?" La voz de ella se oía jadeante.

"Por supuesto. Se la mostraré." Él hizo un gesto con la mano. "Por aquí."

Ella lo siguió a lo largo de una vereda angosta, y ahí estaba la puerta de vidrio. Solo había estado a unos pies de distancia, después de todo. Él la mantuvo abierta para ella, y ella salió a un día de verano que súbitamente se sentía fresco después del calor del invernadero, a un aire ligero, seco. La libertad de escapar luchaba con el sentido de haber dejado atrás algo precioso. Era poco probable que el Sr. Darcy la invitara de nuevo a su pedazo del paraíso; y aun si lo hacía, ella debería rehusarse. Ella necesitaba verlo como a un futuro hermano, no como un hombre hacia quien sentía una extraña, potente conexión. Y una profunda atracción, si era honesta consigo misma.

Pero ella no podía permitir que el Sr. Bingley viera cuan alterada estaba. "Le agradezco que viniera en mi rescate," dijo ella.

"El placer es mío. ¿Qué le pareció?"

Con la mente tan llena de Darcy, le llevó un momento darse cuenta de que él se refería al invernadero. "Es impresionante. Nunca había visto algo así. Fue como viajar a un país diferente." Uno al que ella nunca podría regresar, sin importar cuánto lo deseara.

Él se vio desconcertado. "¿Sucede algo?"

"No. Nada en absoluto," dijo ella apresuradamente. Pero si su desconcierto era tan obvio, ella debería proporcionar alguna explicación, no fuera que él adivinara la verdad. "Realmente no es nada, en verdad, simplemente que el Sr. Darcy no pareció muy complacido de verme ahí. No volveré a entrar de nuevo."

"No puedo imaginar que él tenga objeción a su presencia ahí. Él estaba probablemente solo involucrado en su trabajo." La sonrisa abierta, dulce de Bingley mostraba su certeza de que todo estaba bien con el mundo.

"Yo creo que él sí objeta. Creo que no me quiere aquí en Pemberley en absoluto, ni tampoco que me case con su hermano." Las palabras salieron antes de que ella pudiera detenerlas.

Ahora la expresión de Bingley mostraba súbito entendimiento. Él se acercó, como si fuera a decirle un secreto, y dijo en voz baja. "No es usted, Señorita Elizabeth. Me puedo imaginar cómo podría parecer así, cuando usted ve cuán diferente parece él de cómo era cuando usted lo conoció en Hertfordshire. Él ha estado deprimido por meses, no parece él mismo en lo absoluto, y se nota. He estado preocupado por él. Había esperado que estar en Pemberley lo alegraría, pero de hecho, parece haber empeorado las cosas. Pero le ruego que me crea que no tiene nada que ver con usted."

La garganta de Elizabeth se sintió constreñida. "¿Le... le sucedió algo?"

"No, o al menos nada que él admita. Eso es lo que más me preocupa. He conocido a Darcy durante años, y nunca lo había visto así. No sé cómo ayudarlo."

Las palmas de ella le hormiguearon. ¿Podría ser, o estaba ella soñando al pensar que su rechazo pudiera haber tenido un prolongado impacto en él? ¿Deseaba ella siquiera saberlo? "¿Cuándo empezó?"

"En la primavera. Él parecía estar bien, quizá algo más callado de lo usual, luego él fue a otra parte durante unas semanas, y cuando regresó, bien, él estaba diferente. Mal humor, retraído. A él dejó de importarle todo. No quería hacer nada. Solo decía que no tenía caso."

La boca de Elizabeth se secó. "Quizá pudiera darle una clave si supiera a dónde fue."

"Esa parte es fácil. Él fue a visitar a su tía en Kent. Él va para allá cada año en Pascua, pero usualmente no se queda tanto tiempo. Pero aun si algo sucedió ahí, si discutió con su tía, ¿por qué lo afectaría tan poderosamente? No lo hubiera perturbado tanto tiempo."

Ella siempre había asumido que Darcy la habría olvidado rápidamente, que sus sentimientos por ella no iban más allá del tipo de urgente deseo físico al que los hombres parecían tan propensos. Que él se sentiría enojado con ella y la descartara de sus pensamientos. Pero ella había estado equivocada, tan equivocada. Ella había asumido, sin fundamento, que él era superficial y descuidado. No era de sorprender que él hubiera parecido tan herido cuando ella había aparecido, ¡comprometida con su hermano!

Si él todavía albergaba tiernos sentimientos por ella, esta situación debía ser terriblemente dolorosa para él. ¡Cómo lo había malinterpretado ella! Malinterpretado y subestimado.

Bingley dijo reflexivamente, "Me pregunto si su hermano pudiera saber algo sobre eso. Debe haber sido alrededor de ese tiempo cuando Darcy le ofreció la vicaría. Si él le dice a usted algo, cualquier cosa que pudiera ayudarme a entender qué es lo que está mal, espero que usted se sienta capaz de decírmelo."

Al menos ella podía responder eso con honestidad. "Todo lo que Andrew me ha dicho es que su hermano apareció un día, bastante inesperadamente, determinado a reparar la brecha entre ellos. Él se sintió perplejo." Pobre Andrew, sin conocer a su hermano lo suficientemente bien como para percibir su inusual humor negro, y luego él le había ofrecido matrimonio a la misma mujer que había causado la infelicidad de Darcy.

¿Qué había hecho ella? Ellos estaban atrapados ahora, ella y Darcy y Andrew. Y no había salida.

Capítulo 12

PARA MEDIA TARDE, DARCY estaba acalorado, sudoroso, y cansado de ocultarse en el invernadero. Usualmente su trabajo le daba una sensación de paz, pero hoy estaba contaminado por su anhelo por Elizabeth. Ese breve momento, tocar su mano, ver su respuesta, había despertado sus más profundos deseos por ella, y una confusión aún más profunda. Él no podía comprender qué pensaba ella de él. Si ella sentía algo por él, ¿por qué había estado de acuerdo en casarse con Drew? ¿Y por qué, si lo odiaba, había respondido tan amablemente cuando le confió a ella sobre la apoplejía de su padre?

Él fue a escondidas de regreso a la casa principal, entrando por la entrada posterior, pasando por la cocina y hacia las escaleras de los sirvientes. Él se dijo a sí mismo que era porque se veía desarreglado después de horas de trabajar en la tierra, pero en verdad no se sentía capaz de conversar con nadie, no cuando lo que él quería era arrastrar a Elizabeth de vuelta al invernadero y hacer que se explicara. Y besarla hasta que ella olvidara la existencia de Drew.

Mientras pasaba por la entrada de los sirvientes al salón principal, la aguda voz de la Señorita Bingley perforó sus oídos. Él apresuró el paso, deteniéndose súbitamente cuando entendió sus palabras.

"¿No te preguntas si Eliza Bennet tuvo un motivo ulterior al aceptar al hermano del Sr. Darcy?" El tono de la Señorita Bingley era malicioso.

Una risita que sonaba como la Sra. Hurst. "No me lo he preguntado, pero ahora tengo mucha curiosidad de saber por qué lo crees tú. Es un matrimonio elegible para ella, entre otras cosas porque la llevaría tan lejos de esa horrible familia suya."

"Cierto, pero también le ofrece una deliciosa oportunidad de vengarse. Cuando el Sr. Darcy la distinguió tan notablemente en ese condenado baile en Netherfield, eso debe haber elevado sus expectativas. La pobre de seguro no tenía idea de que un caballero en la posición del Sr. Darcy nunca consideraría ofrecerle matrimonio a una chica como ella, pero me atrevo a decir que se ha de haber sentido devastada cuando la dejó atrás sin decir nada. Ahora ella puede vengarse al forzarlo a ver constantemente lo que no puede tener."

La voz de Bingley, sonando ofendida. "Tú puedes creer eso, Caroline, pero yo no puedo creer que una chica tan dulce como la Señorita Elizabeth lo haría. No recuerdo que ella haya mostrado jamás ningún interés en Darcy, tampoco."

"Ella fue más inteligente que eso. Ella vio que él estaba cansado de mujeres que lo adulaban, así que decidió ser diferente y alejarlo. Eso ciertamente captó su atención, y le doy crédito a ella por eso." La Señorita Bingley sonaba pesarosa, quizá ella no había considerado esa opción por sí misma. "Afortunadamente, el Sr. Darcy es demasiado inteligente para ser engañado mucho tiempo por tal truco. Pero no pienso mal de ella por querer alguna venganza; al contrario, me hace admirarla."

Darcy tuvo que contenerse para no resoplar. Una vez más, la Señorita Bingley estaba totalmente equivocada. Equivocada en que Elizabeth había intentado excitar su atención. Equivocada en que él nunca se dignaría a proponerle matrimonio. Equivocada en que Elizabeth buscaría herirlo. Ella no era una persona vengativa... o eso había creído él, aunque había estado equivocado sobre tantas cosas en lo que se refería a Elizabeth.

No, si ella quería venganza, tenía que ser por algo mucho más grande que una afrenta a su vanidad. Él tragó con dificultad. Algo como destruir la felicidad de su hermana más querida.

Él sintió hielo correr por sus venas. Elizabeth tenía razón para odiarlo. Ella lo había despreciado por su papel en separar a Bingley de su hermana Jane. Si ella quería que él sufriera por eso, ¿qué mejor manera que comprometerse con Drew, para alardear en su cara el que ella había elegido a su hermano relativamente pobre sobre todas las ventajas que él tenía para ofrecer? Ella debió haber sabido que su compromiso le causaría dolor. ¿Se había ella deleitado en eso, esperando vengativamente enseñarle una lección?

Él no lo hubiera creído de ella, pero él nunca hubiera creído que ella lo rechazaría tan amargamente tampoco. Y encajaría con su comportamiento en el invernadero, buscando su compañía, pero solo para hacerlo que él se diera cuenta de lo que había perdido.

¿Cómo podía él haber mostrado tan mal juicio? Él se había equivocado sobre ella desde el mismo principio. Encantado por su vivacidad y la inteligencia de su semblante, él había creado a la imaginaria mujer de sus sueños con su imagen. Pero la Elizabeth Bennet real no era la mujer que él había soñado, y él necesitaba aceptarlo. Ella quería castigarlo, y había tenido éxito más allá de sus sueños más descabellados.

Sus pensamientos lo torturaron mientras regresaba a su habitación para bañarse, Wilkins, su valet, lo miró una vez al rostro y no dijo nada, solo sirvió un vaso de brandy y se lo entregó. Mientras Darcy le daba sorbos, escasamente apreciando el delicado sabor, una nueva, punzante duda lo golpeó. Podía ser que Elizabeth se hubiera propuesto deliberadamente herirlo, pero ¿y Drew? ¿Era Drew tan solo un peón en el juego de venganza de Elizabeth, o había sabido todo el tiempo que Darcy la amaba? ¿Había Drew, también, entrado en el compromiso con la finalidad de herir a Darcy?

Él se cubrió el rostro con las manos, pero ocultar sus ojos no podía alejar la brutal idea de que Drew pudiera haber conspirado con Elizabeth para castigarlo. De seguro Dios no podía ser tan injusto. Perder a Elizabeth no había sido nada comparado con el descubrimiento de su perfidia, pero si eso significaba que Drew también lo odiaba... eso sería demasiado.

No había elección. Él tenía que averiguar qué sabía Drew de su pasado con Elizabeth.

EL ENCUENTRO DE ELIZABETH con el Sr. Darcy en el invernadero todavía permanecía en su mente esa tarde mientras caminaba por los terrenos con las demás damas. Georgiana y la Sra. Gardiner habían estado sumidas en una conversación, dejándola con la Señorita Bingley y la Sra. Hurst, pero Elizabeth se las había arreglado para mantener la apariencia de buen estado de ánimo mientras deambulaban por la avenida junto al lago. Cuando llegaron a los jardines formales, las veredas se angostaron, permitiendo caminar solo de dos en dos, y Elizabeth, agradecida, aprovechó el cambio para quedarse atrás de las demás. No era como si tuviera deseos de conversar con ellas, no mientras todavía la perseguía la revelación de qué tanto el Sr. Darcy había sido herido por su rechazo. Ella, que se enorgullecía de su juicio, se había engañado a sí misma, ¡sin considerar nunca que él pudiera haber sido herido profundamente por su comportamiento!

No que eso hiciera alguna diferencia al final. Ella no tenía más elección que casarse con Andrew. Era injusto que el Sr. Darcy debiera sufrir por ello, pero ella no podía costear sacrificar su reputación y el futuro de su familia para que él no tuviera que verlos juntos. Su lógica le decía eso, pero su corazón le susurraba que ella había sido cruel al estar de acuerdo con el compromiso. ¿O estaba ella lamentando el matrimonio que pudo haber tenido, si no hubiera juzgado tan mal a Darcy?

Esa era una idea demasiado atemorizante para considerarla.

Como si lo hubiera conjurado, la profunda voz de Darcy sonó a su lado. "¿Puedo unirme a usted?"

El inesperado sonido la hizo saltar. "Por supuesto." Ella rápidamente asió sus manos detrás de sí misma antes de que él pudiera ofrecerle su brazo. Ella no confiaba en sí misma para tocarlo, aún de una manera perfectamente apropiada, impersonal, con su mano enguantada sobre la manga de su saco. No se sentiría impersonal. Ella tenía que abstenerse. "Sus jardines están entre los más hermosos que he visitado." Ella se encogió al decirlo, dándose cuenta de qué tan raro un elogio para Pemberley debía sonar viniendo de ella.

La respiración de él sonó brusca sobre el canto de las aves. "Usted es siempre bienvenida a visitar, cuando esté viviendo en Kympton."

Avergonzada, ella volvió el rostro, mirando hacia abajo al mosaico de flores rojas y amarillas a su lado. Cada paso lento revelaba nuevas texturas y aromas. Era más fácil cuando ella evitaba mirarlo, pero la corporalidad de la presencia de él a su lado aún la acercaba a él, generando anhelos que ella no podía realizar. "Es usted muy generoso."

"Es importante para mí que Drew se sienta bienvenido en Pemberley," dijo él bruscamente.

EL PRECIO DEL ORGULLO: UNA VARIACIÓN DE ORGULLO Y PREJUICIO

Así que él quería que Andrew se sintiera bienvenido, y eso significaba que él se veía forzado a recibirla a ella, ya sea que lo deseara o no. Un sabor amargo llenó su boca, contaminando la luz del sol que entibiaba su piel. Pero ella necesitaba decir algo. "Yo pensaría que concederle la vicaría demuestra que usted desea darle la bienvenida."

Darcy no replicó inmediatamente. Cuando lo hizo, él pareció estar midiendo cada palabra cuidadosamente. "Cuando él me contó de su compromiso, él ya estaba consciente de que yo la conocía y esperaba que yo estuviera disgustado por la conexión."

Las mejillas de ella se enrojecieron. Esa era la razón de que la hubiera buscado, no un deseo de compañía, sino descubrir qué tanto le había contado a su hermano. Repentinamente las flores se quedaron sin belleza. "Yo le dije que usted no aprobaba el comportamiento de mi familia, y que habíamos discutido en nuestro último encuentro," dijo ella sin entonación.

"¿Discutido?" La palabra estaba llena de amargura e incredulidad.

Dolida, ella dijo. "Sí. Que yo lo acusé de entremeterse entre Bingley y mi hermana y de maltratar a Wickham, antes de averiguar que eso era falso." Cuando él no respondió, ella añadió fríamente, "No necesita preocuparse; yo le dije que mi conducta hacia usted era la culpable."

La boca de él se torció. "¿Es eso todo lo que le dijo?"

Ella apenas podía respirar. ¿Tenía él realmente tan mala opinión de ella, creyendo que ella traicionaría sus secretos a Andrew? "Sí. Yo no deseo entremeterme entre ustedes dos, y solo le hubiera causado incomodidad si le hubiera dicho el contexto de nuestra discusión. No tengo costumbre de herir a las personas sin razón."

"Me perdonará si yo lo veo de manera diferente," dijo él heladamente.

Brillantes amapolas, azules malvas, fragante lavanda. Ella luchó para enfocarse en ellas para contener su temperamento, combatiendo el impulso de defenderse. No tendría caso. Darcy pensaría lo peor de ella, sin importar lo que ella dijera. "Estoy haciendo lo mejor que puedo en una situación desafortunada," dijo ella con los dientes apretados.

Él aspiró aire de forma irregular. "Como lo hacemos todos."

Ella alejó la mirada bruscamente, mirando el borde de flores. Cuando pudo confiar en sí misma para hablar sin rencor, dijo con voz forzada, "Yo estuve de acuerdo en quedarme en Pemberley contra mi mejor juicio porque usted y su hermana me presionaron para hacerlo. Quizá es momento ahora de que me vaya."

"Eso solo serviría para que Drew se pregunte qué hice para alejarla. Yo creí que usted no quería entrometerse entre él y yo." Era casi una burla.

Ella apretó los ojos cerrados, luchando contra las lágrimas. Una respiración profunda, y luego otra. "Discúlpeme, creo que mi tía está llamándome." Era una obvia mentira; la Sra. Gardiner estaba en una profunda conversación con Georgiana, pero Elizabeth recogió su falda y se apresuró a adelantarse hasta que estuvo tan cerca de los demás como para impedir una conversación privada.

Darcy no la siguió.

AL DÍA SIGUIENTE, ANTES de la cena, la Señorita Bingley le preguntó a Elizabeth, "¿Va a asistir usted al baile en Allston Hall el viernes?"

Elizabeth, ya cansada de los señalados comentarios de la Señorita Bingley, dijo, "Parece poco probable, ya que no tengo costumbre de asistir a eventos a los que no he sido invitada."

"¡Oh, pero usted está invitada!" exclamó la Señorita Darcy. "La invitación incluía a nuestros huéspedes. Me disculpo por no haber pensado en mencionarlo antes. La invitación fue entregada la semana pasada."

"Sin duda será una ocasión placentera, pero me temo que debo negarme," Elizabeth hizo un gesto hacia su vestido. "No tengo nada adecuado para usar, habiendo empacado para un viaje, no para una visita a una casa de campo." De más estaba decir que las demás damas no podían ayudarla. La Señorita Bingley era más delgada y más alta; la Sra. Hurst era más gruesa, y, aunque algo de la Señorita Darcy podía haber sido acortado para que le quedara, la chica todavía no participaba en sociedad y era poco probable que tuviera algo adecuado en su guardarropa. "Disfrutaré de una noche tranquila aquí con usted y mi tía."

Inquieta, la Señorita Darcy dijo, "De hecho, Fitzwilliam me ha dado permiso de asistir, mientras me quede con mi chaperona y no baile. Él cree que será buena práctica para mi Temporada."

Elizabeth no tenía deseos de avergonzar a la pobre chica, así que dijo, "Eso suena eminentemente sensible. No necesita preocuparse por mí; yo disfrutaré un poco de paz." Esto pareció ser aceptado por las damas, y si Elizabeth, a quien le encantaba bailar, sintió algo de pesar, ella fue capaz de ocultarlo.

Ella se sintió sorprendida más tarde cuando el ama de llaves, la Sra. Reynolds, vino a su habitación con un vestido en un estilo quizá una década pasado de moda. "La Señorita Georgiana me pidió que encontrara algo para que usted lo usara para ir al baile. Creo que podemos ajustar este para que le quede y remodelarlo para actualizarlo en el tiempo que tenemos."

Elizabeth miró el vestido, hecho de una preciosa seda festoneada color crema, bordado con un diseño de plumas de pavo real. "No hay necesidad de que se moleste. Estoy encantada de quedarme aquí con mi tía." Ella no pudo resistir tocar la manga, la tela suave y delicada bajo sus dedos.

La Sra. Reynolds agachó la cabeza. "Si usted perdona a una antigua servidora de la familia, si usted no va, el Sr. Drew tampoco asistirá. Todos deseamos ver que él tome su lugar en sociedad de nuevo. Usted ya ha hecho tanto para traerlo de regreso al redil."

Elizabeth exhaló entre dientes. ¿Hubiera estado Andrew de acuerdo en casarse con ella si se hubiera dado cuenta de que eso significaba ser arrastrado de regreso a la familia que había dejado atrás? "Supongo que debo hacerlo, entonces."

El rostro arrugado del ama de llaves se iluminó con su sonrisa. "¡Qué buena es usted, Señorita Bennet! ¿Se probaría usted este vestido para que pueda ver qué ajustes necesitan hacerse? Si le quitamos el fajín y le agregamos una cinturilla bordada, se verá muy estilizado."

Elizabeth obedientemente se paró inmóvil mientras la doncella la desvestía y bajaba el vestido de seda sobre su cabeza. "¿De quién es este vestido?"

"Perteneció a la difunta Sra. Darcy. Era uno de sus favoritos, y a la Señorita Georgiana le encantaba el diseño de pavo real, así que lo guardé por solicitud de ella."

"Es encantador." Los delicados pliegues de seda se asentaron a su alrededor como una nube. Ella nunca había usado una tela tan fina, ni un bordado tan elegante. Hacía que su piel brillara, y ella sintió que le quedaba maravillosamente bien.

El ama de llaves pellizcó la tela en su hombro. "El largo es perfecto para usted. Será muy sencillo ajustar el ancho un poco por aquí y otro por allá. Podríamos agregar algo de encaje a las mangas, creo y quizá un volante."

"Sin encaje ni volante," dijo Elizabeth impulsivamente. "Solo restaría atención de las hermosas líneas y el bordado. Quizá un poco de listón, en lugar de eso."

El ama de llaves inclinó la cabeza. "Sí, eso funcionaría. A la difunta Sra. Darcy también le encantaba la simplicidad del vestido."

"¿Cómo era ella?" Elizabeth se había estado preguntando sobre la madre de Andrew, quien había visto a su hijo ser desconocido.

El ama de llaves sonrió. "¡Oh, ella era la dama más encantadora, con los modales más finos! Y tan generosa con todos, hasta con los sirvientes. Ella siempre pensaba en lo que haría feliz a la gente. Amaba profundamente a sus hijos... a *todos* ellos... pero con mucha frecuencia había tristeza en sus ojos."

"¿Tristeza?" Ella estaba segura de que el ama de llaves estaba intentando decirle algo.

"Oh, ella tuvo su parte de tragedias, pobre señora. Tantos de sus bebés murieron, y el antiguo señor nunca terminó de comprender su tierna naturaleza." La Sra. Reynolds pareció sacudirse el modo de recuerdos. "Pero no me corresponde decirlo. ¡Usted se verá muy bien en este vestido, Señorita Bennet! El Sr. Drew se volverá a enamorar de usted."

Pero no era la reacción de Andrew en la que ella había pensado cuando se vio en el espejo.

Capítulo 13

"¡CIELOS, LIZZY, NUNCA te había visto lucir tan encantadora!" exclamó la Sra. Gardiner cuando pasó por la habitación de Elizabeth antes del baile.

Elizabeth dio una vuelta para mostrar mejor el vestido. "¿No es espléndido? Me siento como una reina en él. ¡No sé lo que la doncella de Georgiana le hizo a mi cabello, pero desearía poder hacerlo cada noche!" Era un peinado elaborado con muchas pequeñas trenzas, delicadas flores, y pasadores repletos de zafiros, cortesía de las joyas que la Señorita Darcy había heredado.

"De lo más favorecedor," estuvo de acuerdo su tía.

"Desearía que tú también vinieras," dijo Elizabeth.

"Yo no," se rio la Sra. Gardiner. "Una larga velada entre compañía donde no conozco a nadie y nunca veré de nuevo a ninguno de ellos tiene poco atractivo para mí, y difícilmente sería una pareja de baile solicitada. Estaré más feliz poniéndome al día en mi correspondencia. ¡Quiero que todos mis amigos sepan que me estoy quedando en Pemberley! Pero ven, bajemos. Quiero ver la cara de tu prometido cuando te ponga los ojos encima."

En la sala de estar donde los demás se estaban reuniendo, Georgiana unió sus manos en deleite cuando vio a Elizabeth. "¡Qué hermosa te ves!" exclamó ella.

La ropa de Andrew era lo suficientemente elegante como para que Elizabeth se preguntara si su hermano la había provisto, pero él la portaba bien y se veía atractivo. Los ojos de él mostraron calidez al verla, y él sostuvo su mano por un momento más de lo que era apropiado mientras hacía una reverencia sobre ella. "Seré el hombre más envidiado en Allston Hall esta noche."

"Eres muy amable." Ella intentó igualar su calidez, pero su estómago se había llenado de nudos al ver al Sr. Darcy de pie detrás de él, con el rostro congelado en una expresión inescrutable. ¿Estaba el molesto de verla usar el vestido de su madre? En los tres días desde su discusión en el jardín, él escasamente le había dirigido la mirada, mucho menos le había hablado. Aparte de este momento, sus ojos habían pasado directo por encima de ella, como si él hubiera decidido que era invisible. Aun si fuera verdad que él la había amado y había lamentado su rechazo por meses, ahora él la había descartado de su vida.

ELIZABETH SE SINTIÓ feliz de escapar del carruaje en Allston Hall. Estar sentada por una hora frente a un caballero que ignoraba su presencia no podía ser más que incómodo, pero de alguna manera era mucho peor cuando él era Darcy, quien alguna vez la había amado. Ella había pasado la mayor parte del viaje sintiéndose enferma, y ella no podía atribuirlo al viaje en el bien amortiguado carruaje de los Darcy. Al menos había acabado por ahora.

Allston Hall era una vasta mansión jacobina de ladrillo rojo. Elizabeth entró del brazo de Andrew, detrás de Darcy y su hermana mientras eran anunciados en el gran salón de baile, recubierto de madera. La decoración era anticuada, con retratos más grandes que el original de personas en ropa anticuada y pesados muebles de madera bordeando las paredes, pero exudaba calidez y encanto histórico.

Andrew fue su pareja para la primera tanda, probando ser un bailarín más gracioso que lo que ella había esperado, y ella disfrutó el animado baile campirano una vez que estuvo segura de que Darcy estaba en la otra fila de bailarines. Hacia el final del segundo baile, mientras ella y Andrew estaban de pie al final del grupo, ella lo vio tensarse y fruncir el ceño.

"¿Sucede algo?"

Él negó con la cabeza. "Alguien a quien preferiría no encontrar está aquí. Eso es todo."

Luego el baile los atrapó de nuevo, y ya no hubo más tiempo de hablar. Ella había visto la mirada de desagrado en su rostro antes cuando él había hablado de la esclavitud. ¿Estaba un dueño de esclavos aquí? Probablemente más de uno, dado que tan común era mantener lucrativas plantaciones fuera del país.

El Sr. Bingley la reclamó para la segunda tanda. Esta vez ella no pudo evitar a Darcy mientras bailaba. Cuando él la tomó de las manos a través de la línea, una oleada de placer subió por sus brazos, pero cuando ella captó la fría expresión en su rostro, un sentimiento de vacío en el estómago la reemplazó. ¿Qué le sucedía a ella, que podía sentirse atraída por un hombre que no solo era su futuro hermano, sino que además la odiaba? De alguna manera tenía que aprender a vencer esto.

Después de que terminó la tanda, un lacayo se acercó a ella. "¿Señorita Bennet?" preguntó él con una reverencia.

"Esa soy yo."

"El Sr. Andrew Darcy me pidió que le diera un mensaje. Él fue llamado urgentemente y no regresará esta noche."

Elizabeth se le quedó viendo. ¿Por qué se iría Andrew sin hablar con ella directamente? ¿Se había enfermado? Pero de ser así, ¿por qué no lo había dicho? Ella no podía imaginar qué pudo haberlo llamado. Sus parroquianos no eran ricos; si algo le había sucedido a alguno de ellos, ello no hubieran podido costear el enviar a alguien a Allston Hall por él. Todos sus parientes, o al menos aquellos a los que les hablaba, estaban aquí.

Ella se mordió el labio. No, lo más probable era que alguien se hubiera comportado ofensivamente con él, quizá la persona con la que él hubiera preferido no encontrarse. Él pudiera haber sentido que sus únicas elecciones eran hacer una escena o irse, y él no hubiera querido avergonzar a su hermano. Pero ella deseaba que no la hubiera abandonado. No hacía ninguna diferencia real en la práctica, ya que ella hubiera regresado a Pemberley en el carruaje de los Darcy de cualquier modo, pero a ella no le gustaba. "Le agradezco el mensaje."

La dejó sintiéndose curiosamente desequilibrada en este salón lleno de extraños, así que ella decidió sentarse durante el siguiente baile con Georgiana. Pero cuando llegó al área de los chaperones, descubrió que la Sra. Hurst ya no estaba junto a la chica. En lugar de eso, la demasiado familiar figura de George Wickham se inclinaba íntimamente hacia Georgiana, cuya cabeza estaba inclinada.

La furia latió en los oídos de Elizabeth. Toda la miseria que el hombre le había causado, poniendo su vida de cabeza... ¿y ahora se atrevía a poner en peligro la reputación de Georgiana al aproximarse a ella públicamente? Ella tenía que alejarlo de la chica, rápidamente, y sin atraer la atención de nadie.

Ella se apresuró hacia él. "Vamos, Sr. Wickham," ella canturreó con un exceso de dulzura. "¿Se le olvidó que me prometió este baile? El grupo ya se está formando," dijo ella con el volumen suficiente como para que la gente cercana lo escuchara.

Él levantó la mirada hacia ella asombrado y con solo una pasajera vergüenza. Por un momento ella pensó que él podría rehusarse, pero demasiada gente había escuchado las palabras de ella. Los dientes de él brillaron en esa familiar sonrisa zalamera. "Señorita Elizabeth, he estado anticipándolo toda la noche. Discúlpame, Georgiana. Espero tener el placer de hablar contigo después."

La chica no levantó la mirada, pero murmuró algo que Elizabeth no pudo escuchar.

Hirviendo de furia, Elizabeth permitió que Wickham la guiara hasta el grupo.

Wickham sonrió de nuevo. "Estoy asombrado, Señorita Elizabeth," dijo él en un tono de gran afabilidad. "Hubiera pensado que yo no merecía especial atención de parte de usted."

¿Cómo lo había creído ella sincero alguna vez? Pero ella estaba entre los amigos y vecinos de los Darcy, y no podía costearse el crear una escena. Ella agitó sus pestañas hacia él. "Vamos, ¿cómo pudo pensar tal cosa, querido Sr. Wickham? Estuve tan encantada de verle en compañía de la Señorita Darcy."

Los párpados de él bajaron. "¡Queridísima Georgiana! Yo siempre he sido uno de sus grandes favoritos. Ella era una niña dulce, y no pude resistir el impulso de presentar mis respetos."

Elizabeth inclinó la cabeza. "Hubiera jurado que usted me dijo en Meryton que ella era orgullosa y desagradable, pero quizá el haberme comprometido tan súbitamente ha causado que la memoria me falle."

"Ah, sí, debo darle mis felicitaciones," dijo él sin dificultad. "Usted sin duda disfrutará de esa fina vicaría. ¡Cómo me hubiera gustado a mí vivir ahí! No es nada comparada con Pemberley, por supuesto, pero difícilmente puedo culparla por resentirme por eso."

"¿Qué tiene Pemberley qué ver con ello?" exclamó ella irritablemente, pero entonces empezó la música y ella pudo, agradecida, volverse al caballero debajo de ella. Ella no tenía deseos de hablar con Wickham, solo de mantenerlo lejos de Georgiana.

Pero él no había terminado de hablar con ella. Tan pronto como estuvieron al final del grupo, él dijo. "En verdad le debo la más sincera de las disculpas, Señorita Elizabeth. Usted siempre ha sido amable conmigo, y fue totalmente erróneo de mi parte involucrarla a usted en mi pleito con los Darcy. Si yo hubiera pensado por siquiera un momento, si no hubiera estado acalorado por la ira, nunca le hubiera hecho tal cosa. Yo siempre sentí un gran afecto por usted."

Ella le dirigió una mirada de lado, asombrada de que él pensara que tenía el poder de disculparse. "Tomaré sus palabras con toda la sinceridad con la que usted las pronuncia," dijo ella heladamente. "Yo estoy bailando con usted por solo una razón, para mantenerlo alejado de la Señorita Darcy."

"No quiero hacerle daño," protestó.

"¿No más daño que el que quiso hacerle en Ramsgate?"

Eso captó la atención de él. "Me temo que le han dado información falsa, Señorita Elizabeth," dijo él en un tono de tal virtuosidad ofendida que ella casi dudó.

"Usted ha sido lo suficientemente amable como para darme una gran educación en información falsa, Sr. Wickham. Si le veo a menos de una docena de pies de distancia de la Señorita Darcy de nuevo, iré directamente al salón de juego y traeré al Sr. Darcy, quien mostrará su desagrado de una manera mucho menos placentera que arrastrarlo a bailar. Usted puede estar seguro de que mantendré a la Señorita Darcy vigilada cada minuto."

El labio superior de él se enriscó. ¿Cómo había ella creído alguna vez que él era atractivo? "Lamento que se sienta así."

Cuando terminó el baile, él le hizo la mera pretensión de una reverencia antes de alejarse caminando rápidamente. Ella lo observó irse, con los ojos entrecerrados, hasta que él salió del salón de baile, y luego se dirigió hacia Georgiana.

Ella todavía estaba a cierta distancia de la chica cuando su anfitriona la detuvo. "Señorita Bennet, se me ha solicitado que haga una presentación. ¿Puedo presentarle al Sr. Hadley, primo del Conde de Matlock? Él está particularmente ansioso de conocerla."

El Sr. Hadley era un hombre grueso de quizá cincuenta o sesenta años con una anticuada barba completa. Elizabeth no estaba de humor para bailar con un viejo libidinoso, pero al menos los ojos de este caballero estaban en su rostro, no en la línea de su escote, y él era, después de todo, una conexión del Sr. Darcy, ya que el Conde de Matlock era el hermano de Lady Anne Darcy. "Es un placer, Sr. Hadley."

Él hizo una tensa reverencia. "Me encantó escuchar sobre el compromiso del Sr. Andrew Darcy, y quería darle a usted mis mejores deseos."

"Es usted muy amable," murmuró Elizabeth, esperando que eso fuera el final de todo.

Él se aclaró la garganta. "Entiendo que su prometido ha sido llamado y tuvo que irse, y me preguntaba si, en su ausencia, usted estaría libre para la tanda de la cena."

Ella ansiaba decir que no, sus nervios aún se sentían crispados por su encuentro con Wickham, pero ella difícilmente podía rechazar a uno de los parientes de Andrew. "Me sentiría honrada, señor."

El Sr. Hadley mantuvo la conversación sobre temas ligeros, como si estaba disfrutando la velada, hasta el final del baile, pero después la llevó hacia una de las mesas pequeñas, para dos personas que se habían puesto en la terraza del jardín y ella empezó a preocuparse. Era difícilmente retirado, no había más de tres pies entre las pequeñas mesas de hierro forjado, pero sugería un inapropiado deseo de intimidad. Él había mantenido una distancia respetuosa durante el baile, pero ella tenía la intención de mantenerse en guardia, y todavía estaba preocupada por Georgiana. Con suerte, sus amenazas serían suficientes para mantener a Wickham alejado de la chica.

El anciano caballero empezó de manera lo suficientemente segura preguntándole sobre sus impresiones de Derbyshire, y luego dijo, "Fue algo muy bueno que Darcy le diera a su prometido una vicaría. Él ha estado alejado por mucho tiempo."

¿Estaba él intentando de conseguir algún rumor? ¿O pudiera el Sr. Hadley ser el dueño de esclavos que Andrew había estado ansioso de evitar? Si ese era el caso, ella no le dejaría duda acerca de su propia posición. "Sí; él pasó algunos años en Londres como parte del hogar del Sr. Wilberforce antes de ir a Oxford. Él hizo un trabajo admirable por la causa abolicionista."

Él no pareció ofendido, pero sus ojos parecieron enfocarse en la distancia. "Su madre habría estado orgullosa de él. Ella nunca pudo soportar el ver sufrir a ningún ser humano, sin importar que tan pobre su situación."

Por primera vez ella sintió una chispa de interés. Andrew casi no le había dicho nada sobre su madre, así que todo lo que ella sabía era lo poco que el ama de llaves había dejado salir. "Sé muy poco de la difunta Lady Anne Darcy."

Una sombra cruzó sobre el rostro de él. "Oh, ella fue una gran dama. Gentil y amable, demasiado buena para este mundo, y siempre riendo, al menos cuando era una niña. Yo la vi muy poco después de su matrimonio. Usted sin duda habrá visto el retrato de ella en Pemberley."

"No hay uno que yo haya notado, ciertamente no en la galería de retratos. Quizá esté en la Casa Darcy en Londres. Nunca he ido de visita allá."

"¿Usted no sabe cómo lucía, entonces?" Él puso la mano en su bolsillo, sacó su reloj, y separó un pequeño relicario de la leontina. Lo abrió, sosteniendo la cubierta entere su pulgar y su índice, y luego lo sostuvo sobre la mesa frente a ella. "Ésta es Lady Anne."

Con curiosidad, ella miró la imagen de una joven dama con ojos sonrientes, su obscuro cabello apilado sobre lo alto de su cabeza. Ella podía ver un poco de parecido con Andrew, mayormente alrededor de los ojos, aunque más a Georgiana. Entonces la incongruencia de la situación la golpeó. "¿Usted trae con usted un retrato de Lady Anne Darcy?"

Él sonrió con tristeza. "Ella y yo fuimos novios de la infancia. No es un secreto; cualquiera aquí se lo podría decir. Se creó un poco de escándalo cuando ella le dijo a su padre que ella no se casaría con Darcy o con nadie más que no fuera yo. Le dije que no lo hiciera; no había posibilidad de que su padre le permitiera a Lady Anne Fitzwilliam casarse con el hijo de un terrateniente sin conexiones que ofrecer, pero ella tenía que decir la verdad." El miró el retrato, con una media sonrisa triste en sus labios. "Este fue el último regalo que ella me hizo antes de que su padre la forzara a casarse con Darcy."

Así que Lady Anne Darcy tampoco había tenido elección en su matrimonio. ¿Había ella intentado sacar el mejor partido de la situación, como Elizabeth esperaba hacer? De ser así, su éxito debió ser limitado, ya que el ama de llaves de Pemberley le había contado de la pena de Lady Anne. ¿Se había debido tan solo a los bebés que ella había perdido, o había sido infeliz con su esposo? "Es una triste historia. Espero que ella haya podido encontrar algo de felicidad en Pemberley."

"Sé muy poco de esa época. Por solicitud de ella, me mantuve alejado. Sin embargo, creo que ella se consolaba mucho con sus hijos."

¿Qué había pensado Lady Anne cuando su esposo había desconocido a Andrew? ¿Estuvo ella a favor de eso también, o había roto su corazón? Pero Andrew ya había estado viviendo con el Sr. Morris por dos años para entonces, así que aparentemente a ella no le importó estar separada de él. Quizá el Sr. Hadley veía lo que quería ver en lugar de la verdad del asunto. "Creo que ella hubiera estado orgullosa de sus hijos si los viera hoy." ¿O estaría preocupada por el compromiso forzado de su segundo hijo?

"Me alegra escucharlo. Le agradezco por escuchar el parloteo de un viejo sobre el pasado distante. Todavía me consuela hablar de ella y escuchar sobre la parte de ella que vive en sus hijos."

Elizabeth se compadeció de este raro, anticuado caballero quien todavía estaba tan claramente enamorado de Lady Anne. No podía haber un daño real en hablarle de los hijos de Lady Anne, así que ella compartió una historia o dos sobre cada uno de ellos. Fue alentador ver qué tanto unas cuantas palabras parecieron complacerlo.

DESPUÉS DE CENAR, ELIZABETH bailó otra tanda con el Sr. Bingley, y luego se sentó durante la última tanda con Georgiana, cansada después de la larga noche. Cuando su grupo por fin salió de Allston Hall, ella se sorprendió de descubrir que Andrew ya estaba dentro del carruaje. No debió ser una verdadera emergencia, lo que solo hacía su partida más desconcertante. ¿Había él estado sentado ahí esperando por ellos todas esas horas? Ella suponía que era más sensible que intentar regresar a Kympton a pie en la obscuridad, un blanco fácil para cualquier ladrón o salteador.

Ella ansiaba preguntarle por qué se había ido, pero tener a su hermano, hermana, Bingley y la Señorita Bingley compartiendo el espacioso carruaje de los Darcy significaba un retraso de cualquier discusión seria hasta que hubiera más privacidad. Ella esperaba que los demás le permitieran guardar silencio; ella no deseaba relatar sus experiencias de la velada.

El Sr. Darcy no la complació. Él le preguntó ásperamente a Andrew, "¿Por qué te fuiste sin decir nada?"

Andrew miró hacia adelante, sin mirar a su hermano. "Vi el potencial para una escena poco agradable, y deseaba evitar los chismes." Su voz tenía un filo.

Elizabeth podía adivinar cuánto había herido la crítica de Darcy a Andrew. "Me alegra que lo hicieras," dijo ella con firmeza. "Escuche una conversación de lo más ofensivo sobre la esclavitud. ¿Cómo podrías haber mantenido tanto tu silencio como tu honor entre ciertos miembros de esa compañía? Si conocías a esos hombres de Londres, tuviste razón en irte."

Andrew le lanzó una mirada mezclada de agradecimiento y perplejidad. "Lamento que estuvieras expuesta a esa conversación."

Darcy no pareció satisfecho por esta explicación, pero la Señorita Bingley, sintiendo una oportunidad, dijo, "Todos los que conocí eran encantadores. Usted tiene mucha suerte con sus vecinos, Sr. Darcy. Me sentiría feliz de pasar más tiempo en su compañía."

Sintiendo que los elogios de la Señorita Bingley eran un tema mucho más seguro que la desaparición de Andrew, la esclavitud, o el Sr. Wickham, Elizabeth comentó sobre la excelencia del entretenimiento y animó a la Señorita Bingley a comentar sobre cada momento de su velada.

Capítulo 14

TAN PRONTO COMO LLEGARON a Pemberley, Darcy se retiró a su estudio, un animal herido buscando refugio en su madriguera para lamer sus heridas y sufrir en privado. ¡Por Dios, qué pesadilla de velada! Él había creído que podría controlarse sobre el tema de que Elizabeth se casara con Drew, pero eso fue antes de verlos bailar juntos mientras todo el mundo exclamaba qué atractiva pareja hacían, viendo sus cuerpos moverse en perfecta armonía, los ojos de Elizabeth brillantes de placer. Sus cuerpos se moverían juntos en un baile diferente una vez que estuvieran casados, y la idea lo hacía sentirse físicamente enfermo.

Incapaz de soportar sus pensamientos, él había escapado a los jardines de Allston Hall, caminando hacia un bosquecillo donde nadie lo vería devolver el estómago. Él se quedó ahí, ocultándose en la obscuridad, hasta que temió que su ausencia sería notada. Él se forzó a regresar al baile al que nunca había querido asistir, solo para encontrar a Elizabeth bailando con ni más ni menos que George Wickham, coqueteando y sonriéndole dulcemente.

¿Cómo había podido él enamorarse de una mujer que lo torturaría de esta manera, quien animaría a un sinvergüenza como Wickham y aun así se comportaría como si no hubiera hecho nada malo? Pero la mujer que él había creído que era ella nunca se hubiera comprometido con su hermano. ¿Cómo había ella resultado ser una mujer tan artera, falsa... y por qué no podía él dejar de amarla?

Él se sirvió un brandy grande y lo bebió con demasiada rapidez, especialmente después de beber bastante en el baile para asentar sus nervios. Él estudió el vaso por un momento, y luego volvió a llenarlo. ¿Cómo iba él a vivir así?

Alguien tocó a la puerta. "Pase," ladró él. Era mejor que fuera alguien de quien pudiera deshacerse rápidamente.

Pero la puerta se abrió para revelar a Elizabeth, todavía usando ese vestido sedoso, festonado que se pegaba a su cuerpo como una cascada de tela. El vestido que ella había usado mientras bailaba en los brazos de Wickham y con Andrew. Él lo odiaba, y deseaba arrancárselo y hacerle el amor.

Él se frotó la frente. ¿Qué estaba haciendo ella aquí? Ella no debía estar aquí sola, especialmente tan tarde en la noche. Ella lo sabía, también, porque trenzaba sus dedos y mordía su labio inferior. No, él no debía pensar en sus labios, o se volvería loco.

¿Por qué había bebido todo ese brandy? Él necesitaba conservar la cabeza, y en lugar de eso estaba más que medianamente ebrio. "¿Hay algo que necesite?" espetó él, brusco hasta para sus propios oídos.

"Disculpe que lo moleste." Los ojos de ella pasaron de un lado a otro del estudio, como si temiera que se asentaran en cualquier parte. "Sucedió algo en el baile, y... y yo sentí que debía informarle sobre ello."

Ese maldito baile. La furia lo invadió. "¿Se molestó siquiera en leer mi carta?"

Ahora ella lo miraba con sorpresa en sus bellos ojos. "¿Su carta? ¿La que me dio en Hunsford?"

"Esa fue la única carta que le escribí jamás." Aparte de las docenas que había quemado en lugar de enviárselas. "¿La leyó?"

El ceño de ella se frunció nerviosamente. "Sí."

"¿Por qué no me creyó?" demandó él con airado disgusto.

Ella pareció armarse de valor. "Le creí."

"Pero aun así bailó con ese sinvergüenza de Wickham de cualquier modo. ¿Es usted tan tonta como para pensar que él la tratará de manera diferente? ¿Acaso su encanto la hizo perder la cabeza?" ¿Qué le sucedía? Él no debía estar diciendo esas cosas. No era de sorprender que ella lo odiara. Él se odiaba a sí mismo.

"Yo desprecio al Sr. Wickham, señor," dijo ella en voz baja, tensa. "Bailé con él solamente por una razón, la cual fue el separarlo de su hermana sin hacer una escena. Él estaba intentando molestarla. Porque creí en su carta, insistí en que en lugar de eso él bailara conmigo, para mantenerla segura. Vine aquí ahora porque pensé que usted debía saber que él se había aproximado a su hermana. Si hubiera estado segura de que Andrew conocía la historia de él con Georgiana, me hubiera aproximado a él en lugar de usted. Ahora que he cumplido esa tarea, lo dejaré en paz." Ella hizo una tensa caravana y se dio vuelta.

¿Ella no había deseado bailar con Wickham? ¡Dios, cómo ansiaba creerlo! Él se precipitó a pararse entre ella y la puerta. "No. No se vaya, yo..." Él pasó la mano por su cabello. "Lo lamento. Entendí mal."

Ella mantuvo la mirada baja. "No es nada. Por favor discúlpeme."

"Sí es algo." Él intentó someter a su cerebro aturdido por el brandy. Si él se había equivocado sobre eso, ¿sobre qué más se había equivocado? "¿Ama usted a mi hermano?"

Ella extendió sus manos frente a ella, examinando sus dedos como si pudiera encontrar la respuesta ahí. "Tengo el más grande respeto por Andrew, y creo que puedo aprender a amarlo." La voz de ella tembló.

"¿Por qué, entonces? ¿Por qué va a casarse con él? ¿Está usted tan desesperada por castigarme?"

"¿Castigarlo?" Ella se le quedó mirando, al parecer sin comprender. "¿Por qué haría yo eso?"

"Venganza. Por interferir entre Bingley y su hermana. Por insultar a su familia. Por..." Él no pudo recordar qué iba a decir, no cuando los ojos de ella estaban llenos de dolor y brillando por las lágrimas sin derramar.

Ella envolvió sus brazos alrededor de sí misma y le dio la espalda. "Yo no tengo deseo de vengarme. Yo tuve la culpa por creer las mentiras de Wickham, y no tengo nada contra usted. Yo no sabía que Andrew era su hermano cuando estuve de acuerdo en casarme con él. Yo tenía la impresión de que él era un primo distante suyo." Ella sonaba derrotada.

La risa de Darcy se quebró con incredulidad. "¿No sabía que él era mi hermano? ¿Cómo pudo no saberlo?"

Ahora ella lo fulminó con la mirada. "¿Cómo podía saberlo? Usted nunca mencionó a un hermano, solo a una hermana. Ni tampoco lo hizo la Señorita Bingley, quien no podía dejar de decir qué tan íntima era de la familia. Tampoco lo mencionó su tía, Lady Catherine, ni su primo, el Coronel Fitzwilliam. Cuando hice el tour de Pemberley, vi retratos suyos, de su hermana, y hasta del Sr. Wickham, pero ninguno de otro chico. Me presentaron a Andrew como el Sr. Darcy de Kympton. Él me dijo más de una vez que él nunca visitaba Pemberley. ¿Por qué hubiera yo pensado que él era su hermano en lugar de un pariente distante?"

Una bruma roja interfirió en la vista de Darcy. Era imposible. ¿Cómo podía ella no saber? Que el mismo Drew no hubiera dicho nada, sí, ya que él no deseaba la conexión; pero todos los demás sabían que Drew era su hermano. Alguien se lo hubiera dicho. Cierto, Lady Catherine no mencionaría el nombre de Drew, no después de que él había ido a trabajar para Wilberforce y los abolicionistas, ya que todo el dinero de su difunto esposo venía de las Indias Occidentales. Andrew estaba muerto para ella. Y su padre había eliminado la miniatura de Drew de Pemberley hacía años, pero aun así, todos lo sabían. Todos.

Pero por años nadie aparte de Georgiana había mencionado a Drew frente a Darcy. Nadie se hubiera arriesgado a abrir esa herida, no cuando Drew había rechazado las ramas de olivo de Darcy y continuaba culpándolo por el rechazo de su padre.

¡Si tan solo hubiera averiguado la verdad de por qué Drew se había ido de Pemberley antes! ¿Por qué pensaría Drew que a él le importaba cuando le había tomado más de un año a Darcy rastrear a su hermano perdido? Pero él no había sabido, no hasta la noche de la apoplejía de su padre. Él le había creído a su padre cuando él había dicho que Drew estaba lejos visitando amigos.

Justo como Elizabeth había creído que él no tenía un hermano, porque nadie le había dicho otra cosa.

Pero ella había, por confesión propia, estado de acuerdo en casarse con un hombre que ella pensaba que era primo suyo, a quien él le había dado una valiosa vicaría familiar... y sin preguntarle nada sobre su familia. ¡Ninguna mujer estaría de acuerdo en comprometerse sabiendo tan poco sobre su potencial esposo! Y solo tres meses después de que él mismo le había ofrecido su mano y su corazón.

Su mente podía estar confundida con alcohol, pero eso era claramente ridículo. "¿Usted estuvo de acuerdo en casarse con él sin hacer ninguna pregunta sobre su familia? No lo creo."

"No es como que tuve un exceso de tiempo, o mucha elección en el asunto," replicó ella, con las fosas nasales dilatadas.

¿No tuvo tiempo ni elección? "¿Qué quiere decir?" preguntó él con voz gruesa.

"Yo..." Ella dejó de hablar abruptamente, tragó con dificultad, y pareció calmarse. "Si desea saber más sobre las circunstancias de mi compromiso, le sugiero que le pregunte a su hermano." Ella intentó pasar por un lado de él.

"Le estoy preguntando a usted. ¿Por qué estuvo de acuerdo en casarse con él, si no fue para vengarse de mí?" ¡Que ella tuviera una razón, cualquier razón!

"No tuvo nada que ver con usted, y ciertamente no fue por venganza," dijo ella cansadamente, pero entonces una mirada aprensiva se extendió por su rostro, y ella se cubrió la boca con la mano. "¡Oh, buen Dios!"

"¿Qué sucede?" De alguna manera las manos de él estaban sobre los brazos de ella.

"Wickham," dijo ella convulsivamente. "Él me usó para herirlo a usted."

"¿Wickham? ¿Qué hizo él?"

Ella abrió la boca como si fuera a responder, pero luego sacudió la cabeza negando. Con voz temblorosa, ella dijo, "Nada. Absolutamente nada. Pero yo me expresé mal. Le ruego que lo olvide."

"No. ¡Usted debe decírmelo!"

Ella alejó la mirada. "No hay nada que decir," dijo ella débilmente. "Él se aproximó a su hermana, y yo bailé con él por las razones que le dije. Eso es todo."

Ella lo supo, entonces. Ella supo que verla bailar con Wickham lo lastimaría. Pero ¿podía él confiar en ella? ¿Podía Andrew confiar en ella? "Hablaré con Andrew sobre el asunto."

"¡No! ¡Se lo ruego, no le diga nada a él!" Ella se pasó la mano por los ojos. "Él me pidió particularmente no hablar de eso con usted. Yo nunca lo hubiera mencionado, si no tuviera el espíritu tan trastornado. ¿No podría usted simplemente olvidar que dije nada?" Sus bellos ojos brillaban con lágrimas mientras se lo rogaba.

Él no podía rehusarse, aún si ella deliberadamente hubiera intentado lastimarlo. Pero ella había dicho que eso no era verdad, ¿o no? Y aun así, ella había estado de acuerdo en casarse con Drew, aún sin amarlo. No tenía sentido, o al menos ninguno que su mente confundida por el alcohol pudiera encontrar. Pero él no podía soportar las lágrimas de ella. "No hablaré con Drew," dijo él suavemente.

Ella inclinó la cabeza. "Se lo agradezco."

Él no pudo evitarlo. Envolvió sus brazos alrededor de ella y la sostuvo contra él gentilmente, como si ella pudiera quebrarse, como si ella fuera la cosa más preciosa en el universo, como si de alguna manera él pudiera protegerla de este dolor.

Por un momento ella descansó la cabeza en el hombro de él, pero entonces se tensó y lo empujó alejándolo. "¡No!" exclamó ella. "No puedo."

Por supuesto. ¿Por qué iba ella a querer consuelo del hombre que odiaba? Él dio un paso trastabillante hacia atrás. "Perdóneme." No había más que él pudiera decir o hacer. Había terminado.

Ella sacudió la cabeza y salió corriendo del estudio, dejando atrás solo desolación.

Capítulo 15

LA SIGUIENTE MAÑANA, Elizabeth supo que su primera tarea tenía que ser hablar con Andrew. Si Darcy había malentendido su baile con Wickham, también lo haría Andrew si alguna vez se enteraba. Mejor que se lo dijera ella y le diera sus razones. Y si visitar la vicaría en Kympton le daba una excusa para evitar a Darcy después de la mortificante escena de la noche anterior, mucho mejor.

In vino veritas, se decía, y demasiada bebida ciertamente había mostrado un aspecto diferente de Darcy del que la ignoraba. ¿Cómo era posible que él creyera que ella iba a casarse con Andrew para castigarlo? Ese era un golpe cruel, pero no tan duro como el momento cuando sus antiguos afectos habían surgido y él la había tomado en sus brazos. ¡Oh, como había ella ansiado quedarse ahí! Pero estaba comprometida con su hermano, y le debía a Andrew su lealtad. Si así, ella casi revelaba la parte que había tenido Wickham en su compromiso, lo cual Andrew le había pedido específicamente que no hiciera. Dos casi traiciones en cosa de minutos. Afortunadamente Darcy había parecido creer que ella estaba hablando sobre el comportamiento de Wickham en el baile. Quizá, si ella era muy afortunada, la bebida lo habría borrado todo de su memoria.

Ella deseaba que ella misma pudiera borrar un momento en particular de su propia memoria, aquel en el que ella se había dado cuenta qué tan profunda era la perfidia de Wickham. De alguna manera él había adivinado los sentimientos de Darcy por ella. Cuando ella había recordado los comentarios de él en el baile, y aún una vagamente recordada declaración en su primer encuentro en Derbyshire en el jardín de la vicaría era ahora claro que él creía que su presencia indicaba un próximo matrimonio con Darcy. ¿Qué mejor manera de herir a su antiguo enemigo que hacer parecer como si su hermano hubiera comprometido a la mujer que Darcy amaba? Andrew nunca había sido el blanco de Wickham, solo tenía un distante segundo lugar. Siempre había sido Darcy a quien él buscaba herir. Y había tenido un éxito brillante, usando a Elizabeth como arma. La crueldad de todo era estremecedora.

Ella no había creído poder sentirse peor sobre las circunstancias de su compromiso, pero se había equivocado. Aún si Darcy no quería tener nada que ver con ella ahora, ¿cómo podría ella olvidar alguna vez que ella había sido el instrumento para causarle tal dolor?

Y ella no podía olvidar cómo se había sentido cuando él la había abrazado cerca de él. Un momento robado al tiempo, cuando había parecido que él la perdonaba y que aún le importaba. Pero su mirada de horror cuando ella salió del estudio le dijo que solo había sido una debilidad pasajera, causada por demasiado vino.

No podía volver a suceder nunca.

Al menos ella estaba probablemente libre de él esta mañana, cuando él estaba sin duda durmiendo los efectos de la desvelada y la fuerte bebida. Ella misma estaba sintiendo los efectos de la falta de sueño, ya que sus pensamientos la habían despertado más temprano de lo que hubiera querido después de estar despierta la mitad de la noche. Su tía había sido la única en la mesa del desayuno, y Elizabeth la había entretenido con historias sobre el baile.

Georgiana la había atrapado cuando ella estaba a punto de salir para Kympton. "¿Vas a ir a ver a Drew?"

Elizabeth inclinó la cabeza mientras miraba a la chica, preguntándose por qué le estaba haciendo una pregunta para la que ya sabía la respuesta. "Sí, voy para allá."

Con una pequeña voz, Georgiana preguntó, "¿Planeas contarle que el Sr. Wickham habló conmigo?"

Ah. Eso explicaba su inquietud. Elizabeth dijo cuidadosamente. "El Sr. Wickham le ha causado problemas a Andrew en el pasado. Debo explicarle por qué bailé con él antes de que escuche ese detalle de alguien más, pero me aseguraré de que él entienda que tú no estabas de ninguna manera animando a Wickham y de que te sentías infeliz con su presencia. Nadie puede culparte por el comportamiento de él."

"Espero que no. Pero debo agradecerte por ayudarme. Tú realmente no deseabas bailar con él, ¿o sí?"

"¿Con el Sr. Wickham? Antes hubiera bailado en vals con una cobra."

La mirada de conmoción de la chica ante sus palabras pronto cambió a una sorprendida sonrisa. "Bien. Él es una cobra."

ANDREW LA RECIBIÓ CON una cálida sonrisa. "¡Justo a tiempo! Estaba planeando ir a visitarte pronto." Él dudó, su sonrisa desvaneciéndose. "Finalmente recibí una respuesta de tu padre."

"Oh, cielos. ¿Qué dijo él?" Si su padre había elegido este momento para mostrar su sentido del humor, ella iba a estar seriamente molesta. "Te ruego me digas que no rehusó su consentimiento."

"No como tal, no, pero dice que no puede decidir sin conocerme primero. Un punto difícil de discutir, supongo." Era obvio que Andrew estaba haciendo un esfuerzo por ser justo, pero ella sentía que estaba molesto. Comprensiblemente, después de todo, le tomaría dos días de viaje llegar allá y luego otros dos días de regreso, por no decir nada del gasto.

"Oh, cielos, lo lamento," dijo ella. "¡Como si no fuera suficiente que tú estés rescatando a nuestra familia del escándalo, ahora demanda que tú hagas un largo viaje! Es bastante irrazonable, y se lo diré." ¿Cómo se atrevía su padre a hacer esta situación, que ya era difícil, más tensa?

Él negó con la cabeza. "Puedo entender su posición, y, bajo circunstancias normales, hubiera hecho tal solicitud en persona. Honraré su solicitud. Mi pregunta para ti era si tú preferirías que yo fuera inmediatamente o si debería esperar y escoltarlas a tú tía y a ti cuando regresen a casa la próxima semana."

"Si debes tomarte tal molestia, supongo que tendría más sentido esperar." Ella preferiría no lanzar a Andrew a la guarida del león de su familia solo. Al menos ella podía esperar mitigar algo de lo peor del comportamiento de sus padres.

"Sería, ciertamente, más fácil. La única pregunta es si Wickham pudiera ver el retraso en anunciar formalmente nuestro compromiso como una oportunidad para causar problemas. Supongo que no tendría mucha diferencia al final, mientras lo anunciemos eventualmente."

Ella suspiró. "Creo que es poco probable que sea un problema, ya que mi madre sin duda ya ha informado a todo el vecindario que me ofreciste matrimonio, así que eso debe proveer protección. Pero Wickham es la razón de que esté aquí. Él estaba en el baile anoche." Después de una breve explicación de cómo había sido que ella había bailado con él, ella añadió. "Amenazarlo con tu hermano pareció funcionar, así que no siento gran inquietud de que él nos vaya a causar más problemas."

Él asintió. "Fue una buena idea hacerlo bailar contigo. Te agradezco que hayas mantenido a Georgiana a salvo de él."

"Tenía que hacer algo. Yo me sentí conmocionada de verlo ahí; no había esperado que tus vecinos lo incluyeran en sus invitaciones."

Él puso mala cara. "Él tiene muchas amistades entre la clase acomodada local, gracias a su época como un miembro aceptado por la familia de Pemberley."

Antes de que ella pudiera contestar, una doncella entró e hizo una reverencia, retorciendo las manos nerviosamente. "Señor, usted dijo que yo preguntar si no sabía qué hacer acerca de algo. Hay una dama aquí que viene a verlo, pero ella no quiere dar su nombre. ¿Le digo que se vaya?"

"No, hazla pasar," dijo Andrew. "Un caballero que rehúsa dar su nombre puede no ser admitido, pero hay ocasiones cuando una mujer puede desear ver a un clérigo sin que nadie lo sepa."

"Sí, señor. Gracias, señor," dijo la chica apresuradamente y salió de la sala.

"¿En verdad?" le preguntó Elizabeth a Andrew astutamente.

Él se encogió de hombros. "Se ha sabido que las mujeres que se encuentran en una situación difícil se vuelven hacia un clérigo para que las ayude."

"Ya veo. ¿Debo dejarte, entonces?"

"No hay necesidad. Si esta fuera una de mis parroquianas, Betty la hubiera reconocido. Si es una extraña, es mejor si no estoy solo."

Betty reapareció e hizo pasar a una dama delgada vestida en un serio vestido negro, con un velo negro ocultando su rostro.

Andrew hizo una reverencia. "Le ruego que pase, señora. ¿Cómo puedo asistirla?"

"¿Tan formal, Drew?" El acento de ella era elegante. Ella hizo hacia atrás su velo, revelando el rostro de una joven mujer.

Las cejas de Andrew se elevaron repentinamente. "Lady Frederica, esta es en verdad una sorpresa. Claramente debo ofrecerle mis condolencias por su pérdida."

"¿Mi pérdida? ¿Qué... oh, esto?" Ella hizo un gesto hacia sus faldas negras. "Solo un disfraz. Nadie ha muerto."

Él parpadeó. "Ya veo." Era claro que él no veía nada. "¿Gusta sentarse? Betty, una bandeja de té, si fueras tan amable."

Su visitante miró hacia Elizabeth. "¿Puedo hablar a solas contigo, Drew?"

Tensándose, Andrew dijo, "Discúlpeme. ¿Puedo presentarle para que conozca a mi prometida la Señorita Elizabeth Bennet? Elizabeth, tengo el honor de presentarte..."

"Es mejor evitar mi nombre," interrumpió la recién llegada. "Ella pudiera desear el poder alegar ignorancia de mi visita algún día."

Elizabeth ya tenía una muy buena idea de la identidad de su visitante, pero no tenía intención de interferir, así que ella únicamente hizo una caravana e intentó ocultar su intensa curiosidad. ¿Por qué querría la hija del Conde de Matlock visitar en secreto a Andrew?

Lady Frederica dijo, "Aun así, mis felicitaciones a ambos. ¿Cómo es que yo no he escuchado nada de esto?"

"Todavía no ha sido anunciado," dijo Andrew con voz helada.

"No estaba criticando, solamente estoy sorprendida," dijo Lady Frederica con inusual franqueza. "Perdóname, no estoy en mi mejor momento hoy, o no estaría aquí."

Elizabeth se volvió hacia Andrew. No había razón para que ella se quedara, especialmente después de que Lady Frederica se había rehusado a que se la presentaran. "Si fueran tan amables de disculparme, siento una inexplicable ansia de caminar por el jardín."

El rostro de Andrew se tensó. "Quizá todos deberíamos ir." Aparentemente, él no deseaba quedarse a solas con Frederica.

EL PRECIO DEL ORGULLO: UNA VARIACIÓN DE ORGULLO Y PREJUICIO

¡Bueno, esto era incómodo! Especialmente cuando Elizabeth estaba intentado comportarse lo mejor posible. No había una manera simple de salir de esta embarazosa situación sin infringir al menos una regla de etiqueta, así que ella se decidió por el enfoque más directo. Ella le sonrió a Lady Frederica. "Quizá debamos empezar de nuevo. Si voy a estar al tanto de esta conversación, debería yo explicar que hace varios meses conocí al primo de Andrew, el Coronel Fitzwilliam, quien mencionó a su hermana Frederica más de una vez."

"Y yo me parezco a él," dijo Lady Frederica pesarosamente. "Oh, bueno, hasta ahí mi intento de anonimidad. Pero mi asunto hoy es algo que deseo ocultar de mi familia. Si cualquiera de ustedes no está en posición de honrar eso, les pediría que fueran tan generosos como para declararlo abiertamente, y yo me tomaré mi té y hablaré solo de cosas sin importancia antes de regresar a casa."

Andrew resopló. "Nadie en su familia me habla jamás. Supongo que si yo encontrara a alguno de ellos a punto de ser atropellados por un caballo al galope, los sacaría del camino, pero hasta ahí llega mi buena voluntad hacia su familia. No tengo idea de lo que quiere discutir conmigo, pero no traicionaré sus secretos."

Elizabeth intentó no quedarse mirándolo. ¿Otro conjunto de problemas familiares? ¿Qué había hecho Andrew para hacer enojar a la familia de su madre? Ella dijo tensamente. "Aparte de haber conocido al Coronel Fitzwilliam cuando estuvimos, por coincidencia, visitando la misma ubicación, ni siquiera conozco a su familia, y ciertamente no tengo razón para contarle a nadie sus secretos. Mi lealtad es para Andrew."

Lady Frederica la estudió por un momento. "Supongo que eso es todo lo que puedo pedir. Drew, Evan dice que puedo confiar en ti."

Andrew inclinó la cabeza. "¿Evan Farleigh?" Él sonaba sorprendido.

"Por supuesto. ¿Quién más?"

"Farleigh es un miembro del Parlamento," le dijo Andrew a Elizabeth. "Nos movíamos en los mismos círculos en Londres."

Lady Frederica agitó su cabeza. "Él cree que yo no entiendo las ramificaciones de mis planes actuales. Él me dijo que te preguntara cómo es realmente el ser desconocido por tu familia."

Andrew se quedó boquiabierto. "¿Por qué? De seguro tú no estás esperando ser desconocida."

"De hecho, es bastante probable," dijo ella con sangre fría, como si tal cosa fuera un asunto sin importancia. "Tengo intenciones de casarme con Evan, ¿ves?"

"Ah," dijo Andrew. "No puedo imaginar que su padre aprobaría eso. Pero ¿la desconocería realmente por ello? Sé que desprecia a los abolicionistas, pero él puede estar más renuente a desconocer a su propia hija que a un sobrino que ya estaba en desgracia."

¡Pobre Andrew! Su padre lo había desconocido por rehusarse a luchar, y su tío lo había hecho porque él era un abolicionista. ¡No era de sorprender que Andrew esperara tan poco de su familia!

Lady Frederica arrugó la nariz. "Él pasaría por alto las políticas de Evan si él tuviera un título o riquezas, pero, tristemente, no las tiene, o al menos no suficiente riqueza para cubrir los estándares de mi padre. Como están las cosas, mi padre se ha rehusado a dar su consentimiento, y nunca me perdonará por casarme en contra de sus deseos."

"Lo lamento," dijo Andrew, y sonaba como si realmente lo hiciera. "Farleigh es un buen hombre, y por lo poco que valen, tiene mis mejores deseos."

Lady Frederica parpadeo rápidamente. "Espera. Entonces ¿tú no me aconsejas dejar este plan porque me costará a mi familia?

Andrew estudió sus manos. "Ser desconocido es... horrible. Perder a todo el mundo, perder su casa. Pero en cierto punto, no hay elección. Si mantener a la familia significa renunciar a uno mismo, no hay decisión que tomar. Y sospecho que usted no estaría aquí, si no hubiera llegado ya al punto donde es imposible quedarse."

Ella exhaló bruscamente, y luego se relajó en su silla. "Estás en lo correcto, por supuesto. Desearía haber hablado contigo hace mucho tiempo."

Andrew dudó. "Lamento que esté enfrentando esto. Si hay alguna manera en la que pueda ser de asistencia para usted, solo necesita pedirlo."

"Es amable de tu parte, especialmente dado qué tan mal te ha tratado mi familia."

"Usted nunca me ha tratado mal, Lady Frederica. Nosotros podemos no habernos cruzado con frecuencia en años recientes, pero en las ocasiones en que lo hemos hecho, usted siempre ha sido amable y nunca me ignoró. Yo he apreciado eso."

"Bueno, tú nunca hiciste nada para herirme, tampoco," dijo ella. "Pero hay una cosa que podrías hacer, si estás dispuesto, y es asistir a mi boda. Es más por bien de Evan que por el mío; su padre está preocupado acerca de enfrentar la hostilidad de mi familia, y mostrar que cuando menos un pariente está dispuesto a apoyarme ayudaría."

Andrew sonrió. "¿Aún el más insignificante entre sus parientes, sin riqueza ni influencia? Por supuesto. Estaré feliz de hacerlo."

La imagen de Darcy la noche anterior surgió súbitamente frente a Elizabeth, con el cabello despeinado y los ojos llenos de dolor. Él le había dicho cuánto deseaba cerrar la brecha con Andrew. Pero ni Andrew ni Lady Frederica parecían ver razón de hablar con él acerca de la situación. ¿Cómo iba a sentirse él cuando descubriera que su hermano había sabido acerca del dilema de Lady Frederica y se lo había ocultado? Impulsivamente ella dijo, "¿Y qué hay del Sr. Darcy? El Sr. Fitzwilliam Darcy, quiero decir. ¿Haría su presencia alguna diferencia?"

Lady Frederica intercambió una mirada con Andrew antes de decir con tacto, "Yo espero que él tome el partido de mi padre e insista en que Evan no está a mi altura."

Elizabeth negó con la cabeza. "Mientras el caballero sea respetable, creo que él tendría simpatía por su posición, por lo que le he escuchado decir acerca de matrimonios por amor. Él también ha estado haciendo mucho esfuerzo para hacer enmiendas con Andrew, y me imagino que encontraría incómodo si este secreto se le ocultara."

"¿Drew?" preguntó Lady Frederica.

"No sabría decir," dijo Andrew pesadamente. "Mi instinto me dice que guarde siempre mi distancia, pero Elizabeth conoce a Darcy... el hombre que es ahora... mejor que yo. Concedo que no me ha dado causa para desconfiar."

Lady Frederica golpeó las puntas de sus dedos enguantados unas con otras. "Sería un riesgo, pero su apoyo ayudaría mucho con la familia de

Evan. Pero si Darcy le contara a mi padre mis planes, podría hacer mi vida más difícil."

"No creo que Fitzwilliam lo revelaría si le pido que no lo haga," dijo Andrew. "Él guarda su honor celosamente."

Y así se resolvió que Andrew hablaría con Darcy ese día, mientras que Lady Frederica esperaba con Elizabeth en la rectoría.

Capítulo 16

LO PEOR DEL MARTILLEO en la cabeza de Darcy había empezado a disminuir para cuando llegó Drew, pidiendo hablar con él en privado. Más problemas, sin duda. Exactamente lo que él no necesitaba después de la noche anterior. Ya era bastante difícil enfrentar a su hermano, sabiendo que él lo había traicionado al sostener a la prometida de Drew en sus brazos, y que aún ahora él solamente deseaba poderlo hacer de nuevo.

¿Por qué deseaba Drew hablar con él a solas, de cualquier manera? ¡Por favor, Dios, no permitas que tenga algo que ver con Elizabeth! Si ella le había contado sobre la noche anterior, esto podía ser el fin de todo. Una vez que la puerta se cerró tras de él, él dijo formalmente, con el corazón afligido, "¿Cómo puedo servirte?"

Andrew respiró profundo. "Me gustaría buscar tu consejo con respecto a una conocida mutua que está enfrentando una situación difícil, pero primero te pediría tu palabra de que lo que te diga no saldrá de aquí."

El alivio lo inundó. "Por supuesto." Si Drew estaba actualmente dispuesto a venir a él con un problema, Darcy prometería mucho más que eso.

"Nuestra prima Frederica me visitó esta mañana buscando mi ayuda. Ella tiene intención de casarse contra los deseos de su padre, y espera ser desconocida por eso." Una comisura de su boca se elevó en una media sonrisa irónica. "Ella vino a mí por ser el experto de la familia en ser desheredado."

Darcy se encogió internamente. "Desafortunado, pero difícilmente sorprendente, Frederica siempre ha tenido voluntad propia. ¿Es el caballero en cuestión inapropiado, o simplemente no le gusta a Lord Matlock?"

Drew pareció considerar la pregunta. "Él es un caballero, uno que conozco y respeto, pero su familia está un nivel, quizá dos niveles, por debajo de Matlock tanto en fortuna como conexiones. También es un Whig. Me atrevo a decir que él sería un buen esposo, pero dudo que ellos se moverían en los círculos más altos, como ella lo hace ahora."

"¿Entonces ella lo ama?"

"No le pregunté. Asumo que sí, ya que parece poco probable que le falten pretendientes, dada su dote y conexiones."

"No, no le hacen falta. Aun así, ella es mayor de edad y puede casarse con quien ella quiera." Pero ¿por qué le estaba pidiendo Andrew ayuda sobre esto? "¿Te preocupa que Matlock pueda buscar vengarse de ti por ayudarla?"

Drew resopló. "Matlock, que ya me ha desconocido, no tiene más poder sobre mí. No, en verdad estoy aquí a nombre de Frederica. Ella me pidió ir a su boda para no estar sin nadie de su familia que asista. Como yo he estado fuera de la familia por tanto tiempo, ella escasamente me conoce, y me imagino que significaría mucho más para ella si tú estuvieras ahí. Ella no se atrevió a pedírtelo porque pensó que te pondrías de parte de su padre. Quizá lo hagas; no lo sé. Pero creí que tú debías tener la oportunidad de decidir por ti mismo."

¡Buen Dios! ¿Estaba Drew actualmente empezando a confiar en él? Un poco de calor se encendió en el vacío de su corazón. "Te agradezco esa consideración. Me gustaría hablar yo mismo con Frederica antes de tomar una decisión, pero, si su prometido es un caballero respetable y decente, no veo razón por la que yo no estaría dispuesto a hacerlo, aun si su padre se opone al matrimonio. Yo no apruebo tampoco la forma como te trata a ti, y se lo he dicho."

Drew se vio sorprendido. "Eso fue amable de tu parte." Él pareció pugnar por un momento. "Si deseas hablar con Frederica, ella todavía está en la vicaría. Ella no quiso acompañarme a venir; estaba preocupada de que su padre se enteraría. Ella dice que hay sirvientes aquí a los que él les paga."

"Maldita sea," gruñó Darcy. "Supongo que no debía sentirme sorprendido. Él siempre tiene que estar metido en todo." Y ahora que él lo sabía, él le pondría un alto, a diferencia de muchos otros problemas que no tenían solución."

EL PRECIO DEL ORGULLO: UNA VARIACIÓN DE ORGULLO Y PREJUICIO

ELIZABETH NUNCA HABÍA conocido a nadie como Lady Frederica Fitzwilliam antes. Ella había oído suficientes historias sobre el comportamiento decadente entre la aristocracia como para saber mejor que asumir que la hija de un Conde sería dócil y obediente, pero aun así, los modales abiertos y francos de Lady Frederica eran conmocionantes. Después de pasar una hora en su compañía, Elizabeth sabía más acerca de la Familia Fitzwilliam y de la vida de Lady Frederica que lo que había averiguado en un mes de conocer al más reticente y apropiado hermano de su señoría, el Coronel Fitzwilliam.

Sorprendentemente, Elizabeth encontró que a ella le caía bien. Y era una buena distracción de los pensamientos de la noche anterior con Darcy que insistían en insertarse en su mente.

Para cuando Andrew regresó con Darcy, Elizabeth estaba respondiendo preguntas igualmente francas de Lady Frederica sobre su propia familia, y estuvo complacida de descubrir que su señoría parecía totalmente despreocupada sobre las conexiones de su madre con el comercio.

Ver a Darcy la dejó con la demasiado familiar punzada de dolor y vergüenza. Aparte de una leve reverencia en dirección de ella en general, Darcy la ignoró mientras saludaba a Frederica. La noche anterior no había cambiado nada. ¿Por qué tenía que doler tanto? Ella no podía soportarlo, así que dijo, "Si me disculpan, los dejaré para que conversen."

Lady Frederica se acercó y tomó su mano. "No se vaya, ¡se lo ruego! Yo apreciaría tener a otra mujer aquí."

Ella difícilmente podía rehusar un ruego tan directo sin crear una escena, así que Elizabeth volvió a sentarse, haciendo un esfuerzo para evitar mirar en dirección de Darcy. No que eso hiciera alguna diferencia. Ella era de nuevo invisible para él. Ese breve momento de dolorosa conexión de la noche anterior había terminado. ¿Siquiera lo recordaría él, o era ese recuerdo solamente de ella para sufrirlo?

Darcy dijo, "Frederica, Drew me ha explicado tu situación. Tú no necesitas que te diga que tú puedes casarte con quien desees, ya que eres mayor de edad. Como Drew dice que él es un caballero respetable, tienes mi bendición."

Su señoría inclinó la cabeza hacia un lado. "Te lo agradezco."

"Esa es la parte sencilla," continuó Darcy. "Si voy a tomar una postura pública sobre el asunto, sin embargo, y potencialmente enfrentar un rompimiento con tu padre a causa de ello, necesitaría saber un poco más. Tú, obviamente, no tienes obligación de responder mis preguntas, pero pudiera ayudarme a tomar una decisión."

La sonrisa de Lady Frederica fue casi felina. "Si tú estás dispuesto a enfrentar el disgusto de mi padre, lo menos que puedo hacer es responder tus preguntas."

Darcy asintió. "¿Cuánto tiempo has conocido al caballero? Drew no me dijo su nombre."

"El Sr. Evan Farleigh. Un poco más de tres años. Hemos estado esperando con la esperanza de que mi padre renunciara a un gran matrimonio para mí, a medida que estoy más cerca de quedarme para vestir santos, pero me he dado cuenta de que eso no sucederá. Él preferiría verme solterona."

"Desafortunadamente, no puedo decir que me sorprenda," dijo Darcy. "Ahora, con tus conexiones y tu dote, tu podrías tener tu elección de esposos."

"Yo no iría tan lejos. Muchos hombres prefieren esposas que son sumisas y obedientes, y todo el mundo sabe que yo no lo soy."

"¿Puedo preguntar por qué has elegido a este?"

"¿Por qué él?" Lady Frederica se mordió el labio, como si sopesara la pregunta, y luego ella estalló, "Porque me escucha cuando hablo. En verdad me escucha, no solo pretende hacerlo. Con frecuencia no estamos de acuerdo, pero a él le importa mi opinión."

Darcy elevó una ceja. "Una buena razón. Entiendo que sus políticas disgustan a tu padre. ¿Te has vuelto más política, entonces?"

Ella negó con la cabeza. "En verdad, no. Yo apoyaré las posiciones de Evan cuando estemos casados. Su interés en la reforma política es admirable, pero para mí lo más relevante es que le importa algo importante, algo más que el próximo juego de cartas o carrera de caballos o pelea por un premio. Estoy enferma de hombres a los que no les importa nada más que sus propios placeres."

"Bien dicho," comentó Andrew. "Él le conviene, entonces. Me alegra conocer este lado de usted; es algo que compartimos."

Eso era otra cosa por la que Elizabeth debía estar agradecida en su futuro esposo... que él elegía inquietudes serias sobre una vida de placeres sin significado. ¡Si tan solo las admirables cualidades de Andrew pudieran evitar que ella pensara en su hermano!

Darcy estudió a Lady Frederica. "Dadas tus razones, me sentiré feliz de ofrecerte mi apoyo. ¿Cuándo es la boda?"

Lady Frederica hizo una mueca. "No por algunos meses, ya que Evan insistió en que yo considerara el asunto durante el verano. A él le preocupa que yo lamente el ser desconocida. Ahora no volveré a verlo hasta que empiece la Temporada, ya que mi padre no me permitirá regresar a Londres hasta entonces. Seis meses es mucho tiempo sin tener contacto." Ella miró hacia otro lado, parpadeando rápidamente.

Darcy dijo lentamente. "Frederica, si yo le dijera a tu padre que Georgiana pudiera beneficiarse con tu compañía, ¿permitiría que tú visitaras Pemberley? Y quizá Drew pudiera considerar invitar a su amigo Farleigh a visitarlo aquí en la vicaría."

"Yo estaría feliz de hacerlo," declaró Andrew. "¿Está él actualmente en Londres? Estaré ahí en dos semanas y podría detenerme para invitarlo. Pudiera ser más fácil explicar el asunto en persona."

Lady Frederica no respondió, y Elizabeth se dio cuenta de que, a pesar de su fachada calmada, ella estaba batallando para mantener la compostura. Finalmente ella dijo temblorosamente, "Ustedes dos son muy buenos conmigo. Yo estoy acostumbrada a estar sola con esto." Ella sacó un pañuelo y lo acercó a las comisuras de sus ojos. "Y tú escasamente me conoces, Drew."

Andrew le dirigió un asomo de sonrisa. "No es difícil hacer lo correcto, y yo entiendo, como nadie, la magnitud del riesgo que está tomando. Puedo no conocerla bien, pero siempre será parte de mi familia."

"Y de la mía," agregó Darcy.

Por un minuto, Lady Frederica presionó su pañuelo a través de sus ojos. "Deben saber que yo nunca lloro," dijo ella con algo de molestia.

Elizabeth estaba también cerca de las lágrimas. ¿Cómo podía Darcy ser tan gentil con su prima después de su frialdad e ira hacia ella, de sus esfuerzos por ignorar su existencia? Él era tan amable con Lady Frederica, pero no podía forzarse a siquiera mirar directamente a Elizabeth. Y era culpa de ella. Dolía en lo más profundo ver este lado de Darcy que estaba perdido para ella por siempre. Este era el caballero generoso, leal que el ama de llaves de Pemberley le había descrito; aquel cuya buena opinión ella había perdido para siempre. Y ahora, cuando era demasiado tarde, ella sabía cuánto deseaba esa buena opinión.

El gato con una oreja de Andrew saltó sobre su regazo y se acurrucó, ronroneando rítmicamente. ¡Oh, cielos, ahora ella estaba verdaderamente en riesgo de llorar! Desesperada, ella empezó a contar hacia atrás desde cien para distraerse de esos peligrosos sentimientos.

"¿Qué hay de Richard?" le preguntó Darcy a Frederica. "¿No te apoyaría él?"

"¿Mi hermano? No se lo he pedido, ni tengo intención de hacerlo. Creo que él lo haría, pero necesita el estipendio que nuestro padre le da, sin mencionar esas conexiones que lo mantienen fuera de las peores batallas. Espero encarecidamente que él se mantenga en contacto conmigo después de que me case, pero ¿cómo podría pedirle que pagara un precio tan alto solamente por asistir a mi boda?"

"Comprensible," dijo Andrew asintiendo.

Lady Frederica dijo, "Era mucho más fácil pedírtelo a ti, Drew, ya que mi padre ya no tiene poder sobre ti, desde que ya te desconoció. Darcy, espero que esto no te creará ninguna dificultad."

Darcy se encogió de hombros. "Es poco lo que puede hacer aparte de quejarse acerca de mí. Me alegro de que hayas confiado lo suficientemente en mí como para pedírmelo."

"Yo no merezco el crédito por eso," declaró Lady Frederica. "Fue idea de la Señorita Bennet. Me avergüenza admitir que yo pensé que te opondrías a mi pequeño matrimonio desigual. Ella fue la que te defendió y convenció a Drew de decírtelo."

Por primera vez desde su saludo inicial cuando entró en el salón, Darcy se volvió lentamente a mirar a Elizabeth, sus ojos obscuros, inescrutables taladrándola. En una voz desprovista de su anterior calidez y comodidad, él dijo. "Entonces debo agradecerle, Señorita Bennet, por darme esta oportunidad de ser de ayuda para mi prima."

Ella había deseado tanto que él la mirara, que de verdad la viera, y ahora que finalmente tenía su atención, ella tan solo deseaba escapar de ella. Con un sentimiento enfermo en la boca del estómago, ella de alguna manera forzó las palabras a salir, "Usted me ha dicho cuan importantes son los lazos familiares para usted." Ella en verdad ya no podía soportar esto. Antes de que las lágrimas reuniéndose en sus ojos pudieran derramarse, ella añadió, "Por favor discúlpenme." Ella empujó suavemente al gato de su regazo y se apresuró a salir del salón antes de que ellos pudieran responderle.

Ella se dirigió a los jardines, con las lágrimas ahora corriendo por sus mejillas. Pero los demás aún podrían ser capaces de verla a través de las ventanas de la sala de estar, así que se apresuró a la protección del pequeño patio de la cocina, donde se recargó contra la áspera pared de piedra, cerró los ojos, e intentó calmar su acelerado pulso.

"¿Sucede algo, señorita?" Eran los tonos con acento musical de la sirvienta de Antigua, Myrtilla.

Los ojos de Elizabeth se abrieron apresurados para descubrir a Myrtilla sentada en una banca, con un pequeño bulto en su regazo. Con una media sonrisa avergonzada, Elizabeth dijo, "No, estoy bastante bien." Y se dio cuenta de qué tan tonta debía sonar cuando se notaba fácilmente que estaba alterada, así que agregó sin darle importancia, "Solo algo que alguien dijo. Nada importante."

La cabeza envuelta en una bufanda de la joven mujer se movió mientras asentía. "Las palabras, pueden ser cosas crueles." Ella se deslizó a un lado de la banca. "Venga, siéntese aquí y puede ayudarme."

Ningún sirviente le había hablado a Elizabeth jamás de manera tan familiar antes, pero fue hecho de manera tan cálida y amistosa que ella se sintió renuente a criticarla por ello. Aún más importante, la conmoción de que se le pidiera ayudar con el trabajo de un sirviente había alejado sus lágrimas y las había reemplazado con el deseo de soltar una risita.

Su madre le hubiera dicho que le diera a Myrtilla una reprimenda para establecer su lugar como su futura señora, pero eso se sentía erróneo. ¿Qué haría Lady Frederica en esta circunstancia? Probablemente lo que quisiera.

Elizabeth se sentó enseguida de Myrtilla. "¿Qué estás haciendo?"

"Intentando alimentar a este pequeño." Myrtilla levantó el paño para revelar a un diminuto cachorro, con los ojos aún cerrados. "Él es el más débil, y su madre no tiene leche suficiente para él. Había una hierba que usábamos en Antigua para ayudar a las madres a producir leche, pero no puedo encontrarla aquí, así que debemos arreglárnoslas. Permita que huela su mano." Ella tomó la mano de Elizabeth en la suya y la sostuvo frente a la cara del cachorro.

Una pequeña y húmeda nariz se movió contra su mano, acariciando y haciendo cosquillas en su piel. "¿Cuál es su nombre?"

"No tiene nombre. Tiene poco más de una semana de nacido y todavía no puede oír." Myrtilla levantó al cachorro, con todo y envoltura, y se lo pasó a Elizabeth. "Sosténgalo contra usted, para que pueda sentir el calor de su cuerpo y el palpitar de su corazón."

Sintiéndose un poco tonta, Elizabeth acunó a la diminuta criatura contra ella, observando fascinada los movimientos con que resoplaba de su cabeza. Él tenía un encantador aspecto desequilibrado, con un círculo de piel obscura alrededor de un ojo en una cara blanca. Una oleada de calidez surgió en ella al mirar una patita que se agitaba.

"Usted le gusta," Myrtilla le extendió un pequeño trozo de toalla. "Permita que envuelva esto alrededor de su dedo meñique, con un poco colgando de la punta, de esta manera. Ahora lo sumergimos en la leche." Ella tomó la mano de Elizabeth y la guio a un pequeño tazón de leche.

La punta de su dedo se humedeció bajo la tela, y ella goteó leche sobre su falda mientras levantaba su mano para agitarla frente a la nariz del cachorro. Nada sucedió. "¿Cómo hago que se la tome?" le preguntó a Myrtilla.

La chica se encogió ligeramente de hombros. "Intente ponerlo en su boca y frotar su lengua. Yo solo pude conseguir que tomara muy poquita, pero quizá será suficiente para evitar que muera de hambre. Si no come nada, morirá, y esa será la voluntad de Dios, pero debemos hacer nuestro mejor esfuerzo para mantenerlo vivo, ¿sí?"

"¡Ciertamente lo haremos!" Elizabeth movió al cachorro a su regazo para poder agitar su dedo entre sus fauces. Sus pequeñas encías sin dientes presionaron el dedo a través de la tela. "Todavía nada, pero quizá tragará una gota o dos por accidente."

"Tenga paciencia." Myrtilla se acercó y acarició el cuello del cachorro bajo la barbilla.

Elizabeth sintió el más leve jalón en su dedo. "Creo que la está tomando." Ella habló apenas sobre un susurro.

EL PRECIO DEL ORGULLO: UNA VARIACIÓN DE ORGULLO Y PREJUICIO

"Yo sabía que a él le gustaría usted," anunció Myrtilla. Ella se puso de pie y movió el tazón de leche más cerca de Elizabeth. "Usted me lo puede llevar a la cocina cuando quiera. Debo comenzar a hacer la cena."

¡En verdad la interacción más extraña con un sirviente que ella había tenido jamás!

El jalón en su dedo se hizo más fuerte, mientras las dos pequeñas patas de cachorro empezaron a presionar rítmicamente contra su brazo. No, este cachorro no moriría de hambre, aun si se tenía que sentar aquí día y noche alimentándolo. Ella le permitió chupar su dedo por un tiempo antes de volver a sumergirlo en la leche y volver a su ansiosa boca.

Era totalmente absorbente. Ella le murmuró ánimo y cariños al cachorro, aun si era demasiado pequeño para poder escucharlos. Seguía siendo importante. Ella estaba tan concentrada en sus esfuerzos que solo alzó la vista cuando se dio cuenta de que algo estaba bloqueando la luz del sol.

Era el Sr. Darcy, viéndola con una mirada inescrutable. "¿Por qué?" preguntó él ásperamente.

Ella lo miró confundida por un momento hasta que se dio cuenta de lo que él quería decir. "¿Por qué les dije que hablaran con usted?"

Él frunció el ceño. "Sí."

El cachorro emitió un leve quejido, sin duda sintiendo su distracción. Lentamente ella sumergió el dedo en la leche y lo volvió a poner en su boca, dejando que su amamantamiento la calmara. Ella debía decir algo amable y sin significado, pero si Lady Frederica podía ser franca, también podía ella. "Usted hubiera averiguado eventualmente que Lady Frederica había buscado la ayuda de Andrew, y se me ocurrió que a usted no le gustaría haber sido excluido. Y pensé que usted pudiera querer ayudarla. Nada más por eso." Ahora la voz de ella estaba temblando de nuevo, su nueva sensación de paz perdida. Ella se inclinó a besar la cabeza del cachorro, sin importarle qué tan inapropiado pudiera parecer su comportamiento.

"¿Qué es ese animal?"

"Un cachorro. Andrew le puede contar su historia." Ella no lo miró. ¿Por qué no podía él dejarla en paz?

"¿Por qué lo está alimentando usted? ¿No tiene sirvientes Drew?"

145

Ella lo fulminó con la mirada. "Porque, aunque usted puede no creerlo, me gusta ser útil. Y él me necesita." Ella miró al cachorro, determinada a no permitir que Darcy la alterara de nuevo.

Después de un minuto, la luz se hizo más brillante de nuevo, y Elizabeth levantó la mirada para ver la espalda del Sr. Darcy desapareciendo alrededor de la esquina del patio de la cocina. Se le hizo un nudo en la garganta.

Capítulo 17

YO TE NECESITO. El pensamiento retumbaba en la cabeza de Darcy mientras cabalgaba de regreso a Pemberley desde la vicaría de Kympton, perseguido por la imagen de los ojos hinchados, enrojecidos de Elizabeth. ¿Cómo podía ella responder a la necesidad de ese cachorro y no a la de él?

Su corazón se había retorcido en su pecho cuando Frederica había dicho que Elizabeth lo había defendido. ¿Estaba él tan desesperado por el menor cuidado de parte de ella? Pero eso no había sido nada comparado con verla acunar a ese cachorro, como él había soñado una vez que ella acunaría al hijo de él. Ahora sería el bebé de Drew al que ella sostendría contra su pecho, no al de él.

Buen Dios, él iba a enfermarse.

Hurricane agitó la cabeza en protesta, y Darcy se dio cuenta de que había tensado las riendas involuntariamente. ¡Maldición! ¿Qué le pasaba? Él podía cabalgar mejor que esto solo por instinto, y estaba ahora haciendo sufrir a Hurricane por sus pecados. Él aflojó las riendas.

Su mente no podía dejar de dar vueltas, aun cuando llegó a Pemberley y se dirigió a su estudio, haciendo una pausa solo para mandar un mensaje al ama de llaves de que deseaba verla. Él podía no ser capaz de resolver el misterio de Elizabeth, pero al menos podía evitar que Matlock espiara en su casa.

Pero tan pronto como llegó a la seguridad de su estudio, la imagen de la expresión llorosa de Elizabeth se presentó ante él de nuevo. Tenía que haber algo que él estaba pasando por alto. ¿Por qué lo había metido Elizabeth en esto? Quizá ella había esperado crear una ruptura entre él y Matlock. O más probablemente, ella creyó que él rechazaría la idea completamente y provocaría un pleito con Drew. Ella sabía que eso lo heriría. Eso debía ser.

Pero sus ojos habían estado rojos. ¿Por qué cualquier cosa de esto la habría hecho llorar? Aun si ella se había sentido decepcionada por la falta de conflicto entre él y Drew, ella difícilmente hubiera llorado por eso. Él golpeó el puño sobre el escritorio, y luego frotó la parte adolorida. Maldición.

El ama de llaves eligió ese desafortunado momento para aparecer, levantando una ceja al ver su expresión. "¿Deseaba verme, señor?"

Él intentó adquirir su comportamiento usual de Señor de Pemberley, pero era poco probable que engañara a la mujer que lo había conocido desde que nació. "Sí, Sra. Reynolds. Averigüé hoy que alguien de nuestro personal ha estado enviando información sobre la familia al Conde de Matlock. Deseo que esa persona sea encontrada inmediatamente y se le despida."

Ahora ambas cejas de ella se elevaron. "Como lo desee, señor, pero primero debo informarle que yo soy la persona que está buscando."

"¿*Usted*?" Él la miró conmocionado. De todo el personal en sus dos casas, la Sra. Reynolds era de la que más dependía, en la que confiaba, la que había sido casi una segunda madre para él. Luego se dio cuenta de lo que ella debía querer decir. "No le creo. ¿A quién está protegiendo?"

"A nadie. Soy yo, en verdad lo soy. Cuando recién llegué aquí con su madre, el hermano de ella insistió en que le enviara reportes secretos. Naturalmente, se lo informé a Lady Anne, esperando que ella me protegiera de él, pero ella dijo que si yo me rehusaba, él simplemente encontraría a alguien más que la espiara, y al menos ella podía confiar en mí para que mantuviera las cosas más importantes en privado. Mientras ella vivió, ella misma me decía qué escribir, diciéndole solo los secretos suficientes como para hacerlo pensar que lo sabía todo. Después de la muerte de Lady Anne, yo le envié los reportes por mí misma. Parecía mejor que la alternativa, pero ciertamente dejaré de hacerlo si usted lo desea."

Ahora él se sentía realmente desequilibrado. ¿Su tío, espiando a su madre? Darcy estudió al ama de llaves. "¿Por qué usted nunca me mencionó esto?"

Ella levantó las palmas. "Debí haberlo hecho, supongo, cuando murió su padre, pero pareció más fácil simplemente continuar que explicarle que su tío había estado intentando interferir por años."

"Usted debió informarme. ¿Qué le ha dicho a él?"

"¿Últimamente? Ha habido poco que reportar ya que usted rara vez está aquí. Trato de ajustar lo que digo para que coincida lo que pudo haber oído en otra parte. Por ejemplo, el otoño pasado le dije que la Señorita Georgiana estaba deprimida por un caballo que había muerto en lugar de decirle que ella estaba decaída después de su visita a Ramsgate. Justo la semana pasada le envié un reporte sobre el compromiso del Sr. Drew, dándole mi impresión sobre los antecedentes de la Señorita Bennet, pero sin mencionar el cuestionable inicio de este."

Él asintió, y luego las palabras de ella penetraron. "¿Qué quiere decir con eso... el cuestionable inicio de este?" Una sensación de presagio lo atrapó por la garganta.

"Oh, el ridículo rumor de que él la comprometió. Yo no vi la ventaja en dar a su señoría más argumentos contra el Sr. Drew, especialmente ya que estoy segura de que ese chico nunca hubiera hecho nada impropio. Dios sabe que no ha habido señal de comportamiento inapropiado entre ellos desde entonces."

El corazón de Darcy amenazaba con salírsele del pecho. "¿Qué cuestión de compromiso?" Él forzó a que sus palabras salieran.

La Sra. Reynolds jugueteó con su mandil. "Vamos, no conozco todos los detalles, pero tengo entendido que ellos estuvieron encerrados juntos en un salón en la White Hart."

¿Elizabeth se había visto comprometida? Estar encerrados juntos no era el tipo de cosa que sucedía por accidente. ¿Estaban su tío y su tía tan desesperados por casarla, o lo había hecho Drew para ganársela? Él frotó el dorso de su mano contra su boca. "¿Quién lo hizo? ¿Quién los encerró juntos?"

Él ama de llaves frunció el ceño. "De acuerdo con los rumores, todos lo han negado. Es por eso por lo que algunas personas culpan al Sr. Drew."

Él golpeó sus dedos impacientemente sobre el escritorio. "Dígame todo lo que sabe de esto."

"Eso es realmente todo, excepto que el Sr. Drew le propuso matrimonio a ella cuando fueron descubiertos. La Señorita Bennet se rehusó, pero después lo pensó mejor. Eso es solamente lo que yo he escuchado, y yo no hice preguntas."

"¿Elizabeth no quería casarse con él?" La mente de él tomó este punto clave como si fuera un larguero flotante y él un hombre a punto de ahogarse.

"No por entonces, pero ella difícilmente pudo haberlo conocido una semana en ese punto. Dicen que él se sentía bastante atraído por ella, pero que ella no había mostrado interés en él antes. Por lo que yo he visto, sin embargo, ella toma sus obligaciones seriamente, y creo que será una buena esposa para él."

Elizabeth no había deseado casarse con Drew. ¿No era eso lo que ella le había dicho, que ella no había sabido que Drew era su hermano porque no había habido tiempo de averiguarlo? Y él no le había creído porque no tenía sentido. Pero si Elizabeth no lo había traicionado voluntariamente, eso hacía toda la diferencia. El alivio lo abrumó.

"¿Qué más?" demandó él.

"Eso es todo lo que sé, señor. Puedo escuchar rumores a veces, pero no hago preguntas, no sobre la familia." Ella retorció sus manos. "¿Quiere entonces que le entregue mi renuncia, señor?"

"No, por supuesto que no. ¿Por qué?"

"A causa de Lord Matlock. Usted dijo que la persona que había hecho el reporte debía ser despedida."

Darcy agitó la mano. No le importaba nada Lord Matlock, no ahora. "No. Pero usted debe hablar conmigo antes de hacer sus reportes, como lo hacía con mi madre."

"Sí, señor." La Sra. Reynolds hizo una rápida caravana y salió.

La mente de Darcy daba vueltas. ¿Qué había dicho Elizabeth, la noche después del baile? ¿Qué ella no había tenido ni tiempo ni elección en el asunto? Él había creído que eso significaba que ella se había sentido apresurada, que ella necesitaba tomar una decisión antes de irse de Derbyshire ya que no volvería a ver a Drew después de eso, pero eso no explicaba el que ella no tuviera elección. Si ella había temido al escándalo, eso era diferente.

¿Quién había sido responsable de encerrarlos? Tenía que haber sido el tío o la tía de ella, ansiosos de evitar que ella terminara solterona. Él no podía, no creería que Drew había creado una situación de compromiso para forzarla. No su hermano. Y Elizabeth no mostraba nada del resentimiento hacia Drew que él hubiera esperado si él la hubiera forzado al compromiso, pero el mismo argumento podía hacerse por su tía o su tío. ¿Pudiera haber sido meramente un accidente, o había sido alguien haciendo de las suyas?

Él necesitaba saber lo que había sucedido, cada detalle. Él no podía soportar no saberlo. Pero él no podía preguntarle a Drew, no sin que su hermano se sintiera defensivo y enojado.

Él se puso de pie de un salto y se apresuró a subir las escaleras, subiendo las escaleras de dos en dos en su prisa, y encontró a su valet colocando su ropa para la cena. "Wilkins, necesito que se hagan algunas preguntas, muy discretamente."

Wilkins se enderezó, con un brillo de interés en sus ojos. "Estoy a su servicio, señor." No era la primera vez que él había ayudado a Darcy de esta manera.

"Parece que el compromiso de mi hermano es el resultado de una situación comprometedora donde él y la Señorita Bennet fueron encerrados en un salón en la White Hart. Deseo conocer los detalles, pero nadie debe sospechar de que yo tengo interés en el asunto."

El labio superior de Wilkins se enroscó. "Una situación de compromiso, ¿eh? Si no le importa darme unos días libres, quizá pueda visitar a mi anciana madre y a mis amigos allá, y puedo averiguarle algunas respuestas."

"Toma tanto tiempo como necesites. Pídele a la Sra. Reynolds que asigne a otro sirviente a tus deberes regulares."

Y entonces él tendría algunas respuestas, pero no a la pregunta que estaba frente a él. ¿Por qué lo había defendido Elizabeth, y qué la había hecho llorar? ¿Podía atreverse él a esperar que a ella pudiera importarle él aunque fuera un poco?

ELIZABETH SE ALEGRÓ con las noticias de que Andrew había estado de acuerdo en cenar en Pemberley después de la partida de Lady Frederica, menos porque deseara su compañía que porque su presencia le facilitaría a ella evitar otra conversación privada con el Sr. Darcy. Ella solo deseaba poder traer al cachorro, también. Cualquier cosa que distrajera su atención del Señor de Pemberley y su enojo hacia ella.

Aun así fue una lucha mantener su compostura. Demasiado había sucedido en el último día; encontrar a Wickham en el baile, la discusión tarde por la noche con un Darcy medio ebrio, conocer a Lady Frederica, llorar por Darcy. Ella necesitaba algo de tiempo tranquilo, preferiblemente una larga caminata a solas por la campiña, y en lugar de eso ella tendría una larga velada en compañía estresante. Ella no confiaba en sí misma cuando se sentía con los nervios de punta. Andrew proporcionaría una distracción útil.

Habiendo regresado tarde de Kympton, ella se apresuró a vestirse para la cena, pero aun así las escaleras para encontrar a todo el grupo reunido en el salón, charlando amigablemente. Georgiana había reclamado la silla más cercana a Andrew, por supuesto, y la Señorita Bingley estaba intentando monopolizar la atención de Darcy. Eso le acomodaba perfectamente a Elizabeth.

Después de saludarla, Andrew le dijo al grupo reunido. "Tengo un cambio menor de planes. Cuando Elizabeth regrese a Hertfordshire, planeo ir con ella y pasar unos días conociendo a su familia, quizá con una breve parada en Londres para atender unos negocios."

"Una excelente idea," dijo la Sra. Gardiner. "Nos alegrará tener su compañía en nuestro viaje."

Georgiana se mordió el labio. "¿Se me puede permitir unirme al grupo?"

Elizabeth suprimió un gemido. Ella debió haber anticipado eso. No que la presencia de la chica en sí fuera un problema, pero que se quedara en Longbourn y estuviera expuesta a su maleducada madre y hermanas menores pudiera serlo. "Eres bienvenida en Longbourn, pero debo advertirte que no es de ninguna manera una casa tan fina como a las que estás acostumbrada, y está llena de una familia grande y a veces bulliciosa. La privacidad no es siempre fácil de encontrar."

"Yo pienso que su familia es encantadora," dijo Bingley rotundamente, aunque él no pudo haber dejado de notar algo del mismo comportamiento que tanto había preocupado al Sr. Darcy. "Pero si el Sr. Andrew Darcy y la Señorita Darcy lo desean, ellos serían bienvenidos a quedarse en mi casa, Netherfield, que está a tan solo tres millas de Longbourn."

"Usted es muy generoso," dijo Andrew, "pero yo no desearía molestar a su personal para que abriera la casa simplemente para una visita corta."

Elizabeth, cuyas esperanzas se habían elevado momentáneamente ante la idea de limitar la exposición de Andrew a su familia, no pudo decir nada.

"No sería problema." La expresión de Bingley se iluminó súbitamente. "Quizá yo también iré para allá, después de mi estancia aquí."

La Señorita Bingley protestó de inmediato. "Tonterías. Se nos espera en Scarborough."

Bingley dijo con firmeza. "Ustedes pueden ir a Scarborough sin mí. Tú eres a la que Tía Emily desea ver, no a mí."

Su hermana lo miró superiormente. "No tiene caso que tú salgas corriendo a Netherfield solamente porque el Sr. Andrew Darcy, a quien tú apenas conoces, desea conocer a sus futuros parientes políticos."

Bingley se puso de pie de un salto. "Carolina, ya es suficiente. Tú irás a Scarborough, y yo iré a Netherfield. Me gustaría a ver a mis amigos allá, y eso es todo."

Los ojos de su hermana se entrecerraron. "Tú sabes perfectamente bien que no hay nadie allá que sea digno de tu atención. No permitas que el recuerdo de una cara bonita te lleve por mal camino. Admito que ella era una chica dulce, pero indigna de ti."

Elizabeth intentó morderse la lengua, pero la ira en favor de su hermana prevaleció. "Me pregunto cómo puede decir eso frente a mí." De alguna manera se las arregló para mantener su voz nivelada.

La boca de la Señorita Bingley se abrió y se cerró. Claramente ella no había considerado la presencia de Elizabeth. "Me temo que usted me malentendió," dijo ella heladamente.

Un brillante color invadió las mejillas de la Sra. Gardiner. "Ella no malentendió nada, Señorita Bingley. Yo vi su actitud hacia mi queridísima sobrina Jane cuando usted la visitó durante su estancia en Londres el pasado invierno." Ella lanzó una señalada mirada en dirección del Sr. Bingley.

La Señorita Bingley la miró con altanería. "No tengo idea de lo que quiere usted decir."

La Sra. Gardiner presionó delicadamente su mano contra su pecho en una parodia de incredulidad. "¡Qué tonto de mi parte! Por supuesto que su vida social debe ser tan ocupada que usted ha olvidado completamente como Jane la visitó en Londres, y pasaron tres semanas antes de que usted devolviera la visita en mi casa, y aún entonces usted solo pudo quedarse unos minutos."

Bingley se enderezó abruptamente. "¿La Señorita Bennet estuvo en Londres?" demandó él.

Con una sonrisa reveladora, la Sra. Gardiner dijo, "Oh, sí. Ella vino con nosotros después de Navidad y se quedó hasta abril. Ella ansiaba tanto continuar su amistad con sus queridas hermanas. ¡Qué lástima que ellas no hayan tenido tiempo para ella!"

El rostro de Bingley palideció. "Caroline, me pregunto por qué nunca me lo mencionaste."

Con una sacudida de cabeza, la Señorita Bingley exclamó, "¡Pero sí lo hice! Estoy segura de que te lo conté. Quizá no me estabas escuchando."

"O estabas demasiado ebrio para recordar," añadió la Sra. Hurst.

"¡Yo no hubiera olvidado ninguna mención de la Señorita Bennet!" exclamó Bingley.

"¡Charles!" exclamó la Señorita Bingley. "¡Recuerda dónde estás!"

Bingley se puso de pie de un salto. "No, Caroline, tú debes recordar dónde estás, ¡y quién paga tu estipendio!"

Darcy puso su manos sobre el brazo de Bingley. "Vamos, ¿me acompañas a mi estudio? Hay algo que deseo mostrarte."

Bingley lo fulminó con la mirada, pero luego su oposición pareció derretirse. "Oh, está bien. ¡Pero esto no ha terminado, Caroline!"

Un incómodo silencio cayó cuando Darcy y Bingley salieron del salón. Luego Caroline Bingley le lanzó una mirada venenosa a la Sra. Gardiner. "¡Qué tormenta en un vaso de agua! Es una lástima que algunas personas no puedan comprender cómo se comportan sus superiores."

La Sra. Hurst frunció el ceño. "Caroline, siento la necesidad de refrescarme. ¿Vienes conmigo?"

"Si tú lo dices, Louisa." Con solo la más leve insinuación de una caravana, la Señorita Bingley salió corriendo, seguida por la Sra. Hurst.

La Sra. Gardiner se cubrió el rostro con las manos. "¡Oh, mi temperamento, mi terrible temperamento! Lo lamento tanto, Lizzy."

"No es nada, tía," dijo Elizabeth incómodamente. "Confieso que estaba ansiando darle una lección yo misma."

Andrew asintió, "No están solas en eso. Yo puedo comprender su incomodidad, Sra. Gardiner, pero al mismo tiempo no puedo pensar que sea tan malo para Bingley saber que sus hermanas lo han estado engañando. Los secretos pueden ser venenosos."

Elizabeth asintió. "Lo que es más, dudo que haya un daño duradero. El Sr. Bingley es un caballero de lo más indulgente." Y demasiado fácil de guiar. ¿Le diría Darcy a Bingley la verdad de su propia parte en la decepción? No que importara. En cualquier caso, esta escena solo confirmaría su mala opinión de ella y de su familia.

NO TENÍA SENTIDO QUE Darcy estuviera tan de buen humor al día siguiente. Su explicación a Bingley acerca de por qué él le había ocultado la presencia de Jane Bennet en London se había tornado en una discusión amarga. Bingley había partido a Hertfordshire temprano por la mañana sin una palabra de despedida para nadie, con la posible excepción de Elizabeth. Pero si Bingley le había dicho algo a Elizabeth, Darcy no sabía nada sobre ello, ya que Elizabeth había estado evadiéndolo exitosamente todo el día. Él debía sentirse miserable, no más feliz de lo que había estado en semanas.

Pero su ánimo estaba, si no alto, mejor de lo que había estado desde que había sabido del compromiso de Elizabeth. Él estaba preocupado por Bingley, sí, pero Bingley no podía guardar resentimientos por mucho tiempo, y eventualmente aceptaría que Darcy realmente lamentaba su comportamiento pasado. Y Elizabeth... bueno, ella todavía estaba comprometida con Drew, pero hacía toda la diferencia saber que no había sido su elección. Era como si un absceso enorme dentro de él hubiera sido reventado. La herida aún dolía, y él sabía que el dolor iba a empeorar antes de mejorar, pero era un alivio tan enorme saber que ella no lo había traicionado deliberadamente.

Él sabía que no duraría. Nada había cambiado; Elizabeth todavía estaba comprometida con Drew, y su matrimonio seguía adelante, torturaría a Darcy por el resto de sus días. Pero ahora había una leve esperanza, quizá una irracional, de que de alguna manera su matrimonio podía evitarse. Si Drew no había elegido entrar en el compromiso, quizá pudiera ser persuadido de dejarla ir. Y aún si no era así, al menos Darcy sabía que Elizabeth no lo odiaba, y eso en sí era suficiente para hacer que el sol brillara un poco más.

Él intentó olvidar que Drew había declarado amar a Elizabeth.

Cuando se retiró por la noche, él se sorprendió de encontrar a Wilkins esperándolo. Su corazón comenzó a palpitar más rápido ante la expectativa de por fin tener algunas respuestas. "Eso fue rápido," dijo él. "¿Qué has descubierto?"

"Fue más sencillo de lo que yo había anticipado," dijo el valet. "Encontré a una modista a la que la Sra. Gardiner le hizo confidencias, y ella me relató la mayor parte a mí."

Darcy aspiró bruscamente. "¿Así que fueron los Gardiner los que los encerraron?"

"No, señor." Wilkins entrelazó sus manos. "Ellos habían salido cuando el Sr. Drew y la Señorita Bennet fueron encerrados en un salón privado juntos, y la noticia se corrió deliberadamente de manera que una gran multitud, incluyendo al magistrado, estaba ahí cuando fueron liberados. Nadie ha confesado haber cerrado la puerta, pero encuentro las circunstancias algo sospechosas." Él se detuvo y respiró profundo. "Inmediatamente antes del incidente, el Sr. Drew había peleado públicamente con George Wickham, quien lo golpeó varias veces, causando algunas lesiones menores. Wickham fue también el que fue a buscar al magistrado."

Un momento de incredulidad, y luego una furia enferma explotó dentro de él. "¿Wickham?" exclamó él. "¿*Wickham* hizo esto?" Él sintió una urgencia inexplicable, casi abrumadora de asir a Wilkins por los hombros y sacudirlo. O de golpear algo. O a alguien. "¿Cómo se *atrevió*?" Pero, por supuesto, Wickham siempre se atrevía. Él se atrevía a todo, si era en su beneficio.

Pero ¿cómo se beneficiaba él de forzar a Drew a casarse con Elizabeth? A él nunca le había importado Drew particularmente. El rompecabeza se resolvió repentinamente. A Wickham solo le importaba lastimar a Darcy, y Andrew se había súbita, misteriosamente entrado en un compromiso que tenía que había herido a Darcy en lo más vivo. No existían las coincidencias cuando se trataba de Wickham, especialmente si se trataba de herir a Darcy.

EL PRECIO DEL ORGULLO: UNA VARIACIÓN DE ORGULLO Y PREJUICIO

Y esta vez, él había dado en blanco, había entrado hasta el corazón de Darcy y había retorcido el cuchillo, alejando tanto a Elizabeth como a Drew de él. Hubiera sido más misericordioso matarlo.

Wilkins silenciosamente sirvió un vaso de oporto y se lo entregó. Wilkins, quien había estado con él durante años, quien ciertamente había adivinado su interés en Elizabeth y conocía todos los pecados de Wickham. "Hay más, señor. La Señorita Bennet inicialmente se rehusó a casarse con el Sr. Drew, pero cambió de opinión después de que él recibió una carta amenazando exponer el deshonor de ella en Meryton. La modista no supo quien la había enviado, pero el culpable es obvio."

"¡Maldito!" Darcy no podía pensar, escasamente podía ver por la ira que lo envolvía. ¿Por qué se estaba derramando el oporto de su vaso? Su mano estaba temblando. Él se tomó la mitad de un trago, sin importarle la sensación quemante. La nausea enturbió su estómago. Esto era su propia culpa, por mostrarle misericordia a Wickham demasiadas veces. Nunca más. Esto se detendría ahora. Él liberaría a Elizabeth de las amenazas de Wickham y entonces...

No. Era demasiado pronto para pensar tan adelante. "Necesito que averigües dónde está Wickham."

Con una media sonrisa seca, Wilkins dijo, "Tengo la dirección de donde se está quedando en Grimsby, pero es poco probable que se quede ahí por un día o dos más. Corren rumores de que está en problemas con un prestamista y no quiere quedarse en un solo lugar mucho tiempo."

"Entonces no podemos dejar que se escape. Salimos para Grimsby al amanecer." La mano libre de Darcy se había apretado en un puño. Wickham sufriría por esto.

"Ya he solicitado que bajen su baúl. ¿Desea llevar los papeles de Wickham?" Él quería decir sus deudas, todos los pagarés que Darcy había comprado durante años, por el bien de las víctimas de Wickham.

"Sí," gruñó Darcy. Él bajó el vaso antes de lanzárselo a algo. Guardaría su ira para Wickham.

Capítulo 18

LOS SIRVIENTES ESTABAN todavía ocupados con su trabajo cuando Elizabeth bajó las escaleras temprano a la mañana siguiente; una doncella estaba puliendo una mesa en la sala de estar mientras otra fregaba la chimenea. Un niño pequeño que llevaba una cubeta de cenizas la esquivó al pasar junto a ella, claramente sorprendido de ver a un huésped en pie justo después del amanecer. Quizá ella había sido demasiado optimista al pensar que ya pudiera haber desayuno disponible. Bueno, ella siempre podía pedir té y pan tostado si no lo había.

Sorprendentemente, el mayordomo ya estaba junto a la puerta de entrada, así que ella se aproximó a él directamente. "Me gustaría ir a Kympton en una hora. ¿Estaría disponible la calesa?" Era una petición bastante atrevida para que un huésped la hiciera, pero ella no tenía intención de ocultarse en su habitación del mal humor del Sr. Darcy cuando había un cachorro hambriento que la necesitaba en la vicaría. Si los sirvientes pensaban que ella era demasiado demandante como resultado, a ella no le afectaba.

Hobbes hizo una reverencia. "Estará lista para usted, Señorita Bennet."

"Se lo agradezco." Ella se volvió hacia el ala este donde se ubicaba el salón del desayuno, pero antes de que diera más de unos cuantos pasos, dos fornidos lacayos pasaron por el vestíbulo de entrada cargando un baúl. El mayordomo sostuvo abierta la puerta del frente, revelando una calesa que esperaba con cuatro caballos enjaezados. ¿Qué significaba toda esta actividad?

Ella se volvió al escuchar pasos en la escalera principal y maldijo su suerte. Darcy y su valet, ambos vestidos para viajar, estaban bajando las escaleras con aire determinado. Darcy poniéndose los guantes bruscamente mientras caminaba. Ella lo había evitado con éxito casi todo el día anterior, pero parecía que su suerte se había terminado.

Entonces él la vio y se detuvo abruptamente. "Señorita Elizabeth." Su voz era ronca, y él hizo una reverencia tardía, sus ojos obscuros fijos firmemente en ella.

Aparentemente ella ya no era invisible, y era la Señorita Elizabeth de nuevo. ¿Qué había cambiado? "Buenos días, Sr. Darcy."

"Yo..." Él subió la mano y jaló su corbata. El mayordomo estaba de pie detrás de él, sosteniendo un abrigo para conducir de muchas capas.

"¡Fitzwilliam!" Georgiana bajó tropezando las escaleras, en una bata con su cabello aún trenzado, claramente recién levantada de la cama. "¿Qué ha sucedido? Mi doncella dijo que te ibas."

Darcy apartó su mirada de Elizabeth. "No es nada. Un asunto de negocios algo urgente ha surgido inesperadamente. Solo me iré unos cuantos días."

¿El Sr. Darcy se iba de Pemberley? Elizabeth lo sintió como un golpe en el estómago. ¿Era por causa de ella?

Su hermana asió la manga de él. "¡Pero tú no dijiste nada sobre ello ayer! ¿Es algo peligroso?"

La risa de él sonó forzada. "Para nada. Recibí aviso ayer en la noche, ya tarde, de que... un amigo necesita que lo ayude."

Los ojos de la chica se abrieron con asombro. "¿Un duelo? ¿Vas a ser su segundo? ¡Pero eso es ilegal!"

"No." Darcy, pareciendo azorado, miró hacia Elizabeth. De alguna manera ella sintió que él se sentía atrapado, incapaz ya sea de decir la verdad o de mentir. Bueno, ella lo ayudaría, aunque fuera por su hermana, si no por otra cosa.

Ella enlazó su brazo con el de Georgiana. "¿Tu hermano haciendo algo ilegal? ¡No lo creo! Me aventuraría a adivinar que su amigo se metió en algún problema embarazoso, probablemente involucrando bebida, cartas, caballos o todos juntos, y tu hermano cabalga a rescatarlo. Él no desea turbar tu sensibilidad femenina con los detalles, pero dudo que haya razón para preocuparse."

"¿Es eso lo que sucede?" preguntó Georgiana tímidamente.

Él se frotó la mano sobre la barbilla, viéndose avergonzado. "Algo no muy diferente a eso."

La chica dio un suspiro de alivio. "¡Debiste haberlo dicho! ¡Por supuesto que debes ayudar a tu amigo."

"Sí, él debe hacerlo," dijo Elizabeth cálidamente. "Y tú y yo tendremos el gran placer de permitir que nuestra imaginación vuele acerca de en qué dificultades pudo haberse metido el amigo de tu hermano. Estoy segura de que podemos crear una historia más interesante que la aburrida verdad. Sr. Darcy, le deseo un viaje fácil, y puede decirle a su amigo a nombre de Georgiana y mío que estamos bastante molestas con él y que debe mejorar su comportamiento en el futuro."

Darcy casi sonrió. A ella pudo habérsele pasado, ya que los labios de él apenas se movieron, pero había una calidez en su mirada que Elizabeth no había visto desde los días anteriores a que él le propusiera matrimonio. "Eso haré. Ahora debo irme." Él hizo una reverencia y salió por la puerta.

¿Por qué esa mirada de placer en los obscuros ojos de él hizo que la garganta de ella se cerrara y que las lágrimas llenaran sus ojos?

Georgiana se quedó mirando hacia él, todavía viéndose perdida.

Elizabeth se compuso. Esta chica iba a ser su hermana. "Ven, querida Georgiana. Debes vestirte, y luego puedes desayunar conmigo. Estoy obligada a visitar a Andrew esta mañana, o más bien, a visitar a ese pobre cachorro que ha sido rechazado por su madre. ¿Te gustaría acompañarme? Mientras no te moleste ensuciarte con un cachorro, me alegraría contar con tu compañía, y Andrew estará feliz de verte."

Afuera de la puerta, Darcy subió a la calesa y recogió las riendas. Elizabeth se forzó a mirar para otro lado, pero la garganta se le cerró al escuchar el tintineo del arnés y el ruido de cascos de los caballos en el camino de grava. Él se había ido.

CON DARCY LEJOS EN su misterioso negocio, los últimos dos días de Elizabeth en Pemberley debieron sentirse más apacibles, pero de alguna manera las mismas paredes de su casa estaban tan imbuidas con su presencia que ella parecía incapaz de olvidarlo por más de unos minutos cada vez.

¡Si tan solo pudiera descifrar su comportamiento! Un momento ella estaba segura de que él se había ido de Pemberley tan solo para evitarla; al siguiente ella recordaba la calidez en sus ojos cuando ella lo había visto en el vestíbulo de entrada, y el pecho se le comprimía cuando recordaba lo que Bingley había dicho sobre qué tan cambiado estaba Darcy después de que ella había rechazado su propuesta de matrimonio.

Ella tuvo más tiempo libre, también, después de que la Señorita Bingley y los Hurst se fueron a la mañana siguiente, y aprovechó eso para rondar por el invernadero, pasando horas entre la jungla que la había estado llamando desde que la había visto por primera vez. Sin embargo el espíritu de Darcy estaba aún más presente ahí. ¿Sería ella alguna vez capaz de soñar despierta sobre explorar una jungla sin pensar en él tomándola de la mano y limpiando la savia de la drosera? Sentarse junto a la planta de plátanos que él le había mostrado casi trajo lágrimas a sus ojos.

La única vez en que se sentía realmente tranquila era cuando iba a la vicaría de Andrew a cuidar al cachorro, a quien había bautizado como Sir Galahad. Andrew se había reído con entusiasmo cuando escuchó el nombre, diciendo que él encontraba bastante apropiado que tal perro cruzado tuviera un nombre tan aristocrático. Elizabeth, con fingida dignidad, había contestado que Sir Galahad era un perro cruzado muy poco común, y la diversión de Andrew le daba esperanzas de que quizá algún día él aprendería a bromear. Pero ella nunca le dijo que ella había elegido el nombre porque el cachorro, como un verdadero caballero, la había salvado cuando ella era una damisela en apuros. Ella estaba completamente determinada a salvarlo a cambio.

Desafortunadamente, la madre de Sir Galahad lo rechazó completamente el día después de que Elizabeth lo había encontrado por primera vez, dejándolo totalmente dependiente de la alimentación manual de Myrtilla, Andrew y Elizabeth. Al menos Myrtilla se las había arreglado para encontrar una antigua botella para alimentar que simplificaba y hacía sustancialmente menos húmedo el proceso, pero aun así consumía tiempo.

Al día siguiente, mientras Elizabeth estaba persuadiendo al cachorro a que bebiera, Myrtilla dijo, "Quizá debería llevarlo de regreso con usted a su casa cuando se vaya. No habrá nadie aquí más que la doncella cuando nos vayamos, y ella no se tomará la molestia. Usted es la que más le gusta, de cualquier modo."

"¿Usted no va a quedarse aquí?"

Myrtilla negó con la cabeza. "No. Como el señor va a Londres después de visitar la casa de usted, me dijo que yo también puedo ir, para que pueda ver a mi familia."

Elizabeth se mordió el labio mientras miraba al peludo cachorro. En verdad, ella se había estado sintiendo melancólica acerca de dejarlo, sabiendo que él no la recordaría cuando volviera a Kympton como esposa de Andrew. "Es un viaje tan largo, sin embargo, y él es tan pequeño. ¿Y si no lo sobrevive?"

Myrtilla se encogió de hombros con su sorprendente enfoque pragmático a la vida y la muerte. "Probablemente no sobreviva si se queda aquí."

Viajar con un cachorro sería complicado y los retrasaría, todo por un perro cruzado indeseado que Andrew no podía soportar que fuera ahogado. Pero ella amaba a la pequeña pizca de pelo, y si se lo llevaba a casa, sería suyo. "Entonces, hablaré con Andrew."

TRATAR CON WICKHAM siempre significaba problemas inesperados, así que no fue de sorprender que él ya se hubiera ido de Grimsby. Darcy esperaba estar de regreso en Pemberley en tres días, pero le llevó casi una semana rastrearlo a una dilapidada posada en Hull. Para entonces, Darcy no estaba de humor para sus juegos.

El posadero estuvo más que dispuesto a guiar a Darcy a la habitación de Wickham a cambio de unas cuantas monedas, o quizá fue el par de fornidos Corredores de Bow Street que se cernían detrás de él. "De inmediato, señor. Debe usted saber que yo no permito nada ilegal aquí."

"Naturalmente." Darcy no tenía duda de que la mitad de los hombres de aspecto rudo que estaban bebiendo en la taberna eran contrabandistas, ni de que el posadero usaba la mercancía ilegal que ellos traían.

El hombre asintió con satisfacción. "Subiendo las escaleras, luego a la izquierda en el descanso, la tercera puerta a la derecha."

EL PRECIO DEL ORGULLO: UNA VARIACIÓN DE ORGULLO Y PREJUICIO

Una vez que llegaron a la habitación, Darcy dio instrucciones de que los Corredores se quedaran en el descanso, pero mantuvo a Wilkins junto a él. Wickham no dudaría en atacarlo físicamente si pensaba que Darcy estaba solo. Con una mueca, él golpeó sobre la sucia puerta que colgaba desigualmente sobre las bisagras.

"¿Qué quiere?" Era la voz de Wickham, arrastrando las palabras. Tan solo el sonido hizo que el cuello de Darcy se tensara. ¿Cuántas veces había caído en los trucos de Wickham antes de haber aprendido su lección?

"Déjame entrar y te lo diré."

Pisadas que se arrastraban sonaron antes de que la puerta se abriera, revelando a Wickham en mangas de camisa, con el cuello abierto. Él le dirigió su sonrisa perezosa. "¡Vamos, Darcy! ¿A qué debo el placer?"

"¿De verdad deseas que te lo diga aquí afuera donde todos pueden oír?"

Wickham dio un paso atrás y mantuvo la puerta abierta. "Por supuesto, pasa," dijo él arrastrando las palabras. "Te ofrecería una bebida, pero no estaría a la altura de tus estándares."

"Me abstendré." Darcy arrugó la nariz ante el estado de la habitación. Ropa sucia cubría el suelo, y el olor a sudor permeaba el pequeño espacio. "Entiendo que tengo que agradecerte a ti por el compromiso de mi hermano." La voz de él desbordaba ironía.

Wickham sonrió burlonamente. "Ah, sí, ¡uno de mis mejores esfuerzos! Esperaba que tú averiguaras sobre eso. ¿Quién de ellos te lo dijo?"

Así que era verdad. Él había estado tan seguro, pero ahora lo sabía. "Eso no importa. Pero fue la última gota. Te he permitido correr en libertad demasiado tiempo por bien de mi padre."

Wickham curvó el labio. "¿Vas a ofrecerme una comisión en la India de nuevo, como lo hiciste después de mi pequeña aventura con Georgiana? Quizá la acepte esta vez."

"Tú aceptaste la oferta la última vez y luego rompiste tu palabra. Esta vez es la prisión de deudores, y puedes sentirte agradecido de que te perdone la vida. Puedes venir tranquilamente o no. Tú eliges."

Con una sonrisa incrédula, Wickham se dejó caer sobre una silla, enganchando la pierna sobre uno de los brazos. "Lo siento, Darcy. Tengo otros planes."

Darcy hizo un gesto hacia Wilkins, quien abrió la puerta y exclamó, "¡Ahora, si fueran tan amables!" Los dos Corredores de Bow Street entraron bruscamente en la habitación. Cada uno asió uno de los brazos de Wickham y lo obligaron a ponerse de pie.

"¡Suéltenme!" gritó Wickham. "¡Él no tiene derecho!"

"Yo compré tus deudas," dijo Darcy fríamente. "Debiste haber ido a la India." Él se puso de pie y se alejó.

"¡Espera, Fitzwilliam! La voz de Wickham se elevó con la desesperación. "¡No puedes hacer esto!" Tu padre... ¿qué diría él? ¡Somos primos!"

Darcy miró hacia atrás sobre su hombro, con un sabor amargo en la boca. "De eso convenció tu madre a mi padre, y como mi tío murió convenientemente en Jamaica, nadie pudo probar otra cosa. Yo nunca lo he creído, y Dios sabe que tú nunca has actuado el papel, siempre atacando a mi familia. Te he dado todas las oportunidades, pero no más. De ahora en adelante te mostraré la misma misericordia que tú me has mostrado, lo que quiere decir, ninguna."

Los gritos de Wickham aún resonaban en sus oídos cuando salió de la posada.

Capítulo 19

CUALQUIER OTRO HOMBRE hubiera considerado el llevar a una diminuto cachorro en un viaje en carruaje de varios días un concepto ridículo, pero Andrew, por supuesto, pensó que llevar a Sir Galahad en lugar de dejarlo morir era una idea espléndida. Elizabeth estaba apenas empezando a comprender cuánto crecía su prometido al ayudar a aquellos que lo necesitaban, ya fueran animales o personas. Afortunadamente, Myrtilla y su hermano estaban acompañándolos para atender a Andrew, así que tenían ayuda con las necesidades de Sir Galahad.

Al menos la presencia del cachorro resolvía la cuestión de la velocidad de su viaje. Sin él, ellos hubieran hecho el viaje a Longbourn en dos largos días, pero con las frecuentes paradas que el cachorro requeriría, habían tenido que tomar un paso más lento y pasar dos noches en el camino. A Elizabeth no le importó el cambio; de esa manera ellos podían llegar a Longbourn más temprano en el día y relativamente frescos. Su principal preocupación era el daño que Sir Galahad pudiera causar al elegante carruaje de los Darcy, pero sin importar los desastres, el carruaje estaba impecable de nuevo cada mañana, sin duda gracias a los esfuerzos de Myrtilla.

El viaje probó ser más tolerable de lo que ella había anticipado. La Sra. Gardiner era, como siempre, una compañera de viaje alegre, placentera, y Georgiana, quien ya no temía constantemente una separación de Andrew, parecía más relajada de lo que Elizabeth la había visto nunca. Andrew tomó menos parte en la conversación que los demás, pero escuchó con atención. Él parecía más feliz, más como el hombre que ella había conocido al principio antes de que su hermano hubiera regresado a Pemberley. Y Sir Galahad los hacía reír a todos mientras intentaba arrastrarse del regazo de una persona a la siguiente sobre su pequeño vientre.

El humor de ella se aligeró mientras se acercaban a Longbourn, o más bien a medida que se alejaban más del Sr. Darcy. Él nunca estaba lejos de sus pensamientos, pero ahora que ella no tenía que temer encontrar su implacable mirada en cualquier momento, algo de su dolor se había disipado.

En Longbourn, toda la familia salió a recibir el carruaje, un agradable honor que ella nunca había recibido al regresar a casa. El ver a Bingley a un lado de su hermana Jane, viéndose tan enamorado ella como siempre, hizo que Elizabeth rebosara alegría. Si su propio compromiso forzado con Andrew no lograba otra cosa que volver a reunir a Jane y a Bingley, bien valía la pena. Ella y Jane siempre habían hablado de su deseo de casarse por amor. Al menos Jane tenía una oportunidad de lograrlo. Elizabeth tendría que aprender a estar satisfecha con casarse por respeto.

El placer que ella tomó del brillo en el rostro de Jane le hizo más fácil tolerar los arrebatos incontenibles y de mal gusto de su madre sobre el compromiso de Elizabeth, junto con sus claras insinuaciones de que ella esperaba que Jane no se quedaría muy atrás. Afortunadamente, Elizabeth había advertido a Andrew y a Georgiana sobre los modales de su madre. Georgiana aún se veía desconcertada, como debía hacerlo, pero Elizabeth ya tenía un plan para eso.

Tan pronto como se hubieron hecho las presentaciones, ella tomó a su hermana Mary por la manga y la llevó a donde Georgiana estaba de pie, con la canasta de Sir Galahad en el suelo enseguida de ella. "Mary, tenemos mucha necesidad de tu ayuda," dijo Elizabeth. "Tenemos un cachorro que está terriblemente hambriento y es muy pequeño para comer por sí mismo. ¿Pudieras ayudar a Georgiana a encontrar algo de leche para él?" Ella abrió la tapa de la canasta, levantó al cachorro dormido, y se lo entregó a Georgiana. "Él era el más pequeño y su madre lo rechazó."

Los ojos de Mary se suavizaron. "¡Oh, qué cosa más dulce! Venga por aquí, Señorita Darcy, y lo instalaremos de inmediato." Ella llevó a Georgiana hacia la cocina, inclinando la cabeza cerca del recién llegado mientras preguntaba, "¿Qué edad tiene? ¿Tiene nombre?"

Elizabeth sonrió al verlas, luego se volvió para rescatar a Andrew de las adoradoras garras de su madre.

EL PRECIO DEL ORGULLO: UNA VARIACIÓN DE ORGULLO Y PREJUICIO

Finalmente, después de una gran cantidad de emocionado parloteo de parte de la Sra. Bennet, todo el grupo fue invitado a entrar a tomar un refrigerio, pero tan pronto como llegaron a la sala de estar, Andrew solicitó el honor de una conversación privada con el Sr. Bennet. La madre de Elizabeth anunció su aprobación, perfectamente dispuesta a permitir que el pez que ya estaba enganchado saliera de su vista en favor de lanzar más anzuelos hacia el Sr. Bingley.

A pesar de no tener dudas reales sobre el resultado, Elizabeth tuvo que hacer un esfuerzo para no observarlo, y el estómago se le revolvió. Este era el momento. Su padre daría su permiso, y su compromiso sería oficial. No habría manera de echarse para atrás ahora. En verdad, nunca había habido otra opción, no con Wickham acechando en el fondo, listo para difundir sus rumores de que ella ya había tenido relaciones íntimas con Andrew, pero después de hoy, sería definitivo. Su futuro con Andrew estaría sellado. Cualesquier otros sueños tendrían que ser encerrados con llave y guardados para siempre.

Ella forzó su mente a regresar a su bienvenida. Ella necesitaba estar agradecida por lo que tenía en lugar de enfocarse en lo que había perdido. Y había mucho por lo que estar agradecida, empezando por la innegable felicidad de Jane y Bingley juntos. Y en ausencia de su problemática hermana menor Lydia, quien afortunadamente todavía estaba de viaje en Brighton, Kitty se estaba portando bien y parecía complacida de tener a Elizabeth de regreso. Cuando Mary y Georgiana finalmente aparecieron, Sir Galahad estaba dormido en brazos de Mary, y las dos chicas estaban felices conversando juntas. Aparentemente un cachorro necesitado podía sobreponer hasta la timidez de Georgiana y la tendencia de Mary a moralizar.

Andrew volvió después de un cuarto de hora con su padre, viéndose sereno, aunque un poco desconcertado. Elizabeth, quien dudaba que él hubiera conocido alguna vez a alguien con el raro sentido del humor de su padre, lo saludó cálidamente y lo animó a sentarse con ella.

Después de unos cuantos minutos, Mary vino a unirse a ellos, todavía acunando al cachorro dormido. "Deseaba darle una particular bienvenida," le dijo ella tímidamente a Andrew. "Me alegra mucho que tendremos a un clérigo en la familia. A mí me gusta mucho leer sermones. Quizá usted podría recomendarme algunos."

"Mary es la más piadosa entre nosotros," estuvo de acuerdo Elizabeth.

Andrew pareció complacido por su interés. "Estaré feliz de hacerlo, aunque, por lo que Elizabeth me ha contado de su pastor, mis opiniones religiosas pudieran diferir en algo de aquellas a las que usted ha estado expuesta."

"Andrew tiene un poco de No-Conformista," dijo Elizabeth gentilmente, sin estar segura de cómo Mary recibiría este conmocionante hecho. A sus padres no les importaría; su padre se burlaba de su senil clérigo tradicional después de cada sermón, y a su madre no le importaría si Andrew predicaba el culto al maligno mientras su rectoría fuera valiosa.

Su prometido sonrió sin disculparse. "Pero, sin embargo, no un Metodista, a pesar de lo que digan algunos. Sigo estando firmemente dentro de la iglesia, dedicado a reformarla desde adentro."

Mary tragó saliva. "Aún me alegraría oír sus opiniones."

"Y a mí me alegraría escuchar las de usted," dijo Andrew educadamente. "Quizá pudiéramos hablar más mañana."

Tan pronto como Andrew y Georgiana partieron hacia Netherfield, acompañados por Bingley, la voz de la Sra. Bennet se alzó con sus usuales quejas de mal tratamiento. "Mary, ¡lleva a esa criatura a los establos en este momento! No tienes compasión de mis pobres nervios. Tú sabes que no puedo soportar a tus descuidados animales en esta casa."

El tiempo que Elizabeth había pasado en Pemberley había fortalecido su propia resistencia. "Sir Galahad es mío, Mamá, un regalo de mi futuro esposo. Él es delicado y necesita cuidado frecuente, y Andrew se sentiría muy molesto si lo dejara en los establos. Él se quedará conmigo en mi cuarto, pero por respeto a ti lo mantendré fuera de las habitaciones públicas."

Hacía dos meses, su madre se hubiera postrado en su lecho en un ataque de nervios ante tal desafío de su hija menos favorita, pero o el nuevo estado de recién comprometida protegía a Elizabeth, o su madre temía antagonizar al hombre que había sido lo suficientemente tonto como para desear casarse con ella. "Oh, muy bien," dijo malhumorada la Sra. Bennet. "Sin embargo, mantenlo lejos de mí."

El Sr. Bennet se aclaró la garganta. "Lizzy, quizá podrías unirte a mí en la biblioteca. Sin el cachorro, si fueran tan amable."

Elizabeth suspiró. "Mary, ¿serías tan amable de cuidarlo por mí?"

"Naturalmente. Siempre estoy feliz de ayudar." Las mojigatas palabras de Mary fueron desmentidas por qué tan apretadamente sostenía a Sir Galahad. Elizabeth sospechaba que ella podría tener que arrancárselo de otra forma.

"Te lo agradezco." Con un suspiro, siguió a su padre, esperando que cualesquier bromas que la estuvieran esperando no tuvieran un filo hiriente. Ella no quería perder la felicidad que esta bienvenida le había causado.

"Así que, Lizzy," dijo su padre cuando ella se sentó frente a su escritorio. "La mayoría de los viajeros traen de regreso un flecha petrificada o una linda acuarela, no un joven."

"Sin mencionar a un cachorro. Yo siempre me he esforzado para ser algo más que común," dijo ella ligeramente. "Pero confieso que él es un souvenir de lo más inusual."

"Quizá te agrada la idea de ser la primera entre tus hermanas en casarte."

"Yo no. ¿No te explicó mi tío la situación?" Era una pregunta innecesaria. El Sr. Gardiner le había mostrado la carta antes de enviarla.

"Lo hizo, pero no puedo evitar preguntarme si la vanidad pudo haber jugado un papel. Después de todo, ¿qué mejor respuesta al Sr. Darcy de Pemberley, que no te encontró lo suficientemente atractiva como para bailar con él, que casarte con su hermano?"

Ella apretó los labios mientras una súbita oleada de dolor la recorría. Ella se las había arreglado para sacar al Sr. Darcy de su mente por unos cuantos minutos. "Te lo aseguro, las conexiones de Andrew no tuvieron nada que ver con mi decisión, tal como fue." ¡Qué poco entendía su padre la situación!

El Sr. Bennet tamborileó los dedos sobre la pulida superficie de su escritorio. "¿Por qué lo ha excluido su hermano de su testamento?"

Ella parpadeó sorprendida. "No sabía que lo había hecho. El padre de Andrew lo desconoció, pero su hermano nunca lo ha hecho." Era una conmoción desagradable. ¿Por qué habría hecho Darcy tal cosa, especialmente dado qué tan ansioso estaba de dar la bienvenida a Andrew? ¿Había juzgado mal a Darcy de nuevo? No, ella no podía creer eso. Era probablemente un testamento viejo, uno anterior a su reconciliación. Eso tendría más sentido.

"Tu muy valioso joven sintió la necesidad de informarme que la hacienda de su hermano, si él muriera sin hijos, iría a su hermana, no a él."

Por alguna razón, su humor la molestó. "¿No es trabajo del pretendiente establecer sus prospectos abiertamente?"

"Ah, Lizzy, ¿la exposición a ese aburrido tipo ya ha disminuido tu sentido del humor? ¡Qué vergüenza!"

"He tenido un viaje largo, cansado, y no tengo deseos de escuchar a nadie menospreciar al hombre con quien no tengo más elección que casarme. Él puede no reír con tanta frecuencia como te gustaría, pero es honorable, inteligente y bien educado."

Él frunció el ceño. "Yo no veo por qué debes casarte con él. ¿Qué es un pequeño escándalo? Si asusta a unos cuantos pretendientes, no eran dignos de tener en primer lugar. Yo preferiría tener tu compañía a costa de los rumores. Como están las cosas, me quedaré sin conversación sensible."

"Lamento eso, pero no lamento que tendré una casa y un ingreso después de que mueras, en lugar de vivir el resto de mi vida como un caso de caridad." No tenía caso decir el resto; él nunca había mostrado ninguna preocupación real sobre lo que les sucedería a ellas después de que él muriera. Él le dejaba esa preocupación a los Gardiner, así que ella dijo con voz más alegre, "Y mi mente está bastante fija en seguir siendo respetable, así que solo puedo esperar que nos visites con frecuencia."

"Bien, supongo que no hay más remedio, entonces," dijo él malhumoradamente.

CUANDO ELLA ESTUVO finalmente a solas con Jane esa noche, Elizabeth bromeó, "El Sr. Bingley se ve como en su casa aquí."

Jane se sonrojó bellamente. "¡Oh, queridísima Lizzy! Tengo tanto que contarte. ¡Él me ha pedido que nos casemos!"

Elizabeth la asió de las manos con deleite. "¡Te ruego que me digas que dijiste que sí!"

"¡Por supuesto que lo hice! Hemos decidido no informar a nadie hasta tu regreso, sin embargo, para no robar la atención de tu compromiso. ¡Ahora tú eres la primera en saberlo! Exactamente como debía ser, porque si no lo hubieras encontrado de nuevo en Pemberley, esto nunca hubiera sucedido. ¡Te debo toda mi felicidad!"

"O a nuestra tía, quien fue realmente la que le dijo que habías estado en Londres," dijo Elizabeth, determinada a ser justa. "Pero yo había estado ocupada dejando caer indirectas de que a ti te alegraría verlo de nuevo."

Jane la abrazo. "¡De toda maneras te lo agradezco, una y otra vez! No puedo esperar a mañana, cuando mi querido Bingley hablará con nuestro padre." Su expresión se puso seria. "Pero ¿qué hay de ti? No debería estar hablando sobre mi felicidad cuando tú no elegiste tu compromiso. Espero que no seas terriblemente infeliz."

"Yo no me describiría como infeliz," dijo Elizabeth cuidadosamente. "Me siento más bien atónita por la velocidad con la que ha ocurrido todo, y todavía no me siento completamente tranquila sobre ello, pero Andrew es un buen hombre. Él será un buen esposo, y yo estoy determinada a sacar el mejor partido."

"¿En verdad quieres decir eso? Mi tía dijo que tú no mostraste interés en él antes... antes de que sucediera." Aparentemente mencionar su situación comprometedora era demasiado doloroso.

"No, es verdad. Yo lo evitaba, ¡y tú eres la única persona a la que puedo decirle por qué! No era porque me cayera mal Andrew, sino porque encontraba incómoda la idea de pasar tiempo con uno de los parientes del Sr. Darcy."

"¡Y en lugar de eso terminaste como huésped en la casa del Sr. Darcy! ¿Fue muy difícil?"

¡Si tan solo pudiera contarle a Jane la verdad! Pero Jane se iba a casar con Bingley, y, no importaba qué tanto confiara Elizabeth en Jane, sería demasiado natural para su hermana confiar en su amado, quien también era amigo de Darcy. Darcy no merecía que se expusiera su dolor, y por eso ella no podía contarle a Jane la parte más difícil, cuánto dolía saber que ella lo había herido. En lugar de eso, ella dijo, "Fue vergonzoso, por supuesto, pero parece que ambos hemos decidido que es mejor olvidar el pasado entre nosotros. Andrew no sabe nada de la propuesta de matrimonio de su hermano, y así se quedará. Todos debemos olvidar que alguna vez sucedió."

"Puedes confiar en mí. Nunca le diré a nadie ni una palabra sobre ello." Pero Jane aún se veía perturbada.

BINGLEY, ANDREW Y GEORGIANA llegaron a Longbourn a la mañana siguiente, proponiendo una caminata por la campiña con las señoritas Bennet. Elizabeth no se sintió sorprendida cuando Bingley y Jane se quedaron atrás de los demás, y ella calladamente le informó a Andrew las novedades de Jane.

"¡Tan pronto! Bien, eso explica la emoción de él anoche. Él no nos digo nada sobre ello, pero parecía inusualmente exuberante, aún para Bingley, y él ciertamente no podía volver aquí lo suficientemente rápido esta mañana," dijo Andrew, quien también parecía de un buen humor inusual.

"La resolución puede haber sido rápida, pero su conexión se reanudó después de una larga interrupción," replicó Elizabeth. "Me siento muy feliz por ellos, y solo espero que tu hermano no se sienta decepcionado por las noticias."

"No lo creo. Él me dijo que su única objeción a tu hermana era una creencia de que a ella no le importaba Bingley, y tú dijiste que eso no es cierto," dijo Andrew con confianza.

¡Cuánto había cambiado la actitud de Andrew hacia Darcy en las pocas semanas en las que ella lo había conocido! Al menos ella podía tomar un poco del crédito por esa cura, aún si hacía su propia vida más difícil. "Oh, otra cosa. Hablé con la Cocinera, y me ha prometido usar solamente miel y no azúcar mientras estés aquí, aparte de la azucarera, por supuesto. Mi madre no estaría de acuerdo en pagar extra por azúcar no producida por esclavos, así que es lo mejor que puedo hacer."

"Te lo agradezco. Eso lo hará más fácil. Odiaría hacer enojar a tus padres al rehusarme a comer su comida," dijo él con una sonrisa de disculpa.

Porque, por supuesto, Andrew nunca violaría sus principios. Dada una elección entre ser maleducado o comer azúcar producida por esclavos, él elegiría ser maleducado cada vez, aún si estuviera cenando con la realeza. La idea casi la hizo reír, hasta que se acordó de que el Rey George y su familia también se rehusaban a comer azúcar de las Indias Occidentales en apoyo a la campaña abolicionista.

A su regreso a Longbourn, Bingley desapareció en la biblioteca del Sr. Bennet, y volvió unos cuantos minutos después, adornado con sonrisas. La Sra. Bennet recibió las noticias con una emoción que avergonzó a Elizabeth, pero Andrew pareció tomarlo con buen humor, aun cuando ella anunció que debía haber una fiesta para celebrar el compromiso de sus dos hijas mayores. Él hasta se sentó voluntariamente a un lado de su madre y habló con ella por un cuarto de hora.

Después, cuando los jóvenes salieron a sentarse en el jardín, Andrew se esforzó por entretener a Mary y a Kitty, respondiendo las preguntas de Mary sobre sus creencias religiosas y yendo tan lejos como ofrecer prestarle su copia de la *Practical View of Christianity* (*Vista Práctica de la Cristiandad*) del Sr. Wilberforce. Elizabeth, que jugaba a jalar la cuerda con Sir Galahad en el césped, sonrió al ver a Mary aceptar felizmente la oferta de un libro que su sobrio ministro había pregonado que era herética, y decidió que la exposición a Andrew sería buena para su moralista hermana.

Y luego estaba el placer de ver a Jane y Bingley sentados juntos sobre una banca, con los dedos entrelazados. El precioso rostro de Jane se veía de alguna manera más suave, y ella exudaba una encantadora alegría tal que Elizabeth nunca le había visto antes. ¡Queridísima Jane! Ella merecía esta felicidad después de todo lo que había sufrido y por toda la bondad de su naturaleza. Aun así, una ola de tristeza surgió en Elizabeth. Ella una vez había deseado experimentar ese tipo de amor sincero por sí misma.

Ella miró hacia Andrew, quien se estaba riendo de algo que Mary había dicho. ¿Había Mary de hecho bromeado? Él estaba esforzándose tanto por complacer a su familia, y haciéndolo bien, a diferencia de su hermano, quien había menospreciado a los Bennet como maleducados y por debajo de él. ¿Por qué ella no podía amarlo como Jane amaba a Bingley?

A causa de un par de penetrantes ojos obscuros que ella no podía olvidar. Ella alborotó el suave pelaje de Sir Galahad y lo abrazó contra su pecho, como si el cachorro pudiera calmar el dolor dentro de ella.

MARY BAJÓ TROPEZANDO la escalera a la mañana siguiente, con el libro de Andrew en la mano, y luego se sentó leyéndolo en la mesa del desayuno. Afortunadamente, la Sra. Bennet todavía estaba en la cama después de haber estado despierta hasta tarde celebrando el tener dos hijas comprometidas, o Mary hubiera sido regañada por eso.

"¿Lo encuentras interesante?" preguntó Jane.

Mary ni siquiera levantó la mirada del libro. "Me quedé despierta hasta que los ojos me dolieron. Es tan diferente..." Y luego se perdió en el libro de nuevo. Ella no volvió a levantar la mirada hasta que Elizabeth se levantó al final de la comida, cuando dijo, "Lizzy, Jane, ¿puedo ir con ustedes a Netherfield hoy? Hay cosas que no entiendo, cosas que debo preguntarle." No había duda sobre a quién se refería.

Elizabeth ocultó una sonrisa. Claramente ella tendría que acostumbrarse a que su futuro esposo fuera un gran favorito entre la familia. "Me complacerá tener tu compañía. Kitty, ¿deseas venir? Georgiana se alegrará de verlas a ambas."

"Supongo que igual puedo ir," bostezó Kitty. "Me gustaría ver más de cerca su gorro. ¡Desearía poder encontrar unas flores de seda tan finas!"

Cuando llegaron a Netherfield, Elizabeth tomó un momento para susurrar a Andrew, "Creo que has encantado a mi familia. Mi madre me dice constantemente que yo no merezco a un hombre como tú. No tengo idea de qué le dijiste, pero ella cree que eres maravilloso."

La comisura de su boca se elevó. "Solo la escuché y le dije que entendía sus preocupaciones. He encontrado que funciona de maravilla con las damas nerviosas."

Luego Mary lo capturó con sus preguntas, y Jane insistió en que Elizabeth sirviera como chaperona mientras ella y Bingley caminaban en el jardín.

"Si tú insistes," dijo Elizabeth. "Aunque creo que una de las ventajas de estar comprometido es no tener que preocuparse acerca de estar solos juntos."

Jane se ruborizó encantadoramente. "Una vez que se anuncie formalmente, sí, pero debemos ser cuidadosos hasta entonces."

Elizabeth se encogió de hombros hacia Andrew y siguió a Jane y Bingley al jardín. Ella se quedó una docena de pasos detrás de ellos, ostensiblemente para darles privacidad, pero el tiempo a solas era un bálsamo para su alma, también. Ella no se había dado cuenta cuan tensa había estado sobre su regreso y sobre cómo reaccionaría Andrew a su familia, pero ahora ella sabía que él podía arreglárselas con ellos y era un alivio simplemente caminar y disfrutar las flores.

Media hora más tarde, unas cuantas gotas de lluvia comenzaron a caer, así que ellos volvieron a la sala de estar. En lugar de la feliz discusión que Elizabeth había esperado, Kitty estaba llorando calladamente en un pañuelo, con el brazo de Georgiana alrededor de sus hombros. Mary estaba sentada encorvada con sus manos apretadas alrededor de su libro, con los nudillos blancos.

"¡Buen Dios!" Bingley se volvió hacia Andrew. "¿Qué has hecho?"

"Nada," dijo Georgiana apresuradamente. "Nosotros solo estábamos hablando."

Kitty se enjugó los ojos. "Es mi culpa," dijo ella temblorosamente. "Estábamos hablando sobre la abolición. Yo le dije lo que Mamá había dicho, acerca de cómo los esclavos no sentirían el maltrato como nosotros lo haríamos, y el Sr. Andrew dijo que deberíamos preguntarle a uno de ellos."

Elizabeth no había notado a Myrtilla de pie junto a la puerta. Andrew asintió hacia la mujer de Antigua. "Eso es todo, te lo agradezco."

Andrew se puso de pie lentamente, son los ojos entrecerrados, una mirada que él había usado con frecuencia en Pemberley, muy diferente de su aire relajado en Longbourn. "Discúlpenme, damas."

Mary palideció. "No me gusta nada, pero es algo que necesitamos saber," dijo ella firmemente.

Andrew le dirigió una reverencia. "Eso puede ser verdad, pero me corresponde recordar lo conmocionante que puede ser la verdad para aquellos que han sido protegidos de ella. Yo estoy demasiado acostumbrado a la compañía de mis compañeros abolicionistas, y debí haber sido más gentil."

Elizabeth encontraba difícil de creer que Andrew hubiera sido brusco, pero claramente la discusión lo había puesto en desacuerdo con Bingley, su anfitrión. A Bingley siempre le había disgustado el conflicto, y probablemente preferiría no pensar demasiado acerca del sufrimiento de los esclavos. Quizá su fortuna, como la de muchos esos días, tenía algunas conexiones con la trata de esclavos. Eso explicaría su súbita ira.

Jane dijo alegremente. "Tuvimos la más encantadora caminata por el jardín. Yo insistiría en que salieran a admirar las malvas, pero como está lloviendo, quizá Mary nos favorecería con algo de música en el piano."

Debió haber funcionado, ya que Mary siempre estaba dispuesta a mostrar sus habilidades, pero esta vez ella negó con la cabeza. "Debes perdonarme. No puedo ir de tales pensamientos a tocar música bonita. ¡Esa gente necesita ayuda!"

Elizabeth, dividida entre cambiar el tema para reducir la tensión de Jane y reconocer la angustia de Mary, dijo, "¿Quieres que toque yo? Georgiana, me pregunto si Mary pudiera querer ver el proyecto en el que estás trabajando para tu sociedad de caridad."

"¡Oh, sí!" exclamó Georgiana. "Señorita Mary, ¿quiere ir arriba conmigo? Me gustaría mucho mostrárselo. Señorita Kitty, a usted también, si lo desea."

Mientras las chicas subían, Elizabeth se sentó ante el teclado y tocó algunos aires campiranos para Andrew, Jane y Bingley, esperando que la tormenta hubiera pasado.

No se dijo nada más sobre ello, aparte de una disculpa privada de Andrew por alterar a sus hermanas, pero tanto Mary como Kitty estaban claramente todavía meditando sobre lo que habían averiguado. Ellas estuvieron inusualmente calladas en el camino a casa. Y al día siguiente, cuando la Sra. Bennet insistió en que Mary dejara su libro, ella empezó un nuevo proyecto de costura que se veía sospechosamente como los delantales que Mary había estado haciendo.

Cuando Andrew, Georgiana y Bingley llegaron, la Sra. Bennet ordenó una bandeja de té. Kitty negó con la cabeza y dijo, "Sin azúcar para mí. He decidido que no me gusta." Ese era realmente un sacrificio, ya que Kitty era conocida por su afición a lo dulce. Las palabras de Myrtilla debieron impresionarla para convencerla de dejar de comer azúcar cultivada por esclavos.

Elizabeth extendió su mano y apretó la de ella. "Mi Tía y mi Tío Gardiner estarán orgullosos de ti, como lo estoy yo."

EL PRECIO DEL ORGULLO: UNA VARIACIÓN DE ORGULLO Y PREJUICIO

Ella no había esperado el sacrificio de la frívola Kitty, pero Kitty siempre había seguido el mal ejemplo de Lydia. Si ella y Mary decidían ahora emular a Andrew y Georgiana, sería una definitiva mejoría, una que hacía a Elizabeth desear que Lydia se quedara en Brighton un largo tiempo.

Capítulo 20

DESPUÉS DE UNA SEMANA en Netherfield, Andrew y Georgiana partieron para pasar varios días en Londres. A su regreso, se detuvieron en Longbourn para una breve visita. Ambos parecían de buen humor, Andrew reportando que había podido hablar con varios de sus amigos abolicionistas, mientras que Georgiana estaba llena de novedades de los nuevos gorros y partituras que había comprado.

Justo cuando se estaban preparando para salir para Netherfield, donde iban a pasar una noche más antes de volver a Derbyshire, Georgiana exclamó, "¡Oh, casi lo olvido! Tengo algo para ti, Elizabeth."

Elizabeth siguió a la chica mientras esta se apresuraba a salir a su carruaje y a hablar con su doncella. Después de hurgar en un baúl atado a la parte posterior del carruaje, la doncella produjo una pequeña caja esmaltada y se la entregó a Georgiana con una caravana.

Georgiana se la extendió a ella. "Esto es para ti. Estaba en la parte de atrás de mi guardarropa en la Casa Darcy, donde ha estado por años. Casi me había olvidado de ella. Mi madre me la dio antes de morir y me dijo que era para la esposa de Drew."

Sorprendida, Elizabeth tomó la caja. Medía solamente unas cuantas pulgadas de ancho y quizá seis pulgadas de largo. Dado su ligero peso, presumiblemente contenía alguna pieza de joyería. Ella levantó la tapa para revelar un paquete envuelto en seda con un sello de cera marcado, "Para ser abierto en privado."

Sus cejas se dispararon hacia arriba, y ella cuidadosamente bajó la tapa. "Gracias," le dijo a Georgiana. "Dice que la abra en privado, así que eso haré." ¿Cuál podía ser tal secreto?

"Lo sé." La chica se rio. "Me asomé dentro de la caja una vez, cuando era demasiado joven para saber mejor, pero me detuve cuando vi el sello."

EL PRECIO DEL ORGULLO: UNA VARIACIÓN DE ORGULLO Y PREJUICIO

Andrew se unió a ellas entonces, habiendo permanecido adentro hablando con la Sra. Bennet, y prometió visitar de nuevo por la mañana antes de que se fueran.

Con curiosidad, Elizabeth fue directo a su habitación. Tras la puerta cerrada, ella abrió la caja de nuevo, rompió el sello, y desenvolvió la seda para revelar un pendiente de plata grabado con un corazón. No, no un pendiente, sino un relicario, y de alguna manera familiar.

Ella lo acercó a sus ojos y jugueteó con la cerradura hasta que se abrió para mostrar dos retratos. Sobre la derecha estaba una joven Lady Anne Darcy, una copia del retrato que el anciano caballero en el baile en Derbyshire le había mostrado a Elizabeth. Sobre la izquierda estaba Andrew, usando un saco elaboradamente decorado del tipo que había estado de moda hacía treinta años. ¡Qué raro! De acuerdo con Andrew, él nunca había visto a su madre después de cumplir dieciséis años, sin embargo ella tenía un retrato de él como un hombre joven. No uno muy exacto, sin embargo, ya que el hombre en el retrato tenía ojos cafés, mientras que los de Andrew eran verdes. Y los pómulos no estaban muy bien.

Ella frunció el ceño, perpleja. No podía ser Andrew. Este caballero se parecía mucho a él, mostrando esa distintiva mandíbula y barbilla partida, pero su cabello estaba empolvado, y ella nunca había visto a Andrew usar esas ropa vanidosa, mucho menos aquella de la generación anterior. Pero su rostro era la imagen del de Andrew. Excepto por los ojos verdes.

Un respiro agudo e incrédulo la atravesó.

Andrew, quien no se parecía nada a su padre ni a ninguno de esos antepasados cuyos retratos recubrían la Galería Larga en Pemberley. Andrew, cuyo padre lo había despreciado y eventualmente lo había desconocido. Andrew, cuya madre había amado a otro hombre antes de su matrimonio, el mismo hombre que le había mostrado a ella un relicario que era igual a este, y que declaraba que él había sido el novio de la infancia de Lady Anne Darcy.

Ella desenterró sus recuerdos del baile en Derbyshire. ¿Cuál había sido su nombre? ¿Headley? No, Hadley, eso era. Cuando el Sr. Hadley le había mostrado el relicario, él había cubierto cuidadosamente el retrato de la izquierda para que ella no pudiera verlo, y no pudiera conectar al hombre joven que se parecía tanto a Andrew con él. Y ella no había visto su reveladora barbilla partida a causa de la barba completa pasada de moda que él portaba, a pesar de que aparte de eso su atuendo era a la moda.

El Sr. Hadley había ocultado su rostro tras esa barba para proteger el secreto de Lady Anne Darcy. Y Andrew lo sabía. Él se había ido de ese baile para evitar ver a su verdadero padre.

Su mente volaba. ¡Oh, todo tenía mucho más sentido ahora! Por qué el anterior Sr. Darcy, quien aparte de eso era considerado generoso y decente, había odiado tanto a Andrew. Por qué Andrew no quería tener nada que ver con Pemberley o el legado Darcy. Él no estaba simplemente siendo terco y rehusándose a dejar ir el pasado, como ella había creído. Ahora era claro que él se veía a sí mismo como un impostor.

Ella se hundió en una silla, con las piernas súbitamente débiles por la conmoción. No debería importar, al menos de la manera más pública. Por ley, Andrew era el hijo del anterior Sr. Darcy, aún si él era la precisa imagen del Sr. Hadley. Nada podía cambiar eso. A otro hombre eso pudo no haberle preocupado, pero Andrew, con su estricto código moral, debía sentirse como un farsante cuando quiera que iba a Pemberley.

Un impostor. La mente de ella se congeló en la imagen de Andrew de pie con su hermano y su hermana. Andrew claramente sabía la verdad, pero ¿y ellos? Ella sospechaba que Georgiana no lo sabía, o ella no le hubiera dado esta caja tan inocentemente. El Sr. Darcy era una cuestión más difícil.

¡Oh, cuánto debía odiar Andrew ser el producto del adulterio! Él había pagado un enorme precio por los pecados de su madre.

Ella acunó el relicario en su mano, examinando la miniatura del Sr. Hadley. ¿Y qué de él, el hombre que había seducido a Lady Anne Darcy? Él había parecido tan ansioso por cualquier noticia del muchacho que había engendrado. Andrew claramente no quería tener nada que ver con él, pero Hadley la había buscado a ella deliberadamente. Él quería una conexión.

¿Cuál era la verdad? ¿Habían Hadley y Lady Anne sido amantes durante todo el matrimonio de ella? ¿Y quiénes eran los padres de Georgiana? Darcy portaba un parecido notable al anterior Sr. Darcy, pero si el Sr. Hadley era el padre de Andrew, quizá lo era también de Georgiana. Sin embargo, el padre de Darcy nunca había rechazado a Georgiana como lo había hecho con Andrew. Quizá no le importó que una niña fuera una usurpadora en su nido.

EL PRECIO DEL ORGULLO: UNA VARIACIÓN DE ORGULLO Y PREJUICIO

Un estremecimiento desagradable bajó por la espalda de Elizabeth al pensarlo, y ella cerró el relicario. Cuando iba a ponerlo de vuelta en la caja, notó un papel doblado, casi oculto por otro pedazo de seda.

Con el corazón latiéndole más rápido, ella sacó el papel y lo desdobló para revelar un pequeño pedazo de papelería de una dama escrito con una mano temblorosa.

No se alarme, señora, por recibir esta carta póstuma. A medida que mi enfermedad me vence, hay algunas confesiones tardías que tengo que hacer, y esta es una de ellas.

Es mi mayor esperanza que usted, quien quiera que sea, sienta un verdadero afecto por mi hijo. Es probable que usted ya sepa por qué mi esposo lo desprecia tanto, pero Andrew solo está consciente de una parte de la historia. Si usted va a comprenderlo, debe entender la verdad, y espero que pueda compartirla con él.

Cuando mi esposo se volvió por primera vez contra Andrew, yo traté de defenderlo lo mejor que pude, porque mi queridísimo niño era inocente de mis pecados. Pero entre más lo protegía, más se enojaba mi esposo, y Andrew sufría más por ello. Aprendí que cualquier atención que le prestaba a Andrew le sería recompensada en forma de una paliza. Después de mucha reflexión, me di cuenta de que lo más piadoso que podía hacer era evitar provocar a mi esposo al no mostrarle afecto a Andrew. Elegí a un tutor e institutriz cariñosos para él, y lo dejé completamente al cuidado de ellos. Cuando los intentos de enviarlo a la escuela fallaron, su tutor lo llevó a su casa y le dio el afecto que yo hubiera deseado poder darle.

Esperaba que eso continuara hasta que fuera el momento de que él fuera a la universidad, pero no pudo ser. Él venía cada semana a Pemberley a visitar a su hermana, quien estaba muy apegada a él, y aunque él era lo suficientemente sensible como para no cruzarse con su padre en esas visitas, Georgiana era demasiado pequeña para entender que ella no debía mencionarlas, y más particularmente, que no debía defender a Andrew cuando su padre lo criticaba. Pronto la ira de mi esposo comenzó a volverse contra ella, y ella necesitó mi protección de una manera en que Andrew ya no la necesitaba.

Por lo tanto tomé mi cobarde decisión de animar a mi esposo a enviar a Andrew lejos. No anticipé con qué dureza lo haría, ni que mandaría a mi queridísimo niño lejos sin un centavo a su nombre, pero estuve de acuerdo con ello. Mi castigo es el sufrimiento que he soportado al no saber dónde está o qué está haciendo, porque mi esposo me ha prohibido comunicarme con él o siquiera mencionar su nombre. Me parte el corazón el que Andrew creerá por siempre que yo deseaba que se fuera. No puedo pedirle a nadie que conozco que le diga que no es así sin que mi esposo se entere de ello, así que mi única esperanza es que usted, una joven dama a quien nunca conoceré, le entregue este mensaje. Espero que pueda traerle comprensión y paz.

Le ruego le dé a mi queridísimo muchacho todo el afecto que tanto merece, el amor que desearía poderle haber demostrado. He pagado un cruel precio por mis pecados, pero Andrew nunca debió tener que hacerlo. Hay mucho más que desearía poder decirle, pero mi fuerza está disminuyendo.

No estaba firmada.

Elizabeth se quedó viendo la carta, volvió a leerla, la puso a un lado, luego la recogió y la leyó de nuevo. La evidente desesperación de Lady Anne Darcy la atrapó, sin embargo era casi como si ella sintiera que su infidelidad no debería tener consecuencias. O quizá ella simplemente había estado demasiado enferma para escribir sobre esa parte.

¡Pobre Andrew! ¡Cómo había sufrido por algo que había sucedido antes de que naciera! ¿Era esto del conocimiento general? ¿Acaso las personas en el baile de la Casa Allston se habían estado riendo a escondidas cuando ella pasó tanto tiempo con el padre de Andrew? Wickham le había dicho algo a Andrew sobre su padre, algo que a ella le había parecido raro en el momento, pero que ahora la hacía sospechar que él sabía.

¿Quién más? El Sr. Morris, el amable anciano clérigo, había dicho que existían cosas sobre la relación de Andrew con el anterior Sr. Darcy que él no podía revelar. Y el joven Sr. Darcy debía saber también. Él debió pensar que ella era imposiblemente ingenua. ¡Oh, qué mortificante descubrir que todos habían sabido el secreto de su futuro esposo menos ella!

Una chispa de irritación ardió dentro de ella. Andrew debió haberle dicho la verdad. Ella era su futura esposa, después de todo. ¿Por qué no se la había confiado? ¿Por qué había él permitido que ella tropezara ciegamente en Pemberley alrededor de una verdad que todos los demás podían ver?

No. Ella no debía condenarlo sin escucharlo. Pero era una batalla mantener su mente abierta hasta que pudiera pedirle a Andrew una explicación de su silencio, cuando su mente seguía saltando adelante a posibles explicaciones, y cada una la hacía enojar más que la anterior.

Ella intentó calmar su agitación y recomponerse, pero tan pronto como bajó las escaleras, su madre la llamó. "¿Qué fue lo que te dio la Señorita Darcy? Hill la oyó decir que era de parte de su madre."

¡Oh, no! "Solo un pequeño adorno y una nota dándome la bienvenida a la familia, nada más."

La Sra. Bennet agitó su pañuelo. "Bien, ¡tráelo aquí para que todos podamos verlo!"

Ella estaba atrapada. Mostrarles el relicario revelaría la verdad, y, si su madre averiguaba sobre quienes eran sus padres, todo Meryton lo sabría para mañana. Pero ¿qué excusa podría ella posiblemente dar para rehusarse a mostrar a su familia el regalo de la madre de Andrew? "Hill sin duda también escucho que era para abrirse en privado, y la nota de Lady Anne Darcy decía que era solo para mis ojos. De seguro tú no deseas que haga caso omiso de sus deseos."

"Pero ¿por qué no? Ella está muerta y no puede quejarse sobre ello, y todos deseamos verlo. ¿Por qué tienes que ser siempre tan difícil?"

Elizabeth se irguió tan derecha como pudo. "Andrew estaría furioso conmigo si se los mostrara, y yo le debo mi lealtad," dijo ella heladamente. "Y ahora voy a salir a caminar." Ella salió airada antes de decir algo peor.

Al regresar a su habitación a recoger su gorro y sus guantes, ella vio la caja esmaltada sobre su tocador. Ella no podía dejar el contenido ahí; su madre era muy capaz de buscar en su cuarto mientras ella estaba fuera. Rápidamente metió el relicario y la carta en su bolsillo.

Ella partió por una vereda, poniendo poca atención a dónde la llevaban sus pies hasta que un poco de su molestia se hubo agotado con el esfuerzo. Ella ya había caminado una milla o más antes de darse cuenta de que esta era la misma ruta que había tomado hacía casi un año para visitar a Jane cuando estaba enferma en Netherfield.

Sí, esa era la respuesta... ella caminaría hasta Netherfield y hablaría con Andrew acerca de su descubrimiento. Era mucho mejor que esperar hasta su breve encuentro mañana por la mañana, después de lo cual no lo vería por meses. No, mejor arreglar esto ahora. Con renovada energía, ella trepó por un larguero de madera al siguiente pastizal donde la última vez había aterrizado en un charco de lodo. Al menos ahora estaba seco. Ella no llegaría a Netherfield con su fondo manchado con seis pulgadas de lodo.

Andrew y Georgiana parecieron sorprendidos de verla, como bien podían hacerlo ya que la habían dejado solo unas cuantas horas antes. Andrew dijo, "¿Caminaste todo el camino sola?"

"No por primera vez," dijo ella, con un poco de filo en la voz. "Perdóname, Georgiana, pero me gustaría hablar con tu hermano en privado."

Los ojos de la chica se redondearon. "Por supuesto," dijo ella nerviosamente.

"Quizá pudiéramos ir a la biblioteca," sugirió Andrew, haciendo un gesto hacia el salón detrás de las puertas dobles.

"Te lo agradezco." Elizabeth le permitió guiarla hacia allá.

Cuando él hubo cerrado las puertas detrás de él, Andrew preguntó ligeramente, "¿Sucede algo?"

"¡Sí, sucede algo!" exclamó Elizabeth. "Averigüé algo sobre tu pasado hoy, y hubiera preferido mucho más haberlo sabido por ti." No era así como ella había planeado decirle, pero su distante tranquilidad de algún modo la había puesto furiosa.

Los labios de él se pusieron blancos mientras los presionaba juntos. "¿Quién te dijo?" Él ni siquiera le había preguntado qué había descubierto.

"Una voz más allá de la tumba," espetó ella. Abrió el relicario y lo empujó hacia él.

Frunciendo el ceño, él lo miró, y luego lo dejó caer en una mesa lateral como si lo hubiera quemado. "¿Dónde obtuviste esa... esa cosa?"

"Tu madre había dejado un paquete para tu futura novia. Georgiana me lo dio hoy."

Él miró hacia el suelo por un minuto, y luego la miró con las pupilas dilatadas. "¿Deseas entonces romper nuestro compromiso?" preguntó él sin entonación.

Ella se le quedó mirando. "¿Qué? No, por supuesto que no. Esto no cambia nada."

"¿Entonces por qué estás tan enojada?"

Ella se forzó a estirar sus dedos, que parecían querer formar puños. "¡Estoy enojada porque tú no me lo dijiste, y en lugar de eso me dejaste dando tumbos en un intento de entender por qué estabas distanciado de tu familia y por qué todos caminaban de puntas alrededor del asunto!"

Él exhaló lentamente e inclinó la cabeza. "Sobre eso no puedo defenderme. Estás en lo correcto. Yo debí haberte dicho la verdad." Él sonaba derrotado.

Su comportamiento la dejó sin argumentos, dejándola con un leve sentimiento de culpa y frustrada. "Acepto tu disculpa. Lamento haber sido tan severa contigo."

Andrew no levantó la mirada. "Me lo merezco. Estuvo mal de mi parte aprovecharme de tu ignorancia."

"Creo que me malentiendes. No es que te hayas aprovechado, sino que me dejaste en una posición difícil en la que yo no comprendía tu comportamiento. Eso es todo."

Ahora él la miró a los ojos, pero los de él mostraban dolor. "Sí me aproveché. Después de regresar a Derbyshire, donde todo mundo lo sabía, yo disfruté estar con alguien que me veía como una persona en lugar de como el mayor error de mi madre. Y yo sabía que tú no hubieras estado de acuerdo en casarte conmigo si lo hubieras sabido, así que egoístamente guardé mi secreto. Tienes todo el derecho a estar furiosa conmigo."

"Yo... ¿qué? No habría hecho ninguna diferencia en mi decisión de casarme contigo." Al menos ella creía que no lo hubiera hecho. Después de todo, ella tenía poca elección en el asunto, pero era probablemente mejor que ella no se hubiera dado cuenta de precisamente qué tan difícil situación existía entre Andrew y su familia.

El labio de él se curvó. "¿Tú hubieras estado de acuerdo en casarte con un hombre que es ilegítimo?" La voz de él se quedó sin entonación en la última palabra.

"¡Tú no eres ilegítimo! La ley dice que eres el hijo del Sr. George Darcy y Lady Anne Darcy, nada puede cambiar eso."

"Sí, a los ojos de la ley, soy legítimo. A los ojos de Dios es otra cuestión." Su boca mantuvo un gesto amargo.

Ahora la ira de ella tomó una dirección diferente. ¿Quién le había enseñado que un niño inocente tenía la culpa de los pecados de sus padres? No podía haber sido el amable Sr. Morris. "No puedo hablar por lo divino, pero tú no cometiste ningún pecado."

Él resopló. "Eso no detuvo a mi padre... a mi padre legal... de culparme por ello. Repetidamente."

Ella se estremeció. "Lamento que él haya descargado su ira sobre ti, pero aun así no era tu culpa."

"Aún mi madre me culpó. Cuando era muy pequeño, ella era cálida y generosa conmigo, pero una vez que se supo quién era mi padre, ella ya no quiso saber nada de mí. Ella aún actuaba su papel de madre con Georgiana y Fitzwilliam, pero no conmigo. Yo fui su error, y ella nunca me perdonó por eso." Las manos de él se apuñaron.

Elizabeth negó con la cabeza, horrorizada. "No. Te equivocas. Tu madre te amaba."

Las palabras siguieron brotando de él. "El día en que mi padre me echó, ella estaba de pie en lo alto de las escaleras y me miró alejarme. Ella no dijo nada, ni siquiera levantó la mano para despedirse de mí. Ella se alegró de que me fuera. ¿Y tú quieres que crea que no hay nada malo en mí, cuando aún mi propia madre quería deshacerse de mí?

"¡No! Eso no es verdad, y puedo probarlo." Ella buscó en su bolsillo y sacó la carta de su madre. Ella empujó el papel doblado hacia él. "Esto estaba con el relicario."

Él levantó su mano para detenerla. "No. No lo quiero, lo que quiera que sea. No quiero nada de ella." Era la misma voz resonante de total certeza que él había usado cuando hablaba de la esclavitud.

"Debes leer esto. En verdad."

Él negó con la cabeza decididamente. "He pasado años aprendiendo a sobreponerme a mis padres, y lo he logrado rehusándome a permitir pensamientos de ellos en mi vida." Él señaló la carta. "Leer eso solo lo arruinaría todo."

Ella respiró profundo. "Creo que tú puedes estar eligiendo ser excesivamente inflexible en este caso. Yo la he leído y tú necesitas saber lo que contiene. Tú no te negarías a escuchar a ninguna otra alma humana que sufriera, ¿o sí? ¿Por qué empezar con tu madre?"

"¿Sufrir? ¿Mi madre? ¡Difícilmente! Yo soy el que sufrió por sus placeres." La boca de él se torció con disgusto sobre la última palabra.

"Tú no sufriste solo." Ella intentó mantener su voz equilibrada. "Andrew, te estoy pidiendo que confíes en mí en que es importante que leas esta carta."

Él la miró frustrado, su deseo de rehusarse evidente hasta en la forma en que estaba parado. "Preferiría no hacerlo," dijo él con los dientes apretados.

Ellos nunca habían realmente estado en desacuerdo sobre nada, y ella titubeaba en cambiar eso, pero el reto era muy grande, y ya era tiempo de que ella averiguara qué pasaría si ella lo presionaba. "Lo lamento, pero de todos modos, te estoy pidiendo que lo hagas."

Los ojos de él se entrecerraron, y con un sonido sibilante, le arrebató la carta de la mano. Él no dijo nada mientras la desdoblaba, sus manos temblaban con ira reprimida.

Con ansiedad, Elizabeth lo observó, esperando ver que las duras líneas de su rostro se suavizaran, pero no hubo nada, solo los ojos de él moviéndose sobre la página. ¿Qué sucedería cuando él terminara? ¿Volvería esa ira hacia ella? Bueno, si lo hacía, ella se defendería. Después de todo no podía ser peor que discutir con el Sr. Darcy, y ella había sobrevivido a eso más de una vez.

Cuando él llegó al final de la página, él pareció empezar de nuevo al principio. A la mitad, él presionó su puño contra su boca. Él se mantuvo mirando el papel, como si más palabras pudieran aparecer en él, al parecer habiendo olvidado la presencia de Elizabeth.

Finalmente él levantó los ojos, su mirada atormentada. "¿Qué más?" preguntó él intensamente.

"No hay nada más," dijo ella suavemente. "Excepto que tú deberías saber que yo lo conocí una vez, en el baile en la Casa Allston. Fui su pareja para la tanda de la cena." De alguna manera se sintió más sabio no mencionar el nombre del Sr. Hadley.

El labio de él se curvó. "¿Y no te lo dijo él mismo?"

"No. Yo no tenía idea hasta que vi ese relicario. Él me felicitó por mi compromiso y mencionó que él fue el novio de la infancia de tu madre. Mayormente él me animó a hablar sobre ti."

"¿Qué le dijiste?"

"La verdad, hasta donde la sabía, acerca de tu época en Londres y de tomar la vicaría en Kympton. Nada acerca de tu pleito con tu padre, ya que era un asunto privado de la familia. Yo escasamente te conocía entonces. También preguntó por tu hermano y tu hermana."

"Yo no deseo tener ningún contacto con él, ni deseo que tú lo tengas."

Como parecía muy poco probable que sus caminos se cruzaran, ella dijo, "Muy bien, pero valoraría tu punto de vista sobre quién más puede estar consciente de tu situación y cómo quieres que lo maneje."

Él pareció relajarse, o al menos dejó de verse como si esperara que ella sacara una fusta en cualquier momento. "Era del conocimiento común en Pemberley para cuando yo tenía seis años, que fue cuando mi padre lo descubrió. Wickham lo sabe, por supuesto, y mi hermano ciertamente debe saberlo, aunque nunca ha dicho nada. Mis parroquianos han estado murmurando sobre ello desde la visita de Wickham, así que él debió haber dicho algo. El Sr. Morris también lo sabe."

"¿Y qué de los demás invitados al baile? No pareció como si nadie estuviera poniendo particular atención a mi discusión con él. Pero quizá son noticias tan viejas que ya a nadie le importaba."

Él frunció el ceño. "No podría decirlo. Nadie nunca me ha dicho nada, pero yo era todavía un niño cuando me fui. No debí haber regresado. Los rumores hubieran muerto una muerte natural."

"¿A quién estás intentando proteger? ¿A tu madre? Ella está más allá del filo de la lengua de los chismosos. ¿El nombre de la familia Darcy? Perdóname, pero creo que tus buenas obras le dan más crédito a tu familia que cualquier escándalo sobre quienes son tus padres." Para entonces ella entendía por qué él tenía tan altos valores morales y sentía que su comportamiento tenía que ser irreprochable.

Para su sorpresa, él sonrió levemente. "Para alguien que está enojada conmigo, eres muy fiera en mi defensa."

"Cuando alguien es tan gravemente perjudicado como tú lo has sido, sí, soy fiera. Tu madre pudo haber tenido la culpa, pero tú no."

Los ojos de él se abrieron desmesurados. "¿Pudo haber tenido la culpa? *¿Pudo haber?*"

Ella titubeó, encogiéndose por dentro. "Así parece, pero he vivido lo suficiente en este mundo como para saber que nada tiene una respuesta sencilla. Quizá fue solo por su propio placer, en cuyo caso ella merece toda la culpa, o quizá sucedió en un momento de debilidad cuando ella estaba desesperada por afecto porque era amargamente infeliz en su matrimonio y su esposo la maltrataba. O quizá el otro hombre se aprovechó de ella y ella nunca consintió en hacerlo. Yo no deseo condenar con demasiada severidad cuando no conozco las circunstancias. Pero la infidelidad nunca es aceptable en mi mente."

"Me alivia escuchar eso, ya que espero fidelidad en el matrimonio, tanto del esposo como de la esposa."

"Yo puedo prometerte eso." Pero el destello de dolor en los ojos obscuros de Darcy surgió frente a ella.

Una llamada titubeante sonó en la puerta. Andrew dijo cansadamente. "¿Sí?"

La puerta se entreabrió y Georgiana se asomó, con el rostro demacrado. "¿Puedo entrar por solo un minuto?" preguntó con una vocecita.

"Por supuesto que puedes," dijo Elizabeth.

Pero los ojos de Georgiana se dirigieron solamente a Andrew mientras entraba y sus palabras brotaron apresuradas. "Lo lamento tanto. No quise causar dificultades. Debería haberte dicho lo que le estaba trayendo a ella, pero temí que me dijeras que no lo hiciera. Yo le había prometido a nuestra madre en su lecho de muerte que se lo daría a tu esposa algún día, así que tenía que hacerlo, viste. Espero que puedas perdonarme."

Andrew se tomó un momento para recomponerse. "No hay nada que perdonar. Tuviste razón en mantener tu promesa, y fue probablemente mejor que yo no supiera nada hasta después."

"¿No estás enojado conmigo?"

Él extendió la mano y jaló uno de los rizos de ella. "¿Cuándo he estado jamás enojado contigo, cielo?"

Ella soltó una pequeña risita con hipo. "Pero les causé problemas a ti y a Elizabeth."

"No causaste problemas," dijo Elizabeth firmemente. "El paquete solo creó algunas preguntas, y Andrew ha sido tan amable de respondérmelas."

Andrew puso su brazo alrededor de los hombros de Elizabeth. "¿Ves? Todo está bien."

Era lo más físicamente íntimo que él había sido nunca con ella. Se sentía extraño tener el cuerpo de un hombre tan cerca del suyo, pero no era desagradable. Al menos a él no parecía molestarle. Ella había empezado a preguntarse por qué él no tomaba ninguna de las libertades usuales que un hombre comprometido podía tener con su prometida. "Sí, todo está bien, y te agradezco por traerme la caja de tu madre."

"Oh. Entonces los dejaré, y me disculpo por interrumpir." Ella se volvió hacia la puerta.

"No, un momento, por favor," dijo Andrew. "Tengo una pregunta para ti, si no tienes objeción. ¿Qué te dijo nuestra madre cuando te dio eso?"

"Solo que debía esconderlo donde nadie pudiera encontrarlo y dárselo a tu esposa si te casabas, y que era importante. Yo le pregunté si debía dártelo a ti, y ella dijo que no, porque ella le había prometido a nuestro padre sobre su honor que ella no intentaría comunicarse contigo, y ella no iba a romper su palabra. Bueno, ella no dijo exactamente eso; estaba demasiado enferma para expresarse bien, pero eso es prácticamente lo que dijo. Pero me alegró que me lo dijera, porque yo siempre me lo había preguntado."

"¿Qué te habías preguntado?" la voz de Andrew no estaba completamente firme.

"Por qué no hablaba ella misma contigo. Cada vez que me visitabas, ella enviaba por mí y me preguntaba cómo te veías y que repitiera todo lo que tú habías dicho, y luego lloraba y lloraba. Ella siempre dijo que era porque el fuego hacía mucho humo, pero no era cierto, por supuesto."

Andrew se había puesto casi tan blanco como el cuello de su camisa, y, si Elizabeth no se equivocaba, pronto estaría él mismo en peligro de tener que culpar al fuego de la chimenea de la biblioteca por hacer humo. Rápidamente, ella tomó el brazo de Georgiana y dijo, "Ya que estoy aquí, ¿no quieres mostrarme los gorros que compraste en Londres? Me muero por verlos."

"Por supuesto," dijo Georgiana, con una mirada confundida hacia Andrew.

Mientras Elizabeth conducía a la chica hacia la puerta, Andrew dijo firmemente, "Yo te llevaré de regreso a Longbourn. No hay necesidad de que camines sola."

Este no era el momento de discutir con él. "Es muy amable de tu parte."

Capítulo 21

ANDREW TUVO POCO QUE decir mientras llevaba a Elizabeth a casa. Él había pedido prestada la calesa de Bingley para el viaje, y parecía inusualmente preocupado por el asunto de manejar a los caballos. Su semblante era más pensativo que enojado, sin embargo, así que el silencio no era demasiado incómodo.

Él parecía estar de mejor humor a la mañana siguiente cuando él y Georgiana se detuvieron en Longbourn para despedirse. Ella había sentido algo de inquietud de que él hubiera podido, al reflexionar, haberse enojado por la iniciativa de ella, pero cuando él la llevó a un lado para un adiós privado, él dijo, "Debo agradecerte por lo que hiciste ayer. Tuviste razón al insistir en que leyera esa carta. Me ha dado mucho en qué pensar."

"Me alegra. He estado algo preocupada por Georgiana, ya que ella se veía bastante alterada"

Él miró hacia atrás a su hermana. "Ella está mejor ahora. Espero que tendremos algunas pláticas largas en el camino a casa."

Él besó la mano de ella antes de irse, pero eso no envió un hormigueo por su brazo como cada toque de Darcy podía hacer. "Te veré en diciembre, entonces." Ellos habían resuelto que él vendría a Longbourn para Navidad, y que la boda sería después.

Ella agitó la mano mientras ellos se alejaban. Quizá ahora la vida de ella volvería a la normalidad por un tiempo, y ella podría aprender a aceptar su futuro con Andrew. ¡Qué raro era que tan solo hacía dos meses ella ni siquiera había sabido de su existencia! Y ella había pensado que nunca volvería a ver a Darcy de nuevo. Ahora ella no podía librarse de él ni siquiera en sus pensamientos más privados.

Mary se acercó a su lado. "¿Lo extrañarás mucho?" preguntó ella.

Elizabeth le sonrió. "Parecerá extraño no estar tropezando con los miembros de la familia Darcy por todos lados, pero creo que me las arreglaré."

PARA SORPRESA DE DARCY, Drew visitó Pemberley la misma mañana después de su regreso de Hertfordshire. Darcy había esperado tener que cazarlo en la vicaría, dado cuanto parecía disgustarle a Drew venir a su viejo hogar, y siempre había querido irse tan pronto como fuera posible.

Él también se veía diferente hoy. Usualmente, cuando venía a Pemberley, él se veía tenso y mantenía la mirada baja, pero hoy su mirada pasaba alrededor del salón como si él no lo hubiera visto antes, pareciendo hacer pausa en las pinturas y aún en el elaborado enyesado del techo.

"Bienvenido de regreso," dijo Darcy. "Georgiana me ha estado contando cada detalle de su viaje, el que ella parece haber disfrutado inmensamente. Suena como si tú la hubieras cuidado prodigiosamente."

Drew sonrió. "No es difícil ser bueno con Georgiana. Me alegró la oportunidad de conocerla mejor. Espero que a ti te haya estado yendo bien, y que hayas podido resolver tu asunto con éxito."

Le tomó un momento a Darcy recordar su propia partida para perseguir a George Wickham. Drew no hubiera podido saber nada de eso, solo que él había partido inesperadamente. "Fue satisfactorio, te lo agradezco."

Su hermano pasó de uno a otro pie. "Me he estado preguntando qué le sucedió al retrato de nuestra madre. Noté que ya no estaba en la galería."

"Está en la sala de estar privada de Georgiana, por solicitud de ella. ¿Te gustaría verlo? Georgiana salió a cabalgar, pero sé que no le importaría." Si Drew estaba dispuesto a siquiera mencionar a uno de sus padres sin esa mueca feroz, Darcy estaría feliz de entrar por la fuerza a una bóveda cerrada para mostrarle el retrato.

Drew dudó. "Sí, me gustaría."

Mientras subían por las escaleras, Darcy dijo, "Me dice Georgiana que Bingley y la Señorita Bennet van a casarse." Por supuesto, Bingley no le había confiado esa información, y Darcy difícilmente podía culparlo.

"Sí. Por lo que parece, están profundamente enamorados."

"Yo pensé que algo así podría suceder. Son buenas noticias. Me imagino que los Bennet están muy complacidos." Eso era lo más cerca que podía atreverse a preguntar sobre la reacción de Elizabeth.

"Parecieron estarlo."

Darcy lo intentó de nuevo. "¿Qué opinaste de los Bennet?"

"Nos llevamos bastante bien. El Sr. Bennet preferiría que Elizabeth permaneciera más cerca de casa, pero dio su permiso de todos modos, no que tuviera mucho que elegir en el asunto. El placer de la Sra. Bennet en nuestro compromiso fue tan ferviente como para compensar cualquier déficit. Me cayeron bien sus hermanas, especialmente la Señorita Mary. Ella tiene buena cabeza, aunque ha tenido poca oportunidad de desarrollarla."

Darcy parpadeó. "Nunca tuve el placer de conversar con ella más allá de unas cuantas palabras." Ni había deseado hacerlo.

Ellos habían llegado a las habitaciones de Georgiana, y Darcy abrió la puerta de la sala de estar para Drew. "Notarás que la habitación no ha cambiado mucho. Georgiana lo deseaba así, ya que había sido la favorita de nuestra madre. Ella dice que se siente más cerca de ella aquí."

"Escasamente la recuerdo, a decir verdad. Yo permanecía lejos de esta parte de la casa." Por supuesto que lo había hecho. Drew hubiera tenido que pasar por las habitaciones de su padre, ahora de Darcy, para llegar ahí.

Darcy había pasado horas sentado junto a su madre en esta habitación. Él tenía que recordar cuán diferente había sido la vida de Drew en Pemberley. "A ella le encantaba la vista desde la ventana."

Drew entró y miró a su alrededor. Su aire relajado parecía haber desaparecido; ahora los tendones sobresalían en su cuello. Él respiró profundo varias veces antes de volverse hacia el retrato.

En el retrato de cuerpo entero, Lady Anne estaba de pie en los jardines de Pemberley, con la mano descansando suavemente sobre una baranda de piedra tallada, luciendo como la hija real de un conde. El pintor la había halagado y la había hecho lucir feliz; Darcy se acordaba de cuando fue pintado, poco después de que otro niño había nacido muerto. En realidad, su madre había lucido pálida y demacrada. No tan pálida, sin embargo, como la última vez que él la había visto, dos semanas antes de su muerte, cuando ella había tomado su mano y le había rogado cuidar de Drew si algo le sucedía a ella.

El fantasma de esa escena del pasado súbitamente surgió en su mente. Sus protestas de que por supuesto cuidaría de Drew y Georgiana, y la débil insistencia de su madre de que no, que era Drew quien lo necesitaba. Él había prestado poca atención más allá de tranquilizarla, ya que Drew tenía diecisiete años entonces, y por lo tanto, en la mente de Darcy, sin duda no apreciaría que su hermano mayor lo supervisara. Pero ella sabía, y él no, que Drew había sido desconocido, expulsado sin un centavo, y probablemente desesperadamente necesitado de ayuda. Pero ella había estado demasiado débil para hablar por más de unos cuantos minutos, y él lo había olvidado hasta ahora.

¿Por qué no la había tomado más en serio y hecho más preguntas? Porque él había estado demasiado seguro de sus propias creencias, confiando en que su padre sabía lo que era mejor para su hermano y hermana. Y Drew había sufrido por ello.

Ahora su hermano estudiaba de cerca el retrato de su madre, son expresión retraída. "¿Había otro, o no, de cuando éramos niños, contigo de pie junto a ella?"

"Y tú estabas en su regazo, sí." Darcy se pasó la lengua por los labios, no tenía caso pretender. "Padre hizo que destruyeran ese después de que te fuiste. La Sra. Reynolds se las arregló para salvar tu miniatura, pero ella difícilmente podía pasar de contrabando un retrato de ese tamaño. Si yo hubiera estado aquí, habría intentado detenerlo, pero Padre me ocultó cuidadosamente todo eso. Yo ni siquiera supe que él te había desconocido hasta la noche de su apoplejía, después de la muerte de Madre. Él les había prohibido a todos hablarme de ello." Era un alivio dejar salir las palabras. Él había deseado decirle esto a Drew por años, pero nunca había habido una oportunidad en que no se sintiera como si fuera un intento de defender sus propias fallas.

Una arruga apareció entre las cejas de Drew. "Qué poco sorprendente."

"Me imagino que Madre tampoco se sintió feliz por eso. Era su retrato favorito."

EL PRECIO DEL ORGULLO: UNA VARIACIÓN DE ORGULLO Y PREJUICIO

Inclinando su cabeza a un lado, Drew dijo, "Se parecía más a ella que este. Pero me alegro de verlo, de cualquier modo." Él se volvió hacia la puerta.

Darcy decidió aprovechar esta oportunidad mientras Drew estaba en lo que parecía como un humor receptivo. "¿Puedes venir a mi... a la biblioteca? Me gustaría contarte sobre el asunto que me hizo ausentarme tan repentinamente." Él solo recordó en el último minuto que Drew tenía malos recuerdos de su estudio.

Drew se vio sorprendido por esta invitación, pero no molesto. "Me encantará hacerlo."

Él esperó hasta que estuvieron seguros dentro de la biblioteca con la puerta cerrada tras ellos. Esto no era un asunto que quisiera que oyeran los sirvientes. "Espero que no haya habido momentos desagradables en Meryton debido al pequeño escándalo que Wickham intentó crear."

Drew lo miró sorprendido. "¿Tú supiste de eso?" Él no parecía molesto por ello.

"Ese es el asunto que me hizo ausentarme. He llegado al final de mi tolerancia para la maldad de Wickham. Él está ahora en la prisión de deudores, y como tengo comprobantes de miles de libras de deudas suyas, ahí se va a quedar."

"No puedo decir que lamente escucharlo. Al menos ahí no dañará a nadie."

"Espero que no, en cualquier caso. Desearía haberlo hecho antes, en lugar de darle tantas oportunidades. Demasiadas personas han salido heridas porque yo no podía obligarme a poner fin a su libertad."

Drew asintió. "Comprensible, sin embargo. Él fue tu amigo por muchos años, y el viejo tenía predilección por él."

"Porque él creía que Wickham era el hijo natural de su hermano. Yo realmente lo dudo, pero es posible. Hay poco parecido entre ellos excepto por sus personalidades. El mismo Tío Charles fue un libertino, que fue por lo que Padre lo envió a Jamaica a administrar la plantación, pensando que allá se podría meter en menos problemas."

Drew se tensó. "Wickham siempre declaró que era verdad, pero él lo haría, por supuesto, aún si supiera que no era así."

"Wickham se deleita en cualquier mentira que se refleje bien sobre él." Darcy eligió sus palabras cuidadosamente. "Pero ahora está en mi poder. Bajo las circunstancias, él sin duda podrá ser persuadido a informar a la buena gente de Meryton que él estaba equivocado sobre tu situación comprometedora."

Drew consideró eso por un momento. "No veo necesidad de ello. Nadie mencionó ningún rumor, así que o él no dijo nada, o si lo hizo, no tiene punto recordárselo a la gente. Los Bennet ya han pasado por suficiente."

La boca de Darcy se secó. "¿Y qué hay de ti? Quizá a ti te gustaría liberarte de un compromiso al que fuiste forzado."

Drew le dirigió una mirada perpleja. "Quizá fui apresurado a él, pero ya estaba cerca de ofrecerle matrimonio a Elizabeth. Las payasadas de Wickham solo hicieron que las cosas progresaran más rápido."

El corazón de Darcy se hundió. Había sido solo una pequeña oportunidad, pero ahora se había ido. "Entonces quieres casarte con ella."

Su hermano giró hacia él con una expresión fiera. "¿Eso te sorprende tanto? Yo no he tenido ninguna familia por seis años, y ahora quiero una propia, una de la que no pueda ser echado por capricho de ningún hombre. Elizabeth es un partido perfectamente aceptable para mí, aún si tú no crees que su hermana sea suficientemente buena para Bingley."

"No quise criticar a la Señorita Elizabeth. Cualquier hombre sería afortunado de tenerla." Las palabras le desgarraron la garganta. Pero había más que tenía que decir. "Pero tú no tienes que temer nunca perder tu lugar en esta familia. Nuestro padre estaba equivocado. Lamento profundamente todo lo que has sufrido por eso. Si estuviera en mi poder deshacer lo que él hizo, lo haría, sin importar lo que me costara."

Qué extraño que él siquiera necesitara decir eso. Su padre le había inculcado la lección en la cabeza una y otra vez. La familia iba primero. Su principal deber como cabeza de familia era protegerlos, aún antes que cuidar de Pemberley. Y aun así su padre se había deshecho de Drew como si fuera basura.

Drew se sirvió un vaso de brandy y tomó un sorbo antes de responder. "Yo soy lo que soy, y el pasado no puede cambiarse. Aprecio lo que has hecho para darme la bienvenida aquí, incluyendo el invitar a Elizabeth a quedarse a pesar de sus desacuerdos en el pasado. Yo no deseo más que el que tú dejes de interferir en mis planes de matrimonio."

Fue como un golpe en el pecho, porque por supuesto eso era exactamente lo que él había estado intentando hacer, aunque no por la razón que Drew creía. Él tenía que decir algo, sin embargo, o perdería todo el progreso que había hecho con Drew. "Mis disculpas. Fue un malentendido, nada más. Cuando escuché sobre el engaño de Wickham, pensé que quizá tú te habías sentido obligado a ofrecerle matrimonio contra tus deseos. Tú dices que ese no es el caso, y yo te creo y me alegro por eso." Aún si la boca le sabía a cenizas.

"Sí. Yo quiero casarme con ella."

"Entonces lo harás." Él tuvo que reunir toda su fuerza para continuar. "¿Fijaron una fecha para la boda mientras estuviste en Hertfordshire?"

"Justo después de Navidad. Yo irá a Longbourn para las fiestas, mientras tú y Georgiana están en Matlock." Él mostró una leve sonrisa. "No es una invitación que me incluya."

Darcy aprovechó el cambio de tema como si se estuviera ahogando y este fuera una balsa. "Sí, debo decidir qué hacer acerca de eso. Esos planes se hicieron antes de que yo averiguara la situación de Frederica... aún antes de que tú aceptaras la vicaría aquí... y sospecho que tampoco puedo ser bienvenido allá para Navidad allá, si Lord Matlock averigua que la he ayudado. ¿Pudiste hablar con su futuro esposo mientras estuviste en Londres?"

"Sí, y él está encantado de saber que yo, y más particularmente tú, asistiremos a la boda, cuando quiera que sea. Yo voy a escribirle tan pronto sepa cuándo estará Frederica en Pemberley, y él vendrá para acá."

"Muy bien. Yo le escribiré entonces a Lord Matlock e invitaré a Frederica a que venga."

Una sonrisa irradió del rostro de Drew. "Aunque estoy haciendo esto para ayudar a Frederica, tengo que admitir que encuentro un cierto placer en saber que el hacerlo también le pondrá un ojo negro a su padre, figurativamente. Él se lo merece, y más."

Capítulo 22

A PESAR DE LOS PREPARATIVOS para la boda de Jane y Bingley, Longbourn le parecía tranquilo a Elizabeth después de que Andrew y Georgiana partieron hacia Pemberley. Ella se había acostumbrado a más compañía mientras viajaba con los Gardiner y luego en Pemberley. Con Jane con frecuencia preocupada con su ropa y planeación para su boda, Elizabeth pasaba más tiempo dando largas caminatas sola o platicando con Mary y Kitty.

Nada se sentía igual que como se había sentido antes de su viaje a Derbyshire. O quizá todo era igual, pero ella era diferente. Entonces ella había tenido el corazón completo y despreocupado; ahora estaba atada a Andrew y luchaba con su desesperanzada obsesión con su hermano. Entre más intentaba sacarlo de su cabeza, más llenaba él sus pensamientos.

Después de dos semanas pasadas de esta manera, ella estaba trabajando en su bordado mientras Kitty leía en voz alta de la última novela de la biblioteca circulante cuando el sonido de cascos y ruedas sobre grava llegó de afuera en la avenida. Mary puso su trabajo a un lado y se apresuró a la ventana.

"¿Quién es?" preguntó Jane.

Mary volvió una mirada sorprendida hacia Elizabeth. "¡Vamos, es el hermano de Andrew! ¡El mismo Sr. Darcy! ¿Qué pudo traerlo aquí? Espero que no le haya sucedido nada a Andrew."

Con el corazón en la boca, Elizabeth se apresuró a pararse detrás de su hermana. Era él, y ella no había perdido nada de su exquisita consciencia de él. "No puedo imaginar por qué está él aquí. Él no está de luto, ni parece alterado, así que no puede ser nada demasiado terrible." Pero su pulso revoloteaba. ¿Qué podría haber alejado a Darcy de Pemberley? Andrew no había mencionado nada en su última carta acerca de ello.

EL PRECIO DEL ORGULLO: UNA VARIACIÓN DE ORGULLO Y PREJUICIO

Darcy no parecía tener prisa, deteniéndose a hablar con detenimiento con su cochero antes de volverse hacia la casa. Él hizo una pausa, y entonces, viéndolas en la ventana, hizo una reverencia. Elizabeth hizo una caravana en respuesta, aunque él probablemente ni siquiera podía distinguir su acción, pero estudió su rostro. Él parecía estar sonriendo hacia ella, no el tipo de expresión que él usualmente había usado durante su estancia en Pemberley, pero quizá era solo la distorsión a través del ondulante vidrio. Ya fuera o no una verdadera sonrisa, él no se veía enojado o alterado, y ella respiró un poco mejor.

Él se acercó y tocó en la puerta del frente, y Elizabeth apresuradamente se sentó y recogió de nuevo su trabajo, un poco apenada de haber sido descubierta mirándolo. El sonido de la puerta del frente abriéndose y de la grave voz del mayordomo llegó apagada, seguida de pasos. Pero estos no se detuvieron en la sala de estar, y ella levantó la mirada para ver su figura pasar frente a la puerta abierta.

"Él debe ir con nuestro padre," dijo Mary. "Eso suena serio."

Elizabeth se mordió el labio. ¿Pero de qué podía Darcy querer hablar con su padre? No tenía sentido. Darcy no tenía autoridad sobre la posibilidad de Andrew de casarse con ella. Ella no creía que él hubiera parecido tan relajado afuera si algo terrible le hubiera sucedido a Andrew, pero ¿cómo podía ella saber con seguridad?

¿O habría él descubierto algo tan malo sobre Andrew que él sentía que el Sr. Bennet debería ser informado? Ella no podía imaginar que Andrew hubiera cometido algún pecado conmocionante, y la cuestión de la infidelidad de su madre era irrelevante, dada la ley. Sin embargo algo había hecho que el Sr. Darcy viniera tan lejos fuera de su camino. "Jane, ¿es posible que él esté visitando al Sr. Bingley?"

"Bingley no me mencionó nada de ese estilo, pero supongo que es posible," dijo Jane. "Él se alegrará de verlo, estoy segura."

Dado el aparente pleito de Bingley con Darcy justo antes de que él dejara Pemberley, Elizabeth estaba menos segura de eso, pero no dijo nada, solo volvió a su bordado, con la mente alborotada. Para cuando Darcy y el Sr. Bennet salieron de la biblioteca a la sala de estar, al parecer en los mejores términos, ella ya se había agitado a un total estado de ansiedad.

Darcy las saludó a todas apropiadamente, reportando que Andrew gozaba de excelente salud cuando lo había dejado en Pemberley la semana anterior. Elizabeth estaba demasiado avergonzada para hacer más que mirarlo y decir unas cuantas palabras en respuesta, pero el vidrio de la ventana no había mentido y él parecía de buen humor, aun cuando la Sra. Bennet entró y empezó a armar un escándalo a su alrededor.

Después de unos cuantos minutos de esto, pero con perfecta educación, Darcy se volvió a Elizabeth. "Señorita Elizabeth, ¿me pregunto si podría hacerme el honor de unirse a mí para caminar afuera? Drew me pidió que le diera unos cuantos mensajes."

¿Debería ella creer en esta nueva afabilidad? Oh, ella realmente quería, pero al mismo tiempo, ella no podía imaginar a Drew dándole ningún mensaje de su hermano, no por falta de confianza, sino porque detestaría estar en deuda con Darcy. Si él hubiera querido comunicarse con ella, le hubiera escrito una carta, como ya lo había hecho dos veces. Así que, ¿por qué deseaba Darcy hablar a solas con ella?

"Estaré encantada de hacerlo." Ella no sabía si esperar que esta amabilidad de parte de Darcy durara, dándole más recuerdos que le rompieran el corazón, o si su frialdad retornaría. Pero ella no pudo resistir la oportunidad de pasar aún unos cuantos minutos con él, y ella quería descubrir qué le había dicho él a su padre, así que se apresuró a recoger su gorro y sus guantes.

Una vez que salieron, caminando por la avenida, Darcy no pereció tener inclinación de hablar. Ella caminó junto a él en silencio por varios minutos, la tensión de la incertidumbre creciendo dentro de ella. Finalmente, con algo de desesperación, ella dijo, "Espero que su hermana goce de buena salud."

Él pareció sorprendido. "¿Georgiana? Sí, ella está muy bien."

"Me alegra escucharlo. Yo disfruté su compañía mientras se estuvo quedando en Netherfield."

Él dudó, y luego dijo, "Le debo una disculpa por mi comportamiento hacia usted en Pemberley, una profunda disculpa. Usted debió haberme creído de lo más maleducado, y habría tenido razón."

Ella parpadeó sorprendida. Esto era lo último que ella hubiera esperado de él. Cuidadosamente ella dijo, "Yo no esperaba ninguna particular atención de parte de usted, ya que yo era una intrusa en su grupo familiar." Era imposible decir lo que ella realmente quería decir sin romper el silencio sobre su conexión pasada.

"Yo la invite, pero no le demostré la bienvenida que debía como anfitrión. Yo solo puedo alegar en mi defensa un entendimiento erróneo sobre la naturaleza de su compromiso con mi hermano; pero aunque eso podría explicar mis sentimientos, no es excusa para mi falta de educación. Por eso, me disculpo muy humildemente."

¿Un entendimiento erróneo? ¿Qué podía querer decir? "Acepto su disculpa, y me siento muy agradecida de que su opinión sobre mí parece haber mejorado, pero me siento perpleja sobre qué entendimiento puede usted haber tenido." Ella contuvo la respiración. Ella desesperadamente deseaba que no regresara su ira, pero no podía estar siempre pisando sobre las puntas a su alrededor.

"Es solamente justo que le diga, aunque me avergüenza el que aun temporalmente le haya atribuido tales motivos. Cuando vi que usted no parecía estar enamorada de mi hermano, no pude establecer mejor explicación para su compromiso que el que usted deseaba vengarse de mí por el daño que le hice a su hermana, sabiendo que su matrimonio con Drew sería..." Él se detuvo abruptamente, como si se mordiera la lengua. Luego continuó en una voz más apagada, "Debí saberlo mejor. Yo sabía mejor que pensar que ese tipo de venganza amarga estaba en su carácter, pero era más fácil creer que yo tristemente me había equivocado en mi juicio de usted que creer... bien, no importa."

"No," dijo ella con una vocecita. "Yo no tengo deseos de herirlo de ninguna manera."

Él se sonrojó. "Me alegro de eso. Una vez que supe que Wickham estaba de alguna manera involucrado, fue solo un asunto de tiempo para que descubriera la verdad."

La boca de ella se secó. "¿La verdad?"

"Que él la forzó a este compromiso. Que usted no deseaba casarse con Drew. Que usted está pagando el precio por el odio de Wickham hacia mí. Siento muchísimo eso."

Las lágrimas llenaron sus ojos, pero ella parpadeó para evitarlas. "Usted no es responsable del comportamiento de él."

"No. Si lo fuera, las cosas serían muy diferentes. Pero he hecho lo poco que puedo hacer para compensar por lo que le ha costado a usted."

"¿Qué quiere usted decir?" No había nada que hacer por la oportunidad que ella había perdido, y nadie a quien culpar por eso más que a ella misma. Si ella no hubiera sido tan ciega, si tan solo hubiera visto antes quién era verdaderamente Darcy...

"Usted está sin duda consciente de que mi padre desconoció a Drew. Yo acabo de hacer un nuevo testamento, nombrándolo mi heredero, y también hice un arreglo para usted. Su padre tiene todos los detalles."

"¿Un arreglo para mí? Esa es una idea generosa, pero totalmente innecesaria. La vicaría de Andrew nos mantendrá muy bien."

"Pero usted merece más, y a sus hijos no debe faltarles nada. Su hijo mayor heredará Pemberley algún día, así que sus hijos deben ser educados como conviene a esa expectativa, lo cual sería imposible con el ingreso de un clérigo."

Ella se le quedó mirando. "¡Eso es ridículo! Usted se casará y tendrá hijos propios."

Él se detuvo, mirándola intensamente. "No, Elizabeth. Yo no me casaré." Sus palabras cubiertas de certeza y significado.

Conmocionada, ella negó con la cabeza. "Usted debe casarse y tener una familia." Aún si la misma idea desgarraba su interior y la hacía querer sollozar como un infante.

"No puedo. Y esto es lo que debo hacer. Drew fue maltratado por mi padre, y usted ha sido defraudada de un futuro de su elección por Wickham. Es apropiado que su hijo deba tener Pemberley."

Un hilo de histeria se enredó alrededor de su garganta. "¡No, no es apropiado! Y Andrew no quiere Pemberley, ni para él ni para sus hijos! Él escasamente puede soportar cruzar el umbral. ¡Lo odiaría!"

Darcy elevó su barbilla. "Ha sido el escenario de recuerdos desagradables para él, pero eso puede olvidarse con el tiempo."

"¡No! Usted no entiende. Él no querría heredar ninguna propiedad Darcy. Él odia hasta llevar el nombre, el cual él siente que no tiene derecho a llevar."

"Por supuesto que tiene derecho a llevarlo, y a Pemberley." Darcy sonaba perplejo.

"Por ley, sí, pero eso no es suficiente para él cuando él siente que no es suyo por derecho moral." ¿Cómo había llegado ella a estar alegando la misma posición que había criticado en Andrew?

"El que mi padre lo desconociera no lo hace menos un Darcy. Él necesita dejar eso en el pasado."

Ella contuvo la respiración en súbito entendimiento. ¿Era posible que ellos estuvieran hablando con distinta intención? Ella escasamente podía creerlo. "Usted no lo sabe, ¿o sí?" murmuró ella. "Él dijo que usted lo sabía, pero usted no lo sabe."

"¿Qué es lo que no sé?"

Horrorizada, ella presionó sus manos enguantadas contra su boca. Ella no quería ser la que le dijera. Quizá ella debía pedirle que hablara con Andrew, pero la mera idea de cómo Andrew podía responder a las preguntas de Darcy era preocupante. De seguro sería más fácil para Darcy escuchar la verdad de ella que de su defensivo y posiblemente hostil hermano.

"¿Qué sucede?" demandó Darcy. "¿Está usted enferma? Se ve pálida. ¿Desea sentarse?"

"No." Ella cerró los ojos apretados por un momento. Era más fácil cuando ella no podía ver su rostro. "Solo estoy sorprendida. Creí que usted ya estaba consciente de cierta dolorosa circunstancia que Andrew me dijo que usted ya sabía. Y me siento algo nerviosa acerca de ser yo la que le informe sobre ello."

Él frunció el ceño. "Usted no necesita temerme. Nunca."

"No es eso." Ella frotó su frente bajo el borde de su gorro. ¿Cómo podía ser ella la que le dijera? Difícilmente le correspondía, y ¿qué tal si la odiaba por ello? "No hay una manera apropiada de decir esto. Andrew no es hijo del padre de usted."

Para asombro de ella, él se rio. "¿Ese viejo embuste? ¿Está la gente todavía murmurando ese sin sentido después de todos estos años? Es una mentira, se lo aseguro. De seguro Andrew no lo cree."

"Él lo cree." Ella tragó con dificultad. Esto era peor de lo que ella había imaginado. "Él lo cree porque es verdad."

"No es verdad, y lamento que Drew le haya repetido a usted esas viejas mentiras. Usted puede estar segura de que hablaré con él sobre ello."

"No fue él quien me dijo. Averigüé la verdad de una carta que su madre dejó al morir. Lo lamento. Desearía poder creer que fue una mentira."

Él negó con la cabeza. "¿Cómo pudo usted tener una carta de mi madre?"

"Ella la dejó con su hermana, para ser entregada a la novia de Andrew."

"Esto suena más como otro de los trucos de Wickham. Debe ser una falsificación. Le aseguro, mi madre fue una esposa verdadera y fiel." La voz de él era áspera.

¡Oh, cómo odiaba ser la que lo desilusionara! Si él había estado negando la verdad toda su vida, la idea debía ser excesivamente dolorosa para él. "Pero si lo desea, le mostraré la carta, y usted puede determinar usted mismo si está escrita con su letra. Pero no es solamente eso. Andrew lo reconoció, y yo he conocido al hombre que... lo engendró y vi el parecido." Todo su cuerpo se sentía tenso. ¿Se enojaría él con ella?

La mandíbula de él estaba tensa. Era claro ver que él estaba alterado, que él estaba enojado, adivinaba ella, pero la parte más difícil para Elizabeth era luchar contra el impulso de ofrecerle consuelo o al menos de decirle que no era verdad. Pero el secreto estaba al descubierto; ella no podía desdecir lo que había dicho. Y le debía a Andrew defender la verdad.

Darcy extendió su mano, separando sus dedos y luego uniéndolos de nuevo, una y otra vez, como si los sentimientos dentro de él no pudieran ser contenidos. "¿Está usted segura?" Las palabras salieron disparadas de su boca.

Repentinamente la terrible tensión pareció disolverse. "Sí. Lo lamento."

Él dejó salir una respiración explosiva. "No es como si nunca hayan tratado de decírmelo. Pero mi madre era un alma tan gentil, y aún ahora yo no puedo creer que ella podría..."

Elizabeth no pudo luchar contra su ansia de aliviar su angustia. "Nosotros no sabemos las circunstancias. Quizá fue tan solo una vez."

La boca de él se torció. "Aún eso es difícil de imaginar. ¿Y usted dice que Drew sabe esto?"

Esto era territorio más seguro. "Él siempre ha sabido, desde que era un niño. Él dijo que era del conocimiento común en Pemberley, pero no puedo aseverar la verdad de eso. En retrospectiva, algo que dijo el Sr. Wickham me hace pensar que él lo sabe."

"Difícilmente una sorpresa. Si hay un secreto vergonzoso que averiguar, Wickham es siempre el primero en descubrirlo," dijo Darcy con disgusto. "¿Así que Drew conoce a este hombre?" Claramente la palabra "padre" se le había pegado en la lengua.

Hora de andar con cautela. "Él conoce su identidad, pero se rehúsa a tener ningún contacto con él."

"¿Quién es él?" preguntó él ásperamente.

Ella luchó contra sí misma. "No creo que Andrew quisiera que yo revelara eso. Él ya ha pagado un alto precio por estos secretos del pasado."

Una expresión congelada tomó control del rostro de Darcy. "Buen Dios, sí que lo ha hecho. Esto explica muchas cosas. Nuestro padre... mi padre... debió haberlo sabido."

"El nunca perdonó al pobre de Andrew por un pecado que él no había cometido."

Su semblante se obscureció. "¿Me mostrará la carta?" preguntó él tensamente.

¿Qué había cambiado? Algo lo había alterado de nuevo. "Por supuesto. Tan pronto como estemos de regreso en la casa."

RESPIRAR. TODO LO QUE él necesitaba hacer era respirar y poner un pie frente al otro. Simple, realmente, aparte de los cuchillos en su vientre. Un cuchillo era el conocimiento de que su madre había sido infiel, el perfecto matrimonio de sus padres era todo menos eso. Luego estaba el cuchillo de la humillación. ¿Cuántas veces la gente había tratado de decirle esto, y él se había rehusado a escuchar? ¿Con cuánta frecuencia había él amenazado vapulear a otro chico por contar una historia tan patentemente falsa? Qué patético debieron haber pensado que era, ¡incapaz de enfrentar la verdad!

Pero no tan patético lo había hecho el tercer cuchillo, el cuchillo más grande, afilado, de que la preocupación de Elizabeth había sido por el *pobre Andrew*. La familia de Darcy había sido la que ella acababa de desgarrar. Sin previo aviso, ella había destruido sus recuerdos de su madre y de su padre, y los pensamientos de ella eran solamente para el *pobre Andrew*.

Un pie enfrente del otro. Inhalar, exhalar.

Había sido un alivio tan profundo, tan abrasador para su alma averiguar que Elizabeth no había deseado casarse con Drew. Aun si Darcy todavía no podía tenerla nunca, él ya no tenía que torturarse preguntándose si ella amaba a Drew o tan solo lo despreciaba a él. Ella solo estaba casándose con Drew porque tenía que hacerlo. Él podía perdonarle eso, y hasta podía imaginar un futuro donde él podía tener un lazo especial, aunque platónico, con Elizabeth; un reconocimiento de la conexión espiritual que él siempre había sentido con ella. Ella podía ser la esposa de Drew, pero su corazón podía pertenecerle a Darcy, y sus hijos podían ser los herederos de Darcy. Era algo.

Hasta que ella mencionó al *pobre Andrew* y rompió en pedazos sus fantasías. La sangre retumbaba enfermizamente en sus oídos.

Respirar. Caminar. Respirar de nuevo. Pensar en cualquier cosa excepto el futuro donde Elizabeth enfocaba su atención y afecto en el *pobre Andrew*.

Capítulo 23

DARCY ESPERÓ EN EL jardín de Longbourn mientras Elizabeth fue a buscar la carta de su madre y el relicario, con el corazón adolorido. Leer la carta arrancó lo último de su incredulidad; él conocía la letra de su madre demasiado bien. Sin embargo él no podía permitirse considerar sus palabras todavía, no cuando aún tenía que enfrentar a Elizabeth.

Cuando él finalmente volvió a doblar el papel y se lo alargó a ella, Elizabeth dijo titubeante, "El Sr. Bingley está adentro, y Jane ya le dijo que usted estaba afuera caminando conmigo. Él no me vio cuando entré, pero creo que él puede estar esperando verlo."

Justo lo que él no necesitaba, otro pleito con Bingley después de todas estas conmociones. Pero él había sobrevivido el disculparse con Elizabeth, y ella no parecía guardar resentimiento, así que quizá Bingley también lo perdonaría. Más de lo que él se perdonaría jamás, ya que al separar a Jane y Bingley, él había condenado sus propias esperanzas con Elizabeth. "¿Entramos, entonces?"

Ella se vio complacida, así que eso al menos era algo. "Muy bien." Ella metió la incriminatoria carta y el relicario en su bolsillo.

Adentro, Bingley pareció bastante feliz de verlo, pero se movía nerviosamente de un pie al otro. "Una cosa, Darcy. ¿Vas a quedarte mucho tiempo?"

"No. Solo me detuve para hablar con el Sr. Bennet, y espero llegar a Cambridge esta noche."

"¿Te esperan allá? Porque, si no, me sentiría honrado, ah, complacido si te unieras a mí en Netherfield. Puedes ganarme en el billar y decirme cómo va tu investigación." Detrás de Bingley, Jane Bennet retorcía sus manos.

Darcy no quería nada más que salir corriendo y esconderse en su madriguera a lamer sus heridas, pero difícilmente podía rehusar una tan obvia rama de olivo. "Me sentiré feliz de aceptar tu invitación. No tengo un particular apuro de llegar a Cambridge. Y me gustaría saber más sobre tus próximas nupcias. Me siento muy feliz por ambos."

Jane Bennet exhaló un obvio, aunque silencioso, suspiro de alivio y le sonrió.

"Te lo agradezco," dijo Bingley. "Yo soy, por supuesto, el hombre más feliz del mundo."

MÁS TARDE, EN EL CARRUAJE de regreso a Netherfield, Bingley dijo, "¿No es raro que haya resultado que la Señorita Elizabeth será hermana de ambos?"

Raro no era la palabra que Darcy usaría. Trágico, quizá. "Tu pareces muy feliz con tu Señorita Bennet."

"¡Oh, no podría estar más feliz! Se que tú tenías inquietudes con respecto a la conexión inicialmente, pero aprobaste que tu propio hermano se case con la Señorita Elizabeth, asumo que cambiaste de opinión." Bingley sonaba nervioso. ¿Temía él que Darcy desaprobaría su compromiso?"

¡Como si él no daría todo lo que poseía para llamar a Elizabeth su esposa! "Lo hice, pero eso fue solo cuando pensaba que tu Señorita Bennet era indiferente hacia ti. Cuando hay verdadero afecto por ambas partes, puede pasarse por alto alguna diferencia en rango." ¡Si tan solo él hubiera aprendido eso antes!

Por supuesto, si Lord Matlock hubiera mantenido esa posición, la madre de Darcy se hubiera casado con su novio de la infancia, y Darcy pudo no haber nacido nunca. En ese momento, él sentía que eso hubiera sido misericordioso, comparado con la agonía que sentía ahora. Él había adorado a su madre, y resultaba que él ni siquiera la había conocido. Él había respetado a su padre, quien había maltratado a Drew. Él se había enamorado perdidamente de Elizabeth, había descubierto que su presencia era lo único que iluminaba su mundo, y la había perdido ante su hermano. Sí, él hubiera preferido nunca haber nacido.

Y durante ese horrible momento cuando Elizabeth le había mostrado el relicario de su madre y la carta, cuando la conmoción de la imagen del amado rostro de su madre a un lado de un segundo Drew lo atravesó como una bala de mosquete, y él perdió el último vestigio de esperanza de que de alguna manera, de algún modo esto fuera un terrible error, justo entonces, mientras Elizabeth había colocado su mano sobre su brazo para consolarlo, una corriente de conexión y reconocimiento había reverberado entre ellos. Esto era real, este lazo entre ellos dos, y ella iba a ser la esposa de Drew.

"¿Siquiera me estás escuchando?" Bingley sonaba agraviado.

Darcy se pasó la mano por la frente. "Perdóname. Estaba preocupado por algo que me dijo la Señorita Elizabeth. Fue inexcusablemente grosero de mi parte. ¿Qué me estabas diciendo?" El año anterior él le hubiera dado a Bingley una reprimenda en lugar de admitir su falta. Eso había sido antes de que su orgullo le costara tener a Elizabeth.

Apaciguado, Bingley se recargó en la banca del carruaje. "No era importante. ¿Salió todo bien con la Señorita Elizabeth? Tú te veías muy serio, pero también te veías así en Pemberley, como si ya no disfrutaras de la compañía de ella."

Maldición. Bingley era demasiado perceptivo. Darcy haría bien en decirle suficiente de la verdad o Bingley continuaría hurgando como un terrier. De alguna manera se las arregló para reír ligeramente. "Tú sabes que yo la admiraba, y no de la manera en que uno piensa en una futura hermana. Mi relación con Drew ya es bastante lo bastante complicada. Necesito encontrar una nueva manera de pensar en la Señorita Elizabeth."

"Ah, sí, ya veo tu dificultad," dijo Bingley con un sabio asentimiento de la cabeza. "Al menos nunca pasó de admiración. ¿Cuál es tu negocio con el Sr. Bennet?"

"Solo finalizar los acuerdos," dijo Darcy con firmeza. Bingley escucharía cuando menos eso de Jane Bennet, de cualquier manera. "No, lo que me trastornó fue otra cosa totalmente diferente, algo sobre mi hermano."

"Espero que no le haya pasado nada."

Repentinamente Darcy no pudo soportar guardarse todo. "Nada nuevo. Parece que la razón de que mi padre lo desconociera es porque él era el hijo de otro hombre. Yo nunca lo supe."

"Oh, digo yo, eso debe haber sido una sorpresa," dijo Bingley. "Mi madre tuvo varios amantes después de que yo nací, y yo siempre me pregunté quién era el verdadero padre de Carolina. No que importara;

nadie nunca dijo nada al respecto. Muy desconsiderado de parte de tu padre hacer un escándalo por eso."

Darcy se quedó viendo a su amigo boquiabierto, cerrando la boca antes de que las palabras salieran. Los padres de Bingley no eran los Darcy de Pemberley. ¿Cómo se atrevía él a compararlos? Los padres de Bingley habían mantenido a sus hijos a distancia, y Darcy nunca había escuchado a su amigo expresar el menor afecto por ninguno de ellos.

Pero sus propios padres habían sido diferentes. Él nunca había supuesto que su matrimonio había sido por amor, esa rareza de rarezas para su generación, aunque él siempre había asumido que era uno de respeto mutuo. ¿Pero qué quería decir eso? Su padre había tenido una amante, pero nunca la había exhibido en cara de su esposa, así que nunca había conmocionado a Darcy. No tanto como averiguar que su madre había amado a otro hombre.

Igual que él amaba a Elizabeth, aún después de resolver que ella se iba a casar con Drew.

Era intolerable.

CUANDO LAS DOS HIJAS Bennet mayores estuvieron finalmente solas a la hora de dormir, Jane dijo, "Te veías triste en la cena. Espero que el Sr. Darcy no haya estado difícil contigo hoy."

"No peleamos," replicó Elizabeth cansadamente. "De hecho, él fue mucho más amistoso conmigo de lo que fue en Pemberley, donde parecía que él no podía soportar estar en mi presencia."

"¡El pobre hombre! Debe haber sido tan difícil para él tolerar el verte comprometida con su hermano. Pero quizá su afecto por ti ya ha empezado a disminuir. Eso espero, por el bien de ambos."

¿Por qué le había contado a Jane acerca de la propuesta del Sr. Darcy en Hunsford? "No, me temo que su afecto es tan fuerte como siempre. Su nueva amabilidad se debe a que él me ha perdonado por mi compromiso después de averiguar que fui forzada a aceptarlo. ¡Oh, Jane, odio que mi matrimonio le esté causando tanta angustia!" Su propio dolor era algo que ella nunca podría admitir ante Jane o ante nadie. Andrew merecía más que eso.

"Es triste, queridísima Lizzy, pero no es tu culpa. Tú no le pediste que se enamorara de ti."

"No, pero pude haber evitado su miseria rompiendo mi compromiso con Andrew." Era la primera vez que ella se permitía siquiera pensarlo.

"¡Oh, no, Lizzy! Sería tonto de tu parte renunciar a Andrew. Te gusta y lo respetas, y es una buena pareja para ti. ¡Y piensa en el escándalo! Nunca obtendrías una oferta de matrimonio respetable de nuevo si lo dejas plantado."

La garganta de Elizabeth se apretó. "Cuando estuve de acuerdo con el compromiso, mi principal razón fue nuestra familia. Si yo no me casaba con Andrew, todas ustedes sufrirían, especialmente cuando nuestro padre muera. Ahora tú estás comprometida, y mi escándalo no importaría tanto."

"Pero importaría, y tú acabarías sola, sin esposo o hijos. Tú mereces más." Jane bajó la voz. "Además, el Sr. Darcy se recuperará de su decepción bastante pronto. Los hombres siempre lo hacen. En un año o dos, todo quedará atrás para él y se enamorará de alguien más, pero tú habrás sacrificado todo tu futuro por él. Prométeme que no lo harás."

"Te prometo no hacer nada sin pensarlo bien, pero tienes un buen punto. Él bien puede reponerse." Pero el Sr. Hadley todavía llevaba la miniatura de Lady Anne Darcy treinta años después de perderla.

Y también estaban sus propios sentimientos. ¿Se recuperaría ella alguna vez?

ELIZABETH SE VIO SORPRENDIDA de verlo cuando Darcy llegó a Longbourn a la mañana siguiente. O quizá ella estaba simplemente conmocionada por su apariencia, los obscuros círculos bajo sus ojos que habían sido tan evidentes en su espejo. Pero aun así ella accedió a caminar con él.

Cuando empezaron a caminar por la avenida, él dijo gravemente, "Gracias por acceder a verme."

"Por supuesto. ¿Hay algo en lo que pueda ayudarlo?"

¡Oh, cómo deseaba él decirle la verdad de lo que deseaba! Que él anhelaba tomar sus manos y que ella descansara su cabeza sobre su hombro como lo había hecho una vez tan brevemente, en Pemberley. Pero nunca podría ser. En lugar de eso, él se aclaró la garganta. "Necesito consejo. He sabido por mucho tiempo que Drew no siente que él es parte de nuestra familia, pero yo creía que era solamente una reacción por haber sido desconocido. Lo que usted me dijo ayer cambió mi entendimiento, pero no mi meta, la cual es que Drew vuelva a unirse a la familia y que acepte su papel como un Darcy. La cuestión es cómo lograr eso."

Elizabeth pareció elegir sus palabras cuidadosamente. "¿Entonces esto no altera su opinión de él?"

"Por supuesto que no. Él es mi hermano, y yo quiero qué él deje de huir de su legado."

Ella se mordió el labio. "Espero que pueda lograr eso. Yo apoyaré sus esfuerzos en la medida que pueda."

Él se volvió y la miró fijamente. "Necesito su ayuda. ¿Cómo puedo hacer que él deje atrás su resentimiento? Usted lo conoce mejor que yo, aunque me avergüence admitirlo."

"Yo no lo conozco bien."

"Y yo escasamente lo conozco. Yo conocía al niño pequeño con el que jugaba, pero después de eso, él me evitaba. Casi no hablamos durante años hasta que él tomó la vicaría, y aún ahora él parece tener mucho cuidado con lo que me dice. Yo no sé cómo ganar su confianza."

Elizabeth rozó con los dedos las hojas puntiagudas del arbusto de acebo. ¿Picaban sus delicados dedos a través de sus delgados guantes? "Andrew se siente motivado por el deseo de ayudar a las personas que sufren. A él le gusta ser útil. Si él sintiera que usted necesita su asistencia o consejo, eso pudiera ayudar."

Pero él no necesitaba la ayuda de Drew. ¿Y sobre qué podría él volverse hacia él para que lo aconsejara? Pero él sospechaba que ella tenía razón. "Veré que puedo hacer."

Ella debe haber escuchado la duda en su voz. "Quizá usted podría contarle sobre los dilemas que enfrenta en Pemberley o con su hermana. ¿Tiene usted inquietudes sobre su primera Temporada? Cuéntele sobre ellas. Deje que lo vea como humano e incierto."

Él había pasado toda su vida aprendiendo a ocultar sus incertidumbres, a ser un verdadero Dueño de Pemberley, ¿y ahora ella quería que él las admitiera? "Eso no me saldrá natural." Por decir lo menos.

Ella le dirigió una mirada juguetona. "No, supongo que no. Déjeme pensar, usted tiene una plantación en las Indias, ¿no es así? ¿Dónde liberó a los esclavos? ¿Pudiera usted pedir su consejo sobre cómo, oh, establecer una escuela para los antiguos esclavos, o cómo animarlos a mejorar sus circunstancias?"

"Esa es una excelente idea," dijo él lentamente. "Eso ciertamente sería atractivo para Drew. Y nos permitiría trabajar juntos."

"También le demostraría a él como su conexión con usted pudiera ayudar con su causa."

"Eso es cierto. Es una buena idea." Él hizo una pausa. ¿Rompería su siguiente pregunta este frágil nuevo entendimiento entre ellos? "Tengo otra pregunta para usted, y temo que usted no estará complacida conmigo acerca de ella. Ayer usted declinó identificar a... ese hombre, por razones comprensibles. Pero yo egoístamente le voy a solicitar que lo reconsidere. Hay otros a quienes les podría preguntar, cualquiera de los sirvientes en Pemberley, por ejemplo, pero quiero que toda esta historia se quede en el pasado. Si se sabe que estoy cuestionando a los sirvientes sobre ello, la historia estará de nuevo en boca de todos."

Elizabeth dudó. "Supongo que eso es verdad. ¿Puedo preguntarle qué piensa hacer con la información?"

Una pregunta justa, y una para la que él no tenía una buena respuesta, aparte de su desesperada necesidad de saber la respuesta. "Muy probablemente, nada. No tengo la intención de enfrentar al hombre ni nada parecido. Pero asumo que él y yo frecuentamos los mismos círculos sociales, y no deseo de alguna manera atraer la atención sobre él porque yo no sabía nada."

Ella asintió. "Cuando averigüé la verdad, me sentí bastante tonta por haber tenido una larga conversación con él en completa ignorancia. No que hubiera hecho la menor diferencia, pero es una sensación incómoda."

"Le agradezco por comprender. Esa es la razón de que le esté preguntando una vez más si usted revelará su identidad, pero una palabra de parte de usted me silenciará sobre el tema. No deseo hacerla sentir incómoda."

Elizabet tragó con dificultad. "Puedo ver su punto de vista, pero no desearía que Andrew pensara que traicioné sus secretos."

Darcy bajó la barbilla en reconocimiento. "Yo no le diría que usted estuvo involucrada. Creo que sería mejor si él continúa creyendo que yo siempre lo supe."

"Muy bien, entonces," dijo ella lentamente. "El nombre de él es Hadley. Él es un primo de los Fitzwilliam."

Las cejas de Darcy se dispararon hacia arriba. "¿El abogado? ¿El que usa una barba ridícula?" preguntó incrédulo.

Ella frunció el ceño hacia él. "Esa ridícula barba cubre una barbilla que se ve exactamente igual a la de Andrew. Usted vio su retrato."

Él parpadeó. "No había pensado en eso. Lo he conocido, por supuesto, pero no puedo declarar conocerlo bien."

"Él desea poder conocerlo. Yo hablé con él en el baile en la Casa Allston, antes de saber nada de esto, y él estaba ansioso de saber todo sobre los hijos de Lady Anne. Pobre hombre solitario." Ella arrancó una hoja de un arbusto al pasar. "Y pobre Andrew."

Sus palabras, que habían hecho eco en sus oídos la noche anterior, lo aguijonearon de nuevo. "¡Pobre Andrew! Usted parece sentir mucha lástima por él."

Elizabeth empezó a despedazar la hoja con movimientos bruscos, abruptos. "Lo hago," dijo ella en voz baja. "Él ha sido burlado una y otra vez. Primero del amor de sus padres, luego de su hogar, y ahora..."

Darcy no podía sentir lástima por Andrew. "¿Y ahora qué? Va a casarse con usted."

Ella inclinó la cabeza de manera que él no podía ver nada más que la visera de su gorro. "Él merece una esposa que lo ame, una que no quiera más que hacer su vida con él, hacerlo feliz. En lugar de eso, me consiguió a mí." La voz de ella sonaba ahogada.

Por un momento él no comprendió, luego la respiración se le atoró en la garganta. ¿Podía ella posiblemente estar diciendo lo que él ansiaba escuchar? ¡Buen Dios, su corazón podía estallar de alegría! "Elizabeth," murmuró él.

"Lo sé," exclamó ella. "Se que no debería. Nunca debí haber dicho nada. Le ruego que lo olvide, cada palabra, se lo ruego."

"Elizabeth," dijo él de nuevo, con la voz más fuerte, y repleta con todo el ardiente amor que lo llenaba. " No me pidas que olvide esto. Lo que sea que suceda, dame este único momento antes de que deba volver a enfrentar la realidad."

Ella sorbió por la nariz. "*Odio* la realidad. Y lo sé, soy la persona más malcriada, horrible del mundo, llorando y quejándome porque no puedo tener la única cosa en particular que deseo más que nada, cuando de hecho tengo tanto por qué estar agradecida."

Ella lo amaba. Era verdad. Y él no podía hacer nada para aliviar el dolor que eso le causaba a ella. "Tú eres la criatura más exquisitamente maravillosa en el mundo," dijo él en una voz baja, deseando poder volcar su amor hacia ella. Pero ella era demasiado leal para acoger tal cosa cuando ella estaba comprometida con otro hombre, y él la amaba aún más por esa honestidad.

Elizabeth respiró dos veces entrecortadamente, y luego volvió su mirada hacia él, con sus bellos ojos brillantes con las lágrimas sin derramar. "Deberíamos volver a la casa."

"Sí, por supuesto." Las palabras salieron automáticamente, pero él sabía que su expresión lo estaba delatando. Pero ambos le debían a Drew algo mejor que esto, así que él arrancó su mirada de ella y empezó a caminar.

Finalmente ella rompió el silencio para preguntar, "¿Cuándo se irá a Pemberley?" La voz de ella solo tembló un poco.

Cuando menos esa era una pregunta que él podía contestar. "No hasta después de la boda de Bingley. Él me ha pedido que esté a su lado."

Una triste sonrisa curvó los rosados labios de ella. "Entonces lo veré ahí. Quizá escriba una carta para su hermana que usted pueda entregar."

"Me encantará hacerlo, aunque me detendré por varios días en Cambridge mientras estoy en los alrededores, aprovechando la oportunidad para recolectar nuevos especímenes y para discutir mi investigación sobre las plantas con los naturalistas ahí."

"Eso me recuerda; tengo algo que confesar. Después de que se fue de Pemberley, aproveché cada oportunidad para entrar a su invernadero y visitar su jungla. Espero que no le importe. Es lo más cerca que estaré de mi ridículo sueño infantil de explorar tierras inexploradas." Ella lo dijo con ligereza, casi de broma, pero él pudo sentir la tristeza detrás de sus palabras.

"Usted es siempre bienvenida en el invernadero. Si hubiera sabido que le gustaba tanto, la hubiera animado a ir allá. Espero que vuelva con frecuencia cuando esté en Kympton." Era otro nivel de sufrimiento, descubrir que a ella le interesaba la investigación que a nadie más le importaba. Ella hubiera sido perfecta para él.

"Me temo que no podré resistir, ahora que sé que un lugar tan maravilloso existe, para tocar mis sueños infantiles. Mi madre nunca lo perdonaría si supiera, después de todos los años que ella pasó convenciéndome de que las damas jóvenes nunca debía tener tales ideas. ¿Sabía usted que yo solía colarme en la biblioteca de mi padre para leer los diarios del Capitán Cook? Ahora, ¿no está usted conmocionado, señor?" Esta vez ella definitivamente estaba bromeando.

"Estoy conmocionado y consternado, pero solamente de que me haya perdido de la oportunidad de discutir sus exploraciones con usted." ¿Cómo era que él había fallado en conocer este lado de Elizabeth? Ella era perfecta para él. Perfecta. Excepto que iba a casarse con Andrew. "Algún día tendré que mostrarle mis otros diarios de viajes favoritos en la biblioteca en Pemberley." Él estaba pretendiendo, por supuesto, como si algún día ellos pudieran ser grandes amigos, a pesar de Andrew. Pero, por el momento, él no podía renunciar al sueño.

Capítulo 24

"¡VAMOS, DARCY! ¡NO DEBEMOS llegar tarde a la iglesia!" exclamó Bingley.

Todavía quedaba el tiempo suficiente antes de que la boda estuviera programada para empezar como para que ellos pudieran gatear sobre manos y rodillas todo el camino y todavía llegaran a tiempo, pero Darcy permitió ser apresurado hacia el carruaje.

Bingley estaba a punto de rebotar sobre la banca del carruaje por la anticipación. "¡No puedo creer que esto esté sucediendo finalmente! ¿Está derecha mi corbata?"

"Perfectamente. Y tu boda será perfecta, como lo será tu novia." Darcy no permitió que el vacío que sentía se reflejara en su voz. No era culpa de Bingley que Darcy hubiera arruinado su propia oportunidad de experimentar la alegría y satisfacción de casarse con la mujer que amaba.

Llegaron a la iglesia más de media hora antes. Darcy se resignó a pasar el tiempo manteniendo la ansiedad de Bingley bajo control, pero en todo lo que podía pensar era en que Elizabeth pronto estaría ahí.

Él de alguna manera se había forzado a permanecer lejos de Longbourn ayer, sabiendo que sería demasiado fácil volver a bromear con Elizabeth, y de ahí pasar a miradas de anhelo y a frases llenas de añoranza oculta. Él suspiraba por ese momento de cercanía con ella, de escucharla una vez más casi admitir sus sentimientos por él, pero estaba mal. Estaba más que mal. Drew era su hermano. Sería fácil pretender que él y Elizabeth estaban comportándose apropiadamente siempre y cuando no se tocaran uno al otro, pero eso no era verdad.

¿Era esto lo que su madre había sentido por el padre de Andrew? ¿Habrían ellos también pensado que podrían mantener sus distancia mientras se permitían mostrar sus sentimientos al otro? Tan solo pensarlo lo hacía sentir enfermo.

Y al mismo tiempo, él se gloriaba en saber que podría ver a Elizabeth de nuevo pronto, y que su cuerpo y espíritu cobrarían vida en su presencia. Y estaba mal, mal, mal.

Fue exactamente como él lo había predicho cuando Elizabeth flotó por el pasillo de la iglesia hacia él. Una vaga consciencia le dijo que su hermana, la verdadera novia, caminaba del brazo de su padre detrás de ella. Todo lo que él podía ver era a Elizabeth, en su vestido más fino, caminando para reunirse con él en el altar, y su corazón retumbaba en protesta porque era solo una sombra de la realidad que él ansiaba.

Bingley estaba de pie directamente frente al altar, en el lugar que debía ser el de Darcy. Jane Bennet estaría pronto a su lado, y el clérigo leería las líneas del matrimonio sobre ellos, no por Elizabeth y Darcy. El matrimonio que él había buscado alguna vez evitar sería consumado esta noche, pero él nunca tendría a la mujer que amaba. En lugar de eso, Drew siempre se interpondría entre ellos.

Pero ahora Elizabeth tomó su lugar en opuesto al de él, con la mirada baja y las mejillas atractivamente sonrojadas. ¿Era debido a estar frente a la congregación o a causa de su presencia?

Por un momento ella quedó oculta detrás de su padre y su hermana mientras pasaban. Luego él bebió de la presencia de ella como un hombre muriendo de sed, tan absorto en su presencia que la voz del Rector lo sobresaltó cuando dijo, "Queridos hermanos, nos hemos reunido aquí en presencia de Dios..."

Las familiares palabras de la ceremonia de bodas lo envolvieron, pero de lo único que él estaba consciente era de la mujer en el lado opuesto al suyo.

Elizabeth, con un pañuelo de encaje apuñado en su mano, había vuelto su atención hacia el novio. Darcy, cautivado por un rizo castaño que bailaba sobre su mejilla en la luz del sol que entraba a través de las altas ventanas de la iglesia, estaba escasamente consciente de ellos. ¿Se sentiría sedoso ese rizo al tocarlo? ¿Volvería a rizarse si lo jalaba? La frecuentemente imaginada imagen de Elizabeth con el cabello suelto alrededor de sus hombros y una luz bromista en sus ojos se presentó ante él, causando un fiero impulso de deseo.

Maldición, ¿qué le pasaba? Él estaba en la iglesia, y ella estaba comprometida con su hermano, pero él no podía obligarse a dejar de creer que ella era suya.

El rector se volvió hacia Bingley. "¿Aceptas a esta mujer como esposa, para vivir juntos como Dios lo ordena en el sagrado estado del matrimonio? ¿Prometes amarla, confortarla, honrarla y conservarla en la salud y la enfermedad; y, renunciando a las demás, serle fiel por todos los días de tu vida?"

Sí. Sí, lo haría. Para siempre. El pensarlo lo hizo sentirse medio mareado mientras miraba a Elizabeth quien ahora lo miraba de regreso, con el corazón en los ojos, mientras el rector le hacía a Jane la misma pregunta. ¿Sentía ella lo que sentía él?

Él no podía dejar de mirarla, aún mientras el ministro hacía que Bingley y Jane Bennet se tomaran de las manos. El lazo que lo unía a Elizabeth se sentía tan real que era asombroso que la congregación no pudiera verlo.

Luego Bingley habló, y las palabras hicieron eco en la cabeza de Darcy, pero los nombres estaban cambiados. *Yo, Fitzwilliam, te tomo a ti, Elizabeth, como mi esposa, para tener y mantener desde este día en adelante, en lo próspero y en lo adverso, en la salud y en la enfermedad, para amarte y respetarte, hasta que la muerte nos separe, de acuerdo con el mandato sagrado de Dios, y en cumplirlo empeño mi palabra. Sí. Sí.*

Y ella continuó mirándolo, con las lágrimas derramándose de sus bellos ojos, mientras Jane respondía, y Darcy escuchó en su corazón los tonos musicales de Elizabeth diciéndole lo mismo a él.

Él nunca podría acercarse a ella, nunca podría acercarse y poner un anillo en su dedo, nunca, jamás. Pero él dijo las palabras en su corazón. *Con este anillo te desposo, con mi cuerpo te venero, y te doto todos mis bienes terrenales; en el nombre del Padre, y del Hijo, y del Espíritu Santo. Amén.*

El rector dijo, "Oremos."

Una frenética locura pareció llenar su mente. Darcy necesitaba todas las oraciones del mundo, muchísimas más que las que el anciano que sostenía el Libro de la Oración Común y su congregación podían proporcionar. ¿Qué había hecho? ¿Comprometiéndose con Elizabeth en su corazón, justo aquí en presencia de Dios frente al altar? Ella no era suya, nunca sería suya. Sin embargo él sabía, hasta sus mismos huesos, que los votos que acababa de hacer silenciosamente eran verdaderos, y que él nunca podría olvidarlos. ¿Cómo podía algo que estaba tan, tan mal, sentirse tan bien?

¿Había su madre alguna vez hecho votos silenciosos a Hadley, aún mientras se casaba con el padre de Darcy?

Por un momento, temió enfermarse, justo ahí en la iglesia, a un lado de los recién casados. Se suponía que él estaba celebrando el día más feliz de la vida de ellos, y en lugar de eso estaba pecando gravemente en su corazón.

Elizabeth era la que había apartado la mirada entre ellos, y fue casi un alivio. Casi. Él tuvo que cerrar sus propios ojos, para ver dentro de sí y recordar quién era, y quién necesitaba ser.

La historia no podía repetirse. Él tenía que detener esto, y tenía que hacerlo ahora.

¿Cómo podía tener Elizabeth una oportunidad de aprender a amar a Drew cuando Darcy estaba siempre en el fondo, con su corazón a sus pies? Él sabía que no podría aprender a dejar de amarla; lo había intentado con todas sus fuerzas después de Hunsford, y hoy su amor por ella era aún más profundo de lo que había sido esa noche, cuando él lo había creído el sentimiento más poderoso que jamás había experimentado.

Él era el Dueño de Pemberley, maldición, y tenía una responsabilidad hacia su familia, hacia la gente que amaba. Si a él realmente le importaba Drew, y él realmente amaba a Elizabeth, entonces solo había una solución. Él tenía que irse.

Sí, dejar Pemberley, dejar a Elizabeth, dejar a Drew. Darles la oportunidad de crecer juntos en afecto, una oportunidad de que esta pasión no expresada, ilícita se desvaneciera. Si todavía le quedaba un rastro de decencia, era lo único que podía hacer.

¿Sería Londres lo suficientemente lejos? Él aún los vería periódicamente entonces. Ellos lo esperarían en Pemberley para Navidad, y Drew había hablado de visitar a sus amigos londinenses. No, mudarse a Londres no arreglaría nada. Solo significaría permitir que sus sentimientos crecieran por meses mientras esperaba verla de nuevo. Tenía que ser una separación completa. Él no sabía cómo, pero tenía que encontrar una manera.

HURRICANE AGITÓ LA cabeza cuando Darcy salió del camino hacia Pemberley. Él se había adelantado al carruaje que llevaba a Wilkins y su equipaje, y la cabalgata había sido lo suficientemente larga como para cansar hasta al robusto Hurricane. Darcy se inclinó hacia adelante y lo palmeó en el cuello. "Ya no falta mucho," le dijo al caballo. "Solo una breve parada en Kympton, y luego a casa a tu establo."

Drew no lo estaría esperando, pero Darcy necesitaba tener esta conversación antes de llegar a Pemberley y tener que explicar sus nuevos planes a Georgiana. Él esperaba que Drew no hubiera salido. Él había estado temiendo esta conversación desde que había salido de Cambridge, y tener que esperar a que su hermano regresara no ayudaría. Afortunadamente la doncella dijo que él estaba en casa y lo llevó al estudio de Drew.

La reacción inmediata de su hermano a su llegada fue verse cauteloso, una expresión con la cual Darcy estaba demasiado familiarizado. "Fitzwilliam, no había oído que estabas de regreso."

"Voy llegando. Todavía no he ido a Pemberley. Me detuve aquí de camino con la esperanza de hablarte sobre mis planes."

"¿Planes?" La mirada cautelosa se redobló en una expresión totalmente desconfiada.

"Sí. Puedes saber que hace años yo iba a formar parte de una expedición científica a Perú, pero tuve que retirarme porque nuestro padre rehusó su permiso, y luego a causa de su apoplejía. Cuando me detuve en Cambridge para visitar a mi viejo tutor de camino a casa, averigüé que están planeando un segundo viaje que partirá en la primavera, este a Surinam, y me han pedido que los acompañe." El trató de sonar entusiasmado. Y lo estaba, de cierta forma; él sabía que disfrutaría de estar entre compañeros naturalistas y de los descubrimientos que haría, y era preferible a esconderse en el continente o a cualquier otra de las opciones para salir del camino durante un largo período de tiempo. Pero era difícil sentirse emocionado sobre cualquier cosa cuando eso significaba dejar atrás a Elizabeth.

Drew frunció el ceño. "¿Durante cuánto tiempo te irás?"

"Tres años, lo cual es la razón por la que no podría hacerlo sin tu apoyo." Tres años lejos de Pemberley, pero era lo correcto. Tres años debían ser tiempo suficiente para que Elizabeth aprendiera a amar a Drew, y para que Darcy aprendiera a vivir sin ella.

"¿Mi apoyo? ¿Qué tengo yo que ver con eso?"

"¿Estarías dispuesto a actuar como guardián de Georgiana mientras estoy lejos?" Él había planeado esta discusión cuidadosamente, y esta era la parte con la que él creía que Drew estaría de acuerdo más fácilmente.

Drew lo consideró. "Supongo que podría, si estás seguro de que quieres que lo haga."

"¿Quién mejor que su hermano? Dudo que será una tarea onerosa, especialmente ya que Georgiana está tan encariñada con la Señorita Elizabeth Bennet. Richard Fitzwilliam es también su guardián, pero yo me sentiría mejor si ella estuviera directamente bajo tu cuidado, y estoy seguro de que ella lo preferiría por mucho."

"Tu necesitarías decirme más de qué estaría involucrado. ¿Querrías que ella viviera conmigo?"

"Eso dependería de ti. Ella tiene su propio domicilio en Londres, y no hay razón para que ella no continuara allá si lo prefieres."

"¿Tú no tienes preferencia?" Drew sonaba sorprendido.

"Si tú vas a ser su guardián, debe ser tu elección. También, tu situación es diferente de la mía, ya que tú estarás casado para cuando yo me vaya." Un agudo dolor apretó su pecho. "La gente podría mirar con recelo el que una chica joven viviera sola con su mucho mayor hermano soltero, razón de su situación actual. Pero tú debes decidir que funciona mejor para ti."

Drew examinó este comentario como si buscara una trampa en él. "Muy bien. Estoy dispuesto a tomar ese puesto si te ayuda."

"Lo aprecio." Darcy respiró hondo. Esta era la parte difícil, pero si deseaba que Drew superara su aversión a Pemberley, era crucial. "Hay otra cosa más. Mi administrador en Pemberley es competente para el manejo diario de la hacienda, pero debe tener a alguien que lo supervise en situaciones inusuales donde el tiempo puede ser fundamental. ¿Puedo decirle que puede acercase a ti con cualquier pregunta urgente?"

Los ojos de Drew se entrecerraron. "Yo no sé nada sobre administración de haciendas o las necesidades de Pemberley."

"Esto requeriría mayormente sentido común y la habilidad de hablar en mi nombre. Él puede escribirme con preguntas a largo plazo, pero si, digamos, hubiera una epidemia en el pueblo, o una inusualmente mala cosecha, él necesitaría permiso para ofrecer asistencia a los que lo necesitaran." Eso debería apelar al deseo de Drew de aliviar el sufrimiento.

Su hermano se veía tentado, pero se mordió el labio. "No sería apropiado que yo tomara decisiones en Pemberley."

Ahora. Era el momento. "¿Esto es a causa de todas esas tonterías sobre nuestra madre?"

Drew hizo una mueca y sacudió la cabeza como si asintiera, pero no miró a Darcy a los ojos.

"Perdóname, pero creo que ya es hora de olvidar todo ese sin sentido," dijo Darcy. "Mi padre fue irracional y poco inteligente al permitir que afectara su comportamiento en lugar de ignorarlo."

"Es la verdad," Drew medio gruñó, con los hombros encogidos.

"La verdad es que tú eres mi hermano, y que la ley dice que tú eres un Darcy. Si tú te rehúsas a representar el papel de un Darcy, mantendrás vivo el escándalo. Por el bien de tus futuros hijos, si no por otra cosa, debes permitir que eso quede en el pasado."

"¿Mis hijos? ¿Qué tienen ellos que ver con eso?"

"Todo. Si tú continúas recordándole a la gente el escándalo, ¿cómo afectará eso los prospectos de matrimonio de tus hijas? ¿Quieres que tus hijos no sean Darcy del todo? Mientras que si tú me sustituyes mientras esté lejos, aceptando el manto de ser un Darcy, todo se olvidará pronto. Mi padre está muerto. Tú no tienes nada que ganar al continuar insistiendo en que no quieres tener nada que ver con la herencia Darcy, y tienes muchísimo que perder."

"Pero la herencia Darcy no es mía por derecho."

"Permíteme diferir. Hace treinta años, Pemberley estaba cargado de deudas y en malas condiciones. Mi padre se casó con nuestra madre por su enorme dote. Todo ese dinero se gastó en pagar las deudas de Pemberley y en invertir en la hacienda. De seguro tú no negarás que esa herencia es tuya. Y de tus hijos."

"No," dijo Drew lentamente, alargando la palabra. "¿Pero a ti por qué te importa?"

"Porque tú eres mi hermano, e, igual que tú deseas arreglar los males del comercio de esclavos, yo deseo arreglar los males que cometió mi padre.

Y, sí, sería en mi beneficio el poder confiar en ti para manejar Pemberley mientras estoy lejos, pero más allá de eso, quiero que mi familia vuelva a ser lo que era antes de que mi padre te usara como arma para castigar a nuestra madre. ¿Te acuerdas cuando corríamos por los salones de Pemberley y reíamos? Yo quiero que tus hijos sean parte de mi familia. Nuestra madre cometió un error una noche hace muchos años, y yo quiero que esa noche deje de regir nuestro presente." Él no había querido decir tanto, pero se le había salido.

"Si fue solamente una noche, y yo no tengo razón para creer eso. De todos modos fue adulterio, sin importar que tan poco te moleste."

"Oh, sí me molesta. Odio pensar en ello. Pero no fue tu culpa. ¿Por qué debería yo rechazarte por ello cuando mi padre siempre tuvo una amante, aun cuando estaba recién casado? ¿Cuándo hizo educar al supuesto bastardo de su propio hermano junto conmigo? Mi padre no tenía derecho a lanzar piedras."

"Supongo que no." Pero no se veía convencido.

Recordando la carta que Elizabeth le había mostrado, él siguió adelante. "Sin mencionar su crueldad hacia nuestra madre. ¿Recuerdas cuán deprimida estuvo después de cada bebé que nació muerto o que murió después de un mes o dos? Ocho de ellos, uno detrás del otro, y solamente tú y Georgiana sobrevivieron. Y entonces, a causa de él, ella te perdió a ti también. Ella hubiera querido que tú te sobrepusieras. Déjame honrar su memoria trayéndote de regreso a la familia donde siempre mereciste estar."

Drew se frotó lentamente la frente. "Lo consideraré," dijo él con renuencia.

"Espero que lo hagas, por mi propio bien. La expedición de hace cinco años hubiera sido la culminación de todo por lo que yo había trabajado, y tuve que renunciar a ella porque nuestro padre se negó a permitirme ir. Siempre lo he lamentado. Esta es mi segunda oportunidad, pero no puedo hacerlo sin tu ayuda." Si eso no lo convencía, nada lo haría.

Su hermano finalmente levantó la mirada. "Muy bien. Lo haré, por tu bien."

Capítulo 25

DOS SEMANAS DESPUÉS, llegó una carta de Andrew para Elizabeth. Era difícilmente de sorprender; él le había escrito semanalmente desde su regreso a Derbyshire. Usualmente sus cartas eran descripciones relativamente breves de eventos locales, su sermón, y la restauración de la casa. Esta carta, sin embargo, era de tres páginas de largo y escrita llenando todo el espacio.

Las cejas de Elizabeth se elevaron cuando terminó la primera página, y volvió a leer el último párrafo dos veces.

Mary dijo, "Espero que no suceda nada."

Ella negó lentamente con la cabeza. "Para nada; solo es una sorpresa. Su tía en Bath desea conocerme, así que estoy invitada a ir allá por dos semanas." Eso sería bastante raro, dado que él nunca le había siquiera mencionado a esta tía, pero eso era solamente una parte de la rareza de la carta. La sección final era particularmente rara:

La importancia de este viaje, sin embargo, está en otro asunto, uno que me siento renuente a poner sobre el papel. Es posible que tú recuerdes a una inesperada visitante a la rectoría, una joven dama vestida de luto; y si tú estuvieras dispuesta a hacer este viaje, eso sería suficiente para resolver algunos de los problemas que la afligen.

Bueno, eso era misterioso, pero a ella le encantaba viajar y siempre había querido ver Bath, y si eso ayudaba a Lady Frederica, Elizabeth estaría feliz de tener eso como excusa. "Mamá, ¿puedo ir? Él dice que enviará un carruaje por mí, y sugiere que lleve a Mary como mi chaperona. Nosotras nos quedaríamos en la casa de su tía en Bath, junto con la Señorita Darcy y su prima Lady Frederica Fitzwilliam. Andrew se quedará en un hotel por respeto al decoro." No había mención de Darcy en la carta, así que sería lo bastante seguro para ella.

"Por supuesto que debes ir," exclamó la Sra. Bennet, "y debes tener cuidado de poner a Mary en presencia de algunos de los caballeros adinerados en Bath. ¡Vamos, podría ser un excelente lugar para atrapar a un esposo!"

Mary dijo remilgadamente, "Yo no tengo interés en la caza de esposos, pero me alegrará tener la oportunidad de ver a Georgiana y Andrew de nuevo."

"¡Niña tonta, no hay razón para que no puedas hacer ambas cosas!" La Sra. Bennet se abanicó furiosamente.

Elizabeth dijo tranquilizadoramente, "Me imagino que tendremos muchas oportunidades de conocer gente en Bath. ¡Qué cosa tan buena que Jane le diera a Mary tantos de sus antiguos vestidos cuando compró su ropa para la boda! Mary ciertamente se verá de lo mejor."

Los ojos de la Sra. Bennet se abrieron muy grandes. "¡Muy cierto, Lizzy! Los revisaré en este instante. Quizá algo de encaje extra pudiera ayudar, o algunos listones nuevos para que se vean de última moda." Ella salió emocionada del salón.

"Pero a mí no me importa verme a la última moda," le dijo Mary mientras salía.

Elizabeth ostentosamente puso un dedo sobre sus labios. "Shh. Déjala que sueñe. De esta manera ella te permitirá ir conmigo, mientras que si cree que tú no aprovecharás al máximo la oportunidad de encontrar un esposo, ella insistirá en mandar a Kitty en tu lugar."

Los ojos de Mary se abrieron desmesurados. "Pero ¿tú no preferirías llevar a Kitty?"

Negando con la cabeza con una sonrisa, Elizabeth dijo, "¿No has notado que estoy pasando más tiempo en tu compañía ahora? Admito que yo estaba menos que encariñada con tu etapa de Sermones de Fordyce, pero disfruto escuchar lo que estas aprendiendo de los libros que Andrew te recomendó. Y él solicitó particularmente que tú fueras mi chaperona."

Las mejillas de su hermana se sonrojaron. "Eres tan afortunada de haber captado el interés de tan excelente hombre. El esposo de Jane tiene fortuna y buen humor, pero no es nada junto a Andrew, quien es tan sabio, bueno y generoso. Y considerado, fue muy amable de su parte pensar en mí."

En verdad había sido considerado de parte de Andrew invitar a Mary, quien de otra manera nunca hubiera recibido tal oportunidad. Elizabeth necesitaba recordar las virtudes de Andrew en lugar de enfocarse en su ocasional irritabilidad y rigidez. Pero en el fondo, ella sabía que el problema real estaba en ella, no en él. Ella podía haber aprendido a ser feliz con Andrew si nunca hubiera visto a Darcy de nuevo. De alguna manera ella necesitaba ahogar esos sentimientos inapropiados que él inducía en ella.

Quizá este viaje a Bath sería su oportunidad de acercarse más a Andrew. Dos semanas en su compañía sin la presencia de Darcy pudieran ser justo lo que ella necesitaba para convencer a su recalcitrante corazón de adherirse a Andrew.

LA DETERMINACIÓN DE no pensar en Darcy durante su viaje a Bath no pasó la llegada del carruaje a Longbourn. Una mirada a las elegantes líneas del mismo y a la librea del cochero y el lacayo fue suficiente para convencerla de que era Darcy, en lugar de Andrew, quien estaba pagando este transporte privado. ¡No era de sorprender que Andrew rechazara su oferta de que ella y Mary podían viajar en carruaje de posta público!"

Darcy sin duda diría que esta era su forma de ayudar a Lady Frederica, aunque a Elizabeth aún la desconcertaba cómo el que ella viajara pudiera ser de asistencia en el dilema de esa dama, pero ella no podía descartar la idea de que él lo había hecho por ella.

Hubo demasiado tiempo para pensar durante los dos días de viaje. El escenario de Berkshire Downs fue una placentera novedad, y detenerse en una posada de posta a pasar la noche fue un recordatorio de su viaje a Derbyshire con los Gardiner. Aun así, ella encontró que los obscuros ojos de Darcy surgían ante su imaginación con mucha más frecuencia que los ojos verdes de Andrew.

Ellas llegaron a Bath tarde el segundo día, bajando por una empinada colina a una confección de modernos edificios construidos de piedra del mismo color miel. Tanto Elizabeth como Mary se quedaron viendo boquiabiertas la vistas que pasaban ante ellas hasta que el carruaje subió otra colina y se detuvo afuera de una vivienda con terraza con vistas a un jardín común circular.

Mientras un lacayo las ayudaba a descender, Elizabeth puso su mano en la frente para dar sombra a sus ojos mientras miraba a los altos edificios que formaban un círculo a su alrededor. "Oh, ¡Dios! Creo que estamos en la parte de moda de la ciudad."

"¡Ciertamente lo están!" Era la voz de Andrew, con un dejo de risa en ella. "Este es el Royal Circus, una de las más elegantes direcciones. Bienvenida a Bath, querida."

"¡Cielos! ¿de dónde saliste tú?" exclamó Elizabeth.

"Estaba merodeando en el jardín, esperando verlas antes de que llegaran." Él tomó la mano que ella ofreció tardíamente y la besó ligeramente. "Espero que su viaje haya ido bien. Señorita Mary, me da mucho gusto que pudiera unirse a nosotros."

"Le agradezco la invitación," dijo Mary con seriedad.

Elizabeth le sonrió a Andrew, complacida de verlo de tan buen humor a pesar de la dificultad de su última reunión. "El carruaje que enviaste era muy cómodo, y los caminos estaban bien."

"Eso fue obra de Darcy. El carruaje, no los caminos, quiero decir," dijo él. "Si no están muy fatigadas, hay, mmm, algo cerca que me gustaría mucho mostrarles antes de que entremos." Andrew era tan malo para dar excusas como su hermano.

"Yo estaré feliz con un poco de ejercicio después de estar sentada en el carruaje todo el día. ¿No estás de acuerdo, Mary?"

"En verdad, así es," dijo Mary con un aire de confusión.

"Muy bien," Andrew dio instrucciones al lacayo para que llevara los baúles adentro, y luego ofreció a Elizabeth su brazo. "Si fueran tan amables de venir conmigo, les mostraré la dirección más a la moda de todas, el Royal Crescent."

"Yo he visto un grabado de él," dijo Elizabeth, intentando ocultar su curiosidad ante el inusual comportamiento de él.

Mientras él la conducía por una de las otras calles que llevaban al Circus, con Mary caminando detrás de ellos, él le dijo calladamente, "Gracias por complacerme. Hay ciertas explicaciones que debo dar donde los sirvientes no puedan escuchar, ya que varios de ellos están pagados por Lord Matlock."

"¿Igual que en Pemberley?" preguntó Elizabeth.

"Es un hábito suyo, y es importante que no le llegue ni una palabra de los motivos ulteriores de Frederica al venir aquí."

"¡Eso es algo por lo que también siento gran curiosidad! ¿Cómo ayuda mi presencia en Bath a Frederica?"

"Ah, sí. Es bastante complicado, pero Matlock sospechó que Frederica estaba planeando algo y no la dejó ir a Pemberley porque no confía en mi hermano. Él dijo que si ella deseaba cambiar de escenario, su única opción era quedarse con nuestra tía, Lady Margaret, aquí en Bath. Ella es una verdadera gorgona cuando se trata de propiedad. Frederica urdió el plan de casarse en secreto aquí. Ella todavía quiere que yo asista a su boda, sin embargo, así que necesitaba una excusa para venir a Bath. Ahí es donde entraste tú, ya que mi tía ya había insistido en que te presentara con ella cuando supo de mi compromiso. Yo había planeado ignorarla, como he ignorado todas las demás demandas que ha hecho de mí por años, pero en este caso, servía mi propósito. Pero la boda debe seguir siendo un secreto para Lady Margaret."

"Ya veo. ¿Asumo, entonces, que debo pretender nunca haber conocido a Lady Frederica?"

Él frunció los labios. "No había pensado en eso, pero puede ser difícil explicar que se conozcan. No que sea probable que tengas mucha oportunidad de explicar nada; Lady Margaret domina todas las conversaciones. Afortunadamente, ella es incapaz de salir de la casa debido a su gota, y hemos planeado salidas para cada día. Espero que ella no pruebe ser una anfitriona demasiado difícil."

Elizabeth dijo, "Pude tolerar a su hermana, Lady Catherine de Bourgh, lo suficiente así que me imagino que me las puedo arreglar con Lady Margaret."

Asintiendo, él dijo, "Tú sabes a lo que te estás enfrentando, entonces. Son tal para cual."

"¿Cuándo se llevará a cabo la boda de Lady Frederica?"

"Eso es incierto. Se suponía que la familia de Farleigh se reuniera con nosotros aquí, pero su padre se resfrió y ha sido retrasado." Él miró hacia atrás a Mary, aún detrás de ellos para darles privacidad, y dijo con voz más baja. "Hay otro asunto del que debes estar consciente. Este no es un secreto, pero no desearía que te tomara por sorpresa si Georgiana lo mencionara."

Inclinando la cabeza con curiosidad, Elizabeth preguntó, "¿Cuál es ese?"

"Yo voy a hacerme cargo de ella como su guardián mientras mi hermano está lejos, y ella ha preguntado si pudiera vivir con nosotros durante ese tiempo. Naturalmente le dije que lo tendría que discutir contigo, especialmente porque sería por algunos años. Ella está ansiosa por una respuesta y pudiera presionarte sobre ello, aunque yo le pedí que no lo hiciera."

La respiración de Elizabeth se atoró en su garganta. "¿Tu hermano va a irse?"

"A una expedición científica a Sudamérica, ¡entre todas las cosas! Al principio yo pensé que era solamente un impulso y que cambiaría de opinión, pero parece que él está determinado," dijo Andrew con una risa. "No me preguntes por qué; ¡yo nunca desearía hacer tal cosa!"

Las casas con terrazas a cada lado de la calle parecían amontonarse sobre Elizabeth, su vista se puso momentáneamente obscura. ¿Darcy iba a irse? El corazón le retumbaba. Ella no tenía necesidad de preguntar sus razones; era a causa de ella. Darcy iba a dejar su casa y a su familia por años porque ella iba a casarse con Andrew. El estómago se le encogió.

Andrew debió ver algo en su expresión. "Si tienes objeción a que Georgiana viva con nosotros, solo tienes que decirlo. Yo no le he prometido nada."

Ella trató de recuperar el juicio. "No, solamente me tomó por sorpresa, y hay mucho que considerar." Pero el corazón le dolía otra vez.

Después de que hubieron pasado unos cuantos minutos admirando el arco de mansiones paladianas que constituían el Royal Crescent, Andrew dijo, "Lady Margaret probablemente se estará preguntando qué he hecho contigo, así que supongo que debemos regresar."

Elizabeth estuvo de acuerdo, y ellos regresaron por la Brock Street hasta el Circus donde un estirado mayordomo los pasó a un salón exageradamente decorado. Una dama anciana envuelta en una ridícula cantidad de encaje negro estaba sentada en una gran silla dorada elevada sobre el resto del salón como si fuera un trono. "¡Ya era hora, jovencito!" le espetó ella a Andrew. "¿No tienes sentido del respeto apropiado?"

Pero Elizabeth no pudo dedicar ni un pensamiento a la diatriba que sin duda sería dirigida hacia ella en cualquier momento, porque justo detrás de Lady Margaret estaba sentado Fitzwilliam Darcy.

"CUALQUIERA EN BATH con cualquier pretensión de estar a la moda debe ir al Pump Room cada mañana," Lady Frederica le dijo a Elizabeth a la mañana siguiente mientras caminaban bajando por la empinada colina en el centro de Bath, acompañadas por Andrew. "Es el centro de la sociedad en Bath."

Elizabeth decidió no mencionar que Darcy ciertamente tenía pretensiones de estar a la moda, y había elegido quedarse con Georgiana y Mary. "Pero ¿qué hace uno ahí?" preguntó Elizabeth.

Lady Frederica agitó su mano. "Hablar con aquellos que conoces, y ser presentada a aquellos que no conoces. Caminar de arriba a abajo por el salón. En teoría, beber el agua mineral, pero no te lo aconsejo si no estás enferma. El sabor es horrible." Ella se estremeció ligeramente.

"Es muy parecido a la hora de moda en Hyde Park," dijo Andrew. "Uno va a ver y a que lo vean, no a hacer algo."

No que ella nunca hubiera estado a la hora de moda en Hyde Park, pero este no era el momento de mencionar eso. "Trataré de no hacerlos quedar mal," dijo ella con una risa.

Lady Frederica dijo enérgicamente, "No temas, ustedes van a ser muy populares. Todos los recién llegados lo son. Nos encontraremos ahí con mi Evan, y él hará hincapié en coquetear contigo. Es todo parte del plan para evitar que alguien sospeche el apego que le tengo."

Claramente Lady Frederica lo tenía todo planeado, así que Elizabeth dijo, "¡Qué delicioso! ¿Qué pudiera ser mejor que la oportunidad de coquetear con un fino caballero sin preocuparme en absoluto por ninguna consecuencia. Andrew, espero que no te pondrás celoso," bromeó ella.

La boca de él se arqueó. "Me las arreglaré para controlarme. Yo confío en ti, después de todo."

Elizabeth se las arregló para dirigirle una sonrisa, pero era falsa. Ella no merecía la confianza de Andrew, no cuando su corazón estaba lleno de su hermano.

El Pump Room probó ser un gran salón bordeado de columnas y lleno de gente elegantemente vestida, mucha de ella ancianos, algunos sentados mientras que otros caminaban de un lado para otro. Una galería a un lado albergaba músicos que tocaban lo suficientemente suave como para permitir la conversación, y un jarrón de mármol a lo largo de una pared servía como fuente para las famosas aguas.

Un guapo joven de cabello obscuro caminó hacia ellos tan pronto como hubieron entrado al salón. Por la forma en que la expresión de Lady Frederica se suavizó al verlo, Elizabeth sospechaba que este debía ser el pretendiente prohibido. Él saludó a Andrew por su nombre e hizo una reverencia hacia Lady Frederica antes de decir, "Digo, ¿podría suplicar el favor de ser presentado a esta encantadora joven dama?"

Los labios de Lady Frederica se asentaron en una línea. "Señorita Bennet, ¿puedo presentarle al Sr. Farleigh de la Finca Edington? Sr. Farleigh, la Señorita Bennet de Longbourn en Hertfordshire."

Elizabeth le ofreció su mano con una sonrisa. "Un placer, Sr. Farleigh."

Él ostentosamente besó su mano, lo cual hubiera sido vergonzoso si no fuera por la silenciosa diversión en sus ojos. "El placer es todo mío. ¿Puedo invitarla a caminar por el salón conmigo?"

Ella le dirigió una risueña mirada a Andrew antes de asentir. Mientras partían por el salón, dejando a Andrew y a Lady Frederica detrás, el Sr. Farleigh dijo suavemente. "Se lo agradezco. Una vez que hayamos sido vistos juntos por un número de gente, será seguro volver con los demás."

"Estoy a su disposición, señor." Ella agitó sus pestañas, intentando poner una buena exhibición de coqueteo.

"Es usted muy amable." Mientras caminaban, él saludó a unas cuantas personas que pasaron, la presentó con un anciano caballero que parecía estar mayormente sordo y la llamó Señorita Pennet, y le señaló al Maestro de Ceremonias. Luego pareció distinguir a alguien a un lado del salón y murmuró. "Justo lo que necesitamos. Uno de los parientes de Matlock. Será perfecto que ella la vea a usted conmigo." Él llevó a Elizabeth a una pequeña mesa donde una mujer mayor con dedos engarrotados estaba sentada en una silla de Bath. "Sra. Todd, ¿puedo tener el honor de presentar a la Señorita Bennet para que la conozca? Ella es una nueva visitante y casi no conoce a nadie."

"Encantada, Señorita Bennet. Siéntese, se lo ruego, o yo terminaré con un calambre en el cuello. Sr. Farleigh, espero que esté bien."

"¿Cómo puedo estar de otra manera cuando tengo la buena fortuna de acompañar a una encantadora dama? ¿Me puedo atrever a esperar que las aguas la hayan ayudado con su artritis?" preguntó el Sr. Farleigh.

"Los baños calientes me han proporcionado algún alivio, se lo agradezco. Yo estoy acostumbrada a climas más cálidos, y siento el frío aire inglés en los huesos."

"Ah, sí. Señorita Bennet, la Sra. Todd vivió en Jamaica hasta hace poco, y nunca se cansa de decirnos cuánto extraña las palmeras."

La anciana mujer dijo, "Por supuesto, cuando estaba allá, extrañaba igual nuestros castaños ingleses. ¡Nunca estoy satisfecha!"

"He escuchado que Jamaica es muy bella," dijo Elizabeth diplomáticamente, preguntándose cómo salir de ahí antes de que Andrew llegara con ellos. Una persona acomodada de Jamaica casi con certeza tenía conexiones con el comercio de esclavos, aún si no era un declarado dueño de esclavos. Un pariente de Lord Matlock era muy probablemente lo último.

"Incomparablemente," dijo la Sra. Todd. "Si no fuera por la continua tragedia de la esclavitud, sería el Paraíso."

Elizabeth respiró un silencioso suspiro de alivio. "Me lo puedo imaginar. Simplemente visitar Bath es una tremenda aventura para mí; nunca había estado en esta parte de Inglaterra antes."

Eso dio a la Sra. Todd la oportunidad de preguntarle sobre Longbourn, y ellas charlaron por varios minutos hasta que la dama mayor se quedó callada repentinamente, mirando por encima del hombro de Elizabeth con una expresión cautiva.

Instintivamente Elizabeth levantó la mirada para ver a Andrew de pie detrás de ella, con una expresión interrogante. Si la Sra. Todd era una conexión de Lord Matlock, él ya la conocería, a menos de que ella hubiera estado en Jamaica toda la vida de él, pero no le correspondía a Elizabeth ofrecer hacer las presentaciones.

La Sra. Todd, sonando un poco titubeante, dijo, "Señorita Bennet, ¿sería usted tan amable de presentarme a su amigo?"

"Por supuesto. ¿Puedo presentar al Sr. Andrew Darcy, el vicario de Kympton en Derbyshire, para que lo conozca? Andrew, esta es la Sra. Todd."

"Derbyshire... ¿Es entonces usted una conexión del Sr. Darcy de Pemberley?" preguntó la Sra. Todd.

Andrew hizo una reverencia. "Su hermano." Él lo dijo sin nada de la frialdad que ella podía haber esperado hacía unos meses. Quizá ellos en verdad habían progresado.

La Sra. Todd sonrió, con una súbita mirada de entendimiento. "Y aquí está *mi* hermano, a quien sospecho que ustedes pueden ya conocer."

La sonrisa de bienvenida de Elizabeth se esfumó cuando reconoció el familiar rostro con barba como el Sr. Hadley. El padre de Andrew. ¡Oh, Dios! No era de extrañar que la Sra. Todd hubiera estado mirando fijamente a Andrew, dada la fuerza de su parecido con su hermano en sus días de juventud. Elizabeth debió haberse dado cuenta de que podía haber una conexión cuando Farleigh dijo que la Sra. Todd estaba emparentada con Lord Matlock.

Andrew palideció. Luego dijo abruptamente. "Les ruego me disculpen." Sin siquiera una reverencia, él se marchó rápidamente, zigzagueando entre varios grupos que caminaban, dirigiéndose hacia la puerta.

Elizabeth se forzó a no quedársele viendo. Ella tenía que encontrar una manera de distraerlos de su comportamiento. Con una sonrisa forzada, ella dijo, "Vamos, Sr. Hadley, ¡esta es una sorpresa!"

"¿Ustedes se conocen?" preguntó el Sr. Farleigh, claramente intentando suavizar el raro comportamiento de Andrew.

"Sí, bailé con él en un baile en Derbyshire este verano. ¡Qué pequeño es este mundo!"

La tensión rodeaba los ojos del Sr. Hadley, y su mano asía el respaldo de una silla con tal fuerza que sus guantes estaban estirados. "Señorita Bennet, este es un inesperado placer. Y Farleigh, es bueno verle de nuevo."

La Sra. Todd dijo lentamente, "Ese joven, el Sr. Andrew Darcy. Espero que no se sienta mal."

Elizabeth dijo con ligereza. "Para nada. Él había mencionado antes que él podía tener que irse por un asunto urgente." Por supuesto, el Sr. Farleigh y la Sra. Todd sabían perfectamente bien que Andrew no se hubiera ido sin decir algo, pero era lo mejor que ella podía hacer tan repentinamente. "Sr. Hadley, yo no había esperado verle en Bath." Era una demanda bastante atrevida de información, pero ella necesitaba cambiar la conversación.

El Sr. Hadley liberó a la pobre silla torturada y movió su mano para descansar sobre el hombro de la Sra. Todd, sin duda dándole un mensaje propio. "Yo no había esperado hacer el viaje hacia acá cuando nos vimos por última vez, pero cuando el médico de mi querida hermana recomendó que ella tomara las aguas, yo no podía permitir que ella viniera sola." Él se inclinó y dijo algo al oído de la Sra. Todd, pero Elizabeth no pudo distinguir qué por encima del zumbido de la conversación y la música. Luego él se volvió hacia ella e hizo una reverencia. "Señorita Bennet, ¿pudiera esperar que pudiera darme el honor de su compañía para dar una vuelta por el salón?"

Sorprendida, Elizabeth dijo, "Sería un placer para mí, señor." Ella tomó el brazo que él le ofrecía y empezaron a caminar a lo largo del Pump Room, siguiendo a muchos otros grupos que caminaban. Una vez más, él la había elegido, y esta vez ella sabía por qué.

"Bien, Señorita Bennet, me disculpo si el invitarla a caminar conmigo la ha puesto en una posición difícil," dijo él cuando llegaron a un vacío en la muchedumbre. "¿Debo entender por su reacción al verme que usted sabe bastante más sobre mí de lo que sabía cuando nos conocimos?"

Consciente de la necesidad de propiedad, ella dijo cuidadosamente, "He averiguado algo más sobre su conexión con la familia Darcy, sí."

"Entonces solo puedo estar agradecido de que usted esté dispuesta a conversar conmigo," dijo él, con una nota de tristeza. "Yo no busqué esta conversación privada, tanto como cualquier conversación aquí puede ser privada, para avergonzarla, sino más bien para pedir su asistencia en evitar aún más encuentros incómodos. Estoy muy consciente de que su prometido prefiere evitar mi presencia. Me fui de Derbyshire después del baile en la Casa Allston por esa misma razón. Desafortunadamente, como estoy en Bath por el bien de mi hermana, no puedo irme por ahora, pero si hubiera alguna manera en que yo pudiera ser informado de sus planes, haría mi mejor esfuerzo para evitar aquellos lugares en los que él tiene intenciones de estar."

Eso era inesperado. Ella se retiró un poco. "¿Usted desea evitarlo?"

Las mejillas de él palidecieron. "No, para nada, pero mis deseos no importan en este asunto. Él desea evitarme, y como eso es lo único que tengo permitido hacer por su bien, haré lo mejor que pueda para honrar su elección."

El corazón de ella se compadeció del anciano, cuyo adulterio con Lady Anne Darcy le había traído tal dolor. "Ya veo," dijo ella cuidadosamente.

Él miró al grupo de damas ancianas cuyo caminar las estaba acercando rápidamente a una distancia en la que podían escuchar indiscretamente. "Seré rápido entonces. Él debe poder ir y venir aquí en Bath sin tener que preocuparse por mi presencia. Le ruego que le diga que pretenderé tener una leve afección que me mantendrá encerrado."

"Usted no debería tener que tomar tales medidas," objetó ella.

Él puso un dedo sobre sus labios cuando una de las damas ancianas se acercó a él para averiguar por la salud de su hermana, escasamente disimulando su curiosidad sobre la joven mujer en su brazo. No bien se hubo ido ella un anciano caballero tomó su lugar.

Pasó algún tiempo antes de que ella estuviera a solas con el Sr. Hadley de nuevo, o al menos tan a solas como dos personas podían estar en el abarrotado Pump Room, y ahora ella estaba segura de que había más en esta historia de lo que ella sabía. Aprovechando el momento, ella dijo, "Si usted estuviera dispuesto, yo estaría encantada de una oportunidad de discutir esto más ampliamente en una ubicación más privada."

Los ojos de él se abrieron por la sorpresa. "Estoy siempre a su servicio. Siempre. Dígame cuándo y dónde, y ahí estaré."

No, ella no estaba equivocada. Él estaba desesperado por cualquier conexión posible con Andrew. "No conozco Bath bien. ¿Un parque, quizá, temprano por la mañana, antes de que empiece el remolino social?"

Él asintió. "¿Dónde se está quedando?"

"En el Circus."

"En Gravel Walk, entonces, sería conveniente para usted y es relativamente privado. Cualquiera puede dirigirla hacia allá. Yo puedo estar ahí mañana en la mañana si lo desea."

Sí, una caminata temprano por la mañana sería la hora en que sería más fácil escapar. "Me reuniré con usted si puedo. Si algo evitara que lo hiciera, ¿cómo puedo comunicarme con usted?"

Él sacó un estuche con tarjetas de visita y le dio una. "Mi alojamiento está en Great Pulteney Street."

Ella deslizó la tarjeta en su bolsita justo cuando Lady Frederica y el Sr. Farleigh se aproximaron a ellos. "Se lo agradezco."

Capítulo 26

"¿DÓNDE SUPONEN QUE FUE Andrew?" preguntó Lady Frederica mientras se preparaban para salir del Pump Room. Elizabeth se había estado preguntando lo mismo.

"Sin duda caminó de regreso a su hotel," dijo el Sr. Farleigh, pero por la mirada rara que le dirigió a Elizabeth, ella se preguntó qué tanto sabía él.

Volver al hotel hubiera sido sensible si Andrew deseaba evitar llamar la atención, pero Elizabeth recordaba cómo él había esperado en el carruaje después del baile en la Casa Allston, como para llamar la atención hacia su súbita partida. Y, en verdad, cuando salió, ella lo descubrió sentado en una banca en el cementerio de la Abadía.

Andrew se levantó y se aproximó a ellos, con los labios aprestados como si esperara problemas. "¿Terminaron, entonces?"

Lady Frederica, directa como siempre, preguntó, "¿Por qué te fuiste así, Andrew?"

Él se ruborizó. "Había alguien a quien no deseaba ver."

Lady Frederica elevó las cejas, como si encontrara esta razón inadecuada. Ella entonces encogió levemente los hombros. "Prefiero dejar los viejos escándalos en el pasado, a donde pertenecen."

Elizabeth se encogió, adivinando que Andrew se sentiría herido por su reacción. "Andrew, la Abadía se ve muy impresionante. ¿Podría abusar de tu generosidad para que la explores conmigo?"

Después de una rápida mirada furiosa hacia Lady Frederica, Andrew le ofreció su brazo. "Estaría feliz de hacerlo, querida, si Farleigh fuera lo suficientemente amable como para acompañar a Frederica de regreso a la casa."

El Sr. Farleigh elevó una ceja, divertido. "Nada me haría más feliz, como sabes bien. A menos, por supuesto, de que me las pueda arreglar para perderme por el camino."

Elizabeth, consciente de qué tan tenso estaba Andrew, le apretó el brazo suavemente mientras caminaban hacia el imponente esplendor gótico ante ellos.

Mientras se aproximaban a la entrada de la Abadía, él señalo a los lados del arco y dijo llanamente, "Esos son los famosos grabados de ángeles ascendiendo al cielo. Me temo que eso agota mi conocimiento sobre la Abadía. Yo no he visitado Bath desde que era niño, y yo estaba más interesado en correr por los Parade Grounds que en arquitectura, no que se me permitiera hacerlo por mucho tiempo.

Oh, sí, él estaba profundamente inmerso en sus agravios sobre el pasado.

"¡Mira el detalle en esos grabados!" exclamó ella. "¡Cada ángel tiene un rostro diferente, y cuán realistas parecen sus cuerpos mientras trepan! Oh, ¿hay algunos que descienden? Eso se ve bastante incómodo. Sí, es igual que en la escalera de Jacob en la Biblia, pero debo decir que yo tampoco he terminado de entender nunca por qué algunos de esos ángeles estaban descendiendo." Eso, eso debería darle una apertura para hablar sobre el tema de teología. Y los grabados eran verdaderamente fascinantes.

"Hay muchas teorías. Algunos dicen que estaban descendiendo para ayudarnos. Por la apariencia de sufrimiento en la cara de ese, más bien parece que él está siendo castigado por sus pecados." Su voz era demasiado pareja. "Hablando de pecadores, ¿se acercó *él* a ti de nuevo?"

"Él me pidió que caminara con él."

Los labios de él se apretaron. "Espero que te hayas rehusado."

Ella tomó aliento. ¿Se enojaría él? "Yo sentí que sería más sabio tratarlo como lo haría con cualquier otro conocido. Hacer otra cosa tiene el riesgo de atraer más atención a un escándalo del que todos se olvidaron hace mucho. Así que acepté."

Él hizo una mueca. "Tú sabías que yo no deseaba que hablaras con él."

¡Cómo si esa debiera ser su única motivación. "Me lo imaginé, pero todavía no he hecho votos de obedecerte, y hasta entonces, haré lo que crea que es lo correcto. ¿No puedes ver que Lady Frederica había olvidado que tú tenías alguna conexión con él hasta que tú te rehusaste a estar en el salón con él? Algún día tendremos hijos, y yo preferiría no tener un escándalo pendiendo sobre sus cabezas. Por lo tanto, yo lo trataré exactamente como trataría a cualquier otro pariente distante de tu madre." ¿Escucharía él su crítica silenciosa sobre su propio comportamiento?

Él se veía furioso. "No es solo un asunto de chismes. Él es un adúltero. Yo no estaré en su presencia, ni quiero que tú te asocies con él."

Su ira empezó a elevarse. Primero él la había dejado para que limara asperezas sobre su súbita partida, ¡y ahora esto! "Si esa fuera tu verdadera razón, nunca irías al Pump Room ni a ningún otro lugar público. Tú sabes tan bien como yo que la mitad de los caballeros que están ahí son adúlteros, y muchas de las damas, también. Aunque no nos guste para nada, es un hecho de nuestra sociedad, pero tú no necesitas preocuparte por encontrarlo; él me dijo que él sabía que su presencia te incomodaba, así que declararía tener una enfermedad que le permitiera permanecer encerrado durante nuestra estancia aquí."

Andrew se veía asombrado, pero luego el semblante enojado volvió a su rostro. "Ya ves, él sabe perfectamente bien que no es buena compañía para personas decentes."

Elizabeth esperó varios segundos antes de considerarse lo suficientemente calmada como para responder. "Para nada. Creo que él solo estaba preocupado por tu comodidad."

Su prometido resopló en desacuerdo. "Este es un asunto personal. Yo no toleraré su presencia, ni que tú tengas ninguna conexión con él."

Ella enterró sus uñas en su palma, intentando recuperar el control. ¡Como despreciaba que le dijeran qué hacer sin una explicación racional! Este era el tipo de comportamiento que ella hubiera esperado del orgulloso Sr. Darcy que ella había conocido primero en Meryton, no de Andrew, a quien ella demasiado pronto haría votos de amar y obedecer.

Entonces lo advirtió. El Sr. Darcy había en realidad hecho exactamente lo mismo, advertirle que se mantuviera alejada de Wickham, pero sin darle alguna razón más allá de que él sentía que ella debía hacerlo. Naturalmente, ella había ignorado su advertencia y se había enorgullecido de buscar la amistad de Wickham, atribuyendo la aversión de Darcy por él al esnobismo. Pero ella había estado equivocada, oh, tan equivocada, al permitir que su prejuicio la cegara.

Mirando atrás, era perfectamente claro el por qué Darcy no había dado sus razones en aquel momento. Wickham los había herido a él y a su hermana de formas profundamente personales, con un comportamiento mucho peor que cualquier cosa que Elizabeth pudiera haber imaginado entonces. ¿Podría esta ser una situación similar, en la que Elizabeth permitía que los agradables modales del Sr. Hadley la cautivaran impidiéndole ver sus faltas?

No. Era muy diferente. Wickham había difamado a Darcy ante ella, mientras que Hadley no había dicho nada impropio sobre Andrew y había parecido preocupado por su bienestar. Aun así, ella debía recordar no confiar en sus primeras impresiones como lo había hecho con Wickham, o asumir que sus motivos eran buenos. Ella aún tenía toda la intención de encontrarse con el Sr. Hadley en privado, pero solo sería para obtener información, no para tratarlo como un amigo.

ELIZABETH SE LEVANTÓ temprano a la mañana siguiente, ansiosa por salir de la casa antes de que Georgiana o Lady Frederica despertaran. No haría bien que ellas le ofrecieran unirse a ella en su caminata. Eso la dejaba, sin embargo, con un dilema, ya que ella no podía salir sola en una ciudad extraña, pero difícilmente podía llevar a una de las doncellas de Lady Margaret con ella después de que Andrew le advirtiera que algunos en el personal eran espías de Lord Matlock. Finalmente ella le pidió a Myrtilla, a quien Andrew había traído para actuar como doncella de Elizabeth y Mary, que la acompañara. El riesgo de que la reservada Myrtilla pudiera mencionar su encuentro con el Sr. Hadley a Andrew parecía menos preocupante que el que Lord Matlock lo descubriera.

La Gravel Walk resultó estar directamente atrás del lado opuesto del Circus, así que ellas llegaron más pronto de lo que ella había anticipado. El Sr. Hadley ya estaba ahí, sentado en una banca como si hubiera estado ahí por algún tiempo.

El barbado caballero se adelantó a encontrarla. "Señorita Bennet, qué encantador es ver un rostro familiar tan temprano esta mañana." Sus ojos se movieron nerviosamente hacia Myrtilla.

Para los oídos de Myrtilla, Elizabeth dijo, "Lady Frederica mencionó cuan complacida estaba de descubrir a otro pariente de visita en Bath. Myrtilla, caminaré con este caballero por ahora." Oh, ¿por qué lo había dicho tan torpemente? Él ni siquiera le había pedido que caminara con él.

Myrtilla hizo una caravana, pero su expresión dejó en claro que su aguda mirada no se había perdido nada. "Sí, Señorita Bennet." Ella se hizo varios pasos atrás y esperó, con la cabeza inclinada en aparente sumisión.

Elizabeth titubeó, pero no había nada que ella pudiera hacer sobre las sospechas de Myrtilla, las cuales eran bastante ciertas. Al menos era poco probable que ella creyera que esta era una cita romántica, dada la edad del Sr. Hadley.

Mientras empezaban a caminar, el Sr. Hadley dijo, "Le agradezco por sugerir esto. Me alegra tener la oportunidad de hablar más con usted." Sin embargo, él se veía preocupado.

Ella probablemente se veía al menos igual de ansiosa. "Yo también me alegro. Perdóneme si parecí estar algo incómoda. No tengo el hábito de tener encuentros clandestinos."

Él se aclaró la garganta incómodamente. "Ah, sí, por supuesto. Asumo que su prometido no está consciente de esto."

Ella lo miró pensativamente. "No lo discutí con él, pero él ha expresado el deseo de que el pasado permanezca enterrado. Él puede estar en lo correcto en eso, pero encuentro que debo entender ese pasado antes de poder enterrarlo. Usted es la única persona que aún vive a quien le puedo preguntar sobre eso, así que espero aprovechar la oportunidad. Sin embargo, si usted encuentra mis preguntas impertinentes, no me ofenderé si se rehúsa a responder."

Él negó con la cabeza. "Me sentiré feliz, más que feliz, de ayudarla de cualquier manera. Haría todo lo que está en mi poder para contribuir a la felicidad de Andrew. Por muchos años, eso ha significado retirarme de sus alrededores, pero solo lo he hecho porque él lo ha deseado, no porque lo desee yo."

Era entonces como ella lo había pensado. "No puedo ofrecer ninguna esperanza de que tal situación pueda cambiar. Yo solo busco mejorar mi propio entendimiento."

Los párpados de él se cerraron. "Lo entiendo. ¿Puedo preguntarle cómo descubrió la vedad? ¿Él se lo dijo?"

Ella hizo una mueca. "Fue más raro que eso. Recibí, por una ruta indirecta, un paquete que Lady Anne Darcy dejó para la futura novia de Andrew. Contenía el gemelo del relicario que usted me mostró alguna vez, y una carta."

Su expresión se iluminó. "¿Una carta de Lady Anne?"

Ella odió decepcionarlo. "Solamente le concernía a Andrew y ciertos mensajes que ella deseaba que yo le diera. Era una nota breve de una mujer moribunda hacia una completa extraña. Esta me dijo un poco, pero todavía hay cosas que yo deseo saber, como por qué Lady Anne Darcy, la hija de un conde estaba tan bajo el poder de su esposo que no tenía otra forma de comunicarse con su hijo."

Él se encogió. "Yo puedo decirle poco de lo que sucedió después de que Andrew cumplió seis años, porque una vez que Darcy descubrió la verdad, él reprimió la libertad de Lady Anne. Ninguna carta salía de Pemberley sin que él la aprobara. A ella no se le permitía recibir visitas sola. Unas cuantas veces ella se las arregló para enviarme mensajes en secreto, pero eso fue todo."

"De seguro la *alta sociedad* tuvo algo que decir sobre esto. Son notorios por susurrar secretos."

Él le dirigió una mirada perpleja. "Pero Lady Anne no era recibida en la *alta sociedad*."

Elizabeth se quedó boquiabierta. "¿No era recibida? ¿La hija de un conde?"

La boca de él se torció. "La hija en desgracia de un conde. Después de nuestro intento de fuga para casarnos, nadie la recibía."

Ella contuvo la respiración. "Yo no sabía nada sobre esta fuga."

El rostro de él se sonrojó por encima de la hirsuta barba. "Fue un terrible error. Si yo hubiera tenido la menor idea del precio que ella pagaría, pero éramos jóvenes y estábamos enamorados, y su hermano la estaba forzando a casarse con Darcy. Él nos atrapó antes de llegar a la frontera, la arrastró de regreso y la casó con Darcy. Pero el daño a la reputación de ella ya estaba hecho. Su hermano tuvo que duplicar su dote para conseguir que Darcy la tomara, y él nunca le volvió a hablar a ella."

"¿Pero ella estuvo de acuerdo con el matrimonio?"

Él volvió unos ojos atormentados hacia ella. "Después de que su hermano amenazó con arruinarme si no lo hacía. ¡Dios del cielo, cómo desearía que ella le hubiera dicho que me hiciera lo peor! Pero ella no era así. Ella no podía soportar que cualquiera que ella amara sufriera daño."

Aun así ella había elegido tener una aventura, pero eso estaba más allá de lo que Elizabeth podía preguntar decentemente. "Ya veo."

"Ella estaba determinada a hacer lo mejor posible de la situación. Ella consiguió mandarme una carta de contrabando, diciendo que si no podía tener al hombre que amaba, ella hacía todo lo posible por ser una buena esposa, y me pedía quedarme lejos de ella para poder aprender a olvidar lo que pudo haber sido."

"Pero usted no lo hizo." Las palabras salieron de su boca antes de que pudiera detenerlas.

"Lo hice. Por cinco años lo hice. Luego nuestros caminos se cruzaron en una fiesta de varios días. Yo no supe que ella iba a venir. A Darcy nunca le dijeron con quien había huido ella. Esa había sido parte del trato que Anne hizo con su hermano para protegerme. Yo nunca dejé de amarla, pero ella creyó que tal vez nosotros podríamos ser amigos, y yo estaba dispuesto a aceptar cualquier cosa. Ella me contó sobre su tristeza, los dos bebés que habían muerto, su soledad. De toda su familia y amigos, solamente su hermana todavía la visitaba. Ella había hecho unos cuantos nuevos amigos, y siempre les ocultó su secreto. Una cosa llevó a la otra y una noche ambos fuimos débiles. ¡Una noche!" La voz de él tembló y él sacudió la cabeza.

Así que no había sido una aventura en curso. "¿Fueron descubiertos?"

"No entonces. Fue años después, cuando su esposo me vio de nuevo en un baile. Yo me había preguntado un poco cuando escuché que Lady Anne había tenido un niño, pero solo había sido una noche, y yo no tenía idea de que él se pareciera tanto a mí. Darcy no pensó nada sobre el asunto hasta que quedamos cara a cara cuando yo estaba bailando con su esposa." Los párpados de él cayeron de nuevo. "Esa fue la última vez que la vi."

"¿Qué sucedió entonces?"

Él se encogió de hombros con tristeza. "Recibí una carta de ella a través de un conocido mutuo. Ella me pedía que permaneciera lejos de cualquier lugar en el que ella pudiera estar, por su bien y por el de Andrew. Yo así lo hice. Me dejé crecer esta barba para disimular el parecido entre nosotros. Me las arreglé para entrever al niño una vez cuando él estaba en Eton, oh, no para hablarle, solo desde el otro lado de la capilla. Yo sabía que tenía que quedarme lejos, pero tenía que verlo de alguna manera. Una vez que se fue de casa, intenté reunirme con él, hombre a hombre, pero tan pronto como supo mi nombre, se rehusó a tener nada que ver conmigo. No puedo culparlo, sin embargo desearía... Pero no importa lo que yo desee. Yo evito eventos en los que él pudiera estar. No hubiera estado en el Pump Room, si hubiera sabido que él estaba en Bath."

Ella no tenía consuelo que ofrecerle. Si dependiera de Andrew, nada cambiaría nunca. "¿Usted ya no tuvo contacto con Lady Anne, entonces?"

"Unas cuantas cartas al paso de los años, pero ella no podía decir mucho en ellas porque su hermana, Lady Catherine, era la única que las entregaba por ella, y la carta llegaba siempre abierta. Pero aun así las atesoro." Él dudó, con la mirada perdida. "Hay algo más que yo atesoraría, si pudiera pedírselo a usted. ¿Pudiera usted, me diría usted algo de él? Nada privado, solo alguien que cualquiera pudiera saber. ¿Cómo es él? ¿Qué lo hace sonreír? ¿Prefiere cabalgar o ir de cacería? Yo estaría feliz de saber cuál es su mermelada favorita, para poder pensar en él al comerla durante el desayuno."

El corazón de Elizabeth se compadeció del pobre anciano caballero, su plan de tener cuidado por si el probaba ser otro Sr. Wickham dejado de lado. "Yo todavía no sé cuál es su mermelada favorita, pero quizá pueda contarle algunas historias. ¿Le cuento cómo nos conocimos?"

La sonrisa de él iluminó su rostro. "Eso me gustaría mucho."

Ella le contó sobre cómo Andrew la había salvado del incomestible pastel y amargo té en la rectoría del Sr. Morris, haciendo que la historia sonara graciosa y haciendo que Andrew se viera de la mejor manera. Luego, mientras rodeaban una curva en la Gravel Walk, ella captó una mirada de Myrtilla siguiéndolos y se lanzó a contar la historia de la visita a la vicaría de Andrew con la Sra. Gardiner para ayudarle con su manejo de la casa.

El Sr. Hadley absorbió cada palabra. "Estoy feliz de escuchar que él cuida tan bien de aquellos que trabajan para él. Él es como su madre en eso; ella siempre estaba preocupada por sus sirvientes, hasta del más humilde de ellos."

¿Qué más podía ella contarle? "Una de las cosas que admiro sobre él es que él siempre nota quién necesita atención." Ella le contó sobre cómo él se había ganado a su madre y como habían mejorado sus hermanas bajo su influencia, y el Sr. Hadley parecía radiante de orgullo con sus palabras, así que ella añadió, "Solo lo he conocido durante un breve tiempo, pero hay mucho que admirar en él."

Él sonrió. "¿Usted vio en él tan rápido al hombre con quien quería casarse?"

Ella abrió la boca para concordar, pero las palabras no salieron. De alguna manera ella no pudo obligarse a mentirle a este amable, solitario hombre. En voz baja, ella dijo, "No. Fuimos forzados a comprometernos por un hombre que buscaba venganza. Él deliberadamente planeó una situación comprometedora."

Él se le quedó viendo boquiabierto. "¿Alguien quería vengarse de Andrew?"

"No. O sí, pero eso fue solo una pequeña parte de ello. Aunque yo no lo sabía entonces, otro hombre era el verdadero objetivo, uno que me amaba, porque lo lastimaría verme ya fuera arruinada o casada con Andrew." Para su desmayo, la voz de ella tembló un poco.

Con una mirada de preocupación, él dijo, "¿Qué opina Andrew de esto?"

Ella bajó la cabeza. ¿Por qué le había contado tanto? "Él no sabe sobre el otro hombre. Es mejor que él crea que fue solo una mezquina venganza en su contra."

"Creo que hay más en esta situación de lo que usted me está contando," dijo él cuidadosamente.

"¡Por supuesto que lo hay! Pero lo importante es que le tengo cariño a Andrew, y que seré una buena esposa para él," dijo ella con fuerza.

El ceño de él se frunció, y ellos caminaron en silencio por varios minutos. El corazón de Elizabeth retumbaba. ¿Por qué había dicho nada? ¿Qué debía él pensar de ella?

Finalmente él dijo, "No hay nada de malo en casarse con alguien a quien no ama, mientras haya respeto y un tipo de afecto, como claramente usted siente por Andrew. Pero si usted ama a este otro hombre, le ruego que piense cuidadosamente en lo que está haciendo, no por el bien de Andrew, sino por el suyo. Tener que vivir con el escándalo o en la pobreza es, sin lugar a duda, muy difícil, pero eso no destruye su corazón y su alma de la forma en que lo hace entregarse a un hombre mientras se ama a otro."

Elizabeth se le quedó viendo conmocionada, con el corazón retorciéndosele en el pecho. ¿Cómo se atrevía él a hacer tal sugerencia? Él apenas la conocía, ¿pero sentía que tenía el derecho de recomendar que ella finalizara su compromiso? "Yo dije que él me amaba, no que yo lo amara a él."

"Si usted no lo ama, entonces me he pasado por mucho de la raya. No por primera vez, ya que algunas veces encuentro que debo decir lo que siento que es correcto y verdadero, aun cuando esto puede no contar con la aprobación de la sociedad. Perdóneme."

Ella hizo un débil intento de sonreír. "Algo que usted y Andrew tienen en común, entonces."

"¿Él también hace eso?" Él miró hacia la distancia por un momento. "Entonces no me sentiré avergonzado por ello, y solo diré esto: si usted no ama a este hombre, puede ignorar lo que le estoy diciendo. Pero no creo que usted sentiría tal angustia si él no le importara. Si Lady Anne estuviera viva, ella le diría qué tan amargamente había ella lamentado elegir un matrimonio a la fuerza sobre la ruina y la pérdida de su familia, a pesar de su hermosa casa, hijos que amaba, y un marido decente y respetable."

La garganta le dolía a ella con las lágrimas sin derramar. "Ah, pero ella lo hubiera tenido a usted para consolarla en su ruina. Ella pudo haber sentido de manera diferente, si su única otra elección hubiera sido estar sola." Él no tenía idea de lo que le costaría a ella romper su compromiso. Una vida en servicio, lejos de todos los que amaba, mientras que su familia enfrentaba la desgracia por su culpa. No, era demasiado pedir.

Él la estudió intensamente. "¿Él no podría casarse con usted, entonces? Lo lamento. Yo no creo que ella hubiera sentido diferente, sin embargo, porque ella consideró huir aun cuando ella creía que yo hacía mucho que la había olvidado. Lo único que la detuvo fue la idea de perder a sus hijos."

Luego él agregó gentilmente, "Pero usted no es Lady Anne, y debe hacer lo que es correcto para usted. No necesita escuchar las divagaciones de un viejo que no sabe nada de sus circunstancias."

Ella luchó para tragar. "Usted debe pensar que soy un tipo muy raro de persona."

"Yo encuentro que es una joven dama honesta y genuina, y creo que será una excelente esposa para Andrew."

"Usted es muy amable." La voz de ella apenas tembló.

"Y confío en que Andrew es el suficiente hijo de su madre para tratarla con toda amabilidad, aún si este compromiso fue forzado en ambos."

"Usted no necesita preocuparse por eso," dijo ella con más certeza. "Él está contento con la relación. Me ha dicho que él ya había considerado proponerme matrimonio antes de que su honor lo forzara a hacerlo, aunque yo no estaba consciente de ello. Si su falta, señor, es decir demasiado cuando siente con fuerza, la mía es estar completamente inconsciente de los caballeros que me admiran, hasta el punto en que me siento totalmente asombrada cuando me proponen matrimonio."

Eso lo hizo reír, como había sido su intención. "¡Cuán desconcertante debe ser eso!"

"¡No tiene usted idea! Afortunadamente, gracias a Andrew, ahora soy inmune a ese dilema en particular. Es un gran alivio, se lo aseguro." Ella se las arregló para sonreír irónicamente.

"Quizá la libre de propuestas matrimoniales no deseadas, pero sospecho que usted todavía tiene a muchos caballeros que la admiran. ¡Qué afortunado que usted pueda estar inconsciente de ellos!" bromeó él.

Ellos habían llegado para entonces al final de la Gravel Walk y habían caminado todo el largo del prado frente al Royal Crescent, así que Lady Elizabeth dijo, "¡En verdad! Me temo que debo dar la vuelta para regresar ahora, o llegaré tarde a desayunar, y Lady Margaret me regañará."

Él rio entre dientes. "Puedo creer eso, ¡ya que ella ya era regañona hasta de niña! Yo nunca pude entender cómo alguien tan dulce como Lady Anne pudo tener dos hermanas de tan mal genio como Lady Catherine y Lady Margaret."

EL PRECIO DEL ORGULLO: UNA VARIACIÓN DE ORGULLO Y PREJUICIO

Tomando con alivio la apertura que eso le daba para un tema inocuo de conversación, ella dijo, "¿Me contaría más sobre la juventud de Lady Anne? Algún día me gustaría poder decirles a mis hijos algo sobre su abuela."

"¡Claro, estaría encantado de hacerlo!" Con ese feliz tema, ellos caminaron de regreso.

Cuando llegaron al final de la Gravel Walk, Elizabeth dijo titubeante, "Le agradezco de nuevo el que haya respondido mis preguntas. No tenga muchas esperanzas, pero le preguntaré a Andrew si él consideraría reunirse con usted."

Él contuvo la respiración. "Yo no desearía causar ningún problema entre ustedes." Pero el anhelo en su voz lo delataba.

Ella sonrió. "Confieso que mi motivo no es complacerle, sino porque creo que Andrew se beneficiaría de enfrentar los fantasmas de su pasado."

"Confiaré en usted sobre eso, y le agradezco por hoy. Aún si nada resulta de ello, esta conversación ha sido un gran regalo para mí. Y espero que usted sepa que guardaré los asuntos personales que usted compartió conmigo en la más estricta confidencia. Soy bastante competente en el mantenimiento de secretos."

Myrtilla se acercó a ellos entonces, así que Elizabeth solamente hizo una caravana y le deseó un buen día.

Consciente de lo tarde de la hora, ellas se apresuraron al Circus, con Elizabeth forzando a sacar de su mente la extraña sugerencia de él. Cuando llegaron a la vivienda de Lady Margaret, ya había terminado el desayuno y los caballeros habían llegado.

Los ojos de Darcy se fijaron en ella inmediatamente cuando ella entró caminando a la sala de estar, como había sido el caso desde que había llegado a Bath. Era como si él hubiera decidido que el irse por años le daba permiso de mirarla hasta saciarse mientras tanto. El calor la recorrió, y las palabras del Sr. Hadley volvieron rápidamente a su cabeza.

Andrew, quien había estado conversando suavemente con Mary, la saludó algo tenso. ¿Estaba él todavía enojado por las palabras de ella del día anterior? De ser así, iba a estar furioso si descubría que ella se había encontrado con el Sr. Hadley. "Entiendo que ya has salido hoy," dijo él con un dejo de desaprobación en su voz.

"Sí, me desperté temprano, y, cómo Mary sin duda puede decirte, con frecuencia doy una caminata en las mañanas," dijo ella.

"¿Sola?" Él sonaba algo sorprendido.

Quizá sería mejor no abordar el hecho de que ella usualmente caminaba sola, al menos no frente a los demás. "Llevé a una doncella conmigo, y no fui más allá de la Gravel Walk y el Royal Crescent. Difícilmente una salida."

Lady Frederica pronunció, "Perfectamente respetable, diría yo. Justo estábamos haciendo planes para el día. Primero al Pump Room, para aquellos que quieran, seguido por un paseo en carruaje a Lansdown Hill. Está solo a unas millas de distancia, y las vistas son espectaculares. En un día despejado como este, podríamos ser capaces de ver tan lejos como el Bristol Channel. ¿Les parece bien?"

"Admirable." Era más fácil pretender que el mal humor de Andrew no la había alterado que negar cuán entibiada se sentía por la mirada de Darcy.

Capítulo 27

EL GRUPO SE DIVIDIÓ en dos para el viaje a Lansdown Hill. Lady Frederica y el Sr. Farleigh salieron a caballo, mientras que el resto del grupo viajó en el carruaje de los Darcy. La mente de Elizabeth estaba tan atrapada en su discusión con el Sr. Hadley que ella respondía ausentemente, si es que lo hacía, a los demás. Sus pensamientos daban vueltas, pasando de la simpatía hacia el solitario hombre mayor que amaba al hijo que nunca podría conocer a la indignación de que él se hubiera atrevido a sugerir que ella rompiera su compromiso. Los ojos de ella se mantenían volviéndose hacia Darcy, quien una vez más la observaba con una mirada preocupada, y el estómago de ella se sacudía.

Afortunadamente, su silencio era menos evidente para los demás, ya que Andrew les brindó una dramática narración de la historia de la Batalla de Lansdown, y Mary y Georgiana lo acribillaron con preguntas. Él parecía prosperar con su admiración, volviéndose más afable y animado. Su hermana se veía especialmente bien hoy. Georgiana la había engatusado para que permitiera que su propia doncella arreglara el cabello de Mary, y, si Elizabeth no estaba equivocada, agregara un ligero rubor a sus mejillas. Al combinarse con los atractivos vestidos que Jane le había pasado a su hermana menor, que reemplazaban a sus vestidos usuales monótonos y sin adornos, Mary había sido transformada de la hija ordinaria de los Bennet a una atractiva joven dama.

Después de una larga subida hacia las colinas, el carruaje se detuvo al lado del camino a lo largo de la avenida campirana. A Elizabeth no le sorprendió encontrar que Lady Frederica y el Sr. Farleigh no aparecieran por ningún lado, aunque ellos debieron haber llegado primero. Sin duda se habían desviado en alguna parte para obtener un poco de privacidad.

"Debemos caminar al menos una parte del camino, pero no está lejos," dijo el Sr. Darcy, haciendo un gesto a través del campo. "Este es el camino hacia el Prospect Stile."

"¿En dónde está el memorial a Sir Basil Grenville?" preguntó Georgiana.

Darcy consultó un pequeño mapa. "Está un poco más adelante, pero hay un atajo a través del campo de allá."

Georgiana atrapó a Andrew por la manga. "Vayamos allá primero para que puedas terminar la historia."

Andrew le sonrió a su hermana. "Por supuesto, si así lo desean." Su cabeza se inclinó hacia Mary mientras los tres empezaron a caminar juntos, dejando que Elizabeth caminara atrás de ellos con el Sr. Darcy. Aparentemente su falta de interés en el campo de batalla la hacía una compañía menos interesante. O quizá era que sus ojos no se iluminaban cuando él la miraba, como lo hacían los de Georgiana y los de Mary.

Ahora ella estaba sola con Darcy. Aunque su pulso pudiera mostrar una tendencia a acelerarse, no había nada impropio en ello. Darcy sería su hermano cuando ella se casara con Andrew y a pesar de lo que había dicho el Sr. Hadley, esa era su única elección. Pero él la estaba viendo con tal intensidad que el estómago se le encogió.

Ella tenía que pensar en Andrew. "Ellos forman un trio pintoresco, ¿no es así?"

"En verdad."

"Su hermana ha sido una excelente influencia en Mary, convenciéndola de que ser talentosa no significa que ella no pueda ser también agradable y moderna."

Había sido Andrew, sin embargo, quien primero había sacado a Mary de su concha durante su visita a Longbourn, hablando con ella y tomando seriamente sus ideas en lugar de solamente poner los ojos en blanco hacia ella como los Bennet siempre habían hecho. Eso hacía que Elizabeth se sintiera avergonzada de ver qué tan poca atención se había necesitado para hacer que Mary cambiara para mejorar. Andrew era un buen hombre al que verdaderamente le importaban aquellos que tenían necesidad. Ella tenía que recordar eso.

EL PRECIO DEL ORGULLO: UNA VARIACIÓN DE ORGULLO Y PREJUICIO

Ellos llegaron a un larguero que tenía vista al ancho valle. Andrew y los demás ya se habían adelantado, pero Elizabeth hizo una pausa para disfrutar la espectacular vista de la campiña y las colinas, con los dorados edificios de Bath llenando el vacío detrás de ellos. "¿No es sorprendente qué tan diferente se ve el mundo desde arriba? Cuando camino por un campo, este parece ser todo el mundo, pero desde aquí puedo ver cómo cada campo se ajusta al siguiente, como en un rompecabezas.

"Somos afortunados de tener un día tan claro. ¿Ve ese destello de reflejo más allá de las colinas? Si no me equivoco, ese es el Bristol Channel."

"Una superficie de agua tan grande, llena de tormentas y naufragios, y sin embargo se ve pequeña y pacífica desde aquí." ¡Si tan solo sus propios problemas pudieran verse tan pequeños y lejanos!

Repentinamente Darcy dijo en voz baja, tensa, "¿Sucede algo? ¿Han peleado Drew y usted?"

Desconcertada, ella batalló para formar una respuesta, queriendo negarlo. Pero Darcy la había estado observando muy de cerca desde su llegada, y él debió haber notado el cambio en ella después de su visita al Pump Room. ¿Debía ella decir que era un asunto privado, o algo tonto que tenía una fácil solución? Eso sería lo mejor. Pero ya era demasiado tarde para decir cualquiera de esas cosas. Su silencio la había delatado.

Y ella no podía mentirle a él.

"Surgió una situación en la que tenemos diferente opinión," dijo ella con renuencia. "Sin duda encontraremos puntos de acuerdo sobre eso eventualmente."

Él la estudió. "¿Es serio?"

¿La discusión con Andrew al salir del Pump Room? Probablemente no. Pero lo que el Sr. Hadley le había dicho a ella esa mañana, oh sí, eso era serio. Sus palabras seguían sonando en sus oídos. Y aquí estaba ella, caminando a solas con Darcy mientras Andrew reía con Mary y Georgiana; y ella se alegraba de ello.

"No, solo un asunto de enfoques diferentes." Ella debió dejarlo así. Ella lo sabía. Pero deseaba tanto contárselo, saber que ella estaba en lo correcto y que él compartiría su punto de vista. "Sucede que el Sr. Hadley está en Bath. Andrew le dio la espalda directamente en el Pump Room ayer, como

253

lo ha hecho antes. Andrew está enojado conmigo porque yo hablé con el Sr. Hadley, a pesar de saber que él no querría que lo hiciera."

Darcy la estaba observando cuidadosamente. "Darle la espalda solo llama la atención a un asunto que nosotros preferiríamos que todo el mundo olvidara."

El alivio la recorrió. "Mi punto exactamente."

"¿Debo hablar con Drew sobre ello?"

"¡No! Le ruego que no lo haga. No debí haberle contado esto."

La boca de él se entreabrió. "Entonces no lo haré. Pero desearía que usted siempre pudiera contarme cualquier cosa." La voz de él era profunda y sincera.

El calor quemó su pecho. Ella sabía lo que él estaba diciendo, y eso hacía que su corazón se contrajera y la piel le doliera con el deseo de tocarlo. Pero ella pertenecía a su hermano.

¿Qué diría Darcy si supiera que el Sr. Hadley le había aconsejado a ella romper su compromiso por causa de él? ¿O qué tanto la tentaba el prospecto, sin importar qué tan tonto fuera?

No. Él era la única persona a la que ella nunca podría decírselo, porque él podía ser lo suficientemente imprudente como para creer que podían tener un futuro juntos, y eso era imposible. Esa opción se había desvanecido el día que ella aceptó la propuesta de matrimonio de Andrew. Un caballero de la estatura de Darcy nunca podría casarse con una mujer con un compromiso roto, especialmente no con una que había plantado a su hermano. Esa era la realidad. No podría haber un final feliz para ellos.

Determinadamente ella dijo, "Andrew no se siente feliz con mi posición, y a mí no me gustaría ser la causa de conflicto entre ustedes, especialmente cuando usted va a irse a Sudamérica tan pronto. Él valora su buena opinión más de lo que usted puede creer."

"Él parece estar más cómodo conmigo últimamente," reconoció Darcy, y luego agregó en una voz baja pero intensa. "*Usted* sabe por qué debo irme."

Ella parpadeó con fuerza, luchando contra las repentinas lágrimas. Ella lo había sabido, por supuesto, pero era diferente escuchar que él se lo dijera. "No puedo decirle cuanto lamento que usted deba irse de su casa para evitar..." ella no pudo obligase a completar la oración.

"No solo eso. Es mi deber para con mi familia. Drew necesita aceptar responsabilidad por Pemberley, y solo hará eso en mi ausencia. Ustedes dos necesitan tiempo a solas, sin mi presencia. Mi padre tenía sus faltas, pero él me enseñó que mi responsabilidad para con mi familia es lo primero. Puede que él no haya contado a Drew como parte de nuestra familia, pero yo lo hago."

"Aun así, es un alto precio que usted va a pagar, estar lejos por tres años." Sería más fácil para ella, sin duda, pero ella lo extrañaría desesperadamente.

Él no lo negó. "Habrá compensaciones. Ver el trópico con mis propios ojos, nuevas planta y animales, obtener conocimiento científico, expandir mis horizontes."

Fiebre amarilla, malaria, arriesgarse a morir de enfermedad o lesión. ¿Qué sucedería si él moría allá, y ella nunca lo veía de nuevo? El dolor llenó su pecho, robándole las palabras de la garganta. Finalmente ella le preguntó, "¿Qué le sucederá a su colección de plantas en su ausencia?"

"He contratado a un botanista tropical para que las cuide." Con una sonrisa pequeña, triste, él añadió, "Quizá usted sería tan amable como para revisar el invernadero ocasionalmente, ya que usted disfruta mi jungla."

"Si usted lo desea, estaré feliz de hacerlo." Aún mientras lo decía, una imagen surgió en su mente, y ella pudo ver cómo sería. Ella terminaría escapando de la vicaría con tanta frecuencia como se atreviera para ocultarse entre las plantas tropicales y soñar con Darcy, siendo fiel a Andrew con el cuerpo pero no con el espíritu, aun cuando Darcy estuviera en el otro lado del mundo. ¿Qué sucedería cuando él finalmente regresara? ¿Sería lo mismo que ahora, cuando ella se molestaba con las restricciones de Andrew y solo se sentía completamente viva en presencia de Darcy?

La risa de Andrew retornó hacia ellos, aun cuando el trio estaba ahora bastante adelante. Él rara vez reía así con Elizabeth. Mary podía ser la hermana ordinaria, pero ella hacía aflorar la ternura de Andrew y lo hacía reír. Andrew pudo haber querido casarse con Elizabeth en Derbyshire cuando él había decidido que era hora y que ninguna chica local le convenía, pero si ahora tuviera elección ¿podía él haber elegido a una hermana Bennet diferente, una que compartiera sus intereses más de cerca, y que lo adorara como Elizabeth no podía hacerlo? No, ella no le estaba haciendo ningún favor a Andrew manteniéndolo en un compromiso que él había sobrepasado. Él sería más feliz con una mujer que nunca disputara sus opiniones y que no quisiera más en la vida que ser la esposa de un clérigo. En lugar de eso él se haría viejo discutiendo con Elizabeth, nunca totalmente contento, pero renuente a admitir por qué, mientras Darcy, que los amaba a ambos, sufría solo al verlos juntos, tomando a los hijos de ellos como los herederos que nunca tendría de su propio cuerpo. Por el resto de sus vidas.

El Sr. Hadley tenía razón. Sería mejor estar sola que vivir perpetuamente una mentira, viendo con impotencia el dolor que su presencia causaba. Ella no podía hacer ese sacrificio, aun si su familia sufría por ello.

Y solo quizá, si Andrew podía ser persuadido a tomar a Mary en su lugar, la reputación de su familia pudiera todavía salvarse, o al menos no dañarse tanto.

"¿Qué sucede? ¿Algo está mal?" preguntó Darcy, interrumpiendo su meditación.

Ella volvió al presente abruptamente, dándose cuenta de que había dejado de caminar de repente. Dando un paso y luego otro, en un cuerpo que parecía estar despertando de una nueva forma, ella dijo, "No, nada en absoluto. Solo una idea." Hasta su voz sonaba más fuerte mientras el peso de su compromiso se levantaba de sus hombros.

Sí. Eso era lo correcto. Ella no tenía idea de qué haría o cómo encontraría su camino en el mundo, pero ella no iba a casarse con Andrew. Por primera vez en semanas, ella se sentía libre.

ELLA DEAMBULÓ ATURDIDA, caminando por las veredas a un lado de Darcy, tanto completamente consciente de él como en un mundo propio mientras ella intentaba imaginar su futuro. Superficialmente ella admiró la vista desde diferentes puntos, y el monumento en la cima del campo de batalla. Pero una vez que fue hora de volver al carruaje, ella supo que necesitaba hacer algunos planes.

Una cosa era decidir romper su compromiso. Cómo y cuándo hacerlo era otra cuestión, especialmente cuando ella y Mary eran huéspedes de la familia de Andrew y estaban lejos de casa. Quedarse en compañía de ellos después de plantar a Andrew sería de lo más incómodo; sería mejor marcharse inmediatamente después de hacerlo.

Ella arriesgó una mirada al Sr. Darcy. Sí, no estaría bien verlo después de eso. Él podría pensar que ella estaría esperando por otra oferta de su parte, aun cuando eso era imposible. Su adiós a Andrew también tendría que ser su adiós final al Sr. Darcy. Pero, oh, cómo dolería eso, nunca ver su amado rostro de nuevo, nunca sentir esa conexión vital que ella ansiaba. Ella nunca sabría qué pasaría con él, nunca sabría si él y Andrew se las arreglarían para mantener su relación, nunca conocería a la mujer en que se convertiría Georgiana.

Lady Frederica y el Sr. Farleigh se unieron a ellos junto al carruaje. Su señoría dijo, con el rostro resplandeciente de placer. "Darcy, Evan me dice que su familia estará aquí el martes, así que pensé que tuviéramos una cena familiar el miércoles, y la boda el jueves. ¿Eso te acomoda?"

Darcy sonrió levemente ante su entusiasmo. "No tengo compromisos fijos."

"¡Magnífico! No puedo creer que esto esté sucediendo realmente después de todo este tiempo. Evan, ¿harás tú los arreglos en la Abadía?"

Él hizo una reverencia. "Encantado. Ya tengo la licencia. Ese será el día más feliz de mi vida."

Elizabeth observó su intercambio con un nudo en la garganta. Ella nunca tendría un momento así, y con su nueva decisión, ella ni siquiera estaría presente para su boda.

¿O era eso justo para Lady Frederica? Romper su compromiso con Andrew unos cuantos días antes de la boda ciertamente empañaría la ocasión, y quizá añadiría otra capa de escándalo a un evento ya de por sí difícil. ¿No sería más amable esperar hasta después de la boda de Lady Frederica para finalizar su compromiso? Eran solo unos días, después de todo.

Y sería un bendito alivio temporal. Unos cuantos días más antes de tener que decirle adiós a Darcy para siempre.

Adelante, ella escuchó a Mary reír. Sí, y unos cuantos días más para Mary en esta compañía que la mejoraba también. Y solo una suficiente posibilidad de un final feliz para Andrew y Mary.

Capítulo 28

DE REGRESO EN LA CASA de Lady Margaret, Elizabeth eligió quedarse cerca de las demás damas en lugar de sentarse con Andrew. Si tenía que esperar para romper el compromiso, sería más fácil si ella evitaba a Andrew tanto como fuera posible. Además, era una distracción escuchar la alegre plática de Georgiana sobre su primera Temporada, ahora a poco más de una año de distancia. Lady Frederica había estado de acuerdo en patrocinar a la chica, así que había muchos planes que hacer sobre vestidos, bailes, desayunos venecianos, y su presentación en la corte. Era un mundo lejano al de la presentación de Elizabeth, que solo había sido cosa de que su madre anunciara que ella tenía suficiente edad para asistir a las asambleas públicas en Meryton. Era un recordatorio oportuno de la distancia que existía entre ella y los Darcy de Pemberley.

Ella apenas notó cuando Andrew se disculpó por unos minutos, pero a su regreso, él tenía el ceño fruncido y le pidió hablar en privado. Nerviosamente ella se levantó y lo siguió a una pequeña antesala. ¡De seguro él no podía haber adivinado lo que ella estaba pensando! Pero su consciencia culpable hizo que se lo preguntara. "¿Sucede algo?" le preguntó ella.

Él la miró en silencio por un momento. Oh, sí, algo lo estaba molestando. "Acabo de hablar con Myrtilla, para decirle que si tú insistías en caminar sola, quería que al menos dos doncellas te acompañaran. ¿Sabes lo que me dijo?"

Oh, Dios. A ella casi se le había olvidado su otro gran pecado del día. Quizá sería lo mejor resolverlo de una vez, sin embargo. Ella le debía a él la verdad de su encuentro con el Sr. Hadley, y quizá, solo quizá, algo bueno podría salir de eso. Ahora que ya no necesitaba preocuparse por cuidar la buena opinión de Andrew, podía valer unos cuantos riesgos. Por su bien y por el de Darcy. "Me imagino que ella te dijo que me encontré con el Sr. Hadley. Yo tenía la intención de explicártelo yo misma cuando surgiera la oportunidad."

Él hizo una mueca. "Ella dijo que te encontraste con un hombre de barba y que hablaron por mucho rato."

Ella levantó la barbilla. "Es verdad, aunque me imagino que te hace infeliz escucharlo. Yo sé que tú deseas que yo lo evite, pero tenía preguntas para las que quería respuestas. Lo que es más, me gustaría decirte lo que averigüé."

El dejó salir una exhalación explosiva. "¡Cómo si yo pudiera creer cualquier cosa que diga ese hombre!"

"Es difícil juzgar si creer a un hombre con el que uno nunca ha hablado, pero habiéndolo hecho, creo que es honesto. Él ciertamente aceptó sus faltas ante mí. ¿Puedo decirte lo que dijo?"

"Supongo que me lo vas a decir ya sea que esté de acuerdo o no," espetó él.

"No, si lo prefieres, no diré nada."

Él la fulminó con la mirada, luego le dio la espalda y fue a mirar por la ventana. "Puedes decírmelo si lo deseas tanto," dijo él con renuencia.

Ella casi sonrió ante su reticente reconocimiento de su propia curiosidad. Rápidamente ella repitió lo fundamental de su conversación con el Sr. Hadley, dejando de lado solamente las partes que concernían sus propios sentimientos.

Cuando ella finalmente se detuvo, él dijo ásperamente, todavía sin mirarla, "¿Qué más?"

"Eso es todo, pero él ofreció reunirse contigo directamente si tenías preguntas, o por cualquier otra razón."

Las manos de él se apuñaron a su lado. "No. No hablaré con él."

Unos días antes ella lo hubiera dejado ahí, pero ahora ya no tenía nada que perder. "Naturalmente es tu elección, aunque me pregunto sobre tus presunciones. Una de las cosas que yo más admiro sobre ti es tu deseo de darle una voz a todos, sean sirvientes o esclavos. A cualquiera menos a este único hombre. Sí, él pecó y tú sufriste por ello, aunque él mismo no fue la fuente de tu sufrimiento. A mí me parece que tú lo estás culpando por los pecados del esposo de tu madre, y en eso tú puedes no estar siguiendo tus propios postulados."

Él se tensó. "Creo que yo soy el mejor juez de mis propios postulados, gracias."

Ella había ido demasiado lejos. "Por supuesto que lo eres. Pero ¿puedo pedirte que consideres una pregunta diferente? ¿Qué consejo le darías tú a alguien en tal posición, alguien con una conexión indeseada con un hombre que hubiera pecado mucho tiempo atrás, pero que hubiera intentado llevar una vida recta desde entonces?"

Los hombros de él descendieron y el miró para otro lado. "Yo solo tengo tu palabra de que él no ha continuado pecando," gruñó él.

Sintiendo debilidad, ella siguió adelante. "Cierto, y yo solo sé lo que él ha dicho, lo cual no prueba nada. Aun así, ¿es suficiente para garantizar tener una conversación para que tú puedas evaluar su arrepentimiento por ti mismo? Tu siempre podrías elegir después no continuar la relación."

Él frotó la mano a lo largo de la repisa de la chimenea, con la cabeza inclinada. "Solo Dios puede juzgarlo, no yo," dijo él con voz entrecortada.

Ella contuvo la respiración. ¿Lo había ella malentendido completamente? Ella presionó sus dedos en su frente, todas sus suposiciones de cabeza. Andrew *quería* conocer a su padre, probablemente ansiaba conocerlo y tener su amor, pero creía que debía negárselo a sí mismo, que él debía despreciar al hombre. Y Elizabeth le estaba ofreciendo no tanto persuasión sino tentación encarnada. Ella dijo cuidadosamente, "Ciertamente es tu decisión, y no te presionaré más. Yo le dije que era poco probable que tú estuvieras de acuerdo en encontrarte con él. Él estará decepcionado, pero no sorprendido, si no vuelve a oír de mí."

El rostro de Andrew se torció. "Muy bien; me reuniré con él por esta única vez, pero no prometo más."

Ella sonrió. "Te lo agradezco."

Él levantó su mano. "Una cosa más. Quiero que Fitzwilliam venga con nosotros."

Sorprendida, ella preguntó, "¿Tu hermano?"

"Sí. No haré esto a sus espaldas."

260

"Un buen sentimiento." Ella luchó para ocultar su deleite. Por lo menos, el lazo de Andrew con Darcy parecía estar creciendo. Algún día sería un consuelo para ella saber que ella al menos había ayudado a sanar sus heridas.

"¿QUIERES QUE YO VAYA con ustedes?" Darcy parpadeó atónito, mirando de Andrew a Elizabeth y de regreso. Esta era obviamente idea de ella. "Yo escasamente conozco a Hadley." Y en verdad, él no tenía un particular deseo de conocer al amante de su madre. La misma idea hacía que la piel le escociera.

"Tú eres mi hermano, lo que va antes de cualquier demanda que él tenga sobre mí. Y yo deseo dejar en claro que al verle, yo no estoy negando mis lazos con los Darcy."

Darcy dio vuelta al anillo de sello en su dedo pequeño. "Si deseas que vaya, me sentiré honrado de hacerlo. Confieso que no entiendo bien el propósito de la reunión, pero haré lo mejor que pueda para apoyarte." Porque Elizabeth deseaba que sucediera.

La boca de Andrew se torció. "Elizabeth cree que yo debo tener una conexión con él."

"Yo no sé si debería haber una conexión," dijo ella rápidamente. "Yo simplemente no deseo ver a un hombre solitario, mayor, el primo de tu madre, no menos, tratado como leproso."

Darcy asintió. "Pudiera ser una ventaja estar en términos amables con él, si él está dispuesto."

"Oh, él está dispuesto," dijo Elizabeth sin reservas. "Él está desesperadamente hambriento no solo de cualquier detalle sobre Andrew, desde sus preferencias en material de lectura hasta sus gustos en mermelada, sino también de una conexión con cualquiera de los hijos de Lady Anne. Él aún ama su memoria."

Andrew se frotó la palma de la mano contra la frente como si le doliera. Darcy esperaba que Elizabeth supiera lo que estaba haciendo. Pero él tenía que confiar en su mejor conocimiento de Andrew, y se reuniría con Hadley, aunque el solo pensarlo hiciera que le ardiera el estómago.

LA REUNIÓN CON EL SR. Hadley había sido arreglada en el terreno neutral de los Sydney Gardens. Darcy se preguntó quién lo habría sugerido, Elizabeth, Andrew o el Sr. Hadley, y cómo le había explicado Elizabeth a los demás por qué necesitaba salir sola con Andrew y Darcy.

Habían pasado algunos años desde que Darcy había visitado los Gardens, pero el recuerdo vino a él mientras entraban a través del Hotel Sydney. Mientras compraba sus boletos para el jardín de recreo, él descubrió al Sr. Hadley esperándolos justo afuera del salón de té del hotel. ¡Buen Dios! El hombre se parecía a Drew, con barba o sin ella.

"Oh, tomemos té antes de ir a los jardines," dijo Elizabeth alegremente. "Estoy sedienta después de nuestra caminata hasta aquí."

Darcy sabía perfectamente bien que Elizabeth estaba acostumbrada a caminatas mucho más largas que la que habían tomado para llegar a los jardines, pero confiaba en su juicio si ella sentía que sería preferible sentarse a tomar té que caminar. Era obvio que Drew estaba nervioso; Darcy no había visto que se sintiera tan tenso desde sus primeras visitas a Pemberley. "Tomar té sería perfecto," dijo él.

Elizabeth le dirigió una mirada agradecida, y Darcy siguió el casi imperceptible movimiento de su cabeza indicándole que él debía sentarse frente a ella de manera que Drew y Hadley no quedaran uno junto al otro.

Ella encabezó el tipo de ligera plática social que con frecuencia era su perdición, compartiendo sus opiniones sobre Bath, preguntando al Sr. Hadley sobre sus lugares locales favoritos. ¿Había el encontrado una iglesia que pudiera recomendar par los servicios dominicales, ya que la más cercana a la vivienda donde se estaban quedando parecía demasiado tradicional para su gusto?

Darcy no podía hacer más que admirar la forma en que ella le dio entrada a Hadley para mostrar conocimiento de ministros No-Conformistas, antes de cambiar de tema a su casa en Londres y a su trabajo como abogado.

Drew estaba sentado rígidamente, escasamente tocando su té, a pesar de los intentos de Elizabeth de hacerlo hablar. Darcy hizo su mejor esfuerzo para llenar los silencios, finalmente pensando en preguntar a Hadley sobre sus parientes en común entre la familia Fitzwilliam.

Hadley dijo, "Me sorprendió ver a Lady Frederica aquí. No hubiera creído que Bath fuera de su gusto."

"No lo es," dijo Drew abruptamente. "Ella quería alejarse de su padre, y este fue el lugar a donde él le dio permiso de ir."

"Intentado evitar a Matlock, ¿no es así? Chica lista," dijo Hadley.

"Él es *su* primo," dijo Andrew frunciendo el ceño.

Los labios de Hadley se apretaron, aumentando su parecido con Andrew. "Matlock y yo también vamos al mismo sastre. Creo que eso es la suma de lo que tenemos en común."

Las líneas alrededor de los ojos de Drew se relajaron un poco. "Él me desconoció hace muchos años por mi trabajo con Wilberforce. Me llamó un traidor a la familia."

Un destello de ira cruzó el rostro de Hadley. "Lo lamento, aunque no hubiera esperado nada mejor de él. Aún de niño, los abolicionistas lo ponían lívido. No podía soportar la culpa. Fue un punto de fricción entre tu madre y él en cierto punto."

Drew se vio súbitamente interesado. "¿Mi madre peleó con él a causa de la esclavitud?"

"Solo unas cuantas veces. Él no toleraba la disensión, y ella fue castigada por ello. Después de eso, ella ocultaba sus creencias de él, pero donaba la mayoría de su dinero para gastos a causas abolicionistas. A ella también se le prohibió verme, ya que Matlock creía, con justa razón, debo decir, que mi influencia la había expuesto a esas ideas inaceptables."

Elizabeth preguntó, "¿Estaba usted interesado en la abolición desde joven, entonces?"

"Era una de las causas predilectas de mi padre, y mi niñera, a quien yo quería mucho, era una esclava liberada, así que me venía naturalmente. Yo nunca fui castigado por mis creencias, como lo fue Lady Anne.

Darcy dijo, "Es fácil estar en contra de la esclavitud, pero se necesita un alma particularmente valiente para hacer públicas esas creencias dentro de una familia cuya fortuna depende del comercio de esclavos. Me alegra saber que mi madre, como Drew, fue lo suficientemente intrépida como para arriesgarse así." Y él tenía que admitir era difícil detestar a Hadley, sin importar lo que él hubiera hecho en el pasado.

Drew se ruborizó de orgullo, y Elizabeth sonrió. Era suficiente.

DESPUÉS DE QUE TERMINARON su té, el grupo salió a la amplia avenida que atravesaba el jardín de recreo, con Drew y el Sr. Hadley en profunda conversación sobre la abolición, con Elizabeth y Darcy contribuyendo rara vez a la plática. Esto le acomodaba a Darcy, y más cuando los otros dos hombres se quedaron un poco atrás. Aquí, caminando con Elizabeth, él podía pretender que solo eran ellos dos.

O no.

"Eso parece estar yendo bien," dijo ella calladamente. "Especialmente dado que tanto tuve que empujar a Andrew para que estuviera de acuerdo en venir."

"¿Tuviste que hacerlo?"

"Confieso que así fue." Ella enlazó sus manos a su espalda. "Yo prefiero enfrentar la verdad que ocultarme de ella."

No había nada que el pudiera decir sobre eso. Ella conocía su verdad.

Ella aumentó el paso, y él alargó el suyo para igualarlo. Señalando las linternas a lo largo del camino, ella dijo, "Esto debe ser encantador cuando está iluminado por las noches."

"Lo es, aunque no tan adecuado para una conversación privada. Puede estar bastante concurrido. ¿Hay algo que le gustaría ver mientras está aquí? El laberinto está por allá, y presume de algunas bonitas cuevas."

Elizabeth sombreó sus hombros. "Hoy no, creo yo. Aunque en general me gustan los laberintos, últimamente he pasado demasiado tiempo intentando encontrar mi camino hacia afuera del laberinto en mis pensamientos como para disfrutar estar en uno físico."

Su corazón comenzó a retumbar. Ella debía estarlo sintiendo, también, ese mismo sentimiento de estar perdido, de no tener salida, de dar vuelta una esquina a la vez para encontrar otro camino sin salida. Ella entendía. Pero de todas maneras se iba a casar con Andrew.

Y él necesitaba comportarse como un caballero honorable, aun si todo lo que quería era mirar sus bellos ojos. ¿De qué habían estado hablando? Ah, sí, de los jardines. "Quizá los puentes ornamentales sobre el canal, entonces. Son pintorescos."

Ella inclinó la cabeza. "Me gustaría verlos."

Después de consultar con Drew y con Hadley, Darcy dirigió el camino a una vereda lateral que llevaba al canal, más allá de los bordes de flores y los arbustos. Él le dirigió una mirada a Elizabeth, pero el ala de su gorro ocultaba su expresión de él. Una apertura en los árboles apareció antes que el agua misma, pero ahí estaba, un puente como gracioso arco sobre el canal. Ellos caminaron hasta la parte más alta del mismo, donde Elizabeth se volvió y descansó sus manos sobre los barandales de hierro forjado. Debajo de ellos, las lanchas del canal se movían lentamente, impulsadas por un caballo de tiro en el camino de sirga.

Elizabeth suspiró. "Uno apenas puede saber que estamos en medio de la ciudad aquí."

"O que el canal es tan nuevo. Parece como si hubiera estado aquí desde siempre, en lugar de ser un milagro moderno que cruza toda Inglaterra.

Un gabarrero en la angosta lancha se quitó la gorra y asintió con admiración hacia Elizabeth, haciéndola sonreír y levantar su mano en saludo.

"En verdad," dijo ella a Darcy. "Debe ser un viaje emocionante, viajar todo el camino a través de Inglaterra sin dejar el agua, aunque supongo que no es nada comparado con el viaje que usted hará pronto." Había algo melancólico en su voz.

Él miró hacia atrás, pero Drew and Haley no podían verse por ningún lado. "Nuestros amigos parecen haberse desvanecido."

Ella sonrió. "Ellos se sentaron en una banca hace algún tiempo. Creo que estamos quedando *de más*, lo cual es justo lo que yo hubiera deseado."

"Usted suena complacida."

Ella lo consideró. "Puedo estar equivocada, pero creo que el Sr. Hadley es un buen hombre, y que Andrew puede beneficiarse de conocerlo mejor. Él parece más contento ahora, y me pregunto qué tanto de eso tiene que ver con la carta de su madre."

"Estoy de acuerdo con que él parece más en paz consigo mismo," reconoció Darcy. Luego, porque no pudo contenerse, él añadió, "¿Y usted? usted parece de alguna manera diferente, como si algo hubiera cambiado también para usted."

Ella se sorprendió, dirigiéndole una mirada casi temerosa, y luego sonrió tristemente. "Yo he encontrado mi propia paz, supongo. Me di cuenta de que hay batallas que no vale la pena pelear, y de que yo necesitaba aceptar ciertas verdades. Ha sido liberador."

"¿Qué verdades son esas?" Él no tenía derecho a preguntar, pero temblaba con la necesidad de saber.

Rodeando con los dedos el barandal, ella miró hacia abajo al agua obscura. "Que usted se irá por tres años, y que cuando regrese, será una persona diferente, una que ha explorado un nuevo mundo y ha vivido entre un grupo de naturalistas en lugar de la alta sociedad. Yo seré una persona diferente, también, con tres años de experiencia que... Bueno, no importa. Usted no habrá compartido esas experiencias. Nosotros seremos extraños uno para el otro."

Lo hería escucharla decirlo, aun si esa era precisamente la razón por la que había decidido irse lejos. "¿Y eso le da paz?" Había un sabor amargo en su boca.

"No. Me da libertad." Ahora ella lo miró, sus ojos lo suficientemente profundos como para ahogarse en ellos. "Libertad de permitirme a mí misma sentir lo que siento, en lugar de intentar luchar contra ello cada minuto. Libertad de vivir en el presente por este corto tiempo aquí en Bath, con honestidad en mi corazón. Sabiendo que para cuando usted regrese de su expedición, ya no importará. Eso es lo que me ha dado paz."

El corazón de él llenó su garganta. ¿Podía él creer a sus oídos, o se estaba engañando a sí mismo escuchando lo que él deseaba escuchar? Sin pensarlo la mano de él se movió para cubrir la de ella mientras yacía sobre el barandal. Y luego los dedos de ella se apretaron alrededor de los suyos.

Era un milagro. Un milagro silencioso que lo inundaba de emoción, haciendo que el mundo entero se desvaneciera excepto por esas cuantas pulgadas de piel donde él podía sentir la presión de su mano a través de los guantes que ambos usaban. Era aterradoramente íntimo, como si él se hubiera desnudado de todo frente a ella.

¡Oh, Dios, Elizabeth!

Aun cuando ella se casara con Andrew, este momento aún sería suyo. Este breve momento, cuando ella lo tuvo en su corazón.

"¡Ahí están!" Era la voz de Drew, sonando tanto complacida como llena de energía. Hadley estaba de pie a su lado.

Darcy quería sujetar la mano de ella, decirle a Drew que Elizabeth era suya, pero en lugar de eso, con profundo pesar, él levantó su mano, sintiendo la dolorosa pérdida de algo precioso. Pero la magnética atracción de ella estaba más allá de su capacidad de resistir, así que él deslizó su mano cerca de la de ella hasta que pudo sentir la presión del su dedo pequeño contra el de él. Parecía inocente, pero hasta ese leve toque enviaba oleadas de deseo a través de él.

A su lado Elizabeth cerró los ojos, con las mejillas sonrojadas. Pero ella dijo, "Sí, aquí estamos. Creo que ese gabarrero en la lancha angosta ha estado coqueteando conmigo." Sin embargo ella no movió la mano.

"¡Cómo se atreve!" Pero Drew lo dijo en voz de broma. "Supongo que no pudo resistirse a ti."

Darcy ciertamente no podía resistirse a Elizabeth.

Drew se acercó junto a él y le dijo murmurando. "Una cosa, ¿supones que podamos invitar a Hadley y a su hermana a cenar con nosotros? Él dice que ella quisiera conocerme apropiadamente."

Su deber a su familia tenía que venir primero. De alguna manera él se alejó de Elizabeth. "Hadley, ha sido un placer conocerlo mejor. ¿Podría esperar que usted y su hermana pudieran cenar con nosotros en la Casa York?"

Hadley se ruborizó, sonriente. "Estaremos muy felices de hacerlo. Muy felices. Se lo agradezco."

Elizabeth empujó a Darcy con su codo. Él bajó la mirada hacia ella inquisitivamente y vio una mirada de preocupación. ¿Qué sucedía? ¿Qué no había deseado ella que Darcy conociera mejor a Hadley?

Ella tosió. "Solo hay un pequeño asunto. Si usted cena con nosotros, es probable que adivine el motivo ulterior de nuestra presencia en Bath, el cual debe permanecer privado por ahora. Es de la mayor importancia que Lord Matlock no sospeche nuestros planes."

Frederica. Él había olvidado todo sobre Frederica. El plan original de cenar en la Casa York en lugar de en la de Lady Margaret había sido permitir que Farleigh se uniera a ellos.

"Me siento bastante seguro en estar de acuerdo en ocultar secretos de Matlock, cualesquiera que estos sean," dijo Hadley.

Con una sonrisa pícara, Elizabeth dio un paso adelante y susurró en el oído del anciano caballero.

Una expresión sombría nubló su rostro. "Usted puede depender de mí. Matlock detuvo mi fuga y sentenció a Lady Anne a una vida de infelicidad. Él le hará lo mismo a su hija sobre mi cadáver."

"Espero que no llegue a eso," dijo Elizabeth ligeramente. "Pero me alegro de tenerle como aliado."

Capítulo 29

LA CENA EN LA CASA York salió bien. Lady Frederica y el Sr. Farleigh no tenían ojos más que uno para el otro, mientras que Andrew, el Sr. Hadley, la Sra. Todd, y Darcy hablaban mayormente uno con otro. La conversación era algo limitada, sin embargo, debido a la presencia de Georgiana y Mary, quienes estaban en la ignorancia sobre la paternidad de Andrew, así que Elizabeth se dedicó a entretenerlas tan bien que ellas difícilmente hubieran notado algo inusual. Esto la puso en una buena posición para observar las suaves, cálidas miradas que Andrew ocasionalmente dirigía hacia su hermana, muy diferentes de cualquiera que le hubiera dirigido jamás a ella.

Al final de la velada, el Sr. Hadley la buscó y tomó su mano entre las dos de él. "Este ha sido uno de los mejores días de mi vida, y tengo que agradecérselo a usted," dijo él calladamente. "Si hay alguna vez alguna cosa que pueda hacer por usted, cualquier cosa en el mundo, espero que me informe. Le debo más de lo que puedo decir."

Elizabeth miró hacia un lado, donde Georgiana se aproximaba a ella. "Estoy feliz de que haya podido unirse a nosotros. Espero que sea la primera de muchas ocasiones como esta." Era verdad, aun cuando ella no estaría presente en ellas.

Los ojos de él chispearon. "Bueno, he sido invitado a cierta ocasión en la Abadía de Bath el jueves, así que la veré allá."

SOLO QUEDABAN DOS DÍAS, y Elizabeth tenía muchas cosas que lograr durante ellos. Ella empacó y volvió a empacar sus pertenencias hasta que estas cupieron en un pequeño baúl y una bolsa que ella podía cargar. Lo que no cupiera tendría que regresar a Longbourn con Mary.

Afortunadamente, Mary tenía una recámara separada, y no notó ninguno de sus preparativos.

La mejor ruta parecía ser empezar su búsqueda de empleo en Londres. Ella tenía solo suficiente dinero para el pagar el carruaje, así que tenía la intención de entregarse a la misericordia de los Gardiner, pidiéndoles que guardaran su secreto y le prestaran dinero para alojamiento hasta que encontrara un puesto. Quizá ellos hasta pudieran saber de alguien que buscara una acompañante o una institutriz.

Mientras tanto, ella había revisado los periódicos de Londres que le eran entregados a Lady Margaret, quien no leía nada más que las novedades sociales y estaba perfectamente dispuesta a permitir que Elizabeth se los llevara después, aunque con la advertencia de que demasiadas noticias podían desbalancear la mente de una joven dama. Elizabeth hizo una lista de agencias de empleo, pero revisar los anuncios le había mostrado la gran falla en su plan. Cada puesto parecía pedir una carta de referencia de un empleador previo, y ella no tenía ninguna.

Ella se mordió la uña del dedo, un viejo hábito, que había superado hacía tiempo, y que ahora había vuelto con su ansiedad sobre qué hacer a continuación. Claramente ella no era elegible para los mejores empleos sin carta de referencia, y eso era difícilmente de sorprender. ¿Por qué querría alguien emplear a una chica sin referencias, una fugitiva que podía ser cualquier tipo de criminal?

Debía haber algo que ella pudiera hacer. Quizá su tía sabría de alguien que pudiera estar dispuesto a producir una carta. Pero no, había alguien a quien se la podía pedir, alguien que había ofrecido ayudarla si alguna vez lo necesitaba, quien sería la única persona que entendería por qué ella estaba haciendo esto.

Súbitamente decidida, ella buscó en su retícula y encontró la tarjeta que el Sr. Hadley le había dado en el Pump Room. Sí, ahí estaba.

A la mañana siguiente, ella rogó que la disculparan de ir a la excursión que había planeado Lady Frederica a los Baños Romanos, declarando un dolor de cabeza. Una vez que los demás se hubieron ido, ella salió y se encaminó hacia la Great Pulteney Street.

En la puerta, ella le dijo al mayordomo que deseaba hablar privadamente con el Sr. Hadley. La mirada de desdén que él le dio era totalmente merecida; ninguna mujer de buena cuna solicitaría ver a un caballero a solas. Pero Elizabeth no tenía ya nada que perder. Una vez que se fuera de Bath, ella ya no tendría una reputación por la cual preocuparse.

Después de unos cuantos momentos incómodos de espera en el vestíbulo, rogando que la Sra. Todd no la descubriera aquí, Elizabeth vio al Sr. Hadley venir hacia ella, con una expresión de preocupación en su rostro. Él debía saber que esta visita podía arruinar la reputación de ella, así que asumió que debían ser malas noticias.

"Mi querida Señorita Bennet, ¿sucede algo? ¿Debo llamar a mi hermana?"

"No, se lo agradezco. Debo pedirle hablar con usted en privado."

Los ojos de él se abrieron desmesurados y sus mejillas palidecieron. "¿No es Andrew?" preguntó él, prácticamente en un susurro.

Por supuesto que esa sería su primera preocupación, que ella le llevara malas noticias. "Andrew está perfectamente bien, pero voy a finalizar mi compromiso con él."

"¿Finalizar su compromiso? Pero ¿por qué?" Él se veía devastado. "Vamos, venga a mi estudio."

Ella lo siguió a una pequeña habitación y esperó a que él cerrara la puerta. "Tengo muchas razones. ¿No fue usted el que me dijo que no me casara con él si amaba a otro hombre? En ese momento, yo estaba dispuesta a correr el riesgo, pero se ha vuelto claro que Andrew ha desarrollado sentimientos amorosos por mi hermana, y ella le corresponde. Es hora de que yo me quite de en medio de esto y les permita ser felices."

Él parpadeó varias veces. "¿Su hermana, la Señorita Mary?"

"Ella es más adecuada para Andrew que yo."

"Pero ¿qué pasará con usted? Al finalizar su compromiso..."

"Estaré en desgracia," interrumpió ella. "Ya he considerado todo eso. Tendré que dejar mi hogar y empezar una nueva vida. Desde que fui forzada a comprometerme para evitar avergonzar a mi familia, no ha habido otra elección."

"Pero ¿qué va a hacer?"

"Tengo la intención de buscar un puesto como institutriz o acompañante." Ella no se permitiría pensar en lo mucho que a ella le desagradaría estar al servicio de extraños. "Pero para hacerlo, debo rogarle un pequeño favor."

"Cualquier cosa, por supuesto. Si tiene necesidad de dinero..."

Ella negó con la cabeza. "No puedo aceptar eso. Todo lo que pido es una carta de referencia, si usted pudiera ver la forma de escribir una para mí. Sin una, es poco probable que consiga un puesto respetable. Yo sé que usted no tiene experiencia de mis habilidades, pero le prometo que trabajaré duro y seré un crédito para usted."

Él la estudió con compasión. "Me sentiré feliz de hacerle ese servicio."

Ella soltó una larga exhalación. "Se lo agradezco, una y otra vez. Hará una gran diferencia."

"Pero yo preferiría llegar aún más lejos. Usted ha conocido a mi hermana, quien lleva la casa por mí. Como usted ha visto, su artritis la está dejando inválida, y ella pudiera beneficiarse de una acompañante que pudiera asistirla. ¿Consideraría usted dicho puesto? Le daría un lugar seguro a dónde ir, y si usted encuentra que no le gusta, yo estaría feliz de darle una carta de referencia para que pueda encontrar un puesto más adecuado para usted."

Elizabeth contuvo la respiración. "Eso no es nada menos que caridad de su parte, y yo no puedo aprovecharme así de usted."

Él sonrió. "Quizá en parte, aunque he considerado contratar a una acompañante para ella por algún tiempo. Ella necesita a una, aun si no quiere admitirlo. Pero, Señorita Bennet, usted me dio a mi hijo. No hay nada que yo pueda hacer por usted que pueda empezar a pagar lo que usted ha hecho por mí."

"Yo lo hice por el bien de Andrew. Aun cuando él lo negaba, yo podía ver cuánto necesitaba él conocerlo a usted."

"Usted vio un problema que lo estaba hiriendo, y se propuso aliviarlo. ¿No me permitiría a mí hacer lo mismo al ayudarla a usted?"

Las lágrimas se derramaron de sus ojos, lágrimas de alivio. "Gracias. Gracias. Aceptaré su generosa oferta."

"¡Gracias a Dios!" exclamó él. "Yo me sentiré mucho mejor sabiendo que usted está segura, especialmente cuando ha sacrificado tanto por la felicidad de Andrew."

Un hogar con el Sr. Hadley, en quien ella confiaba, y trabajar para la Sra. Todd, quien parecía una dama alegre. Era más de lo que ella posiblemente hubiera esperado. "No tengo intención de decirle a Andrew hasta después de la boda de Lady Frederica. Tomé la decisión hace unos días, pero no deseo que mis acciones empañen su día de felicidad."

"¿Cuándo desea empezar, entonces? Usted puede venir aquí cuando quiera que elija."

Ella tragó con dificultad. "El día después de la boda, entonces. Le daré las noticias a Andrew y me iré inmediatamente. Creo que sería mejor si él no supiera a dónde me fui." Porque Darcy no debía saber. La voz de ella tembló, y las lágrimas se le derramaron.

Él le ofreció su pañuelo. "Lo entiendo. Y, por lo que vale, usted tiene mi apoyo."

LADY FREDERICA FARLEIGH, neé Fitzwilliam, besó la mejilla de Darcy justo antes de que dejaran la Abadía después de su boda. "Te agradezco de nuevo por entregarme en mi boda, aunque te ganará la desaprobación de mi padre."

"Me sentí orgulloso de hacerlo, y no estoy preocupado por tu padre. Iba a haber una ruptura con él tarde o temprano," dijo Darcy. "Solo me siento aliviado de que hayamos logrado pasar el día de hoy sin ninguna interferencia de su parte."

"Bueno, los fuegos artificiales comenzarán tan pronto le diga a Lady Margaret que estoy casada. Espero que será una escena bastante desagradable, con un lenguaje memorable."

Él rio roncamente. "Creo que tienes razón."

Cuando llegaron a la Casa York, donde se llevaría a cabo el desayuno de bodas, Darcy llevó a Drew a un lado. "Creo que sería mejor si evitáramos que las damas regresaran a la casa de Lady Margaret hoy. No tiene caso que sean testigos del pleito que va a suceder cuando ella averigüe sobre el matrimonio de Frederica."

"Tienes razón," dijo Andrew. "Podríamos ir a caminar a las Parades hasta que sea hora del concierto de esta tarde."

"Un excelente plan." Y quizá Darcy pudiera una vez más arreglárselas para caminar con Elizabeth. Quedando solo dos días antes de que tuvieran que irse de Bath, él quería robar tanto tiempo con ella como fuera posible, más recuerdos para entibiar sus años solitarios en las junglas de Sudamérica.

Pero Elizabeth se quedó cerca de su hermana en el desayuno de bodas, viéndose pálida y abatida. Él esperaba que ella no estuviera enferma. Ella había llorado un poco en la Abadía, pero él no había pensado mucho en ello porque las mujeres con frecuencia lloraban en las bodas.

Él se las arregló para caminar junto a ella de camino a las Parades. Las ocupadas calles de Bath no permitían la conversación privada, pero aun así, había algo diferente en ella. Él estaba seguro. La calidez, las bromas, las miradas secretas y los dobles sentidos que habían caracterizado los últimos días se habían desvanecido.

Ella había tomado su brazo mientras bajaban los escalones a los pequeños jardines de recreo junto a la North Parade, enviando una oleada de calidez a través de él. Una oportunidad más de pretender por solo un momento que él podía ser el hombre de su vida en lugar de Drew. Pero ella aún se veía sombría.

"Parece callada hoy," dijo él finalmente. "Espero que no suceda nada."

Ella le dirigió una mirada ansiosa por debajo del ala de su gorro, y luego alejó la mirada como si admirara el borde de flores. "Nada digno de mención. No dormí bien anoche."

¿En verdad eso era todo? "¿Estaba usted preocupada por la boda? Debo admitir que yo no me atreví a respirar hasta que los pronunciaron marido y mujer. Estuve esperando que Lord Matlock llegara a la carga y trastornara todo."

"Eso no se me había ocurrido como una posibilidad," dijo ella. "Quizá la ignorancia es en verdad una bendición." pero ella no había dicho qué la estaba preocupando.

Georgiana vino para caminar al otro lado de él, impidiendo cualquier posibilidad de hacer más preguntas personales. En lugar de eso, Darcy preguntó, "¿Está entusiasmada por el concierto de hoy? Escuche a George Bridgetower tocar en Londres hace unos años. Su talento es bastante notable."

"Lo estoy," dijo Georgiana. "¿Es verdad que su padre es un príncipe africano?"

Darcy sonrió. "Él ha declarado que es así, pero otros dicen que él fue un esclavo en las Indias Occidentales, pero él mismo era tal prodigio en el violín que el Príncipe Regente lo acogió en su casa cuando no era más que un niño, y él solo ha mejorado desde entonces."

Pero Elizabeth no dijo nada.

En el concierto en los Upper Rooms, Drew y Georgiana se sentaron entre ellos, así que Darcy no podía ver nada de Elizabeth aparte de un ocasional movimiento. Pero después de que el Sr. Bridgetower finalizara el concierto con una presentación de auténtico virtuoso de una sonata de Beethoven que no pudo dejar de conmover a todos, Elizabeth se unió al elogio general, con los ojos brillantes. Darcy respiró un poco mejor entonces, contento de quedarse atrás y beber del placer de ella.

Ella pareció feliz mientras se mezclaban con otros que habían ido al concierto. Andrew había visto a un amigo de Londres y había ido a saludarlo, dejando que Darcy tomara el envidado puesto junto a Elizabeth. Se sentía tan bien, estar saludando a conocidos con ella a su lado. ¡Si tan solo pudiera ser así siempre!

Pero demasiado pronto Andrew se aproximó a ellos, sonriendo ampliamente, acompañado de una pareja de cabello obscuro. "Sr. y Sra. Genova, puedo presentarles a la Señorita Elizabeth Bennet, mi prometida, de quien les conté cuando estuve de visita el mes pasado, y mi hermano mayor, el Sr. Darcy de Pemberley? Los Genova son originalmente de Parma, pero están en exilio desde que Napoleón la anexó, y son un gran apoyo para nuestra comunidad abolicionista."

La Sra. Genova, una atractiva mujer no mucho mayor que Darcy, tocó el hombro de Elizabeth con su abanico. "¡Qué gran honor es este, conocer a la joven dama que ganó el corazón del tan elusivo Sr. Andrew Darcy! No puedo decirle, Señorita Bennet, cuantas chicas en Londres admiraban ese semblante severo, atractivo suyo e intentaron atraerlo, pero ellas pudieron no haber existido por lo que él las notaba."

Drew se rio. "Ella exagera mucho, por supuesto, ¡pero lo hace tan encantadoramente que difícilmente puedo quejarme!"

La brillante sonrisa de Elizabeth casi ocultó el hecho de que se había puesto pálida y de que sus ojos habían perdido el brillo. "Bien puedo creer que él tenía muchas grandes admiradoras."

La Sra. Genova pareció muy complacida por esto y expresó su esperanza de que Elizabeth y Drew cenaran con ellos en Londres en su próxima visita a la Ciudad. Elizabeth dijo todas las cosas correctas, pero para Darcy, parecía como si a ella le faltara su vitalidad usual.

El Sr. Hadley y su hermana se unieron a ellos, elogiando la música. Elizabeth les sonrió, pero de hecho, se puso más pálida.

Preocupado, Darcy dijo calladamente, solo para que ella lo oyera. "¿Está segura de que está bastante bien?"

Elizabeth miró hacia abajo. "Solo un poco fatigada. Quizá debería regresar a la casa a descansar."

Al menos él podía facilitarle eso. "¿Le aviso a Drew? Yo la acompañaré de regreso."

Ella le dirigió una mirada divertida, límpida. "Me llevará cuatro minutos enteros caminar para allá, si hago el esfuerzo de ir con particular lentitud, y todavía es de día."

"De cualquier manera, insisto. Yo preferiría hablar yo mismo con Lady Margaret antes de que ella tenga oportunidad de regañarla por la boda de Frederica. Yo tengo la intención de informarle que ustedes no sabían nada acerca de eso hasta que Drew y yo las llevamos a la Abadía." Él sonrió, esperando hacerlo parecer un secreto que ellos podían compartir.

"Yo no me quejaré, señor si usted desea apropiarse de toda la culpa por eso."

Pero al llegar al Circus, ella se estaba mordiendo el labio de nuevo. Una vez dentro de la casa, ella se volvió para enfrentarlo, como si estuviera a punto de decir algo, pero se quedó en silencio. Finalmente él dijo calladamente, "Suba a su habitación, y yo distraeré a Lady Margaret."

Ella asintió bruscamente. "Se lo agradezco. Y también..." Ella levantó la mirada hacia él."

¡Dios, cómo amaba él sus ojos! ¿Cómo iba a vivir por tres años sin verlos? "¿Sí?"

"Gracias," dijo ella, luego añadió apresuradamente, "Le agradezco todo. Todo."

¿Estaba hablando ella del concierto? "No hay de qué," dijo él suavemente, dejando que su amor se derramara en sus palabras.

Ella respiró irregularmente. Repentinamente sus ojos se llenaron de lágrimas, y luego ella se volvió y subió corriendo las escaleras.

"¡Elizabeth!" la llamó él, pero ella no se volvió.

¿Era simplemente su fatiga o más del raro humor que parecía haberla plagado todo el día? Él difícilmente podía seguirla a su habitación, así que tendría que esperar hasta que él pudiera hablar con ella en la mañana. Mientras tanto, él todavía necesitaba enfrentar a Lady Margaret.

Capítulo 30

UNA MANO SACUDIÓ EL hombro de Darcy, arrancándolo bruscamente de un sueño de besar a Elizabeth a la luz de la luna. "Vete," murmuró él.

"Señor, tiene que despertar." Era la voz de Wilkins, y su valet sonaba preocupado. El sacudió el hombro de Darcy una vez más.

Darcy frotó el dorso de su mano sobre sus ojos. La luz que entraba por la ventana era pálida y gris, gotas de lluvia se deslizaban por los paneles. "¿Qué sucede?"

"Es la Señorita Bennet. Ella salió de la casa de Lady Margaret justo después del amanecer, sola, con un baúl y una bolsa. Ella entró en un carruaje privado."

"¿Qué?" Darcy, ahora completamente despierto, se empujó para sentarse. "¿Cómo sabes eso?"

"El hombre que usted tenía vigilando la casa en caso de que llegara Lord Matlock la vio. Él vino y lo reportó." Wilkins titubeó. "Y mientras me lo estaba contando, yo vi a la Señorita Bennet entrar al hotel y pedir hablar con el Sr. Drew, diciendo que era urgente y que no podía esperar. El empleado mandó que lo llamaran. Yo la vigilé hasta que él bajó, y luego vine a con usted, señor."

¿Qué podía haber causado que Elizabeth huyera de casa de Lady Margaret? Su tía tenía una lengua cruel, pero Elizabeth se había enfrentado con Lady Catherine de Bourgh sin ninguna dificultad. ¿Y por qué había llevado sus pertenencias con ella?

Quizá esta era la razón por la que ella había estado de un humor tan raro ayer. ¿La había asustado alguien? ¿Matlock, quizá? Pero ¿por qué? "Al menos ella tuvo el sentido de venir aquí," dijo él, más para sí mismo que para

Wilkins, quien ya había abierto el guardarropa para seleccionar su ropa para el día.

Wilkins se dio vuelta para verlo de frente. "Mis disculpas, señor; no me hice entender bien. El empleado le preguntó si quería una sala privada o algo de té, y ella dijo que solo estaría ahí unos minutos, y que su carruaje la estaba esperando."

Algo estaba muy mal.

Darcy bajó las piernas de la cama y se puso de pie. "Entonces no hay tiempo de vestirme. Solo mi bata y pantalones."

Wilkins se veía horrorizado. "Al menos déjeme rasurarlo, señor."

Él dudó. Él no ayudaría a Elizabeth al salir corriendo, viéndose como un pirata descuidado. "Que sea rápido, entonces. Con agua fría está bien."

"Como lo desee, señor." El tono de Wilkins expresaba su desaprobación. Él creía en hacer las cosas apropiadamente.

A Darcy le irritó el retraso mientras Wilkins cuidadosamente rasuraba su barba incipiente. Tan pronto como el valet se dio la vuelta para dejar la navaja, Darcy saltó, se limpió la cara, y se puso la bata por encima de su camisa de dormir.

Una súbita llamada a la puerta llamó su atención. Wilkins abrió, revelando a un muchacho con el uniforme del hotel. "Esa dama, ya se va," dijo con voz aguda, con una mirada nerviosa hacia Darcy. "También está llorando."

¿Elizabeth estaba llorando en público? ¿Qué en nombre de Dios le había dicho Drew? Darcy empujó a Wilkins y al muchacho para pasar y corrió hacia las escaleras, bajándolas de dos en dos, sin importarle sus pies en medias.

Él se detuvo bruscamente en el piso de mármol del vestíbulo. Vacío, a excepción del empleado en el escritorio y de un sirviente llevando una bandeja. Él se apresuró hacia el empleado. "Una dama estaba aquí, la Señorita Bennet," se apresuró a decir de forma brusca.

El empleado señaló la puerta. "Acaba de irse, señor, no hace cinco minutos, y..."

Darcy no esperó a escuchar lo demás. Él se apresuró a salir a la calle, casi derribando a un chico que estaba de pie afuera. La lluvia goteaba en su cabeza, y un charco mojaba sus medias, pero a él no le importaba. Él miró hacia arriba y abajo de la calle, pero no la vio. No, Wilkins había dicho que su carruaje estaba esperando. Allá... un carruaje modesto estaba parado en el lado opuesto de la calle. Sin siquiera detenerse a mirar, Darcy se lanzó a cruzar frente a este, ganándose un grito airado de un jinete que pasó junto a él.

La puerta del carruaje se estaba cerrando cuando él llegó al pavimento en el lado opuesto. Sin importarle el comportamiento apropiado, él asió la manija y la jaló para abrirla.

Una oleada de alivio lo invadió al ver a Elizabeth. Sus ojos enrojecidos se abrieron desmesurados y ella apretó un pañuelo hecho bola contra su boca mientras se encogía en el asiento.

"Elizabeth, ¿qué sucede?" preguntó él.

"Na... Nada," tartamudeó ella, y luego levantó los ojos ante la obvia falsedad. "Pregúntele a Andrew. Él le dirá. Yo debo irme."

"Yo quiero que me diga. ¿Alguien la ha herido? ¿Asustado?"

Ella se humedeció los labios con la punta de la lengua. "No, nada parecido."

Una idea terrible lo estremeció. "¿Le hizo Drew algo?"

"¡Claro que no!" La conmoción llenaba su voz. "Debo irme. Andrew explicará todo."

¿Qué podía él decir para hacer que ella le dijera qué sucedía? Tenía que haber algo. "¿A dónde va? ¿A Longbourn?"

Ella cerró los ojos como si algo le doliera. "Sí. Longbourn." Ella sonaba más calmada ahora, y más distante.

"La acompañaré allá, entonces. Usted no debería viajar sola." ¿No podía ella ver cuán preocupado estaba él?

Ella se mordió el labio. "Le agradezco su preocupación, pero no hay necesidad." Súbitamente resuelta, ella se inclinó hacia él. "Sr. Darcy, si alguna vez le importé, se lo ruego, déjeme ir."

Sus bellos ojos estaban llenos de lágrimas, pero él no podía dudar que ella hablaba en serio, aún si el saberlo lo hería en lo más profundo. Ella no quería su ayuda.

Lentamente él forzó a sus dedos a soltar la cerradura de la puerta. Él no podía mantenerla prisionera en una calle pública. "Si eso es lo que desea, todo lo que le puedo ofrecer es la esperanza de que pronto encuentre alivio de lo que sea que le preocupa. Pero le ruego..."

La voz de ella se ahogó cuando le dijo, "Se lo agradezco. Adiós, señor." Ella estiró la mano, y por un momento él pensó que ella intentaba alcanzarlo, pero solo era para cerrar la puerta.

El clic de la cerradura sonó extrañamente definitivo. Tan pronto como Darcy se hizo para atrás, el cochero tomó las riendas, y el carruaje avanzó por la calle. Él lo miró, sintiendo repentinamente la fría lluvia deslizándose por su cuello y sus pies empapados. Pero eso no era nada comparado con cómo el haber visto sus lágrimas había herido su corazón.

Él tenía que encontrar el modo de ayudarla, cualquiera que fuera el problema. Una vez que Andrew le dijera qué había sucedido, él terminaría de vestirse y cabalgaría tras ella, con lluvia o sin ella. Aun si no la veía en el camino, la alcanzaría en Longbourn.

Él se detuvo repentinamente en los escalones del hotel. Longbourn. La hermana de Elizabeth estaba en Bath. ¿Por qué regresaría Elizabeth a casa dejando a Mary atrás? No podía ser la verdad. ¿Por qué le había dicho eso ella, entonces? ¿O él había asumido, y ella solo había estado de acuerdo? Pero si no iba a Longbourn, entonces él no tenía idea de a dónde iba ella.

Drew debía saber. Él corrió escaleras arriba y golpeó la puerta de su hermano.

"Ahora no." La voz sin inflexión de Drew le llegó a través de la puerta. "Vuelva después."

"Debo hablar contigo. Es urgente, muy urgente."

La puerta se abrió de golpe, revelando a su hermano. El cabello de Drew estaba desordenado, de punta, como si él hubiera pasado su mano a través de él. "¿Qué sucede?" demandó él.

"Acabo de ver a Elizabeth irse. Llorando. Ella no quiso decirme por qué, solo que debía preguntarte a ti."

Drew frunció el ceño, pero se hizo para atrás. "Supongo que será mejor que entres, entonces. No quiero que todo el mundo se entere. ¡Buen Dios, estás empapado!"

Esa era la menor de sus preocupaciones. "¿Sabes por qué se fue?"

"¡Me dejó plantado, por eso!" gruñió Drew. "¿Estás satisfecho ahora?"

Darcy se quedó boquiabierto. "¿Qué?"

"Sí, ella rompió el compromiso. Dijo que había sido un error. ¡Un error!"

Él sintió como si hubiera sido atrapado en un torbellino, golpeado por sentimientos encontrados. Elizabeth era libre... pero Drew había perdido a la mujer que amaba. De alguna forma se las arregló para decir, "Lo lamento tanto. No tenía idea."

Drew rio ásperamente. "Ni yo. Creí que estaba feliz, ¡tonto que fui! No, ella preferiría estar arruinada que pasar su vida conmigo. Y yo creí que le gustaba."

Arruinada. La palabra hizo eco a través de él. Con un compromiso fallido detrás de ella, eso sería verdad, pero él pondría final a eso una vez que la encontrara. Por ahora Drew lo necesitaba. "¿Te dio alguna razón?"

"¿No es mi nacimiento razón suficiente?" Drew lanzó las palabras hacia él como si fueran cuchillos. "¿Quién querría casarse con un bastardo?"

Darcy parpadeó. "No, no puedo creer eso."

Drew levantó la barbilla. "Ella estaba lo suficientemente feliz de casarse conmigo hasta que descubrió la verdad, y luego todo fue diferente. Esa es suficiente prueba para mí."

"No tiene sentido. Ella fue la que quiso que tú conocieras a Hadley. Ella debió haber tenido otra razón." Y él sabía cuál había sido. Pero ¿le había contado a Hadley sobre él?

Drew se quedó viendo a Darcy como un venado paralizado por un cazador, y luego se dejó caer en una silla y se cubrió el rostro con las manos. "No. Yo le fallé. Es mi propia culpa." Su voz apagada desbordaba desolación.

Darcy se tensó. Si Drew había herido a Elizabeth, él... Él no tenía idea de qué haría. "¿Qué quieres decir?"

Las palabras de Drew eran escasamente audibles. "Yo le fui desleal. En mi corazón."

¿Desleal en su corazón? Algunas veces Drew era totalmente incomprensible. "¿De qué manera?"

"Ella dijo... Ella dijo que una cosa era ser forzado a casarse si ninguno de nosotros estaba apegado a alguien más, pero que ella ya no creía que ese fuera el caso para mí. Yo lo negué, por supuesto, pero luego ella me preguntó si yo podía jurar por mi honor que yo ninguna vez había pensado que Mary sería una mejor esposa para mí que ella. ¿Qué podía yo decir? ¡Su propia hermana!" Él tomó un cojín y lo lanzó al otro lado de la habitación.

"¿Mary Bennet?" Darcy no pudo ocultar su incredulidad. Estaba más allá de lo que él podía comprender que cualquier hombre pudiera preferir a Mary sobre Elizabeth.

"Oh, lo sé, Lizzy es más bonita y más encantadora, pero a Mary le importan las mismas cosas que me importan a mí. Ella está emocionada con lo que le estoy enseñando. Ella busca mi compañía. Lizzy está de acuerdo conmigo en muchas cosas, pero Mary siente pasión por ellas. Pero está mal, mal, mal. Yo debí haber cerrado mi corazón a ella."

Esa era una apelación que Darcy podía entender demasiado bien. "Eso es más fácil decirlo que hacerlo. El corazón sigue sus propias reglas." Como él había aprendido, de la forma más difícil posible. Pero ahora, por primera vez, había esperanza para él. Drew podía casarse con Mary Bennet, y luego, cuando un intervalo decente hubiera pasado, Darcy podía acercarse a Elizabeth, y esta vez ella lo aceptaría. Una oleada de triunfo llenó su pecho.

"Yo no lo sabía. Yo no soy como tú. Yo siempre evité el contacto con mujeres jóvenes porque yo no consideraría nada más que matrimonio, así que Lizzy fue la primera dama joven con la que yo conversé largamente. Creí que sería seguro dejar que sus hermanas se acercaran, pero mi naturaleza pecadora fue demasiado fuerte."

"Tú no hiciste nada pecaminoso. Quizá esto sea lo mejor. Ahora tú y la Señorita Mary pueden estar juntos." Y él podría tener a Elizabeth y un futuro del que podía regocijarse.

"Solo que al costo del futuro de Lizzy, a causa de mi error."

"Puede ser que haya unos cuantos rumores, pero difícilmente es el fin del mundo."

Drew volvió sus ojos agonizantes hacia él. "Tú no entiendes. Lizzy va a dejar a su familia y amigos y a buscar empleo. Ella dice que nunca puede regresar a casa a causa del escándalo. Ese es el precio de mi error."

Las palabras lo acuchillaron. A través de los labios entumecidos, él se forzó a decir, "¿Buscar empleo?"

"Ella ya ha aceptado un puesto como maestra en una escuela para niñas."

¿Elizabeth, teniendo que ganarse la vida? No. Nunca. "¿Dónde? ¿Cuál es el nombre de la escuela?"

Drew desvió la mirada. "Ella se rehusó a decirme, solo que sería mejor para su familia que ella simplemente desapareciera. Cuando traté de insistir, ella dijo que ella ya no era mi responsabilidad."

¿Y Andrew le había permitido irse? "No importa. La encontraremos."

La cabeza de Drew se volvió lentamente para mirarlo. "Pero ¿por qué? Ella tiene derecho de rehusarse a casarse conmigo."

Él difícilmente podía decirle a Drew que su verdadera razón era porque él mismo quería casarse con ella. Su hermano no estaba listo para escuchar eso. "Para asegurarnos de que esté segura."

"Ella sabe que puede comunicarse conmigo si lo necesita. Yo se lo dije. Ella tiene familia que puede ayudarla, también." Drew sonaba exhausto.

Elizabeth no pediría ayuda, no a menos de que estuviera desesperada. "No es tan fácil como eso, no si ella está preocupada de que el escándalo toque a su familia."

Los ojos de su hermano se veían atormentados. "Es su elección, no la mía. Si hay algo que he aprendido en mi vida, es que no puedes hacer que alguien te ame. Ella quiere irse. Déjala ir."

Las palabras le robaron a Darcy el aliento. ¿Cómo lo sabía Drew? Y entonces él se dio cuenta de la verdad. Drew estaba hablando por sí mismo, no por Darcy. Pero Elizabeth también había dejado a Darcy.

¿Había él leído mal todos sus gestos recientes? No. Él estaba seguro de que le importaba a ella. Quizá no fuera amor, pero ella tenía sentimientos hacia él. ¿Por qué ella no se había vuelto hacia él ahora?

Drew podía estar listo para dejarla ir, pero Darcy no lo estaba. No sin una oportunidad de preguntarle por qué, al menos. Y no había tiempo que perder.

DARCY CAMINÓ DE REGRESO a su habitación tan rápidamente como se las pudo arreglar con sus empapadas medias. "¡Wilkins!"

"¿Sí, señor?" Su valet salió del vestidor, le dirigió una mirada horrorizada, y trajo una toalla.

"Olvida eso," espetó Darcy. "Necesito que averigües a dónde ha ido Elizabeth Bennet. Su carruaje salió no hace diez minutos. Ella ha obtenido un empleo en una escuela para niñas en alguna parte. Revisa las posadas de posta para ver si ha abordado un carruaje o está esperando uno."

Wilkins se veía desaprobador. "Señor, usted está empapado. Le ruego me permita ayudarle primero."

"Ahora, Wilkins. No hay tiempo que perder."

Wilkins se tensó. "Sí, señor." Él desapareció otra vez en el vestidor, volviendo a surgir con un gran abrigo y llevando una sombrilla, y caminó hacia la puerta.

"Contrata tanta gente como necesites. No repares en gastos."

Wilkins hizo una reverencia. "Sí, señor." Tan pronto como la puerta se cerró detrás de él, Darcy se quitó la bata que goteaba y se sentó a quitarse las empapadas medias de sus fríos pies.

¿Por qué? ¿Por qué había huido Elizabeth? Rompió su compromiso, sí, ¡pero ella debía saber que él la quería! ¿Tenía ella miedo del escándalo? ¿O había alguien desaprobado la relación lo suficiente como para amenazarla? La única forma de saber sería preguntarle.

¿A dónde podría haber ido ella? ¿Cómo pudo haber encontrado un puesto sin que nadie se diera cuenta? Alguien tenía que haberla ayudado. O no... habían escuelas aquí en Bath. Ella pudo haber entrado a una y solicitar un puesto. Y habían agencias, ¿o no? Si Wilkins no encontraba a Elizabeth o a dónde había ido, Darcy lo enviaría a revisar las agencias. Él podía visitar las escuelas él mismo. Todo lo que necesitaba hacer era decir que estaba buscando una escuela para su joven custodia, escuchar a la directora hablar un rato, y luego pedir conocer a todas las maestras.

Eso, y él debía hablar con Mary Bennet para averiguar si ella sabía algo. Con seguridad Elizabeth debía haber confiado en su hermana.

Tener los esbozos de un plan hizo que la enfermedad en su estómago cediera un poco. Tomando la toalla, él se secó vigorosamente el cabello húmedo. Ropa. Ese era el siguiente paso.

UNA VEZ QUE SE HUBO vestido, Darcy se dirigió al Circus. La lluvia había disminuido a una llovizna, así que un paraguas era suficiente protección para la corta caminata.

Él encontró que Drew ya estaba ahí, encerrado con una Mary Bennet pálida y con los ojos enrojecidos y con Georgiana. Cuando Darcy intentó preguntar qué pudiera saber la Señorita Mary, Drew lo interrumpió.

"Nosotros ya pasamos por esto," dijo Drew. "Lizzy le dejó una carta a Mary, pero no dijo nada más de lo que me dijo a mí."

"Ella se disculpó por dejarme aquí, y me dio dinero para que pagara la posta," dijo Mary calladamente.

Darcy preguntó, "¿Tiene usted alguna idea, o se le ocurre algo, de dónde pudiera haber ido ella?"

"Ninguna. Esto es una completa conmoción para mí. No puedo imaginarme por qué ella haría una cosa tan terrible." La voz de Mary temblaba.

"¿Alguna vez ha hablado ella con usted acerca de buscar empleo, quizá alguna vez en el pasado?"

Mary negó con la cabeza. "Nunca. No estuvimos realmente cerca hasta recientemente. Pero supongo que no estábamos cerca para nada, si ella hizo esto sin decirme nada." Ella se enjugó furiosamente los ojos.

"¿Qué hay de...?"

Drew interrumpió, "Fitzwilliam, no voy a permitir que alteres a la Señorita Mary con preguntas. Ella ha sufrido una mala conmoción."

Darcy tragó con dificultad. Drew tenía razón; él no debía estar permitiendo que su impaciencia rigiera sobre la amabilidad. "Mis disculpas, Señorita Mary." El hizo una caravana tensa.

"Yo voy a regresar a la Señorita Mary a Longbourn," declaró Drew. "Le he pedido a Georgiana que nos acompañe, ya que sería inapropiado que la Señorita Mary viajara sola conmigo, aún con una doncella. También debo responder al Sr. Bennet por la desaparición de Lizzy."

"Yo debía ser el que hiciera eso," dijo Darcy.

Drew se irguió y se puso de pie, con la indignación delineando sus facciones. "No soy un niño. Ella era mi prometida y estaba aquí por invitación mía. Este asunto no tiene nada que ver contigo. El que Lizzy me haya plantado no me hace incompetente."

¿Nada que ver con él? Súbitamente todo era más de lo que él podía soportar. "Tiene todo que ver conmigo. La única razón por la que Wickham los forzó a este compromiso fue para herirme a mí. Si no fuera por mí, Elizabeth estaría segura en su casa, con su familia, con su reputación intacta."

"¿Qué quieres decir con eso?" demandó Drew, ruborizándose. "Yo fui al que Wickham quería avergonzar."

Darcy sintió que las manos le temblaban. "A Wickham no le importabas tú. Todo era sobre mí. Él pensó que nada podía herirme más que ver a la mujer que yo amaba arruinada por mi propio hermano. Lo que él no esperaba fue que tú le ofrecieras matrimonio. Eso lo convirtió en la venganza perfecta."

"¿La mujer que tú amabas? Drew se rio burlonamente. "¿Qué te sucede? A ti ni siquiera te gustaba. Ella me contó sobre su pleito."

"Pero no sobre lo que lo precedió, que fue su rechazo de mi propuesta de matrimonio." Las palabras de Darcy rebotaron en las paredes del salón como un disparo de pistola, dejando un conmocionado silencio a su paso.

"¿Tú le propusiste matrimonio a Lizzy?" la voz de Drew palpitaba con incredulidad. "Cuéntame otro cuento de hadas."

"Sí, yo le propuse matrimonio," dijo Darcy salvajemente. "Antes de que siquiera la conocieras."

Finalmente Drew humedeció sus labios. "No tiene sentido. ¿Por qué te habría rechazado a ti y luego me hubiera aceptado a mí?"

"Porque le gustabas más, y porque Wickham le contó mentiras sobre mí." Darcy no pudo contener su amargura.

"Es verdad, Drew." Era Georgiana, hablando con una vocecita. "Yo supe sobre eso. O al menos supe que Fitzwilliam tenía intención de proponerle matrimonio, en la primavera. Esa fue la razón por la que yo estaba tan sorprendida cuando tú anunciaste que ella estaba comprometida contigo."

Drew se le quedó mirando a Darcy. "¿Por qué nunca me lo dijiste?" Su voz estaba llena de dolor.

La respiración de Darcy era desigual en su garganta. Él había trabajado tanto para desarrollar confianza con Drew, y esto podría arruinarlo todo. "Porque tú la amabas, y yo quería que fueras feliz. Que lo fueran ambos."

Curiosamente, fue Mary Bennet quien llegó a la conclusión final. "¿Es por eso por lo que decidió irse a Sudamérica?"

Él quería rehusarse a responder, ocultar su dolor privado, pero había habido demasiados secretos, y ahora Elizabeth se había ido. Él asintió con un solo movimiento de cabeza.

Ella lo presionó aún más. "¿Sabía Lizzy que usted iba a irse a causa de ella?"

Sus uñas se enterraron en sus palmas. "Ella adivinó."

Drew se frotó el puente de la nariz, como si no pudiera captar nada de esto. Finalmente él dijo, "No importa, yo todavía debo llevar a la Señorita Mary de regreso a Longbourn, y no veo ninguna ventaja en que tú vengas. Tú puedes elegir culparte, pero la reputación de Lizzy solo se dañará más si tú revelas algo de esto."

Darcy no podía alegar el punto. "Entonces el carruaje está a tu disposición." Y como él no podía soportar la expresión herida de Drew un minuto más, él salió sin decir nada más. Elizabeth se había ido, y Drew podía no perdonarlo nunca.

ÉL NO PODÍA ENFRENTAR regresar al hotel solo para sentarse solo en su cuarto esperando noticias de Wilkins. En lugar de eso él vagó sin rumbo por Bath, escasamente notando sus alrededores. Había demasiada gente en las calles, demasiados testigos de su agonía, así que eventualmente sus pies encontraron el camino a un camino de sirga escasamente utilizado del Kennet y el canal Avon. Pero ese camino lo llevó abajo del puente donde él había estado de pie con Elizabeth tan solo tres días antes, gloriándose en el toque de su mano y en el reconocimiento de ella de sus sentimientos hacia él.

Y ahora ella se había ido, sin decirle a él siquiera una palabra. ¿Había ella creído que a él no le importaría? De alguna manera él tenía que hablar con ella. ¡Este no podía ser el final para ellos!

Lentamente él regresó a la Casa York. Él se detuvo en el escritorio para pedirle al empleado que le preparara una lista de escuelas en o cerca de Bath.

EL PRECIO DEL ORGULLO: UNA VARIACIÓN DE ORGULLO Y PREJUICIO

Antes de que pudiera decir nada, él anciano hombre dijo, "Ah, Sr. Darcy, había algo para usted." Él buscó en un cajón del escritorio. "Aquí está."

Él se apresuró a subir a su habitación, y sin siquiera molestarse en quitarse el sombrero o el abrigo, él rompió el sello de cera. A la carta le faltaba la pulcritud usual que él había visto en sus cartas, como si la hubiera escrito muy apresuradamente, como debía haber sido, y empezaba sin saludo.

He escrito tantas cartas en el último día explicando mis acciones, pero ninguna a usted, creyéndole la única persona que no necesitaría explicación de mi decisión de romper mi compromiso. Pero nuestra breve conversación antes me demostró que todavía había cabida a la mala interpretación, y no desearía dejarlo con una falsa impresión, ni desearía causar accidentalmente una nueva separación entre usted y su hermano.

Andrew no tiene ninguna culpa por mi decisión. Él siempre me ha tratado con respeto y propiedad. La falta es solo mía, y de mi propia falta de voluntad de ser una fuente de infelicidad. Aquí en Bath me he visto forzada a reconocer el verdadero costo que su madre pagó por casarse por buenas razones prácticas cuando ella tenía a otro hombre en su corazón. Sabiendo eso, yo no podía elegir seguir ese camino, especialmente cuando se hizo claro para mí que Andrew sería mucho más feliz con mi hermana, quien creo que ha desarrollado un cariño por él. Esa es mi única motivación; no hubo ningún tipo de maltrato involucrado.

Varias líneas después de esto estaban tachadas.

Mi única esperanza en todo esto es que de alguna manera su hermano y mi hermana formen una pareja, no solo para proteger a mi familia de lo peor del escándalo de mi compromiso roto, sino porque creo que sería en el mejor interés de ambos. Yo he observado crecer su cariño, pero temí que de alguna manera Andrew pudiera decidir no perseguirlo. Hice mi mejor esfuerzo por convencerlo, pero él lo necesita también a usted. Su buena opinión es muy importante para él.

En cuanto a lo demás, todo lo que puedo hacer es esperar que su expedición le proporcione distracción y un nuevo enfoque. Dios lo bendiga.

E. Bennet

Una mancha redonda mancillaba el último párrafo.

Un torbellino de emoción lo atravesó; un dolorido alivio ante el indirecto reconocimiento de lo que había entre ellos, gratitud por esta confirmación de que Drew no tenía culpa, y furia ante la falta de respuestas a ninguna de las preguntas que lo plagaban.

¡Demonios! Él necesitaba hablar con ella. Verla. Tomarla en sus brazos y decirle que la amaba.

Y eso era imposible, al menos por el momento.

DARCY SE LE QUEDÓ VIENDO a Andrew con incredulidad. "No, no voy a gastar dos horas cenando con Lady Margaret y escuchándola atacar a Elizabeth."

Drew frunció el ceño hacia él. "Sí, vas a hacerlo, porque ese es el precio de proteger el buen nombre de Lizzy."

"¿Qué quieres decir?"

"Lady Margaret todavía no sabe la verdad. Yo no quiero que ella divulgue las noticias de mi compromiso roto en su propia manera desagradable, así que le dije que Lizzy había recibido noticias de que su padre estaba malherido y que se había ido en el primer carruaje de posta, pero que Mary se sentía mal y no había podido viajar con ella. Es bastante fácil de creer, ya que Mary está claramente alterada. Creo que es mejor esperar a hacer un anuncio del final del compromiso después de que hayamos decidido el mejor curso."

Darcy ni siquiera había considerado intentar minimizar el escándalo. Una vez más, Drew estaba pensando más claramente que él. "¿Cuál crees tú que sea el mejor curso?"

Andrew se ruborizó. "Reducir los rumores tanto como sea posible. No podemos costear el que mi escándalo cuelgue sobre la cabeza de Georgiana cuando empiece su Temporada. Asumiendo que Mary esté dispuesta, nos casaremos rápidamente. Eso deberá proporcionar la mejor protección a los Bennet, y demostrará que yo no culpo a la familia. Deseo evitar lo peor del daño, lo suficiente como para que Lizzy pueda eventualmente visitar a su familia sin vergüenza."

EL PRECIO DEL ORGULLO: UNA VARIACIÓN DE ORGULLO Y PREJUICIO

¡Qué Elizabeth estuviera reducida a la esperanza de no avergonzar a su familia! Entonces se le ocurrió algo. "¿Alguna vez le dijiste que Wickham está en prisión?"

"No. No parecía necesario." Pero el color subió de nuevo a las mejillas de Drew.

Por supuesto. Elizabeth había estado de acuerdo en casarse con Drew a causa del chantaje y Drew temía que, sin él, Elizabeth pudiera finalizar el compromiso. Casarse con ella había sido tan importante para él, que él no hubiera querido correr ese riesgo.

Pero si Elizabeth no sabía que Wickham ya no era una amenaza, ella pensaría que finalizar su compromiso significaría la ruina absoluta. Un compromiso roto era en sí bastante escandaloso, pero hacerlo cuando Wickham estaba dispuesto a divulgar rumores de que ella y Drew habían tenido intimidad... eso sería desastroso. Ella sería universalmente rechazada en Meryton y toda su familia sería avergonzada. Ella estaría más allá de ser incapaz de casarse. Pero ese no era el caso, y ella no lo sabía.

Él frotó sus manos sobre su cara con súbita comprensión. Por eso era por lo que ella se había desvanecido. No porque no tuviera fe en él o porque no lo amara, sino porque ella pensaba que era imposible que ella tuviera ningún futuro con él cuando era vista tanto como impura como alguien que había plantado a un hombre. No era de extrañar que hubiera huido.

Pero eso podía arreglarse. Él podía encontrarla, decirle que Wickham ya no era una amenaza, y convencerla de que ellos se pertenecían uno al otro.

Repentinamente él se sentía capaz de enfrentar al mundo. Empezando con una cena con Lady Margaret. Luego él encontraría a Elizabeth.

Capítulo 31

DESPUÉS DE UN MES EN la búsqueda de Elizabeth, la confianza de Darcy se había esfumado, agotada por una falsa pista tras otra. En Bath, Wilkins no había podido encontrar una posada de posta que hubiera vendido un boleto a una joven dama que se apegara a la descripción de Elizabeth. Las esperanzas de Darcy se habían elevado con las noticias de que una agencia de empleos de Bath había colocado a una chica de cabello obscuro como maestra, pero resultó ser una joven mujer de cara afilada de Devon. Él visitó cada una de las escuelas en millas alrededor de Bath, pretendiendo estar buscando un lugar para su ficticia pupila, e insistió en conocer a cada una de las maestras. Ninguna de ellas era Elizabeth.

Él había vuelto a Londres después de agotar todas las posibilidades en Bath. Entrevistar a la tía y tío de Elizabeth no le había brindado ninguna información nueva, y él no tenía razón para dudar de ellos ya que ellos expresaron su propia ansiedad sobre su desaparición. Él había contratado a un investigador para revisar escuelas más distantes.

Su mejor esperanza había sido averiguar algo cuando había vuelto a Netherfield para la boda de Drew con Mary Bennet, pero su hermano le había informado rápidamente que, por el bien de su novia, él no deseaba que se mencionara el nombre de Elizabeth durante las festividades. Darcy tendría que esperar.

Después de la boda, mientras estaba de pie afuera de la iglesia de Longbourn, Sir William Lucas se aproximó a él y le dijo afablemente. "Qué día tan prometedor fue para la familia Bennet cuando el Sr. Bingley vino a Netherfield Park. Dos hijas casadas en tan corto tiempo, ¡y usted tuvo el privilegio ser acompañante de ambos novios! Los Bennet son en verdad afortunados."

EL PRECIO DEL ORGULLO: UNA VARIACIÓN DE ORGULLO Y PREJUICIO

Darcy apretó los dientes. Él necesitaba la buena voluntad del vecindario local si esperaba obtener su asistencia para encontrar a Elizabeth, así que se forzó a responder con un barniz de amabilidad. "He sido muy privilegiado." Dado el esfuerzo que le costó no estrangular al viejo tonto por llamar afortunados a los Bennet, esto calificaba como más que bien educado. El precio de casar a su tercera hija había sido perder a la segunda. ¿Qué estaba sufriendo Elizabeth en su empleo? ¿Cómo podría su buen ánimo tolerar la sumisión del servicio?

Sir William se frotó las manos juntas. "Magnífico, magnífico. Un muy buen día en verdad."

Darcy se las arregló para mantener un aire agradable a través del tedioso desayuno de bodas en Longbourn, pretendiendo no notar que el matrimonio de Drew y Mary no mereció la misma excesiva hospitalidad y buena comida que los que habían acompañado el unir a Bingley a la familia. Drew, al no tener una fortuna propia, era menos valorado por la Sra. Bennet, por mucho que pareciera gustarle. Era más difícil ignorar los murmullos de asombro escuchados por casualidad de que la común y corriente Mary Bennet hubiera de alguna manera desplazado a Elizabeth. En lugar de eso él intentó enfocarse en lo feliz que se veía Drew. Si tan solo él pudiera compartir esa felicidad.

Tan pronto como Drew y Mary salieron a su viaje de bodas, Darcy se encaminó de regreso a Netherfield a tramar cómo obtener una conversación en privado con Jane Bingley. En los tres días que había estado ahí, en los raros momentos cuando la Sra. Bingley no había estado envuelta en planear la boda de su hermana, su aún enamorado esposo estaba pegado a su lado. De ser necesario, Darcy les presentaría sus preguntas a los dos juntos, pero él sospechaba que Jane le daría una audiencia más receptiva. Ella tenía nuevas líneas de preocupación alrededor de los ojos, y él sospechaba que ella estaba tan preocupada por Elizabeth como lo estaba él.

Él finalmente la encontró a la mañana siguiente mientras ella estaba arreglando flores en el comedor. "Sra. Bingley, se ve usted encantadora," dijo él con una reverencia. "Debo agradecerle de nuevo haberme hospedado aquí."

293

Ella se volvió hacia él con una sonrisa avergonzada. "Usted es muy amable, pero no puedo evitar recordar algo que mi hermana Lizzy me dijo una vez acerca de usted."

Desconcertado, él preguntó. "¿Y qué le dijo?"

"Ella dijo que era fácil saber cuando usted estaba diciendo la verdad, porque usted no tiene talento para disimular sus motivos. ¿Hay algo que desea decirme?"

¡Así que la callada Jane Bennet se había vuelto más segura ahora que estaba casada! Él hizo una reverencia de nuevo. "Tiene usted mucha razón, y es de su hermana de lo que deseo hablar con usted. He estado tratando de localizarla, y esperaba que usted pudiera ayudarme a hacerlo."

"Pensé que pudiera ser eso. Dudo que pueda ser de mucha ayuda para usted, aunque le desee que tenga éxito. Estoy tan preocupada por ella." Ella se mordió el labio mientras clavaba una flor rosa de invernadero a un lado de su arreglo.

Él dejó salir un lento suspiro. "Como lo estoy yo. ¿Pudiera permitirme preguntarle si ella ha estado en contacto con usted?" Te ruego Dios, permite que ella le haya dicho algo a su hermana, se me están acabando rápidamente los lugares en qué buscar.

La Sra. Bingley frunció el ceño. "Recibí una carta, como lo hicieron mis padres, pero ella me pidió no decirles a ellos sobre la mía. Las noticias de su compromiso roto no me conmocionaron, porque ella una vez me mencionó la idea. Creí que ella la había dejado a un lado. Estaba equivocada."

Él contuvo la respiración. "¿Le dio ella una razón?"

Ella pareció estar estudiando algo por encima del hombro de él, y luego gradualmente los ojos de ella se enfocaron en él. "Cuando lo discutimos, ella estaba preocupada por usted," dijo ella, casi como disculpa. "De otra manera yo no le estaría diciendo nada de esto. Hace mucho, cuando ella no esperaba volverlo a ver nunca, ella me confió lo que sucedió en Kent."

Una vez a él lo hubiera avergonzado que ella supiera sobre su fallida propuesta de matrimonio, pero ahora era un alivio no tener que explicar su preocupación. "Agradezco que entienda mi posición. ¿Me atrevo a esperar que la Señorita Elizabeth le haya dicho algo de su situación actual?"

"Solo que es la acompañante de una dama anciana que le cae bien, y que se siente muy afortunada de haber encontrado ese puesto, nada sobre quien pueda ser su... empleador o dónde vive." Ella tartamudeó un poco sobre la palabra, como si dudara admitir que su hermana estaba en servicio.

"¿Una acompañante? Ella le dijo a Drew que había tomado un trabajo como maestra de escuela."

La Sra. Bingley se ruborizó delicadamente. "Ella mencionó en su carta que ella le iba a decir a él algo desorientador, en caso de que a él se le metiera en la cabeza buscara."

Todos esos días que él había pasado visitando escuelas, desperdiciados, mientras la pista se había enfriado. Encontrar a la acompañante de una dama iba a ser aún más difícil que a una maestra. "¿Sabe usted si ella buscó anuncios de puestos mientras todavía estaba allá?

"No que yo sepa. Desearía poder decirle más. Haría cualquier cosa para traerla a casa."

"Al menos tengo una mejor idea de qué buscar ahora," dijo él. "No deseo dejar piedra sin voltear. ¿Tiene usted alguna sugerencia de quién pudiera tener más información sobre dónde se encuentra?"

Ella negó con la cabeza. "Creo que ella me lo diría a mí si se lo dijera a alguien. Ella dijo que eventualmente me daría una dirección a dónde escribirle si lo deseaba... ¡si lo deseaba!... pero no sabría decir si ella quiso decir el próximo mes o en diez años." La voz de ella tembló.

"Difícilmente necesito decirle que me gustaría saber si lo hace, pero si usted se sintiera incapaz de decirme, si, quizá, ella le pide mantenerlo en secreto, ¿pudiera pedirle que le diera un mensaje de mi parte?"

La Sra. Bingley buscó y sacó un pañuelo y se enjugó las comisuras de los ojos. "Eso dependería de mensaje, supongo."

"Es doble. Primero, que me gustaría hablar con ella. Y segundo, que George Wickham no puede propagar ningún rumor sobre ella. Asumo que usted sabe sobre las amenazas de él que la llevaron al compromiso, y me temo que ella ha huido para evitar la posibilidad de que él pudiera decir a la gente que ella y Drew se habían comportado inapropiadamente. Da la casualidad de él está en la prisión de deudores para evitar que él arruine la vida de nadie más, así que ella está segura. Si ella sabe eso, quizá se sienta capaz de volver a su familia, si el escándalo no es nada más que un compromiso roto. Pero yo no tengo manera de comunicárselo."

"¡Oh! ¡Eso sería un gran alivio! Usted puede estar seguro de que le diré eso, si tuviera la oportunidad." Ella presionó su mano contra el pecho. "Le agradezco por darme algo de esperanza."

Él le hizo una reverencia e intentó sonreír. Él sabía poco más de lo que había sabido antes, pero ahora necesitaba empezar su búsqueda de nuevo desde el principio.

DOS LARGOS MESES DESPUÉS, meses de noches sin sueño, sus investigadores aun no encontraban señal de Elizabeth. Darcy se forzó a hacer las tareas necesarias para dirigir Pemberley y su investigación, aunque con frecuencia él apenas podía concentrarse en lo que era necesario. Finalmente, él no pudo soportar esperar más, así que cabalgó a la vicaría para hablar con su hermano.

Drew levantó la mirada del sermón en el que estaba trabajando cuando Darcy apareció, y Mary puso a un lado su remiendo. Si Darcy hubiera podido alegrarse por algo, hubiera estado complacido de ver qué tan bien el matrimonio parecía sentarle a Drew, pero en lugar de eso, como siempre, ver a la anterior Mary Bennet era un punzante recordatorio de la ausencia de Elizabeth.

Su hermano lo saludó cálidamente, todo un cambio de la sospecha de tan solo seis meses antes. Mary rápidamente se disculpó, dejando a los dos solos.

"Espero que todo esté bien en Pemberley," dijo Drew.

"Bastante bien," replicó Darcy. Pero hacer plática superflua también era difícil esos días, así que él ni siquiera lo intentó. "Estoy planeando ir a Londres. La expedición sale la próxima semana."

Su hermano levantó la mirada hacia él bruscamente. "¿Has cambiado de opinión y decidido ir con ellos después de todo?"

"Por supuesto que no. Pero voy a ir a despedirlos y a ayudarles con algunas dificultades con su equipo."

"Si todavía deseas formar parte de eso, no es demasiado tarde," dijo Drew cuidadosamente.

"¿Dejar Inglaterra durante años cuando Elizabeth todavía no ha sido encontrada? Creo que no," espetó Darcy. Pero no era culpa de Drew, así que añadió, "Perdóname. No sé cuánto tiempo estaré en la Ciudad, así que ¿serías tan amable de estar pendiente de Pemberley y de Georgiana mientras no estoy?"

Drew lo estudió, con las cejas juntas. "Aunque estaré encantado de ayudar, no hay necesidad. Tu administrador se las ha arreglado en tu ausencia muchas veces en el pasado, y yo se tan poco de administración de haciendas que él haría mejor en escribirte a Londres que en preguntarme a mí."

"Aun así, Georgiana se sentiría mejor si supiera que tú te harás cargo."

Su hermano hizo una pausa, considerando. "No, ella se sentiría mejor si yo fuera a Londres contigo, y hay gente que necesito ver allá de cualquier modo."

Eso era lo que él había deseado evitar. "¡Maldición Drew, no necesito una nodriza! Voy a ir simplemente a ayudar con el lanzamiento de la expedición."

"No necesitas a una nodriza, pero quizá puedas necesitar a un hermano. ¿O puedes darme tu palabra de que esa es la única razón por la que vas, y que no es porque planeas empezar a buscar a Elizabeth tú mismo?" ¿Cuándo había aprendido Drew ese tono de mando?

Él le dirigió su mejor mirada de Dueño de Pemberley, pero esta parecía haber perdido su poder cuando Elizabeth se había desvanecido. "Planeo hablar con los investigadores, por supuesto, y hay muchas otras cosas que puedo desear hacer en Londres."

"No soy lo suficientemente tonto como para pensar que vas allá por la sociedad. Difícilmente le has hablado a nadie en meses. Solo comes cuando sabes que Georgiana te está observando." Drew pasó su mano a través de su cabello. "Fitzwilliam, tu bien puedes aceptar mi ayuda graciosamente, ya que la otra opción es que Georgiana llore hasta que estés de acuerdo en permitirle que te acompañe. De esta manera Mary puede quedarse con Georgiana, y, a diferencia de nuestra hermana, al menos yo no voy a estar encima de ti cada minuto."

La peor parte era que Drew tenía razón... Georgiana haría exactamente eso. ¿Cómo había él perdido el control de su familia a tal grado que ellos sentían que no podían confiar en él para ir a Londres solo? "¿Dejarías a tu nueva esposa atrás?"

Drew se encogió de hombros. "Extrañaré a Mary, pero le hará bien estar aquí sin mí por un tiempo. Ella necesita encontrar su lugar como señora aquí sin preocuparse de qué pensaré yo de cada decisión que tome."

Darcy debía resentir la insistencia de Drew en inmiscuirse en sus asuntos, pero era demasiado esfuerzo, como todo lo demás estos días. Además, él se alegraría de no estar solo.

Capítulo 32

EL SR. HADLEY ENTRÓ a la sala de estar usando todavía su abrigo y su sombrero, así que Elizabeth dejó a un lado la novela que le estaba leyendo en voz alta a la Sra. Todd. No estaba captando su interés de cualquier modo; poco lo hacía estos días, y el gusto de su empleadora en libros con frecuencia no coincidía con el suyo. Pero esa era la realidad de su nueva vida como acompañante.

"Buen día, damas," dijo él, y luego se volvió hacia su hermana. "Querida, ¿puedo tomar prestada a Elizabeth por esta tarde? Requiero de su asistencia para una misión de misericordia."

"Ciertamente, si Lizzy no tiene objeciones," dijo la Sra. Todd. "¿Qué ha sucedido?"

Él levantó su mano. "No hay tiempo que perder ahora, pero te prometo que te daré todos los detalles después. El carruaje está esperando."

Sorprendida, pero sin aversión a una salida, Elizabeth fue por su pelliza y su gorro. Cuando se encontró con el Sr. Hadley en el vestíbulo de entrada, ella preguntó, "¿A dónde vamos?"

Él sostuvo la puerta abierta frente a ella, su manera tan calmada y cortés como siempre. "Le explicaré mientras vamos."

Ahora curiosa, ella agachó la cabeza mientras entraba al carruaje. ¿Por qué la estaba apresurando él, pero no mostraba señales de preocupación? Quizá él simplemente no deseaba responder sus preguntas, y, por supuesto, él no tenía necesidad de hacerlo. Solo porque él usualmente la trataba más como un miembro de la familia que como a un sirviente no cambiaba el hecho de que él era su empleador, y por lo tanto podía darle órdenes. Bien, él se explicaría cuando estuviera listo. Ella había aprendido a confiar en él en los meses en que había vivido en su hogar.

Pero no importaba a donde estuvieran yendo, después de todo. Ella necesitaba la distracción. Desde que había leído un reporte sobre el lanzamiento de la expedición a Sudamérica en un periódico de la semana anterior, un extraño vacío se había apoderado de ella. Darcy se había ido. Él ya no estaba respirando el mismo aire de Inglaterra que respiraba ella. Eso no debía significar una diferencia, ya que ella no podía verlo de cualquier modo, pero lo hacía. Hasta su comida había perdido el sabor.

El carruaje se puso en movimiento después de que él se hubo acomodado frente a ella. Ella puso las manos sobre su regazo, pero elevó una ceja interrogante.

Él acarició la cabeza de su bastón. "Le agradezco venir conmigo. Ha surgido una situación bastante inesperada. Creo que le conté que Andrew Darcy estaba en Londres."

Ella miró señaladamente por la ventana. "Sí, y que lo había visto hace dos semanas y que le estaba yendo bien." Él sabía que ella no quería involucrarse con Andrew, especialmente porque su presencia en Londres significaba quedarse cerca de la casa para no encontrarse accidentalmente con él.

"Lo visité hoy más temprano, solo para encontrarlo algo alterado. Un accidente con un caballo desbocado y un carruaje hace dos días lo dejaron con algunas lesiones menores..."

Ella lo interrumpió. "Lamento escucharlo, pero Andrew ya no es asunto mío. Yo no tengo deseos de verlo, ¡y no entiendo por qué usted me llevaría en una misión de misericordia con él!"

Él levantó la mano. "Es más que eso. Drew habría sido lesionado mucho más seriamente, si su hermano no se hubiera atravesado deliberadamente entre el caballo desbocado y Andrew. Las lesiones de él son mucho más severas."

Ella se cubrió la boca con las manos horrorizada, súbitamente incapaz de respirar. "¿No el Sr. Darcy? Pero ¡él está camino a Sudamérica!"

"Él decidió no ir en la expedición. Lamento decir que él corre algo de peligro por este accidente. Naturalmente, Andrew está consternado, no menos porque su hermano parece haberse rendido y no está cumpliendo con las órdenes de su médico."

"No," susurró ella, con las lágrimas escociendo las comisuras de sus ojos. Súbitamente, ella daría cualquier cosa por saber que él estaba seguro en un barco, aun si este estaba llevándolo lejos de ella por años, mientras estuviera vivo y seguro.

"Andrew dice que Darcy ha estado preguntando por usted, y que se agita cuando usted no aparece. Yo sé que usted no quiere tener nada que ver con la familia, pero si su presencia puede calmarlo y mejorar sus oportunidades de recuperarse, espero que usted no tenga objeción a intentarlo."

"Haré cualquier cosa que pueda para ayudar." La voz le tembló. "¿Qué le sucedió?"

"Él fue atropellado por el caballo. Yo no conozco precisamente sus lesiones, pero está muy débil."

El corazón de ella le dolía al pensar en el fuerte, orgulloso Darcy, yaciendo roto y confuso. Y ella no había sabido nada sobre ello, tan solo había seguido pasando su día como si su mundo no se hubiera roto en mil pedazos. Ella tomó aire y lo exhaló en una oración silenciosa. Él debía vivir. ¡Debía hacerlo! Ella no podría soportarlo de otra manera.

¿Por qué iban los caballos tan lento? ¿Qué pasaría si ella no llegaba allá lo suficientemente rápido? Ella ni siquiera sabía qué tan lejos era, ya que había evitado ir a Mayfair desde su llegada a Londres, solo por si él pudiera estar ahí. Ahora ella no podía entender por qué lo había dejado en primer lugar.

El carruaje se detuvo frente a una hilera de casas adosadas. Elizabeth salió sola tan pronto como el lacayo hubo bajado los escalones, sin esperar a que el Sr. Hadley le diera la mano para bajar, casi ajena a sus alrededores.

El mayordomo acababa de dejarlos entrar a una elegante casa con terraza cuando Andrew bajó corriendo las escaleras hacia el vestíbulo. Uno de sus brazos estaba en un cabestrillo, con la corbata torcida, y su cabello estaba revuelto como si él se hubiera estado pasando la mano por él.

Él derrapó hasta detenerse frente a ella. "¡Elizabeth, gracias a Dios! Él sigue preguntando por ti."

El corazón de ella se saltó un latido. "¿Es su condición tan mala, entonces?"

Andrew hizo una mueca. "El médico ve señales de sangrado interno, y solo podemos orar para que se detenga. Pero él teme por su recuperación, especialmente ya que se rehúsa a tomar nada."

"¿Puedo verlo?" Ella entregó su gorro al sirviente que esperaba, apenas notando el lujo que la rodeaba.

"Por supuesto. Por aquí."

Él la llevó escaleras arriba y abrió la puerta de una gran habitación. Las cortinas estaban cerradas, dejando el cuarto a obscuras, pero Elizabeth aspiró bruscamente al ver la forma inmóvil que yacía sobre la cama.

Andrew se apresuró al lado de su cama. "¡Mira! La encontramos."

Darcy, tan pálido que apenas parecía estar vivo, levantó su cabeza y hombros, sus labios moviéndose silenciosamente.

Una voz en la obscuridad detrás de él habló. "Señor, debe acostarse." Era el valet de Darcy, presionando los hombros de su patrón hasta que él se dejó caer sobre la almohada.

Ella no recordaba haberse movido, pero de alguna manera ella estaba arrodillada junto a él, con el corazón retumbando. "Aquí estoy," dijo ella con voz temblorosa.

Él volvió la cabeza como si le doliera. "¿Elizabeth?" Era poco más que un ronco susurro, con incredulidad haciendo eco en él.

"Sí, estoy aquí." Sin importarle quién pudiera ver, ella estiró su mano y tomó la de él, que yacía inerte sobre la sobrecama. Su piel estaba fría a pesar del calor de la habitación, y ella presionó sus labios en el dorso de ella y luego la puso contra su mejilla. Él no podía morir; ella no lo permitiría.

Los dedos de él se apretaron sobre los suyos, su boca moviéndose por un momento antes de que él forzara las palabras a salir, "¿Dónde? ¿Cómo?"

Elizabeth sacudió la cabeza. "No entiendo qué quieres decir."

La voz baja de Andrew llegó desde atrás de ella. "Él ha estado preocupado por ti. Todos hemos estado."

Ella no quitó sus ojos de los ojos obscuros de Darcy. "Tengo un puesto como acompañante de la Sra. Todd, la hermana del Sr. Hadley. Él me trajo hoy aquí después de que Andrew le dijo que usted había estado preguntando por mí. Estoy perfectamente bien."

Él cerró los ojos por un momento, y luego estiró su otra mano temblorosamente y tocó el cabello de ella, como si necesitara probarse a sí mismo que ella era real. "Quédese. Se lo ruego."

Ella sintió sus palabras más que escuchar su escasamente audible murmullo. Las lágrimas inundaron sus ojos. "Lo haré."

Su valet dijo, "Sr. Darcy, ahora que la Señorita Bennet está aquí, debe beber." El sonaba exhausto. En todo el tiempo que Elizabeth había estado en Pemberley, ella nunca había escuchado a Wilkins hablar aparte de reconocer una orden, mucho menos interrumpir una conversación. Él debía haber estado desesperado.

Darcy lo ignoró.

¿Qué había dicho Andrew? ¿Que el que Darcy se rehusara a tomar nada lo estaba poniendo en peligro? La determinación la inundó. "Sí, me dicen que solo puedo quedarme si usted bebe algo. ¿Haría eso por mí?"

Su boca se torció, pero él asintió, con un mero movimiento de su cabeza. Un sirviente se apresuró a pararse junto a Elizabeth, sosteniendo un cierto tipo de taza. Al otro lado de la cama, Wilkins deslizó sus manos bajo los hombros de Darcy y suavemente lo levantó unas cuantas pulgadas. Su velocidad le dijo a Elizabeth cuan significativo era esto.

Cuando se levantó para hacer lugar para el sirviente, Darcy apretó su mano. "No voy a irme," le prometió ella. "Beba."

Mientras Darcy tomaba unos cuantos sorbos, el valet dijo apresuradamente a alguien. "Trae más caldo de carne caliente." Otro sirviente se escabulló de la habitación.

Darcy se estremeció al tragar. Sus ojos estaban hundidos, y los huesos de sus mejillas resaltaban de una forma en la que no lo habían hecho cuando ella lo había visto por última vez. Ella estudió la mano de él... sí, también estaba más delgada. No podía deberse a su lesión, si apenas había sucedido hacía dos días. Él había perdido peso. ¿Lo había abandonado su apetito, como lo hizo el de ella después de que se separaran en Bath?

A ella le dolió el corazón al verlo. Ya había sido lo suficientemente agonizante pensar que ella podía no verlo de nuevo; pero ella había sabido que él estaba ahí, en alguna parte del mundo. Pensar que él pudiera morir, que ella pudiera tener que vivir sabiendo que él ya no existía, que la llama de su vida se había apagado, la hacía querer hundirse en el suelo y gemir como un animal abandonado.

Las lágrimas desbordaron sus ojos. Él todavía estaba vivo, su mano en la de ella, y ella lucharía para mantenerlo así. Ella murmuró una oración.

Él volvió la cabeza lejos de la taza. "No más."

Ella apretó su mano. "Un sorbo más, se lo ruego, por mi bien. Solo uno."

Él suspiró, pero permitió que el sirviente volviera a acercar la taza a sus labios.

"Se lo agradezco," dijo ella cálidamente. No importaba que las lágrimas corrieran por sus mejillas. Él entendería.

Y ella podía ayudarlo. Uno de sus deberes con la Sra. Todd era persuadir a la mujer mayor a comer en aquellos días que el dolor era mucho. Elizabeth se había vuelto bastante buena en eso, y ella podía hacer lo mismo por Darcy.

Ella haría cualquier cosa por él.

Un sirviente se materializó junto a ella, colocando una pequeña silla junto a la cama de Darcy. Elizabeth se hundió en ella agradecida.

El valet de él lo volvió a bajar a la almohada, y Darcy inmediatamente volvió su rostro hacia ella de nuevo. "Dígame..." La fuerza de él pareció fallarle con ese esfuerzo.

¿Decirle qué? Súbitamente consciente de sus alrededores, de que Andrew y el Sr. Hadley la observaban, ella preguntó, "¿Le cuento sobre lo que he estado haciendo?"

Él asintió, sus ojos enviando un mensaje diferente, uno de anhelo y necesidad que le hablaban muy profundamente. ¿Y si lo perdía? Un miedo helado le oprimió el pecho. Ella quería sollozar como niña, no hacer conversación. Pero él quería saber de su viaje, y ella no podía negarle nada, no ahora, no cuando cualquier momento podía ser el último.

Por su bien, ella se forzó a hacer su miedo y desesperación a un lado, y se esforzó por hablar con calma. "Bien, he estado con la Sra. Todd, que me consiente bastante, tratándome más como a una sobrina favorita que una acompañante. Nos quedamos en Bath por casi un mes, hasta que ella terminó de tomar las aguas. Como a la Sra. Todd nada le gusta más que oír que le lean, yo tuve la oportunidad de agotar la mitad de la biblioteca circulante en Bath antes de que nos fuéramos." Y ella había necesitado desesperadamente la distracción, entre su pena sobre todo lo que había dejado atrás y su temor de ser descubierta. Ahora ese dolor parecía diminuto en comparación.

Los párpados de él se habían estado cerrando mientras ella hablaba, pero se habían abierto de nuevo tan pronto como ella hizo una pausa, así que ella siguió hablando. "Luego fuimos a Lyme por un mes, y, ¡oh, qué regalo fue eso para mí! Yo nunca había visto el mar antes, y me enamoré perdidamente de él, del aroma a sal, y de su inmensidad. El Sr. Hadley siempre estuvo diciendo que iba a encerrarme para evitar que me fuera de polizón en uno de los barcos, ¿no es así, señor?" Ella nunca le había contado, sin embargo su sueño secreto; que un día ella pudiera navegar con Darcy a su lado, lejos de todos los chismosos y difamadores, a una tierra donde ella pudiera amarlo con todo su corazón.

El Sr. Hadley rio. "Todavía me asombra que nos las hayamos arreglado para alejarla, pero, ahora que lo pienso, recuerdo haber sido forzado a prometer volver en el verano para que usted pudiera probar los baños de mar."

"¿Lo ve?" preguntó Elizabeth con más alegría de la que sentía. "Estoy muy consentida."

"No, mi hermana está consentida," replicó el Sr. Hadley. "Yo rara vez la he visto con tan buen ánimo como ha tenido desde que usted se unió a nuestro hogar."

La boca de Darcy se volvió hacia abajo. A él no debería gustarle escuchar que la Sra. Todd la necesitaba. Este no era el momento para alterarlo, así que ella añadió rápidamente. "Desde entonces hemos estado en Londres. La casa del Sr. Hadley está cerca de Bedford Square, así que he pasado varias tardes vagabundeando por las maravillas de la Casa Montagu." Ella había evitado los grandes parques por si pudiera encontrar a alguien que conociera de antes, especialmente cualquiera de los Darcy. Y ahora estaba en la misma casa de Darcy, en su recámara. Y él podía estar muriendo.

Los ojos de él perforaron los de ella. "Tan cerca..."

Cerca en verdad, y si ella hubiera sabido que él estaba en Londres, eso la hubiera obsesionado constantemente. "He pensado en usted cada día," confesó ella en voz baja. Cada hora sería más exacto, pero ella no podía admitir eso. Ella ni siquiera debería haber dicho todo lo que había dicho frente a Andrew y los sirvientes. Para oídos de ellos, ella añadió, "Los he extrañado a todos... a Andrew y a Georgiana, también... y me he preguntado cómo les está yendo a Lady Frederica y al Sr. Farleigh."

"Bastante espléndidamente," pronunció Andrew. "¿No le contó Hadley?"

El Sr. Hadley aclaró su garganta. "Esa fue una reunión confidencial."

Elizabeth se volvió a mirarlos a tiempo de ver un sonrojo subir por las mejillas de Andrew.

"No había considerado ese aspecto," dijo Andrew tensamente. "Lady Frederica habla de ello tan abiertamente. Mis disculpas."

"No es necesario disculparse," dijo con facilidad el Sr. Hadley, con su característica calidez. "Yo simplemente estaba explicando por qué no le podía contar a la Señorita Bennet sobre ello. Usted, por otra parte, es muy libre de hacerlo."

"Oh, ya veo," dijo Andrew. "Bien, Hadley había mediado un encuentro entre Lady Frederica y su hermano, el Vizconde Smithfield, presentando el caso de que pudiera servirle bien en el futuro tener conexiones familiares con los Whigs. Él le dijo que la marea había cambiado en la esclavitud, y que, aunque Matlock podía frenar la marea, no podía detenerla. Él convenció a Smithfield de que, cuando herede, él apreciaría tener aliados que estuvieran libres de la mancha de la esclavitud. Smithfield ha reconocido el matrimonio de Lady Frederica. Matlock aún se rehúsa a tener contacto en privado con ella, pero la reconoce en público, lo que es más de lo que habíamos esperado."

La mirada de Elizabeth se deslizó al Sr. Hadley. "Qué típico de usted, ver un problema y buscar encontrarle solución, sin importar qué tan lejos pueda estar de su ámbito de competencia." Era precisamente esa propensión de parte de él lo que la había traído a un lado del lecho de Darcy.

Él inclinó la cabeza. "Creo que compartes esa tendencia en cierto grado, querida."

El mayordomo apareció en el umbral. "El Dr. Hackforth-Jones," anunció él.

Elizabeth se volvió de regreso a Darcy. "Supongo que esa es mi señal para salir de la habitación."

La mano de él se apretó sobre la de ella. "Regrese," susurró él.

"Le prometo que no dejaré esta casa sin hablar antes con usted," dijo ella tranquilizadoramente. Pero tan pronto como ella soltó su mano, el valet de Darcy impulsó una taza en su dirección con una mirada suplicante. "Ah, sí," añadió ella. "¿Bebería usted un poco más antes de que me vaya? Yo la sostendré para usted."

Ante su leve asentimiento, ella se inclinó hacia adelante para poner la taza en sus pálidos labios. Un servicio tan íntimo, tan cerca de él que ella podía ver su garganta moverse mientras tragaba y sentir el calor de su respiración sobre sus dedos, pero se sentía tan correcto. Cuando él terminó, ella impulsivamente puso su mano sobre la mejilla de él. ¿Por qué no, después de todo? Ella ya no tenía una reputación que proteger, y él podía morir. ¿Qué importaba?

Al menos ella tendría el recuerdo de este momento, de sus tibios ojos agradeciéndole silenciosamente, la sensación de su barba crecida picando la suave piel de sus dedos. Ellos dos en su propia burbuja diminuta.

"Sane pronto, se lo imploro," susurró ella.

Él volvió su cabeza de manera que sus labios rozaron la palma de ella, y un estremecimiento la recorrió. Pero fue solo un momento antes de que él alejara la mirada, aparentemente más consciente lo que ella estaba de su audiencia.

Ella dejó la taza, se levantó, y forzó a sus pies a llevarla a la puerta de salida, sin mirar a nadie. Ella no tenía tiempo para avergonzarse, no cuando Darcy la necesitaba.

Capítulo 33

CUANDO LLEGARON A LA sala de estar, Andrew sirvió vino para Elizabeth sin preguntarle si quería, pero ella se alegró de tenerlo, tanto para calmar sus nervios como para darle algo que hacer con las manos. Esta era una reunión incómoda, aun sin su ansiedad por las lesiones de Darcy. ¿Por qué no había mostrado Andrew sorpresa por su aparente cercanía con Darcy? ¿Le había contado su hermano sobre su pasado? Pero este no era el momento de cuestionarlo. Ella dio un cauteloso sorbo a su vino, apenas probándolo.

Él le pasó un segundo vaso al Sr. Hadley, diciendo, "Muchísimas gracias por traer a Elizabeth, Fitzwilliam escasamente nos miraba antes y rechazaba todo. Yo temía que él se hubiera rendido por completo."

"De seguro no es así," dijo el Sr. Hadley, con los ojos moviéndose rápidamente hacia Elizabeth.

"Usted no lo ha visto estos últimos meses. No ha sido él mismo. Es por eso por lo que lo acompañé a la Ciudad; Georgiana y yo temíamos que él no se cuidaría de otra manera. Y entonces sucedió esto." Andrew se dejó caer en una silla. "Él se puso a sí mismo en peligro para salvarme, sabiendo que él no podría escapar de él, y aunque yo nunca diría que él intentó hacerse daño, él tampoco hizo un gran esfuerzo para evitarlo."

"Suena como si todo hubiera sucedido bastante rápidamente," dijo el Sr. Hadley. "Sin duda él estaba actuando solo por instinto. Usted es su hermano; por supuesto que él se arriesgaría por salvarlo."

"Yo creo que a él no le importaba lo que le sucediera," dijo Andrew con tristeza.

Elizabeth tomó un gran trago de vino, con el corazón adolorido.

El Sr. Hadley dijo, "Él es afortunado de que usted estuviera aquí para velar por él. ¿Está la Señorita Darcy en Londres, también?"

"Todavía no." Andrew bebió el resto de su vino con demasiada rapidez y tosió. "Ella y mi esposa se quedaron en Derbyshire. Yo les envié un exprés, y espero que estén de camino para acá."

Elizabeth levantó su cabeza. Mary. Su hermana estaría aquí pronto. Hacía una hora, ella hubiera estado emocionada por la noción de verla, pero ahora su temor por Darcy se sobreponía a todo lo demás.

"Sin duda tu esposa se alegrará de ver a su hermana," dijo el Sr. Hadley.

Andrew se veía como si hubiera olvidado por completo la conexión. "¡Buen Dios, sí! Hemos estado tan preocupados."

"Como pueden ver, yo he estado en excelentes manos," dijo ella. "A pesar de las circunstancias, me alegraré de verla de nuevo. No tienes idea de qué tan feliz me sentí de saber de su matrimonio."

Andrew frotó la punta de su bota contra la alfombra. "Tú estabas en lo correcto en que Mary y yo nos adaptaríamos bien uno con otro."

Ella no tenía energía para andarse con rodeos. "Estoy segura de que sí, igual que nosotros nos adaptamos mejor a ser amigos." Ella agregó con aire bromista, "De esta manera tú puedes tan solo irte si yo me pongo a discutir."

Su sonrisa avergonzada lo delató. "También está eso."

"Me alegra escuchar que estés complacido con tu matrimonio." Ya era bastante del difícil tema de su compromiso roto. "¿Pudiera abusar de ustedes para que me respondan una pregunta menos urgente que me ha preocupado? Mi cachorro, Sir Galahad... ¿saben ustedes qué le sucedió? ¿Lo conservó Mary, o está él todavía en Longbourn?" Había sido una de las partes más difíciles sobre irse de su casa, especialmente sabiendo que a nadie en Longbourn le importaba particularmente.

El rostro de Andrew se aclaró. "Ninguno. Mi hermano preguntó si podía quedarse con él. Lo lleva a todas partes. Él está en los establos ahora para evitar que moleste a Fitzwilliam mientras está recuperándose."

Ella medio se levantó de la silla. "¿Sir Galahad está aquí?" Oh, ¡cómo ansiaba ella por el confort de su cachorro! Pero ¿él siquiera la recordaría? Habían pasado tres meses, la mitad de su corta vida. Lentamente ella se sentó de nuevo.

"Sí. Si lo deseas, puedo traerlo."

"¡Oh, sí, si fueras tan amable!"

"Muy bien. Volveré pronto." Andrew hizo una reverencia y salió de la sala.

Una vez que sus pasos se desvanecieron, el Sr. Hadley dijo, "Espero no haberme equivocado al traerla, pero si lo desea, podemos irnos en cualquier momento."

Ella bajó la mirada a sus manos. "No, usted tenía razón. Necesito estar aquí." Su voz no se oía tan estable como ella hubiera querido. "Por ahora, al menos. Sé que tengo responsabilidades hacia su hermana."

"Tonterías. Ella puede pasarla perfectamente bien sin usted por un tiempo, y ella querría que usted estuviera donde la necesitan." La simpatía impregnaba sus palabras. "Solo puedo imaginarme qué tan difícil debe ser esto para usted."

"¿Cree usted que sea cierto, lo que dijo Drew? ¿Qué él no intentó evitar ser lesionado?" Las palabras brotaron de ella.

El Sr. Hadley suspiró y se sentó a un lado de ella. "¿Alguna vez ha tenido usted un período de desánimo en el que todo, hasta la tarea más sencilla, le parecía un esfuerzo titánico, y usted sentía como si estuviera moviéndose entre melaza en lugar de aire? Por la descripción de Andrew, parece que el Sr. Darcy ha estado de un ánimo similar. Yo sospecho que salvar a Andrew fue todo lo que él se las pudo arreglar para hacer, y eso solo hace que la culpa que siente Andrew lo haga ver más en ello."

"Por supuesto." Ella había pasado demasiados días así justo después de romper su compromiso, como el Sr. Hadley debió haber adivinado. ¿Y no había mencionado Bingley una época, después de Hunsford, en la que Darcy había estado deprimido? Ahora lo estaba de nuevo, y, una vez más, por causa de ella. Esta vez él podía morir por eso. La garganta se le cerró.

Entonces Sir Galahad entró corriendo a la sala, una criatura desgarbada casi del doble del tamaño que ella recordaba, pero aún el mismo cachorro familiar, con el círculo alrededor de su ojo izquierdo y su colgante lengua como la recordaba. Él se dirigió directamente a ella, metiendo su húmeda nariz entre sus manos ansiosamente, rebotando como si apenas pudiera contenerse de saltar.

Pero no había necesidad, porque Elizabeth de inmediato cayó sobre sus rodillas frente a él, lanzando sus brazos a su alrededor y permitiéndole lamer su nariz como saludo como ella lo había entrenado para que lo hiciera. "¡Oh, querido, me recuerdas!" Ella lo abrazó apretadamente, hundiendo su rostro en el suave pelaje, confortada por el familiar aroma de Sir Galahad.

Ella pudo haberlo abrazado por horas, pero él no podía soportar estar quieto por mucho tiempo, y pronto puso su nariz en el rostro de ella, lamiendo sus orejas, sus mejillas y cualquier otra cosa que pudiera alcanzar. Pero ella no podía regañarlo, no cuando finalmente tenía a su cachorro de regreso. Él podía quitarle toda la piel con su áspera lengua y ella no se quejaría para nada. Su cola que se movía con entusiasmo golpeaba contra la pata de una mesa.

Él solo se separó para correr en cerrados círculos alrededor de ella, vuelta y vuelta hasta que metió su rostro entre los brazos de ella de nuevo. Finalmente tomó un descanso para oler brevemente al Sr. Hadley, quien respondió rascando sus orejas, y luego se dejó caer sobre las rodillas de Elizabeth, jadeando feliz.

"Oh, tú maravilloso, maravilloso perro," le dijo ella, frotando su cabeza como a él le gustaba.

El Sr. Hadley rio. "Creo que ha quedado firmemente establecido que él la recuerda."

Andrew estaba de pie en el umbral, habiendo dejado caer la correa de Sir Galahad. "Él usualmente se comporta mejor que esto. El encargado de las perreras en Pemberley ha estado trabajando con él."

Sir Galahad rodó para quedar sobre su lomo, pidiendo que le frotaran el vientre. Mientras Elizabeth lo hacía, ella dijo, "Yo creo que él es perfecto."

El valet de Darcy entró. "Sr. Andrew, el Dr. Hackford-Jones se está preparando para irse."

Andrew miró hacia Elizabeth. "Discúlpeme. Debo hablar con él." Él se apresuró a salir de la sala.

Wilkins hizo una reverencia hacia Elizabeth. "Señorita Bennet, el Sr. Darcy está preguntando por usted, aunque el doctor planea decirle al Sr. Andrew que no debe permitirse ninguna visita."

Los ojos de Elizabeth se abrieron desmesurados ante esta muestra de obvia insubordinación. Aparentemente su habilidad de convencer al Sr. Darcy a que bebiera sobrepasaba la autoridad de Andrew, al menos en la mente de Wilkins. "Entonces es afortunado que yo no sea una visita, sino una acompañante contratada por el Sr. Hadley. Quizá usted debiera llevarme con el Sr. Darcy ahora."

El valet puso una mirada satisfecha mientras se inclinaba a recoger la correa de Sir Galahad. Un chasquido de sus dedos llevó al cachorro a sentarse a su lado. La rápida obediencia del cachorro hizo su nuevo estatus como el perro del Sr. Darcy más real, un recordatorio de que Darcy había insistido en adoptar a su perro cruzado.

Ella estaba más preparada para ver a Darcy esta vez, pero no para el tirón que jalaba su corazón mientras se acercaba a él. El que le decía que aquí era donde ella pertenecía. Ella no sabía cómo se las arreglaría para volver a irse alguna vez.

Wilkins mandó al lacayo a que saliera de la habitación, dejando solo a ellos dos con Darcy. Inclinándose sobre la cama, él dijo claramente, "El Dr. Hackforth-Jones dice que usted no puede tener visitas. ¿Ordena usted que se permita que la Señorita Bennet se quede?"

"Sí." La voz de Darcy era ronca, pero definida. Él tosió y luego añadió, "Una doncella."

"De inmediato, señor." Wilkins se alejó.

Elizabeth volvió a la silla al lado de su cama, y el cachorro de inmediato se recargó contra su pierna. "Debe estarse sintiendo mejor si está pensando en chaperones," bromeó ella. "No que necesite uno, con Sir Galahad aquí." Ella rascó las orejas del perro. "Me alegra tanto que me recuerde. Y le agradezco haberlo recibido cuando yo me fui. Eso significa mucho para mí."

Darcy buscó la mano de ella, y ella la tomó, alegrándose del contacto. Ella añadió, "Y me alegro de verlo de nuevo. ¿Me permitiría darle un poco más de caldo?"

Él tomó solamente unos cuantos sorbos, el agarre de su mano en la de ella súbitamente se aflojó cuando él se quedó dormido. Algo de la tensión dejó los hombros de Elizabeth mientras ella permitía que sus ojos se deleitaran sobre el rostro de él, ahora que ya no tenía que preocuparse de la reacción de él. ¡Cómo lo había extrañado! Ella trazó los contornos de su amado rostro con la mirada. Las líneas de dolor no se habían desvanecido de ahí, y a ella le dolía el sufrimiento que no podía aliviar.

DARCY DESPERTÓ DOS veces más durante la noche, hablando solo unas cuantas palabras y aferrándose a la mano de Elizabeth. Cada vez ella se las arregló para convencerlo de que tomara algo de caldo, combinando bromas y persuasión.

Finalmente, mucho después de la media noche, ella permitió que la mandaran a la cama. Ella escasamente notó su habitación antes de caer en la cama y dormir sin soñar, solo para despertar súbitamente antes del amanecer, segura, de alguna manera, de que Darcy estaba en peligro. Ella se envolvió en una bata y se dirigió hacia la habitación de él, donde un sirviente reportó que su condición no había cambiado. Aun así, el terror del momento no la dejaba, así que ella volvió a su habitación solo para vestirse antes de ir al lado del lecho de Darcy.

Durante los períodos en que él despertaba, ella intentó encontrar trazas de su mejoría. Él estaba bebiendo un poco más, y hasta comió unos cuantos trozos de pan con mermelada que Elizabeth le dio de su plato de desayuno. Él le sonrió débilmente, y llevó la mano de ella a su mejilla, haciendo que el calor surgiera dentro de ella. Era poco con qué seguir adelante, cuando él solo podía decir unas cuantas palabras a la vez, pero era suficiente. Más que suficiente, después de haber estado privada de su presencia por meses.

Ella se las arregló para convencer a Wilkins, quien parecía haber dormido poco desde el accidente de su patrón, a que descansara un tiempo. Cada uno de Andrew y el Sr. Hadley vinieron a ver cómo estaba ella, pero ella los mandaba a que se fueran después de un breve saludo. Darcy no quería a nadie más que a ella a su lado, y en su corazón, ella se sentía igual. Ella sostenía su mano y le hablaba cuando estaba despierto, leyéndole libros mientras dormía.

Tarde esa tarde, ella escuchó algo de ruido abajo, pero no le puso mucha atención. Darcy acababa de dormirse, y ella estaba sintiendo la tensión del largo día. Justo entonces la puerta de la habitación se abrió para revelar a Georgiana, quien obviamente acababa de llegar y todavía usaba su gorro y guantes. Ella entró de puntillas, con el rostro marcado con líneas de preocupación.

Wilkins se movió rápidamente para interceptarla, con un dedo en sus labios, pero era demasiado tarde. Darcy ya se estaba despertando.

"¿Fitzwilliam? Vine tan pronto como pude." Ella se sentó en el lado de la cama más cercano a la puerta, del otro lado de donde estaba Elizabeth, cuya presencia ella no pareció notar. "He estado tan preocupada."

Darcy parpadeó hacia ella, pareciendo confundido. Wilkins dijo, "El Sr. Darcy parece estar mejor hoy, y el doctor espera que vuelva a ser como era pronto, pero está fatigado y débil debido a la pérdida de sangre. Él la puede entender, pero le cuesta trabajo hablar."

"¡Oh, mi pobre hermano!" Georgiana tomó la mano de Darcy entre las dos suyas. "Espero que no sientas mucho dolor."

"No mucho," dijo él. "Lamento molestarte." Definitivamente su habla era más fácil hoy que ayer.

"No seas tonto," lo reprendió la chica. "¿Cómo podía quedarme lejos?"

Ella todavía no notaba la presencia de Elizabeth, algo difícilmente de sorprender ya que ella estaba sentada en las sobras y vestida, si no como una sirvienta, ciertamente no como una dama. Sintiéndose como una intrusa, y sin ansia de atraer atención, Elizabeth se puso de pie y se movió en silencio hacia la puerta.

Ella casi había llegado a ella cuando escuchó la voz de su hermana Mary afuera. "Le ruego que mejor me lleve a nuestra habitación. No me imagino que él en verdad desee verme."

"Él está lo suficientemente enfermo que probablemente no tenga deseos de conversar, pero alguien más está ahí que estarás feliz de ver," dijo Andrew, sonando más alegre que antes.

"¿Qué quieres decir...?" empezó a decir Mary

Pero para entonces Elizabeth ya estaba en la antesala, apresurándose hacia el lado de su hermana y exclamando su nombre.

Mary se quedó boquiabierta. "¡Lizzy!" Ella lanzó sus brazos alrededor de ella y la abrazó fuerte. "¡Estás bien!"

"Bastante segura, y muy feliz de verte, a pesar de las circunstancias."

El matrimonio parecía sentarle a Mary; las líneas marcadas entre sus ojos que habían sido una presencia constante parecían haber sido borradas, y la rigidez alrededor de sus labios se había desvanecido.

Mary se volvió hacia Andrew. "¡Esta es una gran sorpresa! Tú no me dijiste nada sobre esto en tu carta. ¿Cómo la encontraste?"

EL PRECIO DEL ORGULLO: UNA VARIACIÓN DE ORGULLO Y PREJUICIO

Elizabeth sonrió ante la enternecedora fe de su hermana en su esposo. "Él solo supo de mi presencia en Londres ayer."

Andrew dijo, "Ella ha estado con Hadley y su hermana todo este tiempo, y él no tenía idea de que la estábamos buscando. ¿Puedes creerlo? Pero déjame llevarte a nuestra habitación, y luego te dejaré para que te pongas al día con tu hermana. Me imagino que tendrán mucho que discutir."

"Sí," dijo Elizabeth. "Ansío escuchar sobre tu boda, qué opinas de Kympton, ¡y todas las novedades de la familia!" Y no tenía caso quedarse en la habitación de Darcy mientras Georgiana estuviera ahí. Su presencia solo avergonzaría a la chica. "Y no necesitas preocuparte por mantener mi paradero en secreto. Yo le escribí a nuestros padres y a Jane anoche, dándoles mi dirección en casa del Sr. Hadley."

"Estarán muy contentos de saber de ti," dijo Mary.

Andrew las llevó a una gran recámara. "Espero que te encuentres cómoda aquí, Mary." Yo estaré ya sea en la habitación de Darcy o abajo si me necesitas."

"Gracias." Mary miró a su alrededor cuando Andrew se fue. "¡Qué elegante! Todavía no me acostumbro al grado de esplendor en Pemberley, y es lo mismo aquí. Pero ¿cómo estás Lizzy?"

"Bastante bien, y ansiosa de saber todo sobre ti. Pero antes de eso, ¿puedo hacerte una pregunta que me ha estado preocupando? Cuando me fui de Bath, yo creí que ni tú ni Andrew sabían nada del cariño del Sr. Darcy por mí, pero ahora Andrew parece saber todo sobre ello. A mí me ha dado demasiada vergüenza preguntarle qué pasó."

Mary se quitó los guantes y los puso junto al guardarropa. "Oh, Fitzwilliam nos lo dijo, el mismo día que desapareciste. Fue una gran conmoción, especialmente para el pobre de Andrew, pero ha sido algo tan de todos los días desde entonces que es difícil recordar que alguna vez no lo supimos."

"¿Algo de todos los días? ¿Qué quieres decir?" la garganta de Elizabeth se contrajo.

"Vamos, solo que no hemos podido olvidarlo porque el ánimo de Fitzwilliam ha estado tan deprimido, como si tu fantasma vagara por Pemberley. Él escasamente puede soportar estar cerca de mí porque mi

315

presencia le recuerda lo que ha perdido en ti. Oh, él intenta disimularlo y ser cordial hacia mí, y yo no creo que yo le caiga mal, pero no puede verme sin verte a ti." Ella lo dijo como la declaración práctica de un hecho, no como algo para herirla.

Pero hirió a Elizabeth. "Yo no tenía idea."

Mary vertió agua del aguamanil y la salpicó sobre su rostro. "Oh, eso está mejor. El polvo del camino, tú sabes." Ella se secó el rostro. "Era peor al principio, cuando él estaba absolutamente determinado a encontrarte y casarse contigo, antes de que se diera cuenta... Oh. Estos siendo poco diplomática."

"¿Antes de que se diera cuenta de que era imposible?" preguntó Elizabeth bruscamente. "¿Antes de que pudiera ser convencido de no destruir el nombre Darcy casándose con una mujer arruinada? ¿Antes de que él reconociera de que hacerlo arruinaría el futuro de Georgiana? No necesitas pretender conmigo. Yo sé todo eso perfectamente bien. Por eso me fui."

El recién lavado rostro de Mary estalló en manchas rojas cuando ella empezó a sollozar, con sollozos que le provocaron hipo y estremecimiento de hombros. "Lo lamento tanto. ¡Por favor no me odies, Lizzy!"

"¿Odiarte?" Elizabeth se le quedó viendo asombrada. "¡Nunca! ¿Por qué creerías eso?"

"¡Porque yo tengo todo lo que debería ser tuyo! A Andrew, esa hermosa vicaría, una vida independiente. Siento como si te hubiera robado todo eso."

Elizabeth puso su brazo alrededor de su hermana. "Tú no hiciste nada de eso. Aunque respeto mucho a Andrew, yo no quería casarme con él."

"¿Pero cómo sería posible que prefirieras estar en servicio que tener tu propia casa? ¿Aun cuando eso significaba dejarnos a todos atrás?"

¿Podría ella alguna vez explicarlo de manera que tuviera sentido para Mary? "Por supuesto que eso no es lo que yo quería, pero era mi única otra elección. Los he extrañado a todos, pero me ha dado consuelo saber que tú y Andrew serían felices juntos."

"No tan feliz como él lo hubiera sido contigo. Sé que solo me tomó como una substituta. Yo estoy determinada a ser la mejor esposa que pueda ser para que él nunca lo lamente, pero no soy tonta. Ningún hombre me ha preferido jamás por encima de ti."

Elizabeth puso sus manos sobre los hombros de Mary, forzando a su hermana a verla directamente. "Andrew te prefiere. Él lo admitió ante mí en Bath, que él preferiría casarse contigo que conmigo. Yo le gustaba bastante, pero te ama a ti."

Los ojos de Mary se abrieron desmesurados, todavía llenos de lágrimas. "¿Él dijo eso?"

"Sí, lo hizo."

Mary se enjugó los ojos, con el pecho agitado. "Nunca lo supe. Pero ¿por qué me querría a mí cuando tú eres mucho más bonita y vivaz?"

"Tú te subestimas. Lo que más admiro de Andrew es su habilidad de ver a las personas por lo que son realmente. Yo estaba tan preocupada de que él tuviera que conocer a nuestra madre, sin embargo en lugar de notar su tontería y malos modales, él vio su extrema ansiedad y necesidad de ser escuchada. Tú y yo... bueno, ¡no es fácil ser una hermana menor de la chica más bella del condado! Nosotros no nos podíamos comparar. Como siempre seremos menos hermosas que Jane, yo aprendí a ser ingeniosa, y tú aprendiste a ser talentosa. Pero Andrew vino y te vio a ti como persona, no como una lista de logros, o cómo te veías comparada con alguien más. Y él se enamoró de lo que vio."

Su hermana pareció considerarlo. "Sí, él tiene esa habilidad, y esperaré que sea verdad, porque yo lo amo tanto. Él es el mejor hombre que conozco. Y estoy muy contenta de que tú no me odies por ello."

"Para nada," la tranquilizó Elizabeth. "Y ahora, me temo, debes lavar tu rostro de nuevo." Al menos Mary no le había preguntado sobre sus sentimientos por Darcy, porque Elizabeth no creía poder hablar sobre eso aún.

EL PLACER DE ELIZABETH en la compañía de su hermana duró solamente hasta que se dio cuenta de cuánto la presencia de Mary y Georgiana cambiaría su posición en la casa. Ahora que las damas estaban presentes, la propiedad gobernaba el día, y ella deseaba de corazón que ambas estuvieran de vuelta en Derbyshire.

"Lizzy, lo apropiado es que cenes con nosotras," repitió Mary por tercera vez. "¿No lo crees así, Georgiana?"

Georgiana encorvó los hombros y murmuró algo. Elizabeth sintió lástima por la chica; ella apenas se había atrevido a mirar directamente hacia Elizabeth desde que se había dado cuenta de su presencia ahí. A la pobre Georgiana le debían haber dicho toda su vida que no se asociara con mujeres arruinadas, así que ella hacía un gran esfuerzo por complacer a sus dos hermanos. ¿Qué podía pensar de una mujer a la que uno de sus hermanos amaba, pero que había dejado plantado al otro?"

Elizabeth dijo con firmeza, "Yo preferiría ayudar al Sr. Darcy con su cena."

"Los sirvientes pueden hacer eso," dijo Mary.

Wilkins, quien había aparecido mágicamente detrás de ella, dijo con deferencia. "Es un dilema, Sra. Andrew Darcy. El personal es por supuesto capaz de ayudar al Sr. Darcy, pero él se rehúsa a comer a menos de que la Señorita Bennet esté presente. El doctor estaba preocupado porque sobreviviera hasta que la Señorita Bennet llegó y lo persuadió a que comiera. Estuvo muy cerca."

Georgiana levantó la cabeza. "Entonces Elizabeth debe quedarse con Fitzwilliam," dijo ella con firmeza. "Su salud debe ser lo primero."

Elizabeth ya había estado lejos de Darcy por más tiempo del que podía soportar, así que de inmediato giró hacia su habitación. Pero entonces una idea se le ocurrió, y dijo, "Mary, te ruego que le digas a Andrew que yo insistí en ello." Su hermana merecía el crédito por intentar hacer que se comportara.

Ella hizo una pausa en el umbral de la habitación de él para componerse, poniendo un rostro más alegre por el bien de Darcy antes de entrar.

Él estaba despierto, con el rostro tenso por el dolor, pero su expresión se aligeró al verla, y él extendió su mano. Solo temblaba ligeramente.

Cuando ella la tomó con la de ella, el sentimiento de intranquilidad, de vacío dentro de ella se desvaneció, siendo reemplazado por un cálido anhelo. ¡Oh, estaba tan bien estar con él! Dando un paso al frente, ella puso la mano de él contra su mejilla, sin importarle qué tan impropio pudiera ser. Ella quería que él supiera qué tan bien se sentía tocarlo. Y la sensación de la piel de él contra su rostro envió una oleada de calor a través de ella. Si tan solo ella pudiera subirse en esa cama y abrazarlo contra ella.

Ella solo deseaba poder decírselo. En lugar de eso, ella dijo alegremente. "Bueno, está atrapado conmigo por un par de horas. Yo me he negado de forma poco graciosa a cenar con los demás en favor de convencerlo de beber más caldo. ¿No suena eso emocionante sin medida?"

"Sin medida." La dulzura de su sonrisa hizo que el corazón de ella revoloteara.

¿Cómo había creído ella alguna vez que él era malhumorado? Como él parecía disfrutar de su tono bromista, ella agregó, "Ahora que Mary y Georgiana están aquí, el Sr. Hadley y la Sra. Todd van a volver a casa, pero me temo que he cambiado a mis muy relajados chaperones por unas bastante estrictas. Afortunadamente, Wilkins está ayudando a mantener a nuestras hermanas a raya. Él parece pensar que ellas interferirán con su consumo de caldo de res, lo cual es, como usted sabe, lo que más le importa a Wilkins en todo el universo."

Los labios de Wilkins temblaron. "Solo porque el Sr. Darcy desprecia el agua de cebada, que fue lo que el doctor quería que tomara. El caldo de res es un compromiso," dijo él austeramente. ¡Cielos! ¿El valet había realmente hecho una broma?

"Uno muy sabio," dijo Elizabeth. "Yo preferiría morir de sed que no beber nada más que agua de cebada."

"Pan tostado y mermelada." Darcy habló lentamente, con evidente esfuerzo. "Y cena para la Señorita Bennet." Él cerró los ojos, aparentemente exhausto por el esfuerzo.

Una poco característica sonrisa se extendió por el rostro de Wilkins. "¡De inmediato, señor!"

Capítulo 34

A LA MAÑANA SIGUIENTE, Elizabeth fue alejada de la puerta de Darcy, con la novedad de que Darcy estaría feliz de verla una vez que hubieran terminado de rasurarlo.

"¿Rasurarlo?" Ella sonrió ampliamente al sirviente que le había dado las noticias. "Esas son maravillosas noticias. Él debe estar sintiéndose mejor, entonces."

"Eso parece, señorita," dijo él. "Me alegra mucho verlo."

"Le ruego me informe cuando él esté listo," dijo ella. Ella quería bailar, cantar, gritar las buenas noticias por la ventana, y al mismo tiempo, tenía el extraño impulso de llorar.

Como no había prisa, ella decidió encontrar el desayunador, en lugar de pedir una bandeja. Una de las doncellas le señaló el camino. ¡Qué raro era haber estado en la casa por varios días, y aún no haber visto casi nada de ella más allá de la habitación de Darcy y su biblioteca, donde ella había encontrado un libro!

Mientras se aproximaba, ella hizo una pausa al escuchar a Andrew decir, "Saldremos después de desayunar. ¿Preferirían ir de compras o visitar uno de los museos? Después podemos visitar a Lady Frederica. Ella querrá aprovechar su presencia en la Ciudad para preparar tu Temporada."

"Ninguno." Era la voz de Georgiana. "Quiero quedarme con Fitzwilliam. No vine hasta acá para que me entretuvieran."

Andrew se aclaró la garganta. "Sé que deseas estar con él, pero podemos apoyarlo mejor estando lejos. Él te ama, pero por ahora desea estar con Elizabeth, y su presencia está ayudando a que él se recupere. Una vez que esté mejor..." La voz de él se apagó, como si no estuviera seguro de ese resultado. "Mientras esté herido, ella puede estar con él. Él necesita tiempo con ella." Él dejó el resto sin decir, que si Darcy mejoraba, Elizabeth tendría que irse.

La voz de Georgiana sonaba apagada. "¿Puedo al menos verlo brevemente antes de que nos vayamos?"

"Estoy seguro de que a él le alegrará eso," dijo Andrew.

Inexplicablemente animada ante la idea de que los demás salieran por el día, Elizabeth abandonó su posición de escuchar a escondidas y entró para encontrar solamente a Georgiana y a Andrew ahí. "Buenos días," dijo ella.

Georgiana se sonrojó un poco al verla.

"Buenos días," replicó Andrew con una reverencia. "Espero que haya dormido bien."

"Tolerablemente. Me complacieron los esfuerzos del Sr. Darcy por comer y beber anoche, y entiendo que se siente mejor esta mañana." Ella no iba a decirle a los hermanos de él que ella lo había sobornado con la oferta de darle un beso en la mejilla para hacer que se terminara todo un tazón de caldo de res. En verdad, ella felizmente le hubiera dado el beso sin nada a cambio, por el simple placer de dárselo, pero el convertir su alimentación en un juego parecía levantar su ánimo. Y se había sentido tan bien. "¿Mary todavía está en la cama?"

Un ligero rubor subió por las mejillas de Andrew. "Ella a veces se siente un poco mal a la hora del desayuno, y el viaje la cansó."

El saludable apetito de Mary había sido una broma familiar, y ella era siempre la primera en sentarse a desayunar en Longbourn. Si ella lo estaba evitando, Elizabeth sospechaba que pudiera haber una razón para ello. La idea era un recordatorio de la posibilidad de felicidad.

ANDREW Y GEORGIANA la acompañaron a la habitación de Darcy, donde encontraron al recién rasurado paciente recostado en la cama. Él tenía puesta una bata de casa obscura sobre su camisa de dormir, la cual acentuaba su palidez y los círculos bajo sus ojos. "Buenos días," dijo él, con su voz sonando más clara.

Georgiana besó su mejilla. "¿Cómo estás?"

"Mejor, gracias. Lamento haberte dado tal susto."

"¡Me alegra tanto que hayas mejorado! No me quedaré y te cansaré, sin embargo. Drew va a llevarme a visitar a Lady Frederica, a menos de que tu prefieras que me quede aquí." Ella sonaba como si esperara que él objetara.

"Una buena idea. Ella sin duda querrá llevarte a su modista. Me estaba diciendo la semana pasada sobre los muchos preparativos que se tienen que hacer para tu Temporada," dijo Darcy.

Un peso se quitó del pecho de Elizabeth ante la facilidad con que hablaba. Era una buena señal de su recuperación. Ella se quedó en el fondo mientras los demás platicaban con él, pero no pasó por alto el que los ojos de él se mantenían dirigiéndose a ella. Y cuando Georgiana y Andrew se fueron, la sonrisa de él fue solo para ella.

El estómago de ella parecía estar dando volteretas. "¿Está usted deseoso de compañía esta mañana?" preguntó ella. Con la mejoría de su salud, de algún modo parecía como si las reglas de propiedad deberían regresar también, pero a ella no le gustaba.

"Me rompería el corazón si me privaran de su compañía," dijo él con gravedad. "Le ruego, venga a sentarse conmigo."

Era embarazoso qué tanto significaba para ella. Se apresuró hacia la silla que ella ya consideraba suya.

Cuando Darcy buscó su mano, ella tomó la de él, pero con una mirada hacia la doncella sentada en la silla de la chaperona. No que eso la hubiera molestado ayer, pero hoy todo parecía diferente. Ella no permitiría que eso la detuviera, sin embargo. Significaba demasiado. "Le ruego que me diga si lo estoy cansando."

"Yo nunca me cansaré de su compañía. Y le agradezco de nuevo por venir aquí." Había un mundo de significado en su voz. "Si hubiera sabido que ser pisoteado por un caballo iba a traerla a mi lado, me hubiera lanzado frente a uno hace mucho tiempo."

"Lo prefiero sin que lo pisen, si no le importa." Ella bajó la mirada a sus manos, queriendo decir más, pero esa discusión definitivamente no era apropiada frente a una chaperona. "Fue una sorpresa descubrir que estaba usted en Londres, cuando yo pensaba que estaba usted en un barco en alguna parte del Atlántico. Lamento que no pudiera ir a su expedición."

"¿Cómo podía, si usted estaba perdida?" Él sonaba sorprendido.

EL PRECIO DEL ORGULLO: UNA VARIACIÓN DE ORGULLO Y PREJUICIO

Ella le dirigió una mirada bromista. "Yo no estaba perdida. Le dije que estaba segura y que había conseguido un empleo apropiado."

"¿No me hubiera usted dicho lo mismo aun si no estuviera segura? ¿Aun si su empleo no fuera adecuado?"

"¡Pero era verdad!"

"Yo no podía saber eso. Estaba frenético, preguntándome dónde estaba, en qué condiciones trabajaba, si estaba en peligro. ¿Cómo podía irme al otro lado del mundo, sin estar seguro de qué le había sucedido? ¿Qué tal si usted necesitaba ayuda, y yo no llegaba hasta tres años demasiado tarde?" Él sonaba agitado, y apretó su presión sobre la mano de ella.

Wilkins, frunciendo el ceño, ajustó sus almohadas. "No debe fatigarse, Sr. Darcy."

Elizabeth respiró hondo. ¿Cómo podía ella explicarse sin que él se alterara? Con una sonrisa tranquilizadora, ella dijo. "Lamento que se haya preocupado, pero no carezco de recursos. Siempre pude haber apelado a mi hermana o a mi tía si lo necesitaba."

"Aun así, sospecho que usted hubiera elegido sufrir bastante antes de llamarlas. Yo sé algo sobre su tenacidad."

Ella solo pudo reír. "Puede usted llamarla terquedad, y creo que yo no soy la única persona presente que sufre de eso."

En voz baja, él dijo, "Oh, sí, Elizabeth, yo puedo ser maravillosamente de lo más terco."

El pulso de ella saltó ante lo que él implicaba. "¡Primero usted debe dedicar esa terquedad a mejorar su salud, y luego podemos discutir otras cosas!" Y ella necesitaba cambiar el tema. "Todavía no puedo creer que haya elegido no ir en su expedición. ¡Lo que yo no haría por una oportunidad así, si solo fuera hombre!"

Él rio. "Lamento habérmela perdido, pero estoy muy agradecido de que usted no sea hombre."

Ella le hizo un simulacro de manotazo sobre la muñeca de él. "La única vez que he deseado ser hombre fue cuando tenía doce años y me di cuenta de que nunca se me permitiría explorar lugares desconocidos porque era mujer. Me rompió por completo el corazón."

Él se acomodó en sus almohadas. "Usted mencionó eso antes, querer viajar en la jungla. ¿Cómo llegó a interesarse en tal cosa?"

Bien. Ese era un tema seguro. "Empezó con mi padre. No que él tuviera ningún deseo de viajar, a menos de que fuera desde la comodidad de su sillón a través de las páginas de un libro, pero él amaba leer sobre exploradores. Cuando yo era chica, él nos contaba historias de los viajes del Capitán Cook. No exactamente el tema normal para niñas pequeñas, pero yo lo adoraba. Amaba escuchar sobre su época en Tahití para el Tránsito de Venus. Tan pronto pude leer bien, insistí en que me permitiera leer el libro por mí misma, aunque dudo haber entendido la mitad de él. Pero mi imaginación ya estaba disparada."

Él sonrió. "Así que así fue como usted descubrió al Capitán Cook. ¿Y soñaba con ser una exploradora?"

"¡Oh, sí! Fue entonces que empecé a dar largas caminatas, pretendiendo que me estaba abriendo paso a través de una vasta jungla. Le rogué a mi padre que me enseñara a disparar para poder defenderme de jaguares y tigres, los que, como puede haber escuchado, son encontrados rara vez en Hertfordshire. Al principio, mis hermanas jugaban a explorar conmigo, pero pronto lo dejaron porque era muy de niños. Mary siguió conmigo más que las demás, aunque ella siempre quería ser una misionera convirtiendo a los salvajes, y se enojaba conmigo cuando yo decía que a los nativos les iba bastante bien sin nosotros ni nuestro Dios."

"¡Qué radical de su parte! Sin embargo, es una lástima que faltaran los tigres y jaguares."

"¡En verdad! Me hubiera encantado verlos, aún si eso significara que me comieran viva. Me enamoré de todas las extrañas plantas y animales cuando leí los *Journals from the Endeavour* (Diarios del Endeavour) de Sir Joseph Banks. Solía soñar viajar con él."

Darcy rio. "Usted no debería decir eso, o estaré celoso. Sir Joseph es amigo mío, aunque debe tener setenta años ahora y está discapacitado por la gota. Aun así, su mente es tan aguda como siempre."

Ella se quedó boquiabierta. "¿Usted conoce a Sir Joseph Banks?"

"Por supuesto. Él ayudó a planear tanto esta expedición como la primera a la que fui invitado a unirme. Muchas de las plantas en mi invernadero son descendientes de las que él recabó."

"¡Cada vez peor!" bromeó ella, aunque no sin una genuina punzada de envidia. "Primero usted rechaza la oportunidad de ir a una expedición,

¡y ahora resulta que usted conoce al mismo Sir Joseph Banks! Nunca lo perdonaré."

"Me sentiría feliz de presentarla con él algún día. Él es bastante encantador."

Ella meramente negó con la cabeza forzándose a mantener una sonrisa en su rostro. Quizá ella pudo haberlo hecho una vez, cuando ella era la hija respetable de un caballero, pero ahora era una sirvienta con una reputación cuestionable. Pero su trabajo era mantener a Darcy contento y colaborando, así que solamente dijo, "Veré si tienen alguno de sus diarios en la biblioteca circulante de aquí. Es mucho más grande que la de Meryton, en donde solo tenían dos de ellos."

Él sonrió, pero sus párpados estaban empezando a cerrarse. "Hay un conjunto completo en mi biblioteca aquí, junto con lo que se me informa es un ridículo número de libros sobre flora y fauna exóticas."

"¡Entonces tengo bastante con que mantenerme entretenida! Pero antes de abandonarlo por su biblioteca, debo preguntar si ya disfrutó de su caldo matutino o si fue promovido a un desayuno real."

Wilkins murmuró, "Me complace reportar que el Sr. Darcy tomó todo su caldo y algo de huevos también."

Darcy resopló. "Solo porque te rehusaste a decirle a Elizabeth que estaba listo para verla hasta que lo terminara."

Wilkins vio por debajo de su considerable nariz a su patrón. "Usted puede no haber notado cuanto mejoró después de que la Señorita Bennet lo convenció de beber su caldo, pero yo *sí* lo noté."

Elizabeth rio ligeramente. "Me alegra saber que el Sr. Darcy está en tan buenas manos."

Capítulo 35

DARCY DESPERTÓ DE NUEVO, volteando de inmediato hacia la silla de Elizabeth, pero estaba vacía. Él tenía que hacerlo mejor. No podía costearse seguir quedándose dormido después de unos cuantos minutos de conversación. Se le estaba acabando el tiempo; él sabía perfectamente bien que una vez que se le considerara fuera de peligro, ella tendría que irse. "¿Dónde está ella?" le preguntó a Wilkins.

Su valet levantó la mirada de lo que sea que hubiera estado haciendo en el guardarropa. "Solo fue por un nuevo libro. Debe estar de regreso pronto."

"Necesito hablar con ella." Las palabras salieron como arrancadas de él.

"Sí, señor." dijo Wilkins, como si él tuviera algún control sobre ello. "¿Hay alguna otra cosa que quiera, señor?" Él trajo un peine y arregló el cabello de Darcy.

"Nada. O mejor, vino y algo de comer." Eso complacería a Elizabeth, aun si él todavía no tenía apetito.

"De inmediato, señor."

Darcy acababa de empezar con la bandeja de comida cuando Elizabeth regresó, llevando un libro y seguida por su chaperona, en la que Darcy había insistido y que desde entonces había llegado a detestar. No a la doncella en sí, sino a que su presencia evitaba que él hablara desde su corazón. Pero la reputación de Elizabeth, o lo que quedaba de ella, tenía que ser protegida, si él iba a hacerla su esposa.

Su corazón casi se detuvo ante la radiante sonrisa que ella le dirigió.

"Me alegra ver que está comiendo," dijo ella.

"Cualquier cosa por complacerla." Él felizmente se comería su almohada si eso hacía que ella le sonriera así.

Wilkins dijo, "Señor, ¿si pudiera disculparme brevemente?"

Darcy le hizo una seña de que se alejara. Elizabeth era todo lo que él necesitaba.

Ella levantó el libro cuando Wilkins salió. "Mire lo que encontré... ¡otro de los diarios de Sir Joseph Banks! Tendré que contenerme, o me pasaré toda la noche despierta leyéndolo. O quizá se lo lea a usted cuando nos quedemos sin conversación, aunque creo que hemos hablado tanto hoy como en todo el año y medio desde que nos conocimos por primera vez. Usted va a cansarse de oírme charlar."

"Nunca," dijo él. "¿Qué volumen es?"

Ella se lo entregó, y él lo abrió al frontispicio. "Ah, su viaje a Islandia y las Hébridas. No es tropical, pero sigue siendo interesante."

"Yo estaría tan feliz de explorar el norte congelado como los trópicos, aunque quizá no tan tibia," dijo ella.

"Usted disfrutará sus descripciones de Islandia, que es mucho menos gélida que su nombre." Él podía sentarse ahí todo el día admirando la chispa en sus bellos ojos.

"Sin duda, pero no me permita distraerlo de su comida," dijo ella señaladamente.

Él rio, pero le permitió volver a colocar la bandeja frente a él.

Wilkins volvió, seguido por la Sra. Smith, la asistente del ama de llaves, quien entró llevando una canasta. Tomando asiento en la esquina, ella asintió hacia Darcy y sacó algo para remendar. El valet le susurró a la chaperona de Elizabeth, quien lo siguió hacia afuera de la habitación.

Una sonrisa incrédula tiró de las comisuras de la boca de Darcy. "No le pago lo suficientemente bien a Wilkins," dijo él calladamente.

Elizabeth elevó sus cejas. "Él se ha estado agotando a su cuidado. Yo me las arreglé para mandarlo a descansar una vez prometiéndole que lo intimidaría para que se tomara todo su caldo."

"Él debe aprobarla para que le haya permitido tal cosa," bromeó él.

Ella rio. "Estoy bastante segura de que no me aprueba, pero me encuentra útil, ¡lo cual me atrevo a decir es más importante en su opinión! Yo lo convencí de beber, y por lo tanto soy merecedora de quedarme."

"No, él la aprueba, o no hubiera reemplazado a su chaperona con la Sra. Smith." Él se dio un golpecito en el oído, haciendo un gesto cuando el movimiento de su brazo jaló sus costillas. "Casi sorda. Es por eso por lo que él merece un aumento."

Las mejillas de ella se pusieron sonrosadas. "Ya veo," dijo ella. "¿Entonces podemos hablar con libertad?"

"Al menos hasta que alguien más entre." Pero ahora que él podía hablar, había tanto qué decir que parecía atorarse en su garganta. "Elizabeth, prométame una cosa, se lo ruego. Si siente que tiene que irse de nuevo, ¿me lo diría primero? Si usted quiere que yo guarde mi distancia, lo respetaré, pero se lo ruego, no me deje en la ignorancia de su paradero de nuevo."

La sonrisa de ella se desvaneció. "Si lo desea. Parecía lo mejor en ese momento."

Él se forzó a aligerar su tono. "Se lo agradezco. Y espero que no sienta la necesidad de partir de nuevo, pero descansaré mejor sabiendo que no se irá sin decir palabra."

Ella retorció sus dedos en la tela de su falda. "Yo nunca quise dejarlo, pero no vi otra elección."

"¿No sabía que yo querría un futuro con usted?" Él había creído que sus sentimientos eran tan obvios, pero ella se había ido de todas formas.

Mirando hacia otro lado, ella dijo. "Creí que usted lo desearía, pero eso no quería decir que sería posible. Si usted fuera alguien sin particular importancia, no importaría tanto, pero es el Dueño de Pemberley."

"Pemberley ha sobrevivido al escándalo antes, como usted sabe," dijo él en voz baja. "Y el escándalo puede ser mucho menor de lo que usted cree. George Wickham no pudo difundir rumores sobre usted, ni dañarla de ninguna manera. Usted está libre de sus maquinaciones."

Ella se vio sorprendida. "¿Pero cómo? Yo pensé que una vez que las noticias de mi compromiso roto se hicieran públicas, él se aseguraría de que todo el mundo supiera que había sido comprometida en Lambton. ¿Le pagó usted?"

"No. Lo metí a la cárcel por deudas, tan pronto como supe la verdad de su compromiso. Después de unos cuantos meses, él estuvo dispuesto a aceptar mis términos, y está de camino a la India donde servirá en el Ejército de la East India Company, y nunca volverá a Inglaterra."

"Así que ahora él es problema de la India."

"Él va a causar problemas a donde quiera que vaya, pero ya no podrá emplear su encanto contra las damas allá; intentó sus viejos trucos en la Prisión de Marshalsea, y uno de los otros prisioneros le dio una cuchillada en el rostro. Tiene una fea cicatriz. Yo no se lo desearía a nadie, pero no puedo negar cierta satisfacción de que él ya no podrá engañar a más mujeres."

Ella se estremeció. "Él se lo buscó."

"Cierto, y ahora usted está segura del escándalo que él hubiera creado." Él bajó la voz, mirándola a los ojos. "Aun si eso no fuera cierto, no descarte mi intención de enfrentar lo peor que la sociedad pueda hacer, si eso significa que puedo tenerla."

El rostro de ella pareció desplomarse. "Si nada más fuera por usted, quizá pudiera hacerlo. Pero ¿qué hay de su hermana? Ella se presenta el año próximo. Aun si fuera solo el asunto del compromiso roto, afectaría sus oportunidades. ¿Debemos capturar nuestra propia felicidad, sabiendo que ella será ridiculizada, avergonzada y rechazada a causa de eso? ¿Qué su elección de esposo estará limitada a cazafortunas porque nosotros elegimos dejar la precaución a un lado?"

Él cerró los ojos, súbitamente exhausto. Era verdad. Andrew le había dicho lo mismo una y otra vez. "Yo ni siquiera sé si ella desea tener una Temporada o si solo ha estado de acuerdo porque es lo que se espera de ella."

"¿Importa eso? Georgiana es demasiado joven para tomar esa elección. Especialmente ya que ella está siempre tan ansiosa de complacerlos a usted y a Drew. Si ella creyera que usted sería más feliz si ella tuviera una mano en vez de dos, conseguiría un cuchillo y se cortaría una. Por supuesto que ella dirá que no quiere una Temporada, o hasta que no desea casarse, si tan solo sospecha que es un obstáculo para usted. Yo no sacrificaré su futuro por el mío."

"Qué feroz es." Ahí estaba: el deber a su familia contra el deseo de su corazón. Él nunca podría vivir consigo mismo si sacrificaba a Georgiana. " Y, para mi profundo pesar, no puedo discutir el punto."

"Soy feroz porque he pensado esto hasta el final tantas veces, y la respuesta es siempre la misma," dijo ella agudamente. Luego agregó algo en voz baja.

"¿Qué dijo? No pude escucharla."

Los labios de ella se crisparon. "No debería repetirlo, pero lo que dije fue, 'Al menos por ahora.' Esas palabras han sido mi pequeño consuelo estos últimos meses."

Una pequeña chispa de esperanza se encendió en el pecho de él. "¿Qué quiere decir?"

La sonrisa de ella lo atravesó con su dulce tristeza. "Es lo que me he dicho a mí misma, tarde en la noche, cuando no podía soportar la noción de no volver a verlo nunca. Que algún día, cuando Georgiana estuviera seguramente casada y usted hubiera vuelto de su expedición, yo le escribiría. Si a usted aún le importaba, y si estaba dispuesto a tolerar el escándalo de mi compromiso roto y de haber estado en servicio, y si usted no se había casado con alguien más... muchos condicionantes, se lo concedo... entonces quizá usted pudiera buscarme. ¡Qué tonto de mi parte! Pero me consolaba cuando nada más podía."

El corazón de él pareció saltarle en el pecho. "¿Usted planeaba escribirme?" Él no podía creerlo.

"¿Está usted conmocionado de que yo haría algo tan impropio?" preguntó ella con esa mirada pícara que primero se había ganado su corazón y ahora atormentaba sus sueños.

"No," dijo él, sintiendo la mirada de ella moverse por su cuerpo como fuego líquido. "Asombrado, no, atónito de que a usted le importe tanto."

La incertidumbre revoloteó por su rostro. "Creo que usted debe todavía estar confuso por su lesión. Rompí mi compromiso por su bien, renuncié a mi reputación por su bien, y dejé a mis amigos y familia por su bien. ¿Por qué, en nombre del cielo, dudaría en escribirle una carta?"

"Confundido, sí, pero no por mi lesión." De alguna manera él tenía que explicar esto, y rápidamente, antes de que otro sirviente entrara. "Yo sabía que usted sentía una cierta calidez hacia mí, aunque yo escasamente la merecía, y que se sentía culpable de que su compromiso me estuviera forzando a irme de Inglaterra."

"¿Culpable?" exclamó ella. "¡Estaba celosa! ¡Yo quería ir con usted!"

"Yo sé que usted dijo eso, pero no podía creer..." Él perdió el hilo de lo que estaba diciendo, y frotó su mano contra su boca seca.

Elizabeth instantáneamente levantó la copa de vino y la sostuvo para él. "Debe beber. Beber y descansar."

EL PRECIO DEL ORGULLO: UNA VARIACIÓN DE ORGULLO Y PREJUICIO

Él tomó un trago, y luego otro cuando ella no alejó la copa. "No, debo hablar mientras pueda. Ambos sabemos que yo le caía mal cuando le propuse matrimonio por primera vez. Luego usted vino a Pemberley, comprometida con Andrew, y vio mi peor lado... enojado, celoso y poco hospitalario. Usted tenía todas las razones para odiarme. Que usted todavía confiara en mí fue un regalo que yo no merecía. Cuando usted me mostró calidez en Longbourn y en Bath, yo me sentí agradecido, más que agradecido. Que yo pudiera importarle más que eso... yo podía desearlo, soñar con eso, pero no me atrevía a tener esperanzas. Especialmente después de que usted desapareció."

Los ojos de ella se agrandaron. "Yo no podía hablar entonces. Usted sabe que no podía. Eso no significaba que no sintiera. Yo no hubiera roto mi compromiso por un tibio tipo de gusto por usted. ¡No soy tan noble! Yo planté a Andrew porque el lazo que sentía entre nosotros era tan poderoso que yo sabía que me perseguiría todos mis días. Y tarde o temprano, sin importar qué tan castos estuviéramos determinados a ser, Andrew notaría una mirada, o quizá un roce, y todos nos hundiríamos en una miseria infernal que destruiría tanto a su familia como a mi matrimonio."

Él quería ponerse de pie y bailar, y al mismo tiempo quería llorar. "Pero ¿por qué? ¿Por qué le importaría yo, cuando yo no le mostré más que desdén y frialdad en Pemberley?"

Una dulce sonrisa iluminó sus tentadores labios. "Porque usted me mostró mucho más que eso. Usted me mostró a un hombre al que yo aún le importaba a pesar de la amargura de mi rechazo y de mi inexplicable compromiso con su hermano; un hombre que estaba determinado a conquistar sus propias necesidades y deseos, sin importar el costo, a causa de su sentido de responsabilidad hacia su hermano y hermana. Usted me mostró a un hombre que había creado una jungla y tenía una biblioteca llena de los mismos libros que yo amo." Las palabras dejaron e salir a borbotones cuando ella se detuvo a respirar. "Y usted se disculpó muy amablemente," añadió ella con una mirada de broma.

"Yo no merezco tanto crédito."

Ella palmeó su brazo con reproche simulado. "¡Eso lo decido yo, señor! Y estoy bastante segura de que usted se lo merece."

"¿Entonces, usted...?" ¿Se atrevería él a preguntar, después de su propuesta de matrimonio fallida? ¿Debía él esperar hasta estar más saludable y más seguro de sí mismo? Pero él no podía. Tenía que saber ahora. "¿Me esperará? ¿Sabiendo que podrían pasar años antes de que Georgiana esté asentada, años antes de que pueda ofrecerle matrimonio, años antes de que podamos estar juntos?"

Los ojos de ella resplandecían. "Por supuesto que lo esperaré, sin importar cuánto tiempo tarde. Ya estaba haciendo eso, casi sin esperanza de éxito. Si usted está dispuesto a tomarme con todas mis desventajas, soy suya."

"Mi amor." Era mucho más de lo que él se había atrevido a esperar, el que ella no solamente lo aceptara, sino que lo ansiara tanto como él a ella. Él se empujó sobre sus codos, necesitando acercarse a ella, y la habitación empezó a girar.

Los ojos de ella se abrieron desmesurados. "¡Recuéstese, se lo ruego! Debe descansar. No debíamos haber discutido nada de esto hasta que usted estuviera mejor."

Él se desplomó hacia atrás, exhausto pero atónito, lleno de sincero deleite. "No, mi amor, tú me has dado el más grande regalo de mi vida. Ahora tengo una razón para recuperarme." Pero él podía sentir la pesada fatiga que lo abrumaba, y él tuvo que forzar a sus ojos a permanecer abiertos. Al menos el esfuerzo le brindó el placer de observar la amorosa preocupación en los ojos de Elizabeth.

"¡Usted debe recuperarse, en verdad, después de darme tanta esperanza para el futuro! Pero primero, antes de que descanse, un poco más de caldo de res, o Wilkins me enviará lejos y nunca me permitirá verlo de nuevo," bromeó ella.

"Por usted, haría cualquier cosa." Pero sería más fácil si la habitación dejara de girar.

ESA TARDE, DREW HABÍA venido a la habitación de Darcy después de volver de su salida y había insistido en que Elizabeth bajara a cenar. Ella lo había dejado con una sonrisa astuta y un apretón de su mano. Se había sentido ridículamente solitario comer su pequeña comida a solas, después de acostumbrarse a la constante presencia de ella, pero él no podía mantenerla a su lado para siempre. Aun así, ninguna cena le había parecido tan larga.

Cuando Elizabeth reapareció, sin embargo, era obvio que algo la estaba molestando. Ella se ofreció a leerle, pero no tomó su mano, ni encontró su mirada. ¿Había dicho Drew algo que la molestó? ¿O su tiempo lejos le había dado la oportunidad de volver a pensar, y ahora se arrepentía de su acuerdo? Si tan solo él no estuviera tan infernalmente débil, él podría encontrar la manera de hablar con ella en privado, pero ahora todo lo que podía hacer era esperar un momento en que solo hubiera sirvientes de confianza en la habitación. Maldición, ¿por qué no podían dejarlo estar a solas con ella?

Finalmente él vio su oportunidad cuando la doncella salió brevemente de la habitación. No había tiempo que perder, así que dijo directamente. "¿Sucede algo, mi amor?"

"Nada sobresaliente, nada que se compare con mi alivio de ver que está mejor," dijo ella calladamente, bajando la cabeza.

"Pero hay algo, puedo decirlo."

Ella hizo hacia atrás un rizo que le había caído sobre el rostro. "Es incómodo, estar aquí cuando Georgiana y Mary están en residencia. No es apropiado, y lo veo en sus rostros. No puedo quedarme mucho tiempo más, lo sabe."

Él lo sabía demasiado bien, por mucho que le gustaría descartar esos argumentos. "La extrañaré. ¿Me permitiría continuar viéndola?"

"Eso me gustaría."

Él respiró aliviado. Había tenido esperanzas, pero no había estado seguro. "¿Volverá con su familia?"

"Creo que no. Les he escrito y les he dicho como pueden comunicarse conmigo, y tengo la intención de visitar a los Gardiner. Pero no creo que sería feliz de regreso en Longbourn. Me siento cómoda como acompañante de la Sra. Todd, sin los rumores y la censura que enfrentaría en Longbourn, donde todos me ven como una mujer perdida a causa de mi compromiso roto."

La garganta de él se cerró. "Pero es una dama. No debía estar trabajando para ganarse la vida."

Ella inclinó su cabeza con una sonrisa irónica. "Casi todo el mundo lo hace, y yo no tengo objeción a mi puesto actual." Ella hizo una pausa. "Y aunque no me gusta pensar en ello, existe la posibilidad de que usted cambie de opinión o de que algo le suceda en los próximos años. Debo proteger mi futuro."

"Yo no cambiaré de opinión." Pero él no podía garantizar que no sería pisoteado por otro caballo, o que no caería enfermo. De seguro Drew o Bingley se harían cargo de Elizabeth si algo le sucedía a él, ¿o no? El estómago se le revolvió al pensarlo.

Ella debió haber notado su reacción, porque dijo suavemente, "Lo lamento, sé que no le gusta mi empleo, tan poco demandante como pueda ser."

"Cuando llegue el día en que podamos estar juntos, será difícil explicar por qué ha estado en servicio. Si no vuelve a casa, quizá podamos encontrar otra opción. Bingley tiene una casa en la ciudad donde podría quedarse, y ahora que él está casado con su hermana, no sería impropio."

Los labios de ella se apretaron. "Y yo disfrutaría tanto de la compañía de la Señorita Bingley y la Sra. Hurst quienes nunca me permitirían olvidar nada de mi desgracia."

"¿Qué hay de su tía y su tío? ¿Podrían ellos recibirle? No puedo creer que ellos la maltratarían."

Ella bajó la mirada a su falda, alisándola ausentemente. "Los Gardiner tienen cuatro niños, con otro en camino. No necesitan a una huésped que se quede con ellos por años, y yo me sentiría obligada a trabajar más duro ayudando a cuidar a sus hijos que lo que lo hago en mi actual puesto."

¡Si tan solo él pudiera simplemente pagar por una casa para ella! "Pudiéramos encontrarle alojamiento, quizá cerca de ellos. Bingley estaría feliz de mantenerla." Al menos, él lo haría si Darcy se lo pedía.

"No importa si el Sr. Bingley oficialmente paga por eso, yo me sentiría como su mujer mantenida, aun si usted no esperara nada a cambio." La voz de ella sonaba tensa.

"No deseo causarle angustia. Solo estoy intentando ayudar."

Ella miró hacia otro lado. "La mejor forma de ayudar es dejarme seguir como estoy. No, no dejarme, sino reconocer que es una decisión que yo debo hacer."

"Por supuesto que es su elección. Pero habrá consecuencias. No se vería raro que yo fuera ocasionalmente de visita con Hadley, pero si voy frecuentemente, la gente hará preguntas. Si soy visto en público con la acompañante de una dama, la gente asumirá lo peor. Y Drew ya está preocupado de que mis atenciones dañen aún más su reputación."

Ella se frotó las manos una con otra. "Lamento que sea inconveniente para usted," dijo ella heladamente. "Pero es mi reputación y mi vida. Depende de usted decidir si puede aceptarlo."

Buen Dios, ¿estaba ella sugiriendo que finalizaría su entendimiento por esto? "Elizabeth..."

Pero entonces la doncella volvió a la habitación, y su lengua quedó atada de nuevo. ¿Cómo podía él explicarse en términos lo suficientemente generales como para que la chaperona no los entendiera?

Elizabeth se puso de pie. "Le ruego que me disculpe." La voz de ella tembló, y ella se dio vuelta para irse.

"¡No, se lo ruego!" Él extendió su mano, sin importarle que la doncella viera o escuchara, no si eso mantenía a Elizabeth ahí.

"Creo que es mejor que discutamos esto después," dijo ella, y salió de la habitación.

Él se dejó caer de nuevo en su almohada. ¿Cómo había eso salido tan mal tan rápidamente? Estar tan cerca de la felicidad, y que ahora estuviera en peligro, era intolerable. Él solo podía esperar que ella volviera rápidamente.

Capítulo 36

DARCY SE SENTÍA ENFERMO. Era casi media noche. Elizabeth claramente no volvería para hablar con él esa noche, pero no tenía caso intentar dormir. A él se le había dado una segunda oportunidad con ella, y la había arruinado.

Un golpe apenas audible levantó su ánimo por un breve instante, pero venía desde afuera del closet de Wilkins, no de su propia puerta. El sonido de los pasos de Wilkins, seguido por un corto, callado intercambio de palabras, le demostró que su valet seguía despierto.

Un momento después Wilkins apareció en la puerta de comunicación.

Darcy lo fulminó con la mirada. "¿Qué sucede?"

Wilkins se tomó su tiempo revisando el vaso de vino en la mesa de noche de Darcy y rellenándolo antes de decir cuidadosamente. "Si le interesara, señor, la Señorita Bennet está en la biblioteca. Sola."

Darcy se incorporó, sin importarle que su cabeza le diera vueltas con el movimiento. "Debo ir con ella. ¿Me ayudarás a llegar allá?"

"Por supuesto, señor."

GRACIAS A DIOS LA BIBLIOTECA estaba en el mismo piso. Aún con Wilkins apoyando su codo, Darcy no creía poder arreglárselas en ninguna escalera, no cuando las costillas continuaban apuñalándolo con cada paso, y él estaba jadeando después de pasar por dos habitaciones. Pero estaba determinado a llegar con Elizabeth.

Él hizo una pausa afuera de la biblioteca para recuperar el aliento. Luego, tomando la vela de la mano de Wilkins, entró. Al principio creyó que el valet debía estar equivocado porque la habitación estaba a obscuras y parecía vacía, pero luego vio una parpadeante luz derramándose de la pequeña alcoba en la parte de atrás. Por supuesto que Elizabeth hubiera ido hacia allá. También era el lugar favorito de él.

Sus pantuflas debieron hacer poco ruido, porque ella estaba aún absorta en el libro que estaba leyendo, enroscada en el sillón de piel con los pies bajo ella, las delicadas líneas de su rostro iluminadas por la danzante luz de una vela colocada en la pequeña mesa redonda a su lado. Ella usaba una bata, con su cabello sobre el hombro en una larga trenza. El poco aliento que le quedaba desapareció ante la cautivadora imagen de ella, retorciendo ausentemente uno de sus rizos alrededor de su dedo.

Pero él no podía solo quedarse ahí parado y observarla, así que dijo su nombre.

Obviamente sorprendida, ella dio un salto y su cadera golpeó la mesa junto a ella. "¡Sr. Darcy!" Ella presionó su mano contra su pecho.

Él estaba tan atrapado en la visión de ella que escasamente registró que la vela junto a ella se volcó.

Ella hizo un rápido intento de asir el candelabro, pero no lo alcanzó mientras rodaba cayéndose de la mesa. Ella lo pisó tan pronto como cayó sobre la alfombra detrás de ella. Agachándose, ella palmeó con fiereza el suelo.

Darcy no podía ver llamas, pero el olor de lana quemada lo alcanzó. Incapaz de pasar sobre ella para ayudar, él preguntó. "¿Debo traer agua?"

"Creo que ya se apagó." Ella frotó sus dedos sobre la alfombra. "Me atrevo a decir que dejará una marca. Lo lamento."

"Fue mi culpa por sorprenderla," dijo él.

Ella se levantó, sacudiéndose las manos. "Al menos se apagó. Un incendio en la biblioteca... ¡qué pesadilla! Yo debí tener más cuidado. Pero usted... ¡no se supone que usted esté fuera de sus habitaciones!" La preocupación llenaba su voz.

"Tenía que hablar con usted." Las palabras salieron a borbotones. "Le ruego que acepte mis disculpas por presionarla tanto. Fui un tonto al no escucharla. Me pondría de rodillas para suplicar su perdón, excepto que me atrevería a decir que no podría levantarme de nuevo."

Una sonrisa bailó a través de sus tentadores labios. "¡Le ruego que no lo intente! Y acepto su disculpa, aunque yo no estaba tan preocupada por su comportamiento como usted parece creer."

"Pero se quedó lejos." Él debía sonar patético.

Ella agachó la cabeza. "Necesitaba pensar, y para cuando llegué a una conclusión, era demasiado tarde para ir a su habitación."

El pecho de él se contrajo. Esto era todo. El sueño iba a terminar. "¿Y qué decidió? ¿Ha cambiado de opinión?"

"¿Acerca de quedarme con la Sra. Todd? No. Lo lamento; sé que eso no es lo que usted desea escuchar."

"No. Acerca de... nosotros. ¿Ha cambiado de opinión respecto a mí?"

Ella parpadeó dos veces en rápida sucesión, viéndose confundida. "¿Por qué cambiaría de opinión respecto a usted?"

"Porque soy un idiota. Uno que no la escucha." ¡Buen Dios, no permitas que ella haya cambiado de opinión!

Una sonrisa floreció en el rostro de ella. "Le aseguro que no soy una Señorita tan remilgada como para renunciar al hombre que amo basada en un pequeño desacuerdo. Soy lo suficientemente fuerte como para discutir con usted cuando está equivocado."

El hombre que ella amaba. Ella lo había dicho, y él pensó que podía derretirse a sus pies. O arder en llamas. O tomarla en sus brazos y hacerle el amor apasionadamente hasta que nadie pudiera nunca negar que él era de ella y ella era suya. Pero como sus piernas no parecían para nada convencidas que poder sostenerlo por mucho tiempo más, mucho menos llevar a cabo una actividad más vigorosa, en lugar de eso él preguntó, "Entonces ¿por qué no regresó?"

"Necesitaba reunir todo mi valor para decirle algo que me temo usted no desea escuchar, algo que pudiera hacerle cambiar de opinión acerca de un futuro conmigo." La voz de ella descendió mientras hablaba, y era casi inaudible cuando ella añadió, "Y yo no podría soportar eso."

El corazón de él casi se detuvo. ¿Qué podía ser tan terrible? "Dígame de una vez, se lo suplico. No me deje en suspenso."

Ella se mordió el labio. "La reputación de una dama es algo frágil. Aún si no hago nada más que sea impropio en toda mi vida, la gente seguirá viéndome como dañada. Nunca seré completamente aceptada por la sociedad."

"Lo lamento tanto..."

Ella levantó su mano. "Yo he aceptado eso, pero lo que no puedo aceptar es pasar el resto de mi vida suplicando una aprobación que nunca recibiré. Yo no cambiaré mi vida o mis planes con la vana esperanza de aplacar a esa gente. No me importa ni un chasquido de dedos lo que ellos piensen de mí. Pero creo que a usted le importa."

"No me importa nada el escándalo, solo usted."

"Sin embargo usted ya está intentando hacerme volver a ser una dama apropiada. Usted cree que no debería estar en servicio."

¿Eso era todo? Él casi rio de alivio. "No a causa de lo que nadie vaya a pensar de usted, sino porque no quiero que esté a la entera disposición de alguien. Usted merece la libertad de hacer lo que desee."

La expresión de ella era insegura, como si no le creyera del todo, así que dejó su vela y tomó cada una de las manos de ella en las suyas. "Todo lo que quiero es a usted. No me importa para nada lo que piense la sociedad. Conmociónelos tanto como desee." Él le apretó las manos para hacer énfasis.

Ella puso una mueca de dolor, haciendo un pequeño sonido. Ella jaló su mano derecha llevando su palma a su rostro, y presionando la base de su pulgar contra sus labios.

"¿Qué sucede?" Él aún sostenía su mano izquierda.

"Una pequeña quemadura," dijo ella algo avergonzada. "De ser demasiado entusiasta para extinguir las chispas en su alfombra."

"Le ruego que me deje ver." Suavemente él asió los dedos de ella, inclinando su mano para que la luz de la vela cayera sobre ella. Un punto rojo se mostraba en la parte carnosa bajo su pulgar.

"No es nada. Ni siquiera me duele realmente," dijo ella con una voz raramente apagada. "Solo cuando usted lo presionó."

"Yo deseo nunca causarle dolor." Él levantó la mano de ella y apenas rozó sus labios contra la quemadura, con los ojos fijos en los de ella. Aun en la parpadeante luz de la vela, él pudo ver como subía el color de ella. El sabor de su sedosa piel se le subió a la cabeza.

Él no pudo contenerse. Movió sus labios hacia el indemne centro de la palma de la mano de ella, lentamente desparramando leves besos sobre ella, permitiendo que sus sentidos descubrieran cada región y pliegue de su preciosa, perfecta mano, bebiendo el sonido de la respiración desigual de ella que le decía que ella no era indiferente a sus acciones.

El deseo lo inundó, y él trazó con su lengua el doblez de su palma, probando su dulce y femenino sabor. ¡Qué crimen era que esas preciosas manos estuvieran con tanta frecuencia cubiertas con guantes!

Ella jadeó, y él no necesitó más invitación, moviéndose a su índice, rozando, acariciando, y probando a medida que avanzaba, haciendo el amor a cada segmento y trazando las uniones con su lengua, tomándose su tiempo para saborear cada instante de delicioso placer.

Ella gimió cuando él llegó a la sensible punta, girando su lengua a través de ella, y llevándola a su boca para darle mordiscos y luego succionar suavemente hasta que no existía nada más en el mundo que ellos dos en este momento. Estaban juntos, y eso era todo lo que importaba.

Con un sonido sin palabras, ella se movió hacia él y entonces se encontró en sus brazos, y él estaba empleando sus labios de forma bastante diferente, dando y tomando el tipo de beso que él había estado soñando todo el año anterior. Él sabía que debía ser suave, dada la inocencia de ella, pero había ansiado esto demasiado tiempo. Pero ella no parecía atemorizada, ni siquiera cuando él la animó a que abriera su boca y finalmente, finalmente probó su aliento dulce como manzana. Después de solo un momento de duda, ella lo encontró a medio camino, sus exploraciones igualando las de él mientras sus lenguas bailaban una danza antigua.

Él la presionó más cerca, pero nunca podía ser suficientemente cerca. Sus costillas lo apuñalaron, pero el placer de sostener a Elizabeth lo superaba por mucho. Y su maldita debilidad no hacía nada para detener la poderosa oleada de deseo mientras las suaves curvas de ella se presionaban contra él. Él se estaba ahogando en los besos de ella, besos que hacían que la habitación diera vueltas a su alrededor y las piernas se le debilitaran, pero que eran suficientes para asirse de ella por su vida y probar su amada esencia...

"¡Sr. Darcy!" La voz de Elizabeth sonaba brusca y parecía venir desde muy lejos. "No se desmaye, se lo ruego, porque no puedo detenerlo. ¿Puede caminar conmigo al sofá?"

Por supuesto que él podía caminar al sofá. Excepto por la parte donde él intentaba mover sus piernas y no sucedía nada. "Yo..." Él ni siquiera podía decir las palabras.

"¡Wilkins!" llamó ella.

De alguna manera su valet se materializó a su lado, poniendo un brazo alrededor de su cintura y deslizando su hombro bajo el brazo de Darcy para sostenerlo.

Elizabeth sostenía su otro brazo. "Llevémoslo al sofá."

"Sí, señorita," dijo Wilkins, conduciéndolo suavemente, cargando casi todo su peso. "Aquí vamos, señor. Si se recuesta."

Las temblorosas piernas de Darcy se doblaron mientras él se colapsaba sobre el sofá, pero al menos su cabeza dejó de dar tantas vueltas cuando se recostó. Él miró a Elizabeth. "¿Cómo supo que Wilkins estaba afuera?"

Los labios de ella temblaron. "Yo puedo encontrarlo a usted notablemente difícil de predecir, pero estoy obteniendo un tolerable entendimiento de Wilkins. O al menos lo suficiente para saber que si usted se estaba metiendo en líos, era muy probable que él estuviera a la mano."

UNA VEZ QUE WILKINS hubo acomodado a Darcy en el sofá, él partió a traer almohadas y mantas para mantenerlo caliente, pero no sin antes pedirle a Elizabeth que se quedara con él y lo mantuviera tranquilo. La voz de él había sugerido que eso pudiera no ser una tarea sencilla.

Ella había asentido, sin embargo. Por supuesto que ella ayudaría a Darcy de cualquier forma que pudiera, pero la verdadera pregunta era cómo iba ella a calmarse a sí misma, no a él, cuando el deseo aún ardía a través de su cuerpo como destellos de relámpago a lo largo de sus extremidades, mientras una fuente de pesadez se asentaba en sus profundidades. Su interior era un pozo de calor líquido, engendrado por los labios de él moviéndose a través de su palma y encendido por sus besos. Y ahora ese infierno en ella no tenía a dónde ir.

Ella bajó la mirada hacia él, pero por una vez él no la estaba observando. Los ojos de él estaban cerrados, su respiración estaba agitada. "¿Cómo se siente?" preguntó ella.

La boca de él se torció. "Tonto." Abriendo sus ojos, él añadió, "Vine aquí desesperado por obtener su perdón, procedí a comportarme de manera imperdonable, y luego colapsé. Permítame decir que este puede no haber sido mi mejor momento."

"Yo pienso que lo hizo bastante bien al caminar hasta acá," dijo ella con ligereza. Luego, en un tono más serio, agregó, "Usted no hizo nada que requiera perdón." Para demostrarle que hablaba en serio... y porque anhelaba tocarlo íntimamente una vez más... ella alargó la mano y pasó las puntas de sus dedos a través de los labios de él de una manera inequívocamente provocativa. "Quizá ahora usted no me perdonará," bromeó ella.

Los ojos de él ardieron mientras él capturaba el dedo de ella con sus labios, llevándolo a su boca y mordisqueando la sensible punta. Ella contuvo la respiración mientras un relámpago de deseo nuevamente se disparó a través de ella, un calor abrasante que hacía que sus lugares secretos le dolieran por la necesidad. ¡Buen Dios! ¿Cómo podía su leve toque crear tal agonía de necesidad ardiente dentro de ella?

El eco de pasos fuertes, arrastrados la forzó a recoger su mano bruscamente, justo mientras Wilkins, quien normalmente se deslizaba tan silenciosamente que era imposible de detectar, apareció, llevando mantas y almohadas.

Ella se puso de pie rápidamente y se hizo hacia atrás para dar al valet un mejor acceso a su patrón. Ella miró hacia el suelo mientras él ajustaba todo para comodidad de Darcy, intentando suprimir las palpitaciones dentro de ella, alterada por la intensidad de su reacción hacia él. ¿Cómo podía ella resistir tales sensaciones tan poderosas? Ella se frotó los brazos, sabiendo que los escalofríos en ella no tenían nada que ver con el enfriamiento nocturno del salón.

Wilkins dijo, "Creo que será mejor para usted quedarse aquí el resto de la noche, señor, solo para estar seguros. Diremos que estaba buscando un libro."

Darcy miró hacia Elizabeth, y ella asintió firmemente. Si esta aventura había arriesgado su salud, ella nunca se lo perdonaría a sí misma. Ella dijo, "Me quedaré aquí con usted tanto tiempo como pueda."

"Muy bien, entonces," dijo Darcy con un trazo de gruñido.

Wilkins fue a la chimenea a atizar las brasas de carbón y a añadir más leños, una tarea que normalmente estaría por debajo de su dignidad.

Elizabeth volvió a su silla junto al sofá. "Hay algo que pueda yo hacer para su confort?"

Una sonrisa destelló en el rostro de él. "No me tiente a que le diga lo que deseo. He aprendido esta noche qué tan poco puedo resistirme a usted," dijo él con pesar.

El corazón de ella dio un vuelco, porque ella sabía que él también decía la verdad por ella. "Quizá es porque nos hemos negado tanto, por tanto tiempo, creyendo que no había esperanza, que cualquier esperanza nos intoxica."

"Usted siempre me intoxica, simplemente por estar presente en el salón, por la inclinación de su cabeza cuando está divertida, por como baila la luz en sus ojos, por la forma en que pequeños rizos escapan sus pasadores." Él estiró la mano y acarició su trenza, sus dedos reverentes. "No puedo creer que estoy haciendo esto. Que soy tan, tan afortunado." Su aliento se cortó en las últimas palabras.

El cuero cabelludo de ella hormigueó con el leve movimiento de su trenza. "Quizá no debería intentar hablar." Su voz sonaba ronca.

"No, mi mente está clara, ahora que estoy acostado," dijo él seriamente. "Lo suficientemente clara para saber que no debería estar tocándola, mucho menos portándome como lo hice, cuando no estamos comprometidos."

¿De seguro él no podía querer decir que ellos no debían tocarse nunca por tres años o más? Ella podría volverse loca. "Tenemos algo así como un entendimiento," dijo ella.

"No es lo mismo." Él titubeó, con sus dedos enredándose entre los rizos sueltos debajo de su trenza. "Sé que está mal pedirlo, pero ¿consideraría estar de acuerdo en un compromiso secreto? Si alguien lo descubre, habrá aún más motivo de chismes, pero yo me sentiría mejor."

Él calor la inundó. Estar realmente comprometida con él, aún si era en secreto... la idea hacía que su corazón bailara. Pero también evidenciaba el peor de sus temores. "Lo haría, con una condición."

La aliviada sonrisa de él iluminó su pálido rostro. "¿Cuál es?"

"Si usted encuentra a otra mujer y se enamora de ella, quiero que me prometa decírmelo y que me permita finalizar el compromiso. Sé que de otra manera usted insistiría en honrarlo." La voz se le atoró en la garganta. "Y eso rompería mi corazón, que usted se casara conmigo por honor si amara a otra."

Con una mirada horrorizada, él asió su mano. "Eso no sucedería nunca. No podría."

Ella tenía que mantenerse firme. "Usted no sería el primer hombre en pensar que su amor es inmortal, solo para descubrir que no es así. Especialmente cuando podrían pasar años antes de que podamos casarnos."

"Elizabeth, no." Él intentó sentarse, hizo una mueca de dolor, y lentamente volvió a acostarse. "Yo nunca podría casarme con alguien más. No solo porque la amo, sino por algo más. ¿Recuerda usted la boda de Bingley, cuando él y su hermana hicieron sus votos?"

"Por supuesto." ¿Pero qué tenía eso que ver?

"Yo estaba de pie al otro lado de usted, mirándola a los ojos, y en silencio hice esos mismos votos hacia usted, en presencia de Dios y ante el altar. Puede sonar tonto, pero desde ese día yo me he sentido casado con usted en mi corazón. En lo próspero y en lo adverso, en la riqueza o en la pobreza, en la salud y en la enfermedad, para amarla y respetarla, hasta que la muerte nos separe." La reverencia en la voz de él llenó el aire entre ellos. "Nada puede alterar eso."

Ella solo se dio cuenta de que las lágrimas corrían por sus mejillas cuando él estiró la mano para secarlas. ¿Qué había hecho ella para merecer la devoción de tal hombre?

"No llores, mi amor," dijo él con ternura. "Todo es lo mismo, un compromiso secreto o votos sin consumar. Mientras yo tenga un futuro contigo, nada más importa."

Aun a través de sus lágrimas, ella no pudo evitar bromear. "¿Debo asumir que esperarás pacientemente por tres años o más?"

Él rio. "¡Qué bien me conoces! Soy un alma muy egocéntrica, así que naturalmente he estado tratando de encontrar otra respuesta que nos permita casarnos más pronto."

Ella contuvo la respiración. "¿Y ha encontrado una?"

Él titubeó. "Ninguna que no tenga repercusiones para tu reputación. La mejor es que, después de la primera Temporada de mi hermana, nos pudiéramos casar en secreto y vivir en una pequeña hacienda que poseo en Gales. No puedo encontrar manera de hacerlo antes, ya que yo debo estar presente para la Temporada y escoltar a Georgiana a todos los eventos del mercado matrimonial. Si estuviera en la expedición, mi ausencia podría explicarse, pero no ahora. Y yo no podría pretender no estar casado frente a todas las jóvenes damas que buscan maridos, sabiendo que mi esposa me está esperando en casa. Pero de esa manera solo sería poco más de un año para que podamos casarnos."

Un año. Solo un año. ¿Se atrevía ella a esperar? "Pero ¿qué hay de Pemberley? No se vería raro que tú te quedaras lejos tanto tiempo?"

"Puede ser, aunque pudiera ir de visita ocasionalmente. Pero cuando aparezcamos juntos dentro de varios años, de todos modos habrá habladurías, especialmente si tenemos hijos."

"Yo no llegaría con una pizarra en limpio de cualquier manera, aun si esperara tres años, ya que todos estarían enterados de mi compromiso con Andrew." Y un año sería mucho más fácil que una espera indefinida. "Aun así, continuaré esperando que Georgiana se enamore locamente del caballero perfecto durante su primer baile, y que se casen de inmediato," dijo ella con ligereza.

Con una mirada de profundo alivio, Darcy se llevó su mano a los labios. "¡Cómo te adoro!"

Antes de que ella pudiera replicar, Wilkins apareció a un lado de ella, llevando una bandeja con una lámpara, un decantador, una pequeña botella y dos copas. Con un mínimo de alboroto, los puso en la mesita lateral al final del sofá.

¿Cuánto de su conversación había escuchado el valet? Pero no importaba, suponía ella; su lealtad a Darcy se sobreponía a todo. Ella le dirigió una cálida sonrisa. "Gracias por cuidar tan bien del Sr. Darcy, Wilkins."

Él inclinó la cabeza. "Es mi honor." Él sirvió dos copas, y midió una pequeña cantidad de la botella con tapón en una de ellas. Él le ofreció la que no tenía nada a Elizabeth y la otra a Darcy. "Le ayudará a dormir, señor, y usted necesita descansar."

Darcy arrugó la nariz, pero permitió que Wilkins lo levantara lo suficiente para beberlo. Elizabeth sorbió su vino en silencio.

El valet dijo, "Necesitaré que un lacayo me ayude a traer un camastro para dormir en él. Puede que usted desee haberse ido para entonces, Señorita Bennet."

Darcy asió la mano de ella apretadamente. "Supongo que debes hacerlo," dijo él con pesar.

Ella se inclinó y susurró junto al oído de él. "Estamos comprometidos ahora. Puedes depender de mí." Y luego rozó sus labios contra los de él, regocijándose en poder hacerlo. Wilkins simplemente tendría que acostumbrarse a este tipo de comportamiento.

"Lo sé. Es simplemente difícil de creer después de todo por lo que hemos pasado, y tan pronto como te has ido, las dudas comienzan."

Ella difícilmente podía culparlo por necesitar palabras tranquilizadoras. Él había sufrido por amor mucho más tiempo que ella. De seguro había algo que ella pudiera decir o hacer para hacérselo más fácil.

Entonces lo supo. Con una sonrisa coqueta, ella desató el listón que aseguraba su trenza. "Wilkins, ¿tiene usted un cuchillo?" preguntó ella.

"Por supuesto, señorita." Wilkins produjo uno y lo sostuvo con el mango hacia ella.

Elizabeth se preguntó qué tantos otros artículos útiles ocultaba el valet en su persona, pero tomó el cuchillo, deshizo su trenza, encontró un mechón discreto, y lo cortó. Atando cuidadosamente el mechón de cabello con el listón, se lo entregó a Darcy. "Para cuando surjan las dudas."

Él la estaba mirando como hipnotizado. "¿Tienes una idea de con cuanta frecuencia he soñado verte con el cabello suelto?" La voz de él estaba ronca mientras extendía la mano y lo tocaba.

Esta vez eso definitivamente envió escalofríos por la espalda de ella. "Tendrás muchas oportunidades en los años por venir." Pero ella lo dejó suelto mientras él corría sus dedos a través de él. Ella podría volver a trenzarlo cuando llegara a su habitación, después de todo. "Y ahora debo darte las buenas noches, aunque ya es prácticamente de mañana."

"Buenas noches, mi queridísima, amadísima Elizabeth," susurró él.

¡Cómo odiaba ella dejarlo! Pero de alguna manera se las arregló para ponerse de pie y alejarse. En la puerta, ella se volvió para verlo sostener el mechón de cabello contra su pecho y sonreírle suavemente a ella.

EL PRECIO DEL ORGULLO: UNA VARIACIÓN DE ORGULLO Y PREJUICIO

Algún día él sería su esposo. Era más de lo que ella jamás pensó que sería posible. Ella flotó de regreso a su habitación, abrazándose sola con feliz incredulidad.

Capítulo 37

ELIZABETH SE QUEDÓ en la Casa Darcy por otros dos días. La recaída de Darcy en la biblioteca pareció resolverse después de una noche de sueño, y para cuando se fue, él se estaba preparando para cenar abajo por primera vez desde su accidente. Con Georgiana presente, ella ya no podía sentarse a solas con él en su habitación, y, más importante, habían empezado a llegar visitas, visitas que no entenderían por qué la anterior prometida en desgracia de Andrew estaba quedándose en la casa. Ella prometió visitar regularmente, y salió hacia la casa de la Sra. Todd.

Fue un alivio de muchas maneras. Ya no había oportunidad de conversación privada con Darcy, y no importaba qué también se sintiera estar con él, la tensión de pretender que todo era normal frente a Andrew, Mary y Georgiana pesaba en ella, especialmente dada la incomodidad de Georgiana con ella. Después de todo el tiempo que había pasado con la chica en Pemberley, Longbourn y Bath, era desagradable ser tratada como si de alguna manera ella estuviera manchada. Pero era lo que cualquiera en sociedad diría sobre una joven dama que había plantado a un hermano y estaba en un tipo de relación rara, impropia con el otro.

Justo antes de que se fuera, Mary fue a la habitación de Elizabeth a despedirse de ella. "Te enviaré una nota todas las mañanas para decirte cómo sigue."

Elizabeth abrazo a su hermana. "Gracias. No quería pedirlo, pero eso sería un gran alivio para mi mente."

Mary dijo, "Si tú sientes por él la mitad de lo que yo siento por mi querido Andrew, entonces yo sé que tan difícil esto debe ser para ti. Desearía que hubiera una solución para ti y Fitzwilliam, pero no hay razón para dejar que te preocupes en la ignorancia."

"Realmente lo aprecio." Elizabeth no sabía qué planeaba Darcy decirle a su hermano de sus planes, si es que planeaba decirle algo, así que parecía mejor no decirle nada a Mary sobre ellos. "Le dije al Sr. Darcy que vendría de visita en unos días."

FUE EXTRAÑO REGRESAR a la casa de los Hadley. La Sra. Todd la mimó lo suficiente como para dar a Elizabeth la certeza de que el Sr. Hadley le había explicado algo de su conexión con Darcy, pero ella no había dicho nada.

Más importante, ella ya no estaba aislada de su familia. Las cartas que ella les había escrito desde la Casa Darcy dándoles su dirección habían sido recibidas. Dos días después de su retorno, el Sr. y la Sra. Bingley fueron de visita. Elizabeth y Jane lloraron de felicidad de verse, y juntas visitaron a los Gardiner, quienes estaban fuera de sí de alegría de estar reunidos con su querida Lizzy de nuevo. El tema de Andrew Darcy fue tácitamente evitado, para que la reunión pudiera ser disfrutada por todos.

El mismo Sr. Bennet se movilizó lo suficiente como para escribirle a Elizabeth una carta corta, sugiriendo que regresara de inmediato a Longbourn, ya que él había estado privado de conversación sensible desde que ella se había ido a Bath. Su respuesta prometía ir a visitar algún día, pero no se comprometió. Su experiencia con Georgiana Darcy no la hacía anticipar el prospecto de ser tratada como una mujer caída, pero le alegraba saber de su padre.

Tanto la Sra. Todd como el Sr. Hadley parecían perfectamente felices de ser invadidos regularmente por miembros de la familia de Elizabeth, especialmente cuando eso significaba que Andrew y Mary estaban entre los visitantes.

Como lo prometió, Elizabeth fue de visita a la Casa Darcy después de unos días. Aunque la complació ver a Darcy levantado, ver que su color empezaba a regresar, fue un reto estar con él entre compañía, donde ellos podían discutir poco más que trivialidades. Pero cuando ella se despidió, él sostuvo la mano que ella le ofrecía por un poco más de lo que era apropiado, y dijo suavemente, "Tan pronto como pueda, quizá podamos salir a caminar." Él no mencionó que de esa manera podían estar solos, pero la calidez de sus ojos obscuros se lo dijo.

Ese momento la mantuvo en marcha de un día al siguiente, junto con sus recuerdos de la noche en la biblioteca de la Casa Darcy. Pero iba a ser un largo año a este paso.

DREW HIZO UNA PAUSA en la puerta del estudio. "¿Sucede algo?" preguntó él.

Darcy levantó la mirada del libro que estaba fulminando con ella en lugar de leerlo. "No. Todo está bien." Solo era que iba a ser un año muy largo. Si él no quería atraer la atención hacia su conexión con Elizabeth, él tenía que restringir sus visitas con ella a una vez por semana, lo cual significaba que la mayor parte de su tiempo lo pasaba contando los días hasta poder verla de nuevo. Y aun entonces, ellos tenían que ser circunspectos. Su paciencia se estaba acabando. "¿Hay algo que pueda hacer por ti?"

"No. El ama de llaves me acaba de pedir que te informara que tu envío especial ha llegado. Ella está supervisando la entrega abajo."

Al menos eso sería una distracción. "Supongo que debo revisarlo, entonces." Él salió del estudio y bajó las escaleras al pabellón de sirvientes, donde dos fornidos trabajadores estaban acarreando una gran caja de madera y colocándola junto a otras cuatro.

"¿Esto es todo?" le preguntó Darcy al hombre que parecía estar supervisando a los cargadores.

El tipo inclinó su gorra. "Esas son todas, señor. Hice que mis mejores hombres las movieran, y no encontrará nada quebrado esta vez, estoy seguro de ello."

"Se lo agradezco." Darcy asintió al ama de llaves, quien dio al hombre unas cuantas monedas.

"Ta, señor." Él salió, silbando.

La voz de Drew se oyó desde atrás de él. "¡Buen Dios! ¿Qué es todo esto?"

"Equipo científico para la expedición."

"Pero ellos partieron hace semanas."

"Sí, pero parte de la cristalería que ordenaron estaba defectuosa, así que estos son reemplazos."

Drew frunció el ceño. "¿Esto va a la expedición? ¿Significa eso que tú te unirás a ellos después de todo?"

"No, ellos solo necesitaban que alguien con conocimientos la inspeccionara, y yo era la elección obvia. Es un servicio bastante pequeño."

Drew dejó salir el aire. "Oh, bien. Por un momento pensé que habías cambiado de opinión, ahora que sabemos que Elizabeth está segura."

Darcy negó con la cabeza silenciosamente. Ir a Sudamérica significaría renunciar a lo poco de Elizabeth que tenía. Aun si solo podía verla una vez a la semana, era algo.

¡Si tan solo las cosas fueran diferentes! ¿Por qué no podían ellos vivir en un mundo donde el pudiera llevar a Elizabeth a la expedición? Él podía imaginársela de pie junto a él en la proa de un barco navegando hacia el puerto en Surinam, la brisa tropical soplando sobre ellos, muy lejos de la sociedad y sus crueles murmullos y feroces rumores. Pero ese sueño tampoco podría ser nunca, porque los miembros de la expedición eran a su manera de mente igual de estrecha de manera diferente, al no permitir a ninguna mujer, ni siquiera como acompañantes. El preferiría mucho más hacer descubrimientos con Elizabeth a su lado. Especialmente cuando era el sueño de ella explorar el mundo.

No, si ellos iban a exiliarse debido al escándalo, la sociedad esperaría que fuera en una de las capitales europeas, aún si Elizabeth deseaba explorar tierras indómitas. La expedición tendría que ser perfecta, proporcionando una razón honorable para que él se fuera, y manteniéndolos lejos por años, hasta que Georgiana tuviera algunas Temporadas vividas. ¡Malditas reglas de la expedición! Él golpeó su puño contra su palma.

Drew dijo apresuradamente, "Habrá más expediciones en el futuro, ¿o no?" Su hermano todavía estaba preocupado por él.

Darcy gruñó. "Muy probablemente." Con las mismas reglas, también.

"O quizá tú pudieras equipar la tuya algún día, una pequeña expedición que se ajuste solo a tus intereses," dijo Drew, como intentando animar a un niño enfurruñado.

Su propia expedición. Sus propias reglas. Elizabeth a su lado, sin que la sociedad supiera nada hasta que volvieran, años más tarde, con el escándalo de su excéntrica huida sobrepasando los rumores del pasado.

Sí.

Él asió los hombros de Drew, ganándose una mirada sorprendida. "Drew, eres brillante. ¡Brillante!"

Drew se veía conmocionado. "¿Lo soy?" preguntó dudosamente.

Capítulo 38

"¿LOS MUELLES?" ELIZABETH dio sombra a sus ojos con la mano mientras miraba los imponentes mástiles de los barcos alineados en el embarcadero, con marineros y maleteros subiendo y bajando de ellos llevando cajas, barriles y paquetes. Ella arrugó la nariz por el olor que derivado del Támesis. "Esta es una salida bastante inusual, a menos de que estés planeando secuestrarme."

Él rio. "La idea tiene cierto atractivo, pero tengo una idea aún mejor. Una que requiere ponerte de humor para los viajes y la aventura." Con una sonrisa juvenil él señaló la proa del barco más cercano a ellos. "Esta es la Ariel. En unos cuantos meses va a partir a un puerto tropical, con palmeras rodeando el agua color turquesa. Imagínanos de pie ahí, lado a lado. ¿Puedes ver eso?"

"¡Con demasiada facilidad! Tú estás intentando tentarme."

El rostro de él se despejó. "Sí, lo estoy. Creo que he encontrado una solución a nuestro dilema. ¿Me escucharás, y no la rechazarás de inmediato?"

"No soy tan imprudente como todo eso," dijo ella con una sonrisa, porque ella podía escuchar la ansiedad que él estaba ocultando.

"Entonces aquí va. ¿Recuerdas la expedición a Sudamérica a la que casi fui? Tengo un envío de bienes para ella que va a viajar en el Ariel. Nadie se sorprendería si yo decidiera llevarla personalmente. Como originalmente iba a ir en la expedición, todo mundo pensará que pienso quedarme allá como parte de esta, lo cual sería perfectamente aceptable para la sociedad, aunque un poco excéntrico. Excepto que tú también abordarás el barco, por separado, y una vez que levemos anclas, podemos casarnos a bordo. En secreto."

Ella no podía creer lo que oía. "¿Y unirnos a la expedición?"

"La visitaríamos, pero no nos quedaríamos, ya que ellos no permitirían a una dama en el campamento. En lugar de eso, nosotros nos iríamos por nuestro lado. Podríamos viajar a través de Brasil o Perú, ver las antiguas ruinas de Yucatán, o revisar la escuela que estamos iniciando en Jamaica. Podríamos zarpar hacia las Indias Orientales Holandesas. Explorar la India. Lo que tú quieras, mientras sea lejos de la sociedad."

"¿Hablas en serio?"

"Muy en serio. Mientras tanto, Georgiana tendrá su Temporada, o quizá varias Temporadas, bajo el cuidado de Lady Frederica, sin ningún escándalo conectado a ella, ya que todo el mundo pensará que yo estoy con la expedición y nadie sabrá sobre nuestro matrimonio. En unos cuantos años regresaríamos, quizá con un hijo o dos con nosotros, con nuestro matrimonio siendo un hecho establecido. Ciertamente habrá rumores entonces, pero serán sobre nuestra escandalosa huida para casarnos y cómo te arrastré por todas esas tierras salvajes. Comparado con eso, a pocos les importará que una vez hayas estado comprometida con mi hermano por un corto tiempo, o que haya habido alguna situación comprometedora, porque la sociedad estará mucho más conmocionada por lo que hayamos hecho juntos."

Era demasiado bueno para ser verdad. Tenía que haber un inconveniente. "Pero el escándalo todavía dañará el nombre Darcy."

"Quizá, pero eso huele más a excentricidad que a comportamiento vergonzoso. Yo estoy dispuesto, más que dispuesto, a hacer ese sacrificio si eso significa que puedo tenerte."

"No puedes saberlo, sin embargo. ¿Qué sucede si el escándalo es peor de lo que tú crees y es demasiado tarde para evitarlo? Yo no quiero que tú me odies por eso."

Él tomó la mano de ella y la presionó contra sus labios. "Yo nunca podría odiarte. ¿Cómo podría culparte cuando es mi idea? Y si el escándalo probara ser insoportable cuando regresemos, hay una fácil solución." La sonrisa juvenil estaba de regreso.

"¿Cuál es?" Era difícil no ser infectada por su entusiasmo.

"Lo hacemos todo otra vez... viajamos a todas las partes del mundo que se nos hayan pasado la primera vez."

Ella apenas podía respirar. ¿Cómo podría ser verdad, que ella pudiera tener a Darcy y también explorar el mundo? Ella cerró los ojos apretados y luego los abrió de nuevo. No, no era un sueño. Ella podría zarpar con él en este barco. Este hermoso, hermoso barco.

"¿Qué opinas?" le preguntó él, con voz seria. "Tú dijiste una vez que harías cualquier cosa para ir en una expedición. ¿Todavía aumenta tu valor con cada intento de intimidarte?"

"¿Estás seguro de que deseas hacer esto, dejar a Pemberley y a tu familia por tanto tiempo?"

"He pasado el último día sin pensar en nada más, examinando esta idea desde cada dirección para ver si podía encontrar algún defecto, y puedo decirte al menos esto: no hay nada que preferiría hacer que viajar por el mundo contigo. Extrañaré a mi familia y a Pemberley, pero ahí estarán cuando regresemos. Deseo esto." Sus ojos estaban llenos de amor.

El corazón de ella pareció henchirse dentro de su pecho. "Sí. Lo haré." Las palabras salieron en un estallido.

La expresión de profundo deleite en el rostro de él era algo que ella atesoraría toda su vida. El extendió sus manos temblorosas como si no pudiera quedarse quieto, y entonces, con un movimiento súbito, la atrapó en sus brazos y giró con ella.

Ella estaba mareada para cuando él la puso en el suelo, mareada de dar vueltas y mareada de amor. La risa estremeció su garganta mientras ella miraba sus ojos. Ella iba a casarse con él y a convertirse en su esposa, después del largo, imposible camino que habían recorrido. Era verdad.

Ella miró a su alrededor, pero los trabajadores de los muelles y los marineros no parecían encontrar nada interesante en una pareja abrazándose.

"No puedo creerlo," dijo él. "¡Al fin!"

"Debes creerlo. Tú supiste todo el tiempo que estaba destinado a ser," dijo ella sin aliento.

Los ojos de él se pusieron obscuros, un rubor subió por sus mejillas. "Lo que yo sé es que si no encuentro algún lugar donde podamos estar solos, muy, muy pronto, tendremos un nuevo escándalo en nuestras manos."

La alegría de ella no podía ser contenida. "No falta mucho ahora. ¿Qué tan pronto podemos casarnos en el barco?"

"Tan pronto como estemos en el mar. Un día o dos, conjeturaría."

Pero ella no deseaba esperar ni siquiera tanto así, y ella quería compartir su alegría con aquellos que amaba. "¿No podríamos casarnos antes de irnos, en una ceremonia tranquila, secreta con solo una cuantas personas presentes? De cualquier modo tendríamos que decirles a algunos de ellos de nuestros planes, para que no se preocupen cuando yo desaparezca... al Sr. Hadley, a la Sra. Todd, a Andrew, y a Mary."

Una amplia sonrisa floreció en el rostro de él. "Si lo deseas. ¿Cuál es tu iglesia parroquial? Haré los arreglos y obtendré una licencia."

"La de St. George, en Bloomsbury. Si no te importa."

Los ojos de él la taladraron. "Elizabeth, yo felizmente me casaría contigo en este mismo segundo, de pie en estos muelles, sin nadie más que marineros por testigos. Yo estoy a favor de cualquier cosa que te haga mi esposa más pronto."

Ella no pudo evitar sonreír. "Entonces está bien."

"Georgiana deseará asistir, por supuesto. ¿Hay alguien más que tu quisieras invitar? Tu tía y tu tío... ¿pueden ellos guardar el secreto?"

"¡Oh, sí! Estaría tan feliz de que estén ahí."

"Entonces lo haremos a primera hora en la mañana, para que podamos estar en el barco cuando zarpe. Para conservar el secreto, es probablemente mejor si llegamos ahí por separado."

Ella se rio, estallando de emoción. "¡Tanto qué hacer! ¿Cómo es posible que pueda pensar en todo lo que necesitaré para tal viaje? Debo empacar todo y visitar a los Gardiner, y tantas otras cosas. Supongo que tendré que obtener ropa adecuada para el clima del sur cuando lleguemos." Ella no podía creerlo. Ella tendría su aventura, después de todo, y con el Sr. Darcy a su lado.

"Tú no necesitas hacerlo todo. Mándame una lista de todo lo que quieras. Wilkins está en la gloria haciendo arreglos. Creo que disfruta el reto."

Y mañana se casarían.

EL PRECIO DEL ORGULLO: UNA VARIACIÓN DE ORGULLO Y PREJUICIO

ELIZABETH MIRÓ ALREDEDOR de la iglesia, llena de felicidad. Ella había perdido la esperanza de casarse alguna vez, pero aquí estaba, saliendo por el pasillo como la Sra. Darcy, pasando por la banca que Georgiana compartía con los Gardiner, ya que Mary y Andrew habían sido sus testigos. El Sr. Hadley y la Sra. Todd estaban del otro lado, ambos sonriendo ampliamente hacia ella. ¿En verdad los había conocido solo por unos meses? Ambos se sentían como una querida familia. Lady Frederica y el Sr. Farleigh también estaban ahí, un recordatorio de su igualmente tranquila ceremonia en Bath, y obligados a guardar el secreto. Faltaba tanta gente; ella sentía particularmente la ausencia de su padre y de su hermana Jane, pero aun así era un día jubiloso.

Y ahora Andrew y Georgiana eran su familia, también. ¡Qué extraño que hubiera sucedido de esta manera, después de todos esos meses de esperar ser la Sra. Andrew Darcy! Pero no había duda en ella de que esto era lo correcto. Andrew siempre se había sentido más como un hermano que como un amante. Las suaves, sentidas miradas que le enviaba a Mary parecían pertenecer a un hombre diferente del hombre con el que había estado comprometida.

Ella apretó su mano sobre el brazo de Darcy. Su esposo. Era real. Y ella apenas podía contenerse de no reír a carcajadas de puro deleite, ahí mismo en la iglesia.

Deteniéndose justo adentro de la puerta de la iglesia, Darcy la tomó de ambas manos. "Tenemos poco tiempo, pero debo decirte que hoy soy el hombre más feliz del mundo, y que te agradezco con todo mi corazón por tu fe en mí."

La alegría se desbordó en ella. "Y yo te agradezco por tu lealtad, por amarme lo suficiente como para olvidar nuestro pasado." Pero ella se detuvo ahí, consciente de los demás que venían atrás de ellos.

Andrew se aclaró la garganta. "Lamento apresurarlos en tal momento, pero el barco espera por ustedes."

El Sr. Gardiner dijo, "Mi esposa y yo acompañaremos a Lizzy a los muelles."

Elizabeth asintió, con repentinas lágrimas en los ojos al darse cuenta de que este sería un último adiós. Rápidamente abrazo a Georgiana, quien lloraba abiertamente, sin duda temiendo la partida de su hermano. "Espero con ansia ser tu hermana de verdad a mi regreso. Te ruego que cuides a Mary y a Andrew por mí."

La chica tragó saliva y asintió. "Lo hare, lo prometo. Espero que puedas perdonarme. Yo difícilmente sabía qué decirte en la Casa Darcy, y lamento eso, pero te agradezco, una y otra vez, por hacer feliz a mi hermano de nuevo. Traelo a salvo a casa, te lo ruego."

"No hay nada que perdonar, y haré mi mejor esfuerzo para protegerlo, por mi bien así como por el tuyo." Elizabeth se volvió entonces hacia la Sra. Todd y el Sr. Hadley, tomándolos a ambos de la mano. "Les agradezco mucho haberme recibido cuando yo no tenía a dónde ir, y por tratarme con tanta amabilidad. Nunca lo olvidaré."

"Regresa y ven a vernos a tu regreso." Los ojos del Sr. Hadley estaban brillosos. "Después de todo, ahora eres nuestra prima, también."

Ella asintió bruscamente, temiendo que lloraría si decía más, y extendió la mano a su antiguo prometido. "Andrew, no puedo decirte cuán orgullosa estoy de que seas ahora mi hermano por partida doble. Cuida a mi hermana, te lo ruego."

Los labios de Andrew se arquearon. "Lo haré, y cuento contigo para mantener a Fitzwilliam fuera de problemas."

Elizabeth abrazó a Mary apretadamente. "Te voy a extrañar," dijo ella. "¿Cuidarás a Sir Galahad por mí y evitarás que se sienta demasiado solo?" La voz se le quebró entonces. Le rompía el corazón dejar al perro atrás, sin tener siquiera tiempo para un adiós final. No que él fuera a entender la diferencia, en cualquier caso, pero aun así. Él no la recordaría cuando regresara en unos años. Ella sería una extraña para él, y él amaría a Mary y Andrew en lugar de a ella."

Mary dirigió una mirada confundida hacia Darcy. "Pero Sir Galahad va con ustedes."

Elizabeth se hizo hacia atrás y miró a Darcy, con las lágrimas rodando por sus mejillas. "¿En verdad?" preguntó ella con incredulidad.

Darcy asintió. "Él probablemente ya esté a bordo del Ariel esperándote."

Ella se secó las lágrimas con su mano enguantada, con una sonrisa estirando su boca. "¿Tú estás pagando para llevar a un perro cruzado alrededor de medio mundo?"

Él le tocó la mejilla. "Estoy llevándote lejos de toda tu familia y amigos por años. Lo menos que puedo hacer es traer a tu perro."

Ella no pudo evitarlo. Ella se lanzó en sus brazos. "Eres el mejor hombre en todo el mundo."

Él la mantuvo cerca por un momento, y luego la liberó con pesar. "Vete ahora, o no podré dejarte ir." Él presionó un suave beso en su frente. "Te veré pronto en el barco, y entonces nada nos separará de nuevo."

Ella apretó sus manos fuerte, y luego, con una última mirada a los amados rostros a su alrededor para fijarlos en su memoria, se volvió, medio cegada por las lágrimas, y dejó que los Gardiner la condujeran hacia afuera.

LA CABINA DEL BARCO era más grande que la pequeña litera que la lectura de Elizabeth la había llevado a esperar, con espacio suficiente como para caminar unos cuantos pasos en cada dirección. Su ropa y pertenencias seguramente ya habían sido guardadas por la doncella que Wilkins había procurado para ella. Él había hecho arreglos para diferentes muebles, y Elizabeth se ruborizó y miró lejos de la cama que era mucho más amplia que la cama que podía posiblemente usar un oficial soltero. Sir Galahad estaba acurrucado debajo de ella, con un carnoso hueso para entretenerlo.

¿Dónde estaba Darcy? Para poder conservar el secreto de su matrimonio, ellos habían estado de acuerdo en que ella permanecería bajo la cubierta hasta que la nave dejara los muelles, en caso de que alguien en la costa los viera juntos. Pero ella podía escuchar los sonidos de la partida, los gritos de los marineros, y el golpear de las cuerdas sobre la cubierta, ahogando el sonido del suave crujido de los maderos y el golpe de las olas contra el barco. Ella se frotó los brazos con un estremecimiento de placer. Esto era real. Ella iba a zarpar en una aventura. Con Darcy.

Un toque sonó en la puerta. En el mundo educado, ella hubiera dicho que entrara, pero ellos estaban dejando eso atrás. Ella podía hacer lo que quisiera, así que voló la corta distancia para abrir la puerta ella misma. Darcy estaba de pie en las sombras, la parte alta de su cabeza a unas cuantas pulgadas del techo. ¿Se le llamaba techo en un barco? Debía haber un nombre especial para eso. Pero no importaba.

Una lenta sonrisa brotó en su rostro amado. "Sra. Darcy," dijo él roncamente.

Un fuego ardiente la quemó por dentro. Ella dio un paso atrás para que él pudiera entrar, solo para tropezarse con Sir Galahad, que corría a saludar a su dueño, ladrando y topando su cabeza contra su mano.

Afortunadamente, Darcy atrapó su brazo y la equilibró mientras el desgarbado perro corría alrededor de sus piernas. Sin quitar los ojos de Elizabeth, Darcy dijo, "Wilkins, por favor llévate a Sir Galahad."

Elizabeth escuchó el sonido de dedos que chasqueaban, los pasos de las patas de Sir Galahad, y el rechinido de bisagras al cerrarse la puerta, pero no hubiera podido moverse de la ardiente mirada de Darcy por nada.

"¿Sabes cuál es la mejor parte de esto?" La voz de él retumbó en la pequeña cabina, pero él no se movió.

"¿Estar casados?" sugirió ella.

"Saber que eres mi esposa es la mayor alegría de mi vida," dijo él. "Pero la mejor parte de este viaje es que te tendré para mí solo, no solo por una noche o unos cuantos días, sino por semanas y semanas. Nadie que demande mi atención o la tuya, ninguna distracción, ninguna cena interminable donde no me puedo sentar contigo porque eres mi esposa. Solo tú y yo."

¿Como podía nada más verlo hacer que las rodillas se le debilitaran? Ella se pasó la lengua por los hormigueantes labios. "Y unas docenas de marineros, un cachorro, y Wilkins," bromeó ella. Encontrando su valor, ella dio un paso adelante, poniendo atrevidamente sus palmas sobre el pecho de él. "¿Sabes que estaba en Lyme con la Sra. Todd, yo me paraba todos los días en el Cobb, soñando con navegar en uno de esos barcos contigo?"

Él hizo un sonido en lo profundo de su garganta. "No tenía idea." Pero aun así él no se movió, excepto para cubrir los dedos de ella con los suyos.

No era suficiente. Ella necesitaba más de él, así que deslizó sus brazos alrededor de su cuello, inclinando su cabeza para mirarlo provocativamente. "Bien, Sr. Darcy, ahora estamos totalmente solos. ¿Qué intenciones tiene respecto a eso?"

Los ojos de él se obscurecieron, su mirada se movió a los labios de ella. "Elizabeth. Mi queridísima." La voz de él tembló. "No estoy hecho de piedra, y he esperado por ti por tanto tiempo, perdiendo la esperanza de alguna vez llamarte mi esposa. Si te beso ahora, no sé si seré capaz de detenerme."

Ella inclinó la cabeza hacia un lado. "En ese caso, mi amor, es algo muy bueno que ya estemos casados." Ella se elevó sobre la punta de sus pies y rozó sus labios contra los de él, enviando una oleada incontrolable de deseo precipitándose por sus venas.

Él no necesitó una segunda invitación. Apretándola entre sus brazos, la besó con todo el deseo contenido de su largo, problemático cortejo.

Mientras todo pensamiento racional abandonaba la cabeza de Elizabeth, suplantado por exquisita sensación y realización, ella supo que ningún otro momento en su vida igualaría jamás a este.

Epílogo

Pemberley, cuatro años después

"¡QUÉ ENCANTADOR ES ESTO!" exclamó Jane Bingley cuando entraron al jardín de rosas en Pemberley. "Esto debe ser el trabajo de muchos años."

"Creo que sí," dijo Elizabeth. Mirando hacia Bingley, ella añadió, "La primera vez que lo vi fue en compañía de tu esposo, bajo muy diferentes circunstancias. La angustia de ese lejano día cuando Andrew la había presentado en Pemberley como su futura esposa parecía muy lejano en el pasado ahora.

Bingley se aclaró la garganta. "Ah, sí. Algunas cosas es quizá mejor olvidarlas."

Elizabeth le sonrió. "Siempre ha sido mi filosofía pensar del pasado solo lo que me dé placer, pero mis viajes me han dado una nueva perspectiva sobre lo que una vez pareció doloroso. Aquí en Inglaterra, es algo impactante que yo haya estado una vez comprometida con Andrew, pero en las otras sociedades que he visitado, sería algo sin importancia, hasta irrelevante. Todos estábamos haciendo lo mejor que podíamos con una situación que ninguno de nosotros había pedido, y no hay vergüenza en ello."

"No puedo imaginar qué cosas has visto," dijo Jane diplomáticamente.

"¡Oh, las historias que podría contar! Había una tribu en Guatemala, donde las mujeres hacían todas las reglas. Ellas eran las sacerdotisas, y los hombres las obedecían. No importaba quién fuera tu padre, solo quien era tu madre. ¿Te puedes imaginar? Su vida es primitiva, según nuestros estándares, pero parecían felices. ¡Y le hizo bien a mi corazón ver a su cacique femenina darle órdenes a Darcy como si él fuera el menos importante de los sirvientes!" Ella se rio ante el recuerdo.

"¡No me puedo imaginar que Darcy haya tomado eso bien!" dijo Bingley con sentimiento.

"Oh, habíamos visto tantas cosas extrañas para entonces que no pareció molestarle, aunque después él dijo que lo había hecho entender mejor lo que las mujeres experimentan aquí."

El hijo mayor de Elizabeth, John, irrumpió entonces en el jardín. Su primo Thomas, mayor que él por seis meses, con la barbilla partida y ojos verdes de Andrew, mantenía un paso más sosegado, quizá porque estaba asido de la mano del Sr. Hadley.

"¡Vamos, Primo Hadley!" exclamó Thomas. "¡Se está escapando!"

El Sr. Hadley le sonrió al pequeño niño. "Quizá los alcance después. Mis viejos huesos ya no pueden mantener su paso."

Thomas dudó. "¿Prometes jugar conmigo después?"

"Por mi honor." El Sr. Hadley estrechó con solemnidad la mano del niño.

Con eso arreglado, Thomas corrió detrás de John, llamándolo y rogándole que fuera más despacio. O al menos eso fue lo que Elizabeth pensó que él estaba diciendo.

"¿Es eso inglés?" preguntó Jane, con una nota de sorpresa en la voz.

"Mayormente no. Lo llaman patois en Jamaica. John y la pequeña Marianne pueden hablar sin parar en él, aunque yo no puedo entender más que la cuarta parte. Thomas lo captó de ellos y su nodriza."

"¿Su nodriza lo habla con ellos?" Ahora Jane definitivamente sonaba impactada.

"Sí. La contratamos por el tiempo que estuvimos en Jamaica, pero era tan buena con los niños que le rogamos volver con nosotros. ¡No nos hubiéramos podido arreglar sin ella! John siempre ha estado en algún tipo de travesura, desde que aprendió a gatear, así que necesitábamos toda la ayuda que podíamos conseguir. Y los niños la adoran."

La voz de Andrew llegó desde atrás de ellos. "Será útil, también, que Thomas tenga algo de familiaridad con el lenguaje."

Elizabeth se volvió para sonreírle. Había sido un alivio, a su regreso, descubrir que Drew había encontrado su confianza mientras estuvieron lejos y ya no parecía incómodo en su presencia. "¿Útil? ¿Por qué lo sería?

¿Tiene algo que ver con el secreto que me dicen que ustedes me van a anunciar?"

Mary, quien estaba de pie junto a él, dijo, "¡Sí, vamos a decirles? Ya no puedo mantenerlo dentro de mí ni un instante más."

"¡No puedo esperar a escucharlo! He tenido mucha curiosidad acerca de que serio asunto ha estado tu esposo discutiendo con el mío por todas esas horas tarde por la noche," dijo Elizabeth ligeramente. Ella actualmente tenía una buena idea del misterioso asunto de Andrew, por algo que Darcy había dejado salir. Después de vivir juntos tan cerca en situaciones extrañas, ellos no estaban acostumbrados a guardar secretos, ni siquiera los más pequeños y benignos, uno del otro.

Andrew ofreció su brazo a Mary, y ella puso su mano en él con una sonrisa orgullosa, mientras él decía, "Como Elizabeth puede haberles dicho, Fitzwilliam encontró la hacienda en Jamaica en desarreglo debido a un administrador deshonesto, así que ellos no pudieron pasar tanto tiempo iniciando la escuela para esclavos liberados como habían esperado hacer. Esta primavera Mary y yo zarparemos a Jamaica, donde yo me encargaré de la administración de la hacienda, y Mary dirigirá la escuela. Probablemente solo será por unos cuantos años, pero ambos hemos sentido el llamado al trabajo misionero, así que esta es una buena oportunidad para nosotros."

"Será difícil decirles adiós de nuevo tan pronto, pero debo admitir que serán un regalo del cielo allá," declaró Elizabeth. "Fitzwilliam ha estado preocupándose, intentando administrarla desde tan gran distancia, y entiendo que tú has aprendido muchísimo sobre administración de haciendas mientras estuvimos lejos." Y Darcy le había mencionado su preocupación de que Drew pudiera sentirse sin nada que hacer ahora que él había tomado de nuevo las riendas de Pemberley, después de cuatro años de estar esencialmente a cargo aquí.

El Sr. Hadley dijo, "Ellos no se irán solos, tampoco. Yo los acompañaré para ayudar con su trabajo. Mi hermana está ansiosa de ver a sus viejos amigos en Jamaica, y esperamos que el clima cálido ayude con su artritis."

"¡Eso son buenas noticias, ya que me imagino que Thomas tendría que ser arrastrado al barco si creyera que sus padres lo estaban separando de su querido Primo Hadley! dijo Elizabeth con ligereza. Mary le había contado sobre las visitas regulares del Sr. Hadley a la vicaría en Kympton durante los últimos años, y nadie podía pasar por alto el placer que el anciano caballero tenía en ser parte de la vida de sus no reconocidos nietos, ni en la adoración de ellos por él.

"¡Oh, Mary, te extrañaremos! Al menos no es por algunos meses," exclamó Jane. "Lizzy, te lo ruego, no me digas que tú también vas a irte lejos de nuevo."

"No, estoy feliz de quedarme aquí en la comodidad de casa, habiendo tenido mi oportunidad de viajar." Al menos por ahora. Ella y Darcy lo habían discutido largamente, y habían estado de acuerdo en permanecer en Inglaterra hasta que los niños crecieran. Entonces ellos podrían viajar de nuevo, quizá a las Indias Orientales Holandesas, o a alguna tierra recién descubierta.

Pero Jane nunca comprendería su deseo de vagabundear. Contenta con su esposo, sus hijos y su hacienda, Jane no quería nada más.

Elizabeth dio sombra a sus ojos con la mano mientras miraba en la dirección en que los niños se habían ido. "Oh, cielos, van rumbo al lago." Pero aún mientras hablaba, la nodriza los alcanzó, acompañada de Sir Galahad, quien corría en círculos alrededor de los niños, arreándolos lejos del agua. "Algunas veces pienso que es raro que nuestro perro pastoree niños en lugar de ovejas, pero mayormente pienso que es un regalo de Dios," dijo riéndose. "Especialmente con un niño como John, ¡que nunca deja de correr! Dudo que tus pequeños necesiten alguna vez algo así." En verdad, los tres hijos de Jane eran cada uno más adorable y perfectamente bien portado que el anterior, hasta el bebé.

Jane pareció encontrar esta discusión de niños en compañía mixta un poco incómoda, porque se volvió hacia Andrew. "¿Encontrarás un vicario para atender tu parroquia mientras estés lejos?"

Él sonrió. "Esa es la mejor parte del plan. El esposo de mi hermana está todavía esperando que una vicaría quede vacante, así que él y Georgiana se encargarán de Kympton mientras no estamos. Ella estará tan feliz de estar cerca de Fitzwilliam y de Pemberley. Es el marco perfecto para ellos."

Elizabeth palmeó sus manos. "¡Una maravillosa solución! Será encantador tenerlos tan cerca, y Kympton no podía estar en mejores manos. Me alegrará tenerlos aquí mientras Fitzwilliam y yo estemos lejos durante la Temporada."

Georgiana los había sorprendido a todos cuando, al final de su primera y exitosa Temporada, donde ella había recibido propuestas de matrimonio y había rechazado a no menos de tres caballeros altamente elegibles, ella anunció que tenía intención de casarse con el hermano menor de Evan Farleigh, Stephen, un visitante frecuente mientras ella estuvo viviendo con Lady Frederica y el Sr. Farleigh. Él estaba destinado a la iglesia y no tenía otras ambiciones, pero adoraba a Georgiana sin medida, y ella correspondía sus sentimientos, aun cuando él no tenía ni la riqueza ni el poder de sus otros pretendientes. Drew había insistido en que ellos esperaran un año mientras una carta podía alcanzar a Darcy para que diera su opinión sobre esta pareja decididamente desigual, pero delirantemente feliz. Georgiana, quien también había desarrollado su confianza durante su ausencia, le había escrito a Elizabeth que, aunque su Temporada había sido emocionante, a ella no le había gustado la superficialidad en ella, y que era mucho más feliz con el prospecto de ser la esposa de un párroco rural.

"¿Vas a ir a la Ciudad para la Temporada?" preguntó Jane ansiosamente. "¿Estás segura de que es una buena idea?"

"Lady Frederica insiste, y cree que no tengo nada de qué preocuparme," dijo Elizabeth con una sonrisa. "Ella dice que desde que se supieron las noticias de nuestro matrimonio, muchas mujeres me ven como una figura romántica en lugar de una escandalosa. Quizá encuentre una o dos que sueñen con ser exploradoras. Oh, algunos de los más quisquillosos pueden darme la espalda, pero no puedo hacer que me importe."

Jane suspiró. "¡Eres tan valiente, Lizzy! Yo tendría miedo."

Elizabeth palmeó el brazo de su hermana. "Alguna vez te contaré la historia del puma enojado y el pequeño John. Después de eso, ¡nada me atemorizará jamás!"

UNOS CUANTOS MINUTOS después, cuando la atención de todos estaba en otra cosa, Elizabeth se escabulló por la vereda hacia el invernadero. Por alguna razón, quizá la luz en el cielo, le recordó la primera vez que lo vio, cuando había estado prohibido para ella. Ahora ella podía entrar sin pensarlo dos veces, y el calor y la humedad de adentro eran solo un agradable recordatorio de los climas tropicales que ella y Darcy habían visitado.

Justo adentro de la puerta, Myrtilla estaba de pie con una regadera junto a una hilera de plántulas, goteando cuidadosamente agua sobre las tiernas plantas. Ella asintió con la cabeza hacia Elizabeth en lugar de hacer una caravana.

"¿Cómo van?" preguntó Elizabeth, quitándose los guantes cuando sus manos se pusieron calientes. Durante sus viajes, ella había pedido a los sanadores locales semillas de las plantas que usaban en sus remedios, las había empacado cuidadosamente con descripciones y dibujos, y se las había traído a Myrtilla a su regreso.

"Bastante bien," el conocimiento de Myrtilla de curación le había ganado el respeto del ama de llaves de Pemberley, y en esos días era probable que la mujer de la Antigua estuviera cuidando del personal o los arrendatarios o trabajando en el invernadero. "Al menos están creciendo."

"Bien." Elizabeth pasó más allá de ella por la vereda de piedras hasta el fondo del invernadero y encontró a Darcy bajo el gran techo de paneles de vidrio, en mangas de camisa, con el cuello de la camisa abierto. Eso le trajo recuerdos de sus largos días en el sol tropical, cuando un chaleco y un saco no hacían su aparición por semanas. ¡Cómo había amado esa informalidad! Ella realmente disfrutaba ver cómo se veía su guapo marido cuando se vestía formalmente, pero este aspecto más relajado le quedaba también.

Él se enderezó del registro donde estaba apuntando sus hallazgos con una amplia sonrisa. "Mi amor, esta es una deliciosa sorpresa."

Ella caminó a sus brazos sin pensarlo, un movimiento tan natural que hubiera costado un esfuerzo luchar contra él. Aun después de todos esos años, la sensación de estar en sus brazos la llenaba de placer y satisfacción. Ella recostó su cabeza sobre su hombro, disfrutando la solidez de éste y el conocimiento de que siempre estaría ahí para ella.

Él presionó sus labios contra la frente de ella. "Espero que no suceda nada."

"No, no realmente. Estoy contenta de estar en casa, y me encanta tener a nuestra familia reunida junta, pero extraño nuestro tiempo a solas. Me he vuelto egoístamente apegada tenerte tanto para mí sola," dijo ella.

Él se agachó para besarla ligeramente. "Confieso que tengo sentimientos similares. Me había olvidado de cuantas demandas hay sobre mí aquí. Quizá después de que se vayan los Bingley, deberemos empezar a poner aparte tiempo solo para nosotros dos."

"Me gustaría eso." Ella se liberó, no por ningún deseo de soltarlo, sino porque el calor hacía que los abrazos largos fueran incómodos. Aun así, las manos de ella se aferraban a las de él. "Creo que Jane no sabe bien qué hacer de mí estos días. Ella está preocupada por la recepción que podemos enfrentar en Londres."

El ceño de él se frunció ligeramente. "No necesitamos ir, si estás preocupada."

"No, no es eso. Eso simplemente me recuerda cuán preocupada estuve una vez sobre los efectos del escándalo, como si la opinión de la sociedad sobre nosotros fuera la cosa más importante del mundo. ¡Cómo he cambiado desde entonces!"

"¿Crees que nuestros viajes te hayan cambiado tanto, entonces?" Él levantó la mano de ella y presionó sus labios sobre su palma, enviando un hormigueo de deseo por su brazo.

"Preferiría decir que cambiaron mi entendimiento del mundo. Después de visitar lugares donde éramos casi reverenciados por el mero hecho de ser ingleses, y otros donde éramos detestados y vilipendiados por la misma razón, entre nativos que valoraban mi habilidad de remendar una costura sobre el que tu fueras dueño de Pemberley, y otros que me consideraban menos que una niña porque no sabía nadar... todas esas cosas hicieron que me diera cuenta de que lo que la gente piense de nosotros no refleja lo que somos, sino más bien lo que son los que están decidiendo aceptarnos o rechazarnos. Por el bien de nuestros hijos, espero que nadie en Londres nos dé la espalda, pero si lo hacen, no perderé el sueño por eso."

"Me alegro de eso. No valen un segundo pensamiento. Nada de lo que digan o hagan puede cambiar nuestro amor, y eso es todo lo que importa." Él la abrazó de nuevo. "Y tú probaste ser muy adepta a aprender a nadar."

"¡Cuando tú no interrumpías mis lecciones con besos!"

Él le dirigió una mirada de pretendida severidad. "No recuerdo que te quejaras de ello en el momento."

Ella lo besó entonces. ¿Cómo podía resistirse, después de todo? "En cuanto a la *alta sociedad*, no me importa por mí. Yo siempre estuve más preocupada por los efectos sobre ti. Tú tenías una posición social y un nombre de familia qué proteger. Yo no era nadie. La *alta sociedad* no sabía que yo existía, así que no hubiera perdido nada si me despreciaban. Pero no podía soportar verte perder su puesto en sociedad por mi causa."

"¡Como si eso me importara a mí! Sin ti, mi lugar en la sociedad no significaba nada. Mi fortuna no significaba nada. La chispa en tus bellos ojos cuando me sonríes es más valiosa que cualquiera de ellos." Él enredó su dedo en el rizo que bailaba junto a la mejilla de ella.

Ella suspiró. "No sé cómo pude pensar alguna vez que podía renunciar a ti. Tienes razón; la sociedad no significa nada."

La punta del dedo de él se deslizó por el rostro de ella para trazar sus labios. "Tú puedes estar segura de una cosa, mi queridísima, amadísima Elizabeth. Que no importa lo que cualquiera pueda pensar de ti, no importa quien pueda desairarte, no importa en qué sociedad o país podamos habitar, tú siempre serás la primera en mi corazón." Y él procedió a ilustrar su punto de la manera más deliciosa posible.

Ella se derritió en sus brazos, agradecida sin medida por su constante amor. Su doloroso viaje del orgullo al amor había valido el precio. A donde quiera que pudieran ir en los años por venir, ellos estarían juntos, y eso era lo que más importaba.

Reconocimientos

¡SE NECESITA A UN PUEBLO para escribir un libro! Especialmente uno como este, donde la idea de una trama de alto nivel de angustia se apoderó de mi cerebro y no lo dejaba ir. Mis fabulosamente intuitivas socias de crítica, Shannon Rohane y Susan Meyers, no solo ayudaron a hacer este libro mucho más fuerte y profundo, sino que también me mantuvieron cuerda y evitaron más de una vez que lanzara el manuscrito completo al montón de la basura digital. Este libro tiene muchísimos menos errores y oraciones excesivamente complejas gracias a los incansables esfuerzos de mis lectores beta, Dave McKee, David Young, Nicola Geiger, J. Dawn King, Jennifer Altman, Carole Steinhardt, Helyn Roberts, Debbie Fortin, y Monica Fairview. ¡Ellos también merecen medallas por no lanzarme fruta podrida cuando tuve el total atrevimiento de comunicarme con ellos un día antes del Dia de Acción de Gracias con un nuevo libro y pedirles que me dieran su opinión en una semana! Un agradecimiento extra especial a J. Dawn King por dar con el título perfecto para este libro.

Como siempre, no hubiera podido escribir esto sin el fiel apoyo de mi amado esposo. Pfeffernusse, el gatito blanco y peludo me mantuvo entretenida durante todo el proceso, y me gustaría agradecer a quien quiera que haya inventado los respaldos en línea por salvar la situación cuando nuestros nuevos gatitos se las arreglaron para borrar un montón del manuscrito, y guardaron su nueva versión, también. Quizá ellos objetaban la presencia de Sir Galahad en la historia.

Por último pero lejos de menos importante, mi agradecimiento para ti, lector, ¡por darme una razón para escribir esto!

Acerca de la Autora

PUEDE QUE ABIGAÍL REYNOLDS sea una autora de libros muy vendidos nacionalmente y una doctora en medicina, pero no puede seguir una línea recta ni con regla. Originaria del norte del estado de Nueva York, estudió ruso y teatro en el Bryn Mawr College y biología marina en el Marine Biological Laboratory en Woods Hole. Después de un período en la administración de artes escénicas, decidió asistir a la escuela de medicina, y empezó a escribir como pasatiempo durante sus años como médico en la práctica privada.

Siendo amante vitalicia de las novelas de Jane Austen, Abigail empezó a escribir variaciones sobre *Orgullo y Prejuicio* en 2001, y luego expandió su repertorio para incluir una serie de novelas enmarcadas en su amado Cape Cod. Sus libros han ganado múltiples premios y varios se han convertido en libros mejor vendidos (best sellers) a nivel nacional. Sus más recientes publicaciones son *Un Asunto de Honor*, *El Encantamiento del Sr. Darcy*, *Presunción y Ocultamiento*, y *A Solas con el Sr. Darcy*. Sus libros han sido traducidos a siete idiomas. Es miembro vitalicia de JASNA, vive en Cape Cod con su esposo, su hijo y una colección de animales. Sus pasatiempos no incluyen dormir o limpiar su casa.

Visite el sitio web de Abigail en <u>Pemberley Variations</u>

También por Abigail Reynolds

What Would Mr. Darcy Do?
¿Qué Haría el Sr. Darcy?
To Conquer Mr. Darcy
Para Conquistar al Sr. Darcy
By Force of Instinct
Por la Fuerza del Instinto
Mr. Darcy's Undoing
La Perdición del Sr. Darcy
Mr. Fitzwilliam Darcy: The Last Man in the World
El Sr. Darcy: El Último Hombre en el Mundo
Mr. Darcy's Obsession
La Obsesión del Sr. Darcy
A Pemberley Medley
Una Combinación de Pemberley
Mr. Darcy's Letter
La Carta del Sr. Darcy
Mr. Darcy's Refuge
El Refugio del Sr. Darcy
Mr. Darcy's Noble Connections
Los Ilustres Vínculos del Sr. Darcy
The Darcys of Derbyshire
Los Darcy de Derbyshire
The Darcy Brothers (co-author)
Los Hermanos Darcy (coautora)
Alone with Mr. Darcy
A Solas con el Sr. Darcy
Mr. Darcy's Journey
El Viaje del Sr. Darcy
Conceit & Concealment
Presunción y Ocultamiento
Mr. Darcy's Enchantment
El Encantamiento del Sr. Darcy
A Matter of Honor
Un Asunto de Honor

www.ingramcontent.com/pod-product-compliance
Lightning Source LLC
Chambersburg PA
CBHW020514260626
47156CB00006B/1994